二見文庫

危ない恋は一夜だけ

アレクサンドラ・アイヴィー／小林さゆり＝訳

Kill Without Mercy

by

Alexandra Ivy

Published by arrangement with Kensington Books,
an imprint of Kensington Publishing Corp., New York
through Tuttle-Mori Agency, Inc., Tokyo

危ない恋は一夜だけ

登　場　人　物　紹　介

アニー・ホワイト	会計士
レイフ・ヴァルガス	元軍人。〈ARES〉のメンバー。戦略を立てるのが得意
ホーク・ローレンセン	元軍人。〈ARES〉のメンバー。狙撃の名手
ティーガン・ムーア	元軍人。〈ARES〉のメンバー。コンピュータの天才
マックス・グレイソン	元軍人。〈ARES〉のメンバー。法科学捜査の専門家
ルーカス・セントクレア	元軍人。〈ARES〉のメンバー。人質救出のスペシャリスト
ドン・ホワイト	アニーの父親。故人。本名ジェイムズ・エマーソン
グラハム・ブロック	保安官
ミッチ・ロバーツ	ドンの生前の友人
ブロディ・ジョンソン	ドンの農場の前所有者の息子
マーティン・エマーソン	アニーの兄
マニュエル・ヴァルガス	レイフの祖父。故人
ダグラス・ロウ	アニーの養父
キャサリン・ロウ	アニーの養母
ジェニー・ブラウン	行方不明の女性
キャシー・ベンソン	行方不明の女性
ブランディ・フィリップス	行方不明の女性

プロローグ

〝この世の地獄〟とはなんなのか、本当に理解している者はほとんどいない。

しかし、アフガニスタン南部のタリバンの牢獄に捕らわれていた五人の兵士は、その言葉の意味をいやというほど知りつくした。

死よりも悲惨なことがあると思い知らせるなら、五週間、きつい拷問にかければいい。

屈してもおかしくなかった。鍛え抜かれた兵士でさえ、精神的かつ身体的に容赦なく痛めつけられたら壊れてしまうこともある。ところが、五人は拷問を受けて壊れるどころか、なにがなんでも脱獄してやるという決意を固めただけだった。

闇夜ともなると、特技を生かして策を練った。秘密作戦スペシャリストのレイフ・ヴァルガス。科学捜査に長けたマックス・グレイソン。武器を扱わせたら右に出る者のいない狙撃兵ホーク・ローレンセン。コンピュータの天才ティーガン・ムーア。ロから先に生まれた人質交渉人ルーカス・セントクレア。

彼ら五人は友情を超える絆を築いた。生きのびようとする固い決意で結ばれた、ひとつの家族なのである。

1

ヒューストンの金曜の夜といえば、賑わう酒場、大音量の音楽、よく冷えたビールと相場は決まっている。レイフと友人たちが五カ月まえにテキサスに移り住んだとき、自分たちの好みに合わせて速やかに順応したのも一種の習わしだ。

結局、誰も踊りに行こうとはしなかった。肌もあらわな男女にまじり、手軽な相手を引っかけるには年を取りすぎていた。音がガンガンに響くなか、まともな会話をしようと声を張りあげるのもごめんだった。

そういうわけで〈ザ・サルーン〉を見つけた。小さな、居心地のよいバーで、内装にふんだんに使った木材はよく磨かれ、静かに演奏するジャズバンドがはいり、ほかの客にからんだりしない良識ある地元の住民がそこそこ集まっている。うれしいことに街でいちばんのテキーラもそろっている。

毎週金曜日の夜に取っておいてもらうレイフたち専用の席もあった。

奥の隅に引っ込んだテーブルで、あまり照明が届かず、壁の端から端まで伸びる長いカウンターからじゅうぶんに離れていた。人目につかずして周囲に目を配るにはもってこいの位置である。

なんといっても、そこなら誰も背後からこっそり近づけない。

戦地から引きあげて二年近くになるものの、五人とも忘れはしなかった。一瞬でも気を抜けば、命取りになる。

苦い教訓だ。

とはいえ、今夜、いつものテーブルについているのはレイフとホークだけだった。どちらもテキーラをちびちびやりながら、小さなバスケットからピーナッツをつまんでいた。

ルーカスはまだワシントンDCにいて、彼らがあらたに始める警備会社〈ARES〉の開業に向け、知り合いに協力を要請している。マックスはオフィスに居残り、自分の城になる法科学研究室の最後の仕上げにかかっていた。そしてティーガンは、なにをしているのかばれたら国土安全保障省に大損失をあたえかねないコンピュータ・システムをインストールしたあと、バーへ向かっているところだった。

事業立ち上げについてまわるお役所仕事やくだらない規制の対処に煩わされた長い

一週間が終わり、今夜はのんびり過ごそうと椅子にもたれたところで、レイフはメッセージをチェックするという過ちを犯した。

「くそっ」

携帯電話を木のテーブルにほうりだした。いろいろな感情が塊りとなって、みぞおちのあたりに引っかかるようだった。

テーブルの向かい側でホークはテキーラをすすり、眉を上げてレイフを見た。

一見して、ふたりは似ても似つかなかった。

レイフは黒い髪をボタンダウンの白いシャツの襟にかかるほど伸ばし、びっしりと生えた長い睫毛に囲まれた目も黒い。九月も末だというのに、肌は褐色に日焼けしている。筋骨たくましい体はジムで鍛えた成果ではなく、先日買ったばかりの小さな牧場で汗を流しているためだった。

一方ホークは、北欧出身の父親から受け継いだ淡いブロンドを短く切りそろえ、あざやかな青い目には狡猾なまでの知性を宿している。細面の顔は彫りが深く、たいてい厳しい表情を浮かべていた。

そして、ふたりのちがいを際立たせているのは外見だけではなかった。

レイフは導火線の短い熱血漢で、直感を信じている。

ホークは超然とし、抜け目なく、細かいことにこだわる性格だった。もっとも、強迫神経症であると認めようとはせず、几帳面だと自称していたが。

狙撃手として成功したのもそういう気質ゆえだった。かたやレイフは戦闘救難の訓練を受けていた。即座に判断をくだす能力があり、臨機応変に戦略を変更する心構えがある。

「どうかしたか?」

レイフは顔をしかめた。「不動産業者からメッセージがはいっていた。祖父の家に買い手がついたらしい」

予想どおり、ホークはとまどった顔をした。一年まえに祖父が死んで以来、レイフは家の処分について不平を洩らしていたからだ。

「よい知らせじゃないのか?」

「片づけにニュートンまで行かなくてもいいのなら」とレイフは言った。

「人を雇って荷造りをさせて、こっちに送ってもらったらどうだ?」

「人なんて雇えないさ、なにせ辺鄙《へんぴ》な場所だ」

ホークは口もとをゆがめ、おかしくもなさそうに笑みを浮かべた。「辺鄙な場所にいたことならある。それに、カンザスじゃあるまいし」目に過去の暗い影が差した。

「ああ、ニュートンはアイオワだ。でも、言いたいことはわかる」レイフは譲歩した。記憶はなるべく過去に置いてこようとしていた。たいがいうまくいったが、悪魔が抑制を拒むこともあった。「たしかにおれたちが這い出た地獄のような場所ではないが、前世紀で時間が止まったような町だ。祖父の遺品は自分で片づけに行かないとだめだな」

ホークはテーブルの真ん中に置いてあるボトルに手を伸ばし、テキーラのおかわりを注いだ。

レイフと同じくオックスフォードシャツを着ていたが、色は白ではなくブルーで、ジーンズではなくきちんとした黒いズボンを穿いていた。

「面倒なのはわかるが、それがいちばんんだ」

レイフは友人をにらみつけた。アイオワを捨てた息子をけっして許さなかった気むずかしい老人の所有物を片づけに千六百キロも車を走らせることほど気の進まないことはない。「おれを追っ払おうとしているのか？」

「まさか。おれたち五人のなかで、おまえは……」

「おれはなんなのか、怖いけど聞かせてもらおうか」ホークが言いよどむと、レイフはぼそりと言った。

「接着剤だ」ホークはしばらく黙ったあとで言った。

レイフは笑い声をあげた。これまでいろいろなふうに呼ばれてきた。そのほとんどが無礼な呼び名だった。だが、接着剤は初めてだ。「どういう意味だ?」

ホークは椅子に背をもたれた。「ルーカスは口達者だ。マックスは人情家で、ティーガンは参謀、おれは世話役だ」年長者であるホークは肩をすくめた。「われわれ全員をまとめているのはおまえだ。おまえがいなかったら、おそらく〈ARES〉は生まれていない」

レイフも反論のしようがなかった。帰国後、五人はおびただしい数にのぼる怪我の治療のため、別々の病院に運び込まれた。ほうっておけば、あっさりとばらばらになっただろう。耐え抜いた恐怖を思い起こさせる事物や関係者を、人は本能的に避けるものだ。

しかし、一般市民の生活に戻るということは、たんに家を買って、九時五時の仕事につけばいいというものではないとレイフはすぐに気づいた。

一日八時間狭い空間に閉じ込められ、わが家とは呼べないがらんとした部屋に帰るのだと思うと、たまらない気持ちになった。

かろうじて脱出した牢獄にいるのと変わらない気分でしかなかった。

それに、気づくと連中に会いたくなっていた。

このもやもやした気持ちをほかに誰がわかってくれる？　市民としての平凡な日常で起きる問題にうまく折り合いをつけられないことや、いまだに悪夢を見てしまうことを、あの四人以外に誰が理解してくれるだろうか。

そういうわけで、レイフは衝動的にルーカスに電話をかけた。無謀な計画の資金を工面するにはルーカスの財力が必要になるとわかっていたからだ。驚いたことに、ルーカスはふたつ返事で話に乗った。ホークとマックスとティーガンもそうだった。彼らはみな、自分たちの高い技術を生かすだけでなく、盛りを過ぎた雄牛よろしくただ放牧されているわけではないと実感できることを探していたのだ。

こうして〈ARES〉が誕生した。

そしていま、夢を実現させようとしているときに仲間のもとを離れる考えにレイフは納得できなかった。

「だったら、なぜ開業の準備をしているときに、町を離れろと勧めるんだ？」

「身内のことだからだ」

「身内が聞いてあきれる」レイフはうなり声をあげた。「あのろくでなしはおれの親父に背を向けたのさ、親父が軍に入隊したときに。おれたちになんにもしてくれなかった」

「だからこそ行ってくるべきなんだ」ホークはなおも言い張った。「おまえに必要なのは――」

「〝けじめ〟という言葉を使ったら、喉笛に一発お見舞いする」レイフはホークの話をさえぎり、グラスをつかむと、テキーラをおかわりした。

ホークは普段どおりの尊大な態度でレイフの脅しを無視した。「言い方は好きにすればいい。でも、お祖父さんがおまえの親父さんを傷つけたことを許さないかぎり、胸のつかえはおりない」

レイフは肩をすくめた。「つかえならほかにもある」

いきなりホークは身を乗りだし、大まじめな顔で言った。「レイフ、開業の準備が整うまで二週間はかかる。身辺整理をすませてから戻ってこい」

レイフは目を細くした。過去の始末をつけてこいとホークに迫られても驚きはなかった。友人の言うとおりだと、内心わかっていたのだ。

しかし、ホークの口調にはどことなく、レイフに祖父への反発に折り合いをつけさせたいだけではないと思わせる鋭さがあった。「隠しごとがあるな?」

「人聞きが悪いな、なにもかも話すわけじゃないさ」ホークはからかうように言ってグラスを持ち上げ、皮肉っぽい笑みを浮かべた。「こっちは物知りだから」

話をそらす古典的な手だ。レイフは両手をテーブルにつき、ホークに顔を近づけた。「御託を並べてもいる」警告をにじませる声で言いはなった。「さっさと白状してくれ」

「強引だな」ホークの口もとから笑みが消えた。「いいだろう。また手紙が来た。デスクに置いてあった」

レイフは苛立たしげに息を吐いた。

最初に手紙が届いたのは、レイフたちが初めてヒューストンにやってきてから数日後のことだった。

ホークの車に残されていたその手紙には、おまえは監視されていると警告めいた文言が書かれていた。

ただのいたずらだとして彼らは取り合わなかった。そのひと月後、借りたばかりのオフィスビルの正面玄関に、二通目の手紙が貼りつけられていた。

残り時間はわずかだ、とその手紙にはあった。

今度もまたホークはなんでもないふりをしようとしたが、ティーガンは最新鋭の警報装置をすぐに設置し、ルーカスはルーカスでおのれの魅力を発揮して地元の関係当局に個人的な友人をつくり、オフィスの建物に目を光らせてくれるよう頼み込んだ。

「なんだって?」さむけが背すじを伝いおり、レイフは顎をこわばらせた。一連の手紙についてはいやな予感がする。「監視カメラの映像はチェックしたか?」

「おいおい」ホークは間延びした声で言った。「なぜおれの考えがそこに及ばなかったと思う?」

「理屈っぽい物言いはけっこうだ」

ホークはグラスのテキーラを呷った。「理詰めで考えるのが得意でね」

「だろうよ」

ホークは空のグラスを脇に押しやり、心配そうな目をしたレイフを見た。

「いいか、打つべき手はすべて打ってある。ティーガンは交通監視カメラのシステムに侵入した。オフィスを訪ねてきた客が幽霊でないのなら、出入りの姿がいずれ見つかる。マックスは科学捜査の魔法を使って手紙を調べている。ルーカスは地元の警察官に頼んで、いつもとちがうことはなかったか、近隣の店舗や事業所に聞き込みをしてもらっている」

「どうもいやな予感がする」

「どこかの変わり者の気に障ったのさ」ホークはレイフに断言した。「おれは万人受けするタイプじゃないから、おまえとちがって」

レイフは鼻で笑った。ホークは知的で、徹底して義理堅く、リーダー気質の男だ。冷淡で、尊大なところもあり、つねに自分が正しいと思い込む節がある。「にわかには信じられない」

「ああ。でも、いいか?」ホークは睫毛を上下させて言った。「おれもなかなかいかしているだろ」

「いかしているというか、いらつく。でも、おれならまだしも、あんたが脅されるということはない」とレイフは言った。「いままでの手紙はなんだか……妙だ」

ホークはまたおかわりをしようとボトルに手を伸ばした。話は終わったと釘を刺すように顔をこわばらせている。

「こっちはおれたちで見張っているから、カンザスへ行ってこいよ」

「アイオワだ」

「どっちにしてもだ」ホークは携帯電話をつかみ上げ、レイフの手に押しつけた。「お祖父さんの家を片づけてこい」

レイフはしぶしぶ腰を上げた。反論しようと思えば、とことん反論することもできたが、ホークも自分なりのやり方で脅迫に対処するだろう。

「なにかあったら、連絡をよろしく」

「はい、母さん」

レイブはあきれたように白目をむき、カウンターのあたりに集まっている大勢の客たちのあいだをすり抜けながら、わざと行く手にはいり込んでくる女たちの誘うような視線を無視した。

彼も男だから、差し出されるものが迷惑なわけではない。しかし、アメリカに戻ってきてからというもの、その場かぎりの遊びには食指が動かなくなっていた。なにを求めているのか自分でもわからなかったが、とにかくそれはまだ見つからなかった。

出入り口にたどりつくと、ちょうど店にはいってきたティーガンと出くわした。大柄で、濃いキャラメル色の肌の体は筋骨たくましく、目は黄金色、頭は剃りあげているとなると、コンピュータの達人という風貌ではない。むしろ地元の暴走族とつるんでバイクを走らせているほうがお似合だ。それは両腕がタトゥーで覆われているからでも、軍用の作業服に重いブーツという出で立ちだからでもない。

暴力的な気配を漂わせ、〝おれにからむなよ〟という表情を浮かべているからだった。

たしかに、十三歳のとき、母親の車のローンをなかったことにしようと、銀行のシステムに侵入した罪で刑務所に入れられた前科がある。つまり、もともと普通のおたくではないのだ。

「おれは帰る」

「もう？」徐々に騒がしくなっていく客たちにティーガンは目をやった。「お楽しみは始まったばかりだぞ」

「またの機会に」とレイフは言った。「何日か町を離れる」

「仕事かい？」

「家族の用事だ」

「ご苦労なこった」ティーガンは吐き捨てるようにつぶやいた。

過去を語ることはめったになかったが、妻を殴って半殺しの目にあわせた上に、妻子を捨てた父親への憎悪はけっして隠そうとしなかった。

「まったくだ」レイフは同意した。そして他人に立ち聞きされないよう身をかがめた。「ホークから目を離さないでくれ。例の脅迫をあまり真剣に受け止めていない気がする」

「勘が働いたか？」とティーガンは尋ねた。

レイフはうなずいた。いつもながら驚かされるが、友人たちは彼の直感をいとも簡単に受け入れてくれる。「危害を加えたいのなら、事前に警告するはずがない」そう指摘した。「ホークは追跡のプロや敵を倒すプロに囲まれているのだから、なおさらそうだ」

ティーガンはうなずいた。「たしかに」

「つまり、そいつは自殺願望があるか、追いつ追われつのゲームを楽しんでいる」

「狙いは？」

レイフにも見当がつかなかった。だが、当然考えられる成り行きに対処する覚悟もなく、ホークのような危険な男にちょっかいを出す者はいない。

生きるか、死ぬかだ。

レイフは大きく首を振った。「わかったときには犯人がつかまっていることを願おう。さもなければ……」

「ホークの身にはなにも起きない」ティーガンはレイフの肩をつかんだ。「おれが見張っているかぎりは」

小さいながらもスタイリッシュなそのマンションは、デンバー郊外の閑静な界隈に立っていた。山々の絶景を臨み、雪深い長い冬に重宝する屋内駐車場もついている。落ちついたブルーとシルバーの内装の部屋は、いかにも将来有望な専門職の若者が入居しそうな住まいだった。

アニー・ホワイトは将来有望ではなかったが。

採用半年で〈アンダーソン会計事務所〉を辞めたのだから、それはない。

しかし、いまはビジネスの世界での将来はどうでもいい。とにかく荷造りに集中しようとしていた。養母につきまとわれなければ、もっとはかどっていた作業に専念しようとしていたが、養母は両手を揉み合わせながら、避けられない運命を予言していた。

「わざわざ遠くから駆けつけてくれなくてよかったのに、キャサリン」とアニーは養母に言いながら、寝室から居間へ移動し、清潔な下着をひとかかえ、広げたスーツケースにつめ込んだ。

年嵩の女性はすぐうしろをついてきた。五十五歳のいまでも魅力的なキャサリン・ロウは、色の褪せた赤毛をきっちりとおだんごに結い上げ、澄んだ緑の目はやさしげで、子を罪悪感で恥じ入らせる気配があった。

翡翠色のセーターにスラックス姿で、細面の顔を不安そうにこわばらせている。

「あの恐ろしい場所に戻るとあなたから連絡が来て、わたしがどうすると思ったの?」

アニーはため息をのみ込んだ。髪をまとめている養母とちがい、肩のまわりに無造作に広がる蜂蜜に似た茶色の髪は、天窓から差し込む九月の日差しに反射し、黄金色にきらめいていた。顔は洗いっぱなしで、青白い肌を化粧で隠そうとはしなかった。そして服装もカジュアルで、ほっそりとした体に色褪せたジーンズとグレーのセーターをつけていた。

ハシバミ色のつぶらな目をしたアニーは、公認会計士であるどころか、高校もまだ卒業していないかと思わせるほど幼く見える。

「電話をかけなければよかった」アニーはつぶやいた。

養父母のことは愛している。それは本当だ。連続殺人犯の十歳の娘を引き取ろうという人はそうはいない。その少女が精神病院に何カ月も入院していたあととなると、とくにそうだ。

養父母はワイオミングの牧場で安定した生活をあたえてくれたばかりか、〝ニュートンの殺人鬼〟から逃れた唯一の生存者に執拗に好奇の目を向ける世間からも守ってくれた。

けれど、いまは養母が昔の騒動に目を向けてくれないかとアニーは願った。

「黙っていればわたしに気づかれないと思うの？」キャサリンは問い詰めるように言った。

アニーは顔をしかめた。牧場を出たあとも、養父母が引きつづきアニーの動向を日々チェックしていることは無視しようとした。

毎晩アニーに電話をかけてくるだけでなく、図らずも養父の友人である上司のアンダーソン氏にも電話をかけていた。

アニーが元気でやっているか、たしかめるだけのために。

「心配してほしくないの」とアニーは言った。

キャサリンは広げたスーツケースに手を振り向けた。「だったら、向こうに行ってくるなんていう早まった行動は考え直して」

アニーはバスルームに移動し、洗面用具を集めながら、どうにか無表情を装った。概して養父母は支えになってくれていた。プロのセラピストに話すだけではなく、自分たちにも過去のことを相談したらどうか、と勧めてくれたのだった。ベッドの横に父親の写真を飾ることさえ許してくれた。アニーの実父は悲惨な事件を引き起こしたというのに。しかし、そんな養父母も、事件が起きたときに殺人の場面が幻覚として目に浮かんでいたというアニーの主張だけは受け入れてくれなかった。

それは養父母だけではない。

アニーを苦しめた異様な情景は単なる妄想ではないと、誰も信じてくれなかった。何年ものあいだ、みんなのほうが正しいとアニーは思い込もうとした。父親が殺人を犯しているあいだ、超自然的現象で父と結びつき、幻覚を見たと考えるのは常軌を逸している。

そうでしょう?

そして二日まえの夜、また幻覚が見えた。

断片的な情景だった。悲鳴をあげる女性。暗く、狭い場所。月明かりに光るナイフの刃。ニュートンの広場。

アニーは幻覚を否定しようとは思わなかった。

自分の頭がおかしくなったのか——それとも、現実に起きていることなのか。たしかめるには、あの町に帰り、悪夢に立ち向かうしかない。

「早まってはいないのよ」アニーは居間に戻りながら言った。「よくよく考えたの」

キャサリンは苛立たしげな声をたてた。「でも、〈アンダーソン〉での仕事はどうなるの?」

「席を取っておいてもらえるかもしれない」アニーは心のなかで幸運を祈った。

まんざら出まかせではない。

戻ってくるなら再雇用を検討するかもしれないと上司には言われていた。

「名門会計事務所にあなたが雇ってもらえるよう、ダグラスがどれほど骨を折ってくれたかわかっているの？」苛立ちはおさまらなかったようで、キャサリンは問いただすように言った。「この景気だもの、単純労働ならまだしも、仕事の口を見つけるのは大変よ」

アニーは体の向きを変え、養母の手を取った。仕事を辞めたことを悔やむべきだとわかっていた。この職につくために勉強してきたのでしょう？

「ダグラスにしてもらったことに感謝しているわ」養母にはっきりと告げた。「あなたがたにしてもらったことに」

キャサリンは舌打ちをした。「その言葉が本当なら、こんな無謀なことのためにすべてを投げだしたりしないでしょうに」

「理解してもらえないのはわかったわ。でも、やらなければいけないの」

キャサリンは手を振りほどいた。めずらしくアニーの反発を食い、がっかりしたようだった。「なにをしても過去は変えられないわ」

アニーは顔をそむけ、スーツケースにしまったジーンズの表面を、しわもないのに平らにならした。

過去の話ではないのだ。幻覚は記憶がよみがえったわけではなかった。現在が垣間見えたのだ。

「それはわかっているわ」とアニーは小声で言った。

「本当に？」キャサリンは念を押すように言った。

「ええ、もちろんよ」

いちばん効果のある攻撃方法を考えているのか、しばらく沈黙が広がった。

キャサリン・ロウはすばらしい女性だが、策略家でもある。

「事件が起きた時期だからなの？」しばらくしてそう尋ねた。

それはアニーの心にもよぎったことだった。あと数日で、連続殺人事件が発生してからちょうど十五年になる。

幻覚に悩まされても仕方ない。

けれど、ただの幻覚ではないと直感が告げていた。

「さあ、どうかしら」アニーは言葉を濁した。

キャサリンは手をぎゅっとにぎり合わせた。癇癪をこらえている証拠だ。「セラピストに相談したほうがいいでしょう」

「べつにいいの」

「でも――」

「セラピストは必要ないのよ」アニーはいつになく頑なな口調で言った。いま頭のなかで起きていることは、部屋で話をして治るものではない。たしかめに出向かなければ。

いくら説得しても計画を取りやめさせられないと悟ったようで、キャサリンは不満そうな顔でアニーをにらみつけたが、内心の不安は隠しきれなかった。「なにが見つかると思うの？」

アニーはたじろいだ。

あまり考えたくない疑問だ。

自分の頭がおかしいという答えが出るとしたら。あるいは、殺人犯が野放しになっているとしたら、なおさら考えたくない。

「とにかくたしかめなきゃ……」アニーの言葉は尻すぼみになって消えた。

「たしかめなきゃって、なにを？」

「終わったのか」アニーはささやくように言った。「本当にもう終わっているのか」

キャサリンはぎょっとして目を見開いた。「なにを言っているの？　もちろんもう終わっているわ。あなたのお父さんは――」悪霊をかわそうとするかのように、あわてて十字を切った。「神よ、許したまえ――死んだのよ。ほかにどんな証拠が必要なの？」

アニーは首を振った。「説明はできないけど」

キャサリンは手を伸ばし、心配そうにアニーの腕をつかんだ。「あなたの悲鳴で目が覚めた夜が幾晩あったと思うの？」

アニーは下唇を嚙んだ。トラウマを癒そうともがき苦しんだ長いあいだ、あれほど辛抱強くささえてくれる人はどこを探してもいないだろう。

キャサリンとダグラスにだけはもう心配をかけたくない。

「ごめんなさい」

「ああ、アニー」キャサリンはアニーを抱き寄せ、懐かしいシャネルの5番の香りに包んだ。「謝らせようとしているわけじゃないの。悪夢をよみがえらせたくないだけなのよ」

「もうよみがえっているわ」とアニーはつぶやいて、養母の肩に頭をつけた。「だから行かなくちゃいけないの」

2

町の広場の北側には小さな飲食店があり、正面の大きな窓には〈おばあちゃんの台所〉という店名がペンキで描かれていた。

実際にどこかのお祖母さんが調理を担当しているのかレイフはわからなかったが、店内を見るかぎり、初代おばあちゃんはとうにこの世を去ったようだ。

五〇年代から抜けだしてきたようなリノリウムの床はところどころ剝がれ、フォーマイカの天板が載ったアルミニウムのテーブルが並んでいる。頭上の吊天井は色褪せて黄ばみ、蛍光灯が発作を起こしかねないほど激しく明滅していた。

優雅な趣はなく、あまり衛生的でもなかったが、料理はちゃんと食べられるものが出てきて、コーヒーもレイフの好みどおりに熱くて、ブラックだった。

祖父の遺品は一日か、せいぜい二日もあれば片づくという希望が、小さな家に足を踏み入れた瞬間に消え去って以来の幸運だ。正面玄関のドアをどうにか押しあけたと思ったら、床から天井まで積み上げられた箱につまずきそうになったのだから世話がない。

そればかりか、車庫とふたつの離れも同じくものであふれていた。

まず衝動的に思ったのは、到着した日に配達させた大型ごみ容器にこのがらくたをすべてほうり込んでやろうか、ということだった。価値のある品物など、老人の家にあるわけないとばかりに。

がらくたの大半は、地元のフリーマーケットで買ってきた代物に見えた。父なら家族の写真や代々伝わる家宝を取っておいてほしいと思うだろう。箱をひとつひとつあけて中身を確認する気が遠くなるような作業を自分に強いたのは、ひとえにそうした父の気持ちをくんでのことだった。

つまり、二週間と言わないまでも、一週間はニュートンに留まる破目になった。

フレンチトーストを食べ終え、コーヒーのおかわりを待っていると、中年のウエイトレスは、壁際のテーブルについた若い女性にかかりきりになっていた。どうやらレイフが携帯電話のメッセージをせっせとチェックしているあいだに店にはいってきたらしい。

おっと。あれほどの美女が目と鼻の先に座っているのにどうして気づかなかった？

もはや色気づいた十八歳の若造ではないが、まだ枯れてはいない。

レイフは肘をつき、堂々と視線を向け、風で乱れたような茶色の髪に囲まれた、目鼻立ちの整った色白の顔を眺めた。いや、待てよ。髪の色は茶色ではない。いろいろな色がみごとにまじり合っている。蜂蜜色、黄金色、日差しの色。

瞳の色まではよくわからないが、目は大きく、睫毛も濃い。唇は艶めかしい曲線を描き、男ならその唇に体のあちらこちらを探索される悦びを思わず想像してしまいそうだ。

派手な美女ではないが、健康的な美しさがあり、レイフは久しぶりに強く惹きつけられていた。

いくらそそられようが、女にうつつを抜かす暇はないだろうが、と警告する心の声は無視し、椅子の上で体の向きを変え、フランシスという名札をつけたウエイトレスがラミネート加工をしたメニューをその女性客のまえに置く様子を見ていた。

「町にはしばらくいるの？」白髪まじりの短い髪のぽっちゃりとしたウエイトレスは尋ねた。

レイフは眉を上げた。

ということは、地元の人間ではない。

「さあ、どうかしら」女性はメニューをつかみ、詮索好きなウエイトレスが察しをつけて席を離れるのを狙ってか、やたらと熱心にメニューを検討している。

時間の無駄だ、とレイフは警告してやりたかった。

フランシスはたしかに気さくな人物だが、客の私生活に遠慮なく首を突っ込んでくる。

「家族に会いに？」なおも食い下がった。

「まあね」

「そりゃそうよね。ここには観光客が訪ねてくる見どころなんてべつにないし」

よそ者の客は顔を下げたまま言った。「たしかに」

会話に乗ってこない様子をものともせず、フランシスは腰をかがめ、客の顔をのぞき込んだ。「見憶えがある顔だわね。どこかで会ったかしら？」

女性は髪を耳にかけたが、そのしぐさから奇妙なほど動揺した様子が窺《うかが》えた。「それはないでしょう」

「テレビに出ている人？」

「まさか」

「新聞に載ったことは？」

「そういうことは――」女性はあたかも床が口を開いてのみ込んでくれたらいいのにと願うように、身を縮めた。

レイフは無意識のうちに体が動いて席を立ち、通路を横切ると、質問攻めにあっている見も知らぬ気の毒な女性の向かいの席に腰をかけていた。

「やあ、フランシス、コーヒーのおかわりをもらえるかな？　それから、この店の世界に名立たるフレンチトーストをおれの友だちに」レイフがそう言うと、女性ふたりは驚いたように視線を向けてきた。

「友だち？」フランシスは疑わしそうに眉を上げた。

レイフは悩殺的な笑みを即座に浮かべた。「ああ、そうさ」若い女性の手からするりとメニューを取り上げ、ウエイトレスに手渡した。「それから、おれたちはちょっと急いでいるから、悪いけどよろしく」

年配のウエイトレスは細くした目でレイフをじろじろと見た。やがて、若い美人に迷惑をかける客ではないと判断したようで、にっこりと微笑んで背中を向けた。

「チャーミングなお兄さんだこと」

話を聞かれないところまでウエイトレスが遠ざかるのを待って、女性はテーブルに身を乗りだしてレイフをにらんだ。

「ねえ、あなた、なんのつもりなの？」

レイフはゆったりと椅子にもたれ、黄金色の斑点が散るハシバミ色の大きな目をうっとりと眺めた。

じつに美しい。

見え隠れする不安がその目に浮かび、疲労からか、くまができているものの。

すぐさま直感が働いた。

家族との再会を楽しみに帰省してきたわけではない。

彼女はなにかから逃げている。もしくは、誰かから。

そうぴんときたら、惹かれる気持ちが萎えても不思議ではなかった。とにかく他人のトラウマにかかわるのだけはごめんだ。たとえ彼女を抱き上げて、ここから連れ去りたい衝動に駆られてはいても。

しかし、レイフにはつい救いの手を伸ばしたくなる筋金入りの強迫観念があった。

そういう癖を自覚していても、見捨てることはどうしてもできなかった。そこで、相手の目を見つめ、わざと明るい口調で言った。

「きみはフランシスの特別尋問に耐えたのだから、すこしくらい応援に頼ってもいいんじゃないかと思ったんだよ」冗談めかして言った。「あのウエイトレスならスペインの異端審問を受けてもぴんぴんしていそうだ」

「じゃあ、あなたは良きサマリア人なの？」やわらかな声だった。女性らしい心地よい響きだ。

「おれたちはおたがい、よそ者だ」レイフはそう指摘した。「きみは助けを借りても罰はあたらない。ただそれだけさ」

　相手の顔色がわずかに変わった。

　警戒心がのぞいた。

　疑念もだ。

「ここの人じゃないの？」

「レイフ・ヴァルガスだ。テキサス州サンアントニオで生まれ育ったが、最近ヒューストンに移り住んだ」レイフは手を差しだしたが、握手を拒まれても驚かなかった。相手は神経を張りつめさせ、粉々に砕けてしまいそうな様子なのだから。しかも、命綱のように新聞紙をにぎりしめている。「それで、きみは？」

　しばらくためらっていたが、しぶしぶながら名乗った。「アニーよ」

「ただのアニー？」

「ええ」

「口数の少ない女性か」レイフはにっこりと笑った。「いいね」

アニーは大きく息を吸った。目に浮かんでいた不安は苛立ちに取って代わった。レイフにしてみれば、それでよかった。この女性は明らかに悩みから気をまぎらわせることを必要としている。

「無礼な態度をとるつもりはないけれど、話し相手が欲しい気分じゃないの」とアニーは宣言した。

レイフはその警告を無視し、テーブル越しに手を伸ばした。そして、関節が白くなるほどアニーがぎゅっとにぎりしめていた新聞を引き抜いた。「今日の新聞か?」

「わたしのよ」アニーに咎《とが》められたが、レイフが新聞を広げると、第一面のでかでかとした大見出しが目に飛び込んできた。

ニュートン連続殺人事件から十五年

その見出しの下に粒子の粗い写真が二枚掲載されていた。一枚は死体安置所に収容され、シーツをかけられた七人の遺体で、その隣の写真に映っているのは、茶色の目に柔和な笑みを浮かべた中年男性だった。

「陰惨だな」レイフはつぶやいた。

「あらま」フランシスはテーブルに戻ってきて、レイフのマグにコーヒーのおかわりを注ぎながら男の写真を指でたたいた。「地元の有名人よ」

レイフは眉をひそめた。「有名人？」

「そう。ドン・ホワイトは七人の女性を殺して捕まったの」フランシスはおおげさに身震いをしてみせた。「恐ろしや、恐ろしや」

「まあ、殺人事件はたいてい恐ろしいものだ」レイフは向かいの席に座る女性を盗み見た。

血の気の引いた顔で、手をぎゅっとにぎり合わせている。

どうしたんだ？

犠牲者の親戚縁者か？

「そういえば十五年目なのね」ウエイトレスはテーブルに腰をつけて話をつづけた。「自慢じゃないけど、この犯人のこと、あたし知ってたのよ」

レイフはフランシスの話を聞き流しながら、アニーから目を離さなかった。「ほんとに？」

「ええ、ほんとよ。判で押したように毎週日曜学校のまえに朝食を食べに来ていたの。

かわいい娘さんを連れて――」おしゃべりが急に止まった。フランシスは指をぱちんと鳴らし、ぎょっとしたアニーを指差した。「そうよ、そう。だから見憶えがあると思ったのよ。人の顔はぜったいに忘れないの、何年たって見た目が変わっても」とフランシスは言った。「ホワイト家のアニーお嬢ちゃんでしょ」

ハシバミ色の目にパニックが広がったかと思うと、アニーは腰を上げ、そそくさと出口に向かった。

レイフも思わず腰を浮かしたが、衝動を抑えて座り直した。あの女性は他人に煩わされたくないから、席を立った。しつこくまとわりつくつもりはない。

誰しもひとりになりたいときがある。レイフは人並み以上にそれが身に染みていた。「ああ、腰を抜かすかと思った」フランシスはつぶやいた。「二度と見かけないと思っていたのに」

レイフは顔をしかめた。「なぜそう思ったんだ?」

「彼女はアニー・ホワイトよ。ニュートンの殺人鬼の娘の」フランシスは新聞紙面の下のほうを指差した。そこにもまたドン・ホワイトの別の写真が載っていた。お下げ髪の幼い少女に腕をまわし、守るようにして、学校の外に立っている一枚だ。「アニー親子よ」

レイフは噂話を毛嫌いしている。親子してそれは同じで、父親がこの町を去った理由のひとつはそれだった。しかし、アニー・ホワイトのことをもっと知りたいという説明のつかない欲求が日ごろの嫌悪感に勝った。「なにがあったんだ?」

「ほんとに恐ろしい話なのよ」とフランシスは言いながらも、身の毛もよだつ話でレイフをもてなせる喜びを隠しきれなかった。長年にわたり、幾度となく人に聞かせてきたにちがいない。「もちろん、最初からそうだったわけじゃない。ドン・ホワイトがジョンソン農場を買ったとき、彼におかしなところがあるなんて誰ひとり疑わなかった。五歳の娘とふたり暮らしだったから、疎外感を感じさせないよう、わたしたちはできるだけのことをしてあげてたの」

「妙なところはなにも?」

「ええ、なにもなかった」フランシスはいったん口をつぐみ、十五年まえの出来事を思いだそうとするかのように、額にしわを寄せた。「そうね、昔のことは話したがらなかった。でも、そんな彼を誰が責められる?」

「というと?」

「奥さんとお兄ちゃんがひどい自動車事故で死んだんですって」

レイフは顔をしかめた。なんてことだ。母親と兄を亡くしたとき、アニーはまだほんの子どもだったとは。レイフは八つのときに母を亡くしていた。だから、アニーがどれだけつらい思いをしたかわかるのだ。「悲劇だな」

「もちろん、わたしたちだって詮索したくなかったわよ」

レイフは冷笑を浮かべそうになるのをこらえた。「ああ、もちろんそうだろう」

「あの親子はこの町で五年ほど暮らしていたわ。ドンはどこから見ても正常だった」とフランシスは先をつづけた。「それに、幼いアニーはとてもかわいらしかった」

「いまもそうだ」レイフは小声で言った。

フランシスは舌打ちをして、同情しているそぶりを見せようとした。十年に一度のスクープが舞い込んで、いかにも嬉々としているのに。向こう数日は町民たちがこぞってここにやってきて、アニー・ホワイトの謎に満ちた登場についてフランシスから話を聞こうとする。

一躍人気者だ。

「かわいそうにねえ」ウエイトレスは甘ったるい声で言った。「自分の父親が冷血な殺人鬼だなんて、どれだけ重荷か想像を絶するわ」

レイフにも想像はつかなかった。

だが、つらいにちがいない。

微笑んでいる男の写真に目を落とした。連続殺人犯だとは信じられない気がする。見た目はいたって……普通だ。

「本当に真犯人なのか？」レイフは尋ねた。

「そうですとも」フランシスは大きくうなずいた。「現行犯逮捕された自宅の古い核シェルターには、七人の女性の遺体があったの。自分の娘もそこにいたのよ。娘を縛り上げて、目隠しもして、自分は昼寝をしていたの」

「ひどいな」怒りがこみ上げ、レイフはこぶしをにぎりしめた。「死刑は執行されたのか？」

「そうとも言えるわね。逮捕されて、何時間もしないうちに留置場の監房で喉を掻き切られたから」

「ほかの収監者のしわざか？」とレイフは訊いたが、べつにどうでもよかった。

そんな野郎は向こう五十年、壁に縛りつけられ、責め苦を受けてもいいくらいだが、延々とつづく裁判のトラウマにアニーが悩まされずにすんだのは悪いことではない。

「さあ、どうなのかしらね」秘密めいた笑みがフランシスの口もとに浮かんだ。「神の御業は計り知れないわ」

「たしかにそうだな」死亡した連続殺人犯への興味は消えた。「アニーはどうなったんだ？」

フランシスは肩をすくめた。「しばらく精神病院にはいったと聞いたわ」

レイフは小声で毒づき、表情を硬くした。「驚くにはあたらない」冷ややかに言った。「父親から恐怖に陥れられたら、たいていの場合、セラピーを必要とする」

フランシスの頰が紅潮した。レイフの声に入りまじった非難の気配を聞き逃さなかったのだ。「いいえ、そういうわけじゃなかったの。というか、少なくともそれだけじゃなかった」あわててつけ加えた。「殺しが見えたとアニーは警察にくり返し話していたらしいの」

「なんて親だ。娘の目のまえで犯行に及んだ？」

「ちがうの。アニーが言うには、夢のなかで殺しを見ていたんですって」フランシスはわざとらしく間を置いてつづけた。「事件が起きていたときに」

レイフは目をぱちくりさせた。おや、意外な話だな。

言うまでもなく、父親のせいで苦難に耐えたあと、悪夢を何度か見ただけですんだのなら幸運だが。

「殺人事件以降、彼女はニュートンに帰ってこなかった？」

「ええ、帰ってきたという噂は聞いていないわ」フランシスは急に眉をひそめた。「妙だわね、いまごろ姿を見せるなんて」

「十五年目だからか？」

「ううん、先週からジェニーが行方不明になっているからよ」

そう聞かされて、レイフはいやな予感に胃が締めつけられた。なぜなのかはよくわからなかったが。

行方不明になった女性たち。理由はさまざまだ。事件発生から十五年目を迎えた連続殺人とかならずしも関係があるとはかぎらない。

しかし、直感を無視してはいけないと、ずいぶん昔に身をもって学んでいた。

突然、厨房の呼び鈴の音が響いた。「二丁、上がり」と男の大きな声がした。

フランシスはレイフにウィンクした。「貧乏暇なしよ」

レイフはその言葉を潮に腰を上げ、気前よくチップをはずんだ分を合わせて代金をテーブルに置くと、店をあとにした。

静かな通りに出るとすぐ、ポケットから携帯電話を取りだし、〈ＡＲＥＳ〉のオフィスに電話をかけた。「ティーガンか」友人が電話に出ると、話を切りだした。「頼みがある。ドン・ホワイトという連続殺人犯の資料を集められるだけ集めて、全部送ってくれ。ニュートンの殺人鬼と呼ばれていた男だ。よろしくな、相棒」

頭がどうかしたか、とコンピュータの天才に訊かれるまえに電話を切った。すぐに切らなければ、とっくに死んだ殺人犯のことなんかどうして気になるんだ、とつづけて訊かれただろう。

正直なところ、ニュートンにまた災いが起きるのではないかという漠然とした不安があるだけだった。

アニー・ホワイトが危険にさらされるのではないか、という不安を覚えたのだ。

アニーは町はずれのガソリンスタンドに立ち寄り、デンバーに戻るまえに満タンにした。

ばかね。

また別の殺人鬼が町にひそんでいる可能性は念頭に置いていた。あるいは、頭に浮かんだ情景は精神が不安定になっている兆候だと認識することさえ覚悟していた。ところが、まさか自分が誰だか気づかれてしまうとは思いもしなかった。

いまは裸になった気がしていた。生身の自分がさらされているようだった。もう何年も感じたことのない、無防備な気分に陥ったのだ。

神も許してくださるだろう。弱虫になるのはいやだけれど、また以前と同じように じろじろ見られたり、指を差されたりするのは耐えられない。あるいは、死体が置かれていた核シェルターで父親ともども発見されたあとにのみ込まれそうになった、あの吐き気を催す同情にも耐えられない。

ふと、あの美しい男性の引き締まった顔が心に浮かんだ。

レイフ・ヴァルガス。

すてきな人だった。魅力的で、セクシーで。彼を追い払おうとしていたのに、思わず体がざわめいてしまうほど。

どんな女性も望みしだいに手に入れられるタイプの男性だ。

そして、彼には知られてしまった……こちらが動揺していることを。

それが恥ずかしくてたまらなかった。

スウェットシャツを突きとおす早朝の空気にアニーは身を震わせ、給油ノズルを台に戻し、近くの建物に向かった。デンバーに戻り、復職を願い出るのがいちばんだ。そうよ。ニュートンには来なかったことにすればいい。

そう、しばらく無視していれば、そのうち消える。そうでしょう？　そして、幻覚のことは……

とはいえ、まずはコーヒーが欲しい。

ドアを引くと呼び鈴が鳴った。コンビニエンスストアの暖かい店内にはいっていくと、奥に小さなテーブルが三つあり、年配の男たちが集まって、コーヒーを飲みながら天気の話をしていた。

老人たちから向けられた好奇の視線を避けてアニーは店の一角に向かい、スタイロフォームのカップにコーヒーを注いだ。カップにふたをして、会計カウンターに行くと、中年の男性が焼きたてのペイストリーをガラスの容器にしまっていた。

合図されたようにお腹が鳴った。ドーナツやフリッターやマフィンが目に飛び込んできて、思わず食欲をそそられる。

おいしそう。

砂糖たっぷりの油菓子に揚げ物。

普段なら見ないようにしている誘惑的な食べ物だ。でも、今日は思いのままに吟味することを自分に許した。昨日は夕食を抜いていたし、今朝は朝食を食べ損ねた。

自分を甘やかしてもいいんじゃない？

低脂肪ヨーグルトではだめな日だってあるのよ。

「おはようさん」カウンターの男の声が響いた。やっと七時になったばかりなのに、やけにほがらかな声だった。

「おはようございます」

「空気が冷たいね」男はわかりきったことを言った。「これじゃ雪は遠くへ行かないな」

アニーは顔を下げたまま、ガラスケースをじっと見ていた。「ええ」

世間話に応じる気のない客だとわかったようで、店の男はすぐに用件を尋ねた。

「ご注文は?」

アニーはこれと決めたペイストリーを指差した。「ブルーベリーマフィンをひとつ」

「了解」

マフィンを手早く包んでもらっているあいだ、アニーはカウンターの端に移動した。コーヒーのカップをおろし、デビットカードを出すと、レジの奥に貼ってあるポスターに目が吸い寄せられた。

行方不明者

この女性を見かけませんでしたか?

情報提供に謝礼あり

ニュートン警察署にご一報ください

腹にこぶしをたたきこまれたかのように、アニーははっとして息を洩らした。「嘘でしょう?」

まさにこういう事態を予想していたのだが、それでも茫然とするような衝撃を受けてしまった。

店の男はマフィンを入れた袋をコーヒーの横に置き、好奇心を剝き出しにしてアニーをじろじろと見た。「どうかしたかい?」

アニーは頭を振って、ポスターを差し示した。「この人はまだ行方不明なの?」

「ああ」男は樽のようにがっちりとした胸の上で腕を組み、見せかけではなく本当に心配そうな表情を浮かべた。「ジェニー・ブラウン。地元の子だ」

「いついなくなったの?」

「八日まえだ」そう言って顔をしかめた。「デモインに出かけたきり、帰ってこなかった。おおかたの連中は、インターネットで知り合った男と駆け落ちしたんじゃないかと思ってる」

男の幅の広い顔をアニーはじっと見た。その意見は信じていないようだ。信じていたら、行方不明者のポスターを店に貼りだしはしない。

「でも、あなたはちがうと？」とアニーは水を向けた。

「ありえないわけじゃないとは思うよ。ジェニーが亭主に隠れて浮気をしたのだとしても、初めてのことじゃない」気が進まなそうに男は打ち明けた。「でも、子どもを置いて出ていくなんてジェニーらしくない」

妙なことに膝から力が抜けてしまい、アニーはカウンターの縁にしがみついた。

「子どもがいるの？」

店の男はうなずいた。「男の子がひとり」

〝被害者にはみな子どもがいた。わたしは別として〟

アニーはポスターの真ん中の写真に目を据えた。不安がこみ上げ、胃が締めつけられた。「ずいぶん若く見えるわ」大きな茶色の目をした丸顔の女性を見つめながら小声で言った。

「ジェニーは若いうちから苦労したんだ」かばうような口調だった。その気の毒な女性を非難していると思われたの？　そうでないことをアニーは願った。傷つけられたのは本人になんらかの落ち度があったせいだといわんばかりに被害者を裁く人たちは嫌いだ。「息子を授かったとき、ジェニーはまだ十五歳だったが、いつもいい母親であろうとしていた」そこで急に口をつぐみ、青い目を疑わしげに細くした。「待てよ。

あんた、記者じゃないだろうな？」

「まさか、ちがうわ！」アニーは力をこめて否定した。

その昔、マスコミから追いまわされ、養父母の農場までついてこられたことがあった。幸い、ダグラスが、敷地内で見つけしだい撃つぞ、と警告してくれたのだ。

そのうち報道関係者はいなくなった。

「昨日、ジェニーが行方不明になったこととニュートンの殺人鬼を関連づけようとしているやつがここに来たばかりでね」男はうんざりしたように首を振った。

「どう考えてもありえないんじゃない？」アニーはかすれた声で尋ねた。「犯人は死んだ、そうでしょう？」

男は顔をしかめた。「ああ、もう死んでいる。留置場で喉を掻き切られて。遺灰の一部を保安官はトロフィーにおさめてデスクに飾っているらしい。本人からそう聞いた」

アニーはカウンターをつかんでいた手にさらに力を入れ、指関節が白くなった。

〝もうやめて、もうやめて、もうやめて〟

いま父のことを考えるのは無理だ。

これだけの年月がたっても、いまだにつらい。「だったらなぜその記者は、女性が行方不明になったのはニュートンの殺人鬼のしわざじゃないかと疑うの？」

「ただの売らんかな、だろうよ。犯人ではないやつが逮捕されて、殺人鬼はまだ野放しになっているとほのめかそうとした」店の男は、ふんと笑い飛ばした。「われわれはそんな話は即座に却下したさ。そうしたら、模倣犯にちがいない、とその記者は言いだした。でも、それなら、すでにほかの娘が行方不明になっているはずだ。これはみんな知っていることだが、ニュートンの殺人鬼は一日おきに女をさらった。規則正しくきっちりと。そう、保安官の女房だけは例外だった。キャシー・ベンソンが行方不明になった翌日にさらわれたのだから」アニーが苦しげな声を洩らしたので、男は目をぱちくりさせたが、ようやくコーヒーとマフィンの代金をレジに打ち込んだ。

「思うにその記者は、われわれに追いだされなかったら、殺人鬼の亡霊が女たちをさらっているという第三の読みを披露していただろうよ」場をなごませようとして、そうつけ加えたようだった。

　アニーはデビットカードを機械に通した。心をかき乱す話題からとにかく逃れたくてたまらなかった。「たぶんそうね」

「そういえば、ここはただ通りかかっただけかい？」店の男はレシートを渡しながらアニーに尋ねた。

そうよ、とアニーは言いたかった。帰ろうとすでに決めていたのだから。

そうでしょう?

結局、ジェニーという若い母親はどこかの男と駆け落ちして、夫婦のまねごとでもしているのだろう。

あるいは、友人とラスヴェガスに行ったたか。

ジェニーが行方不明になったことと以前の殺人事件を結びつける理由はなにもない。

けれど、口を開いたとたん、このまま町を去ることはできないと気づいた。

「いいえ」とアニーはつぶやき、出口に足を向けた。「しばらく滞在することになりそうよ」


放置された家の二階にいると、木立ちのはずれに佇む華奢な人影が目にはいった。

やっとだ。

興奮して鼓動が速くなる。

待つのはつらかった。かなりつらかった。

でも、アナベル抜きでゲームはできない。

「やっぱりおまえは来た。こちらの願いどおりに」ささやきながら、埃まみれの窓ガラスに手を触れた。「ほんとにいい子だ。会いたかったよ、かわいいアナベル。これでふたりのゲームをつづけられる。いとしいおまえ、今度こそゲームを終わらせよう。ふたりで……」

3

〈ニュートン・モーテル〉は快適さではなく、便利さを追求している。

一九四〇年代に建てられたL字型の建物の客室はダブルベッドと鏡台がかろうじておさまる広さしかなく、同じように狭苦しいバスルームがついているだけだ。

宿泊客といえば鹿撃ちのハンターや道路工事の作業員、そして結婚式や葬式へ参列しなければならないが、さりとて実家に帰るつもりはない者たちだ。

長時間部屋に閉じこもる客向けの施設ではない。

部屋のなかを歩きまわり、行方不明者のニュースを待ちながら、あるいはまたあの恐ろしい情景が頭に浮かぶのを待ちながら三十六時間を過ごしたあと、アニーもさすがに外に出た。

公認会計士の資格試験に合格した日に、養父に買ってもらった明るい黄色のジープに乗り込み、ニュートンを出て、三十キロほど南のラクレードへ向かった。

どう解釈しても大きな町ではないが、高速道路沿いにチェーンのレストランが何軒かあり、そこでならよそ者が食事をしていても目立つことはない。ホテルに閉じこもって閉所恐怖症になりそうだったが、フランシスの店に行って、容赦なく詮索される覚悟はなかった。

ボックス席に座り、ハンバーガーとフライドポテトを注文すると、アニーは大きな窓の外に目を向け、煌々と明かりが灯された駐車場を眺めていた。自分が誰だか人に知られるとは思わないが、若い女性がひとりでいれば、よけいな関心を惹いてしまうものだ。

ハンバーガーをほとんど平らげ、ポテトも半分ほど食べたところで、木製調のテーブルに影が差し、店内に流れるあたりさわりのない音楽越しに聞き憶えのある男性の声が聞こえてきた。

「これはうれしい驚きだな」DNAに書き込まれているにちがいない尊大な態度で、レイフ・ヴァルガスは背もたれの高い向かいの座席に腰をおろした。笑みを浮かべると白い歯がこぼれ、男性向けのさわやかなコロンの香りがアニーの鼻をくすぐった。

「やあ、アニー」

アニーは眉をひそめたが、興奮して胸がどきどきしてしまった。

困ったわ。

すこぶるつきのいい男だ。黒髪が秋の冷たい風に乱れていても、なんの問題もない。彫りの深い整った顔立ちの顎に無精髭が生えていても、グレーのパーカーにブラックジーンズという普段着でも、華やかに見えた。

黒髪の男性的な美貌とあふれんばかりのカリスマ性は、蜜に群がる蜂のごとく、こみ合ったレストランに居合わせた女性客をことごとく惹きつけていた。

「ヴァルガスさん」ゆったりと姿勢を崩したレイフの足にテーブルの下で足をつつかれると、アニーは顔をしかめた。「ここでなにをしているの？」

「不動産業者と会って、書類にサインをしていた」レイフは頭を動かし、トレンチコートに袖を通して店を出ていく中年の女性を指し示した。「ここのパイはとびきり旨いと太鼓判を押された。でも、彼女は当然ながら、おれが深皿で焼く大好評のアップルクラムを食べたことがない。食べたことがあれば、おいしいパイとはどんな味かわかるはずさ」

こちらを感心させようとしたのだろう。アニーはそんなレイフの狙いを無視した。

「家を買うの？」

「売るんだ」

「売る？」アニーは即座に疑念を抱いた。「ここの住民ではないと聞いたと思うけど」

レイフは肩をすくめた。「祖父の家だったんだ、マニュエル・ヴァルガスの」

「ああ」古いピックアップトラックを運転していた黒髪の痩せた男性をアニーはぼんやりと思いだした。「そのお名前は聞き憶えがあるわ。たしか収穫期に父の作業を手伝ってくれたの」誕生日にもらった新しい人形を見せびらかそうとするたびに、マニュエル・ヴァルガスににらみつけられたことを思いだし、鼻にしわを寄せた。「いつも納屋に車を停めて、畑まで歩いていた。わたしのことを避けていたみたいだった」

「なるほど。祖父らしいな。子ども嫌いだったんだ」レイフはぼそりと言って、テーブルのところに来たウエイトレスに目をやった。「どの銘柄があるのか知らないが、生ビールを頼む」

長い黒髪にふっくらした顔の若いウエイトレスは露骨に誘いをかけるように微笑んだ。「お持ちするわ」ささやくような声で言うと、りっぱな胸の谷間を見せつけるほど腰をかがめた。「ご希望がほかにあれば、それも」

よくある反応をレイフから待つあいだ、気まずい沈黙が流れた。レイフの関心はアニーだけに向けられていたので、ウエイトレスはしぶしぶ踵を返し、気取った足取りで立ち去った。

異性としての興味をありありと浮かべたレイフの眼差しに気づき、アニーはどきりとした。

すてきな人だ。危険なほどすてきな人だわ。

「一緒にどうかと誘った憶えはないわ」とアニーは言った。

「いいんだ」レイフはテーブル越しに手を伸ばし、アニーの皿からフライドポテトをつかんだ。「きみのマナー違反は許す」

「ついてるわね」

「おれたちふたりともついてるんじゃないか」

熱を帯びたような瞬間に、アニーはほんのいっとき自制心をほどき、誘いかけてくる黒い瞳をうっとりと見つめた。はっとするほどセクシーなこの男性と気楽なお遊びにふけりたい、という熱い思いが頭の片隅に芽生えた。

最後にハンサムな男性から誘惑されたのはいつだった？

いや、最後もなにもそんなことは一度もなかったはずだ。

だからといって、気を許したら大ばか者だわ。

アニーはダイエットソーダのグラスに浮き上がった水滴をぼんやりとぬぐった。

「お祖父さまはあなたを待っているんじゃない？」

「それはない。去年、他界した」

アニーは顔をゆがめた。「そう、残念ね」

「いや、残念がってくれなくてけっこうだ。おれもよく知らない人だったから」レイフの口調が硬くなった。「おれの父がニュートンを出て軍に入隊したとき、祖父は快く思わなかった」

「どうして？」止める間もなく、言葉が口をついて出ていた。しまった。レイフ・ヴァルガスについてこれ以上知りたくないのに。今夜は彼のことばかり考えてしまいそうだという予感に早くも駆られているようなときにはだめだ。「ううん、忘れて。わたしが首を突っ込むことじゃないものね」

レイフはまたアニーの皿からポテトをつかみとり、当然ながらアニーの願いを無視した。「祖父の考えでは、息子は、つまりおれの父は実家に残って家計に貢献するべきだったが、父は農作業で一生を終えるのはいやだった。家を出た日、おまえをけっして許さないと祖父に言われたそうだ」ふた口でポテトを食べた。「その言葉どおり、祖父は父を許さなかった」

アニーは混雑した店内に目をやり、出入り口を見た。

立ち去るべきだわ。

この男性が危険なほど魅力的だからではなく、男の人に熱をあげている場合ではないからだ。まったく。遊びに来たわけではないのよ。

けれど、体が動かなかった。

狭苦しいモーテルに戻って、部屋のなかを歩きまわりたくはない。いまはまだ。席を立つのはやめて、ソーダをひと口飲み、彼の引き締まった顔を見つめた。

「お祖父さまに会ったことはないの？」唐突にそう尋ねた。

「二度ある。祖母の葬儀のときと、その六年後、父が癌と診断されたときに」声音ににじんだ悲痛な響きをアニーは聞き逃さなかった。「能天気なことを思ったのさ、頑固じいさんを説得して和解させることができるんじゃないかって」

アニーはわかりきったことを尋ねた。「説得できなかった？」

レイフは口もとをゆがめた。「玄関に通してもくれなかった」

「お父さまはどうなったの？」

「一年後に死んだ」

レイフがまったく感情を表わさなかったのは、父親を亡くしたことをいまでも深く悼んでいるからだろう、とアニーは察した。そして、わが子よりもおのれのプライドを優先した祖父に対していまでも怒りを感じているのだ、と。

「家族って……」適切な言葉を探しながら、アニーは唇をよじった。「むずかしいわ」

アニーが考えあぐねた末に選んだ言葉を聞いて、レイフは鼻を鳴らした。「ほとほと厄介な家族もいる」

アニーはうなずいて、ウエイトレスがレイフのビールをテーブルに置くのを待った。その単純作業には並々ならぬ努力が必要とされるようで、ウエイトレスは冷えたグラスを置くまえに下に敷くナプキンの位置を何度も直し、レイフの肩に腰をかすめさせた。

今度もまた、レイフはアニーの顔を見つめたまま視線を動かさなかった。脇目も振らないレイフの熱心な態度を見て、ウエイトレスは腹立たしげに立ち去った。一方アニーは気まずくなり、ビニール樹脂の座席に座ったまま体をもぞもぞさせた。

いったい彼はわたしになにを求めているの？

「あの話はしないわよ、ご希望だとしても」

レイフは眉を上げた。出し抜けに持ちだされた話題に心底面食らったようだった。

「あの話って？」

「ニュートンの殺人鬼」

「ああ」レイフはビールに手を伸ばし、たっぷりと喉に流し込んだ。「朝からずっと、過去のことにかかわっていたから昔の話はもうけっこうだ。なにをしているのか、きみのことを聞かせてくれ」

アニーはレイフを見つめていた目を細くした。「なにをしているのかですって？」

「仕事で」

「ああ」アニーは肩をすくめた。「公認会計士なの」

「公認会計士か。それって……」

「退屈な仕事よ」アニーは苦笑いを浮かべた。

「いや、じつにりっぱな仕事だ」レイフは訂正するように言った。「仕事が好きか？」

アニーは目を伏せた。この人の黒い瞳によけいなことまで見透かされてしまいそうだ。

キャリアへの不満に向き合う覚悟はできていなかった。自分の胸に問いかける覚悟も。養父母に相談する覚悟も。もちろん、見も知らぬ人に打ち明ける覚悟などありはしない。「成長の見込める安定した仕事よ」十歳のころから耳にしてきた言葉を唱えた。

「パンフレットにそう書いてあるのか？」とレイフがからかうように言って手を差し

向けた瞬間、アニーは顔を上げて、ふざけないでと警告するように彼をにらんだ。

「わかった、わかった。気を悪くさせるつもりじゃなかった。夢見るような仕事というよりも実務的な仕事というわけか」

アニーは膝の上で手をにぎりしめ、まだレイフをにらみつけていたが、その視線とはうらはらに鼓動が速くなっていた。

この瞬間、アニーを夢見る気持ちにさせるのは、この人と、しっかりしたベッドと、ホットファッジサンデーだ。

不埒な願望を告白するつもりはないけれど。

「あなたの仕事は？」

「すこしまえに軍を除隊した」とレイフは言った。アニーが心の奥に抱く陰鬱な侘しさに似たものが彼の目にほとばしった。レイフは無理をしたように口もとに笑みを浮かべた。「帰国して、仲間たちと警備会社を始めた」

「ガードマンなの？」

そう聞いたとたん、レイフは笑い声をあげた。「もうすこし専門的だ」

声にはらむ鋭さにアニーは警戒し、身をこわばらせた。きわめて美しい顔を見つめ、無意識のうちに最初からわかっていたことを自分に認めた。

ざっくばらんな魅力の裏に、情け容赦なく人を殺せる男がいる。

アニーはふいに乾いた唇を舐めた。「いつからこっちに？」

急にアニーが緊張したことに気づいたのか、レイフの顔から笑みが消えた。「四日まえだ」ゆっくりと下げた手を尻ポケットに伸ばした。「それから、きみが知りたがっているかもしれないから念のために言っておくが、用事があって、ちょっとパリへ行っていた、旧友の力になるために」

パスポートをぽんとテーブルにほうり、赤みの差したアニーの頬を探るように見た。ばれたのね。

アニーは喉がつまったような気がして、咳払いをした。「どうしてわたしが知りたがるの？」

レイフはパスポートを開き、帰国時の日付とスタンプを見せた。

「きみは知的な女性だから、ジェニー・ブラウンが行方不明になったことにおれが関係しているのではないかと考えるはずだからだ」

アニーは苦笑いを洩らしそうになるのをこらえた。日付はたしかに彼が国外にいたことを証明しているが、警戒心は解けなかった。

そうよ、この人が頭のおかしい連続殺人犯だと本気で思っているわけじゃない。フランスにいた証拠を示してくれたのだから、なおさらのこと。

それでも、彼が危険ではないというわけではない。

時計のように規則正しく、先ほどのウエイトレスが舞い戻ってきて、頼みもしないビールをレイフのまえに置いた。

さらには、折りたたんだ紙切れを首尾よくレイフの膝に落とした。

名前と電話番号が書いてあるにちがいない。

アニーは首を振った。手慣れたものね。

「用があれば電話して」ウエイトレスは甘い声でささやいた。「どんな用でもいいから」

レイフがまたかという顔でメモを膝から床に払い落としたのを見て、アニーの緊張がいくらかやわらいだ。

内々で話をしようとしているときに横からうるさく誘ってくる女性はこのウエイトレスが初めてではないにちがいない。

「パスポートを見せてあげればいいんじゃない？」アニーはそっとつぶやいた。

レイフはパスポートをつかみあげ、ポケットに戻した。「見せてまわるつもりはない」そうはっきりと言った。「女性に声をかけるときには一度にひとりずつだ」

「ふうん、そう」

レイフはビールを脇に押しやり、テーブルに腕を載せて身を乗りだした。「ここでなにをしているのか訊いてもいいか？」

レイフがまとう男性的な生々しいにおいに吸い込まれるのが怖くて、アニーは反射的に背もたれの固いクッションに背中を押しつけた。「このレストランで？」

「ニュートンで、だ」

「だめよ」

そっけない拒絶にレイフは唇をよじった。「いいだろう。だったら、数字の計算をしていないときは、なにをするのが好きか教えてくれ」

そこまで粘るなら、話してあげる。

「読書。ジョギング。キックボクシング」

掛け値なしの驚きがレイフの顔に広がった。「これは驚いた」

アニーは顔をしかめた。「なにが？」

「おれもジョギングをする、毎朝五時きっかりに。十歳のときに父にベッドからたたき起こされて始まった日課だ」とレイフは言った。「週末には友だちとキックボクシングをしている。何カ所か骨折しているし、傷痕もいくつかあるが、それはやつらのほうがおれより腕が立つ証拠だ。それから静かな夜を過ごしたいときには、ワインとおもしろい本があれば言うことなしさ」

アニーは目を細くした。「たぶん子どもたちと献身的な奥さんを隠しているんでしょう？」

「妻はいない。子どももだ」

鎌をかけたな、と言わんばかりにレイフはにやりとした。

「だけど、いると言えばいる。金色のラブラドル・レトリーバーが二頭、牧場でおれと暮らしている。あいつらは相当な焼き餅焼きだ。でも、約束するけど、きみのことは詮索しない」

「牧場を持ってるの？」懐かしさがこみ上げ、アニーは胸が苦しくなった。

養父母の家が無性に恋しくなった。動物たちや、開放的な空間や、静寂が懐かしい。アニーが世間から孤立していると思い、デンバーへ出たらどうかと強く勧めたのは養母のキャサリンだった。アニーが羽を広げて巣立っていこうとしないのは怖れのせいだとキャサリンは見なしたのだ。

たしかにそれもある。

過去はけっしてアニーをそっとしておいてくれない。

けれど、残りたかったのは、ただ単純に牧場が好きだからだった。

「いまは改装した家と、厩舎と、古い離れがいくつかあるだけで、ただのがらんとした土地だ」その地所がいかに大切か、レイフの表情が物語った。「いつかは――」

例のウエイトレスがまたもレイフの注意を惹こうとして、話が中断された。「ほかになにかお持ちします？」ウエイトレスが浴びるように振りかけてきた香水に吐き気がして、アニーは鼻にしわを寄せた。ウエイトレスはさらに尋ねた。「デザートは？　ビールのおかわりはいかがかしら？」

アニーは大きく咳払いをした。

こんなゲームにはつきあっていられない。

気が散るのは危険だというだけではなく、人間関係を築くつもりもない。

「お勘定をお願いするわ」アニーはウエイトレスに言った。

レイフはウエイトレスが求めていた興奮をとうとうあたえ、顔を仰向けて微笑んだ。

「おれのほうにつけてくれ」

ウエイトレスは吐息を洩らし、アニーは席から立ち上がった。

このウエイトレスが制服を脱ぎ捨ててレイフの膝に載るのなら、その場に居合わせるのはごめんだ。

わせた。

「お好きにどうぞ」アニーはそうつぶやいて、出入り口に向かった。

窓越しにレイフの視線を感じながら駐車場を横切り、ジープまで歩いた。ジープに乗り込み、エンジンをスタートさせ、うしろを振り返りもせず、高速道路へ車を向かわせた。

数キロ走って、ようやくぴりぴりした神経がやわらぎ、ユーモアのセンスも戻ってきた。運転席で肩の力を抜き、なんとかウエイトレスをかわして店外に出ようとするレイフを思い浮かべ、くすりと笑った。

レイフは兵士として訓練を積んだのだろうが、あのウエイトレスはあのウエイトレスでなかなか粘り腰だった。

とはいえ、自分が立ち去ったあと、レイフはウエイトレスの露骨な誘いに乗ることにしたかもしれないと気づき、愉快な気持ちは消えてしまった。

知ったことではないでしょう、とアニーは自分をたしなめた。

明日までにジェニーも帰ってくるだろう。そうすればこっちもデンバーへと帰途につき、レイフ・ヴァルガスはただの楽しい思い出になる。

十五分足らずでアニーはモーテルに戻り、部屋のまえに駐車した。

ジープを降りてロックし、ドアに向かったが、ふと警戒し、足を止めた。

誰かに見られている。

レイフにいつまでも見られていたときの感じとはちがう。

さっきは……ぞくぞくした。

いまはぞっとする。

「ちょっと?」アニーはバッグに手を入れて、つねに持ち歩いている催涙スプレーをつかんだ。「そこに誰かいる?」用心しながらドアへ近づいた。「ねえ、そこにいるのはわかっているのよ」と大声をあげた。

角の小さなコーヒーショップはこの時間はもう閉店している。通りの向かいの人影のないガソリンスタンドはいまにも崩れ落ちそうだ。

唯一の明かりは、モーテルの事務所を兼ねた住宅の窓から洩れていた。

「頭がおかしくなってるわけじゃないわよ」アニーは息をつき、ドアに背中を押しつけた。

こっちを見張る人物の姿は見えないが、そこにいることはいる。あとをつけ、待ちぶせし、楽しんでいる。

喉がふさがる思いがしたが、必死にバッグのなかをかきまわして鍵を探していると、裏口の明かりがつき、モーテルのオーナーが自宅から出てきた。

「どうかしましたか、ホワイトさん？」そう声をかけてきた。

アニーは鍵を探しあて、バッグから取りだすと、ドアノブに差し込んだ。

「なんでもないわ、大丈夫です」かちっと音がして解錠すると、小さく手だけ振って、すぐに部屋に駆け込み、ドアを閉めた。

ああ……なんてことなの。

アニーは鼓動の激しい胸に手をあてた。

また同じことが起きている。


路地の暗がりに身を隠し、両手をにぎりしめ、モーテルの部屋にはいっていく姿を見ていた。

荒い息づかいが聞こえ、ドアを閉めたときの体の震えも伝わってきた。

神よ、許したまえ。怖がらせるつもりはなかった。それだけはしたくなかった。

かわいいアナベルは特別だ。じつに思いやりがあり、やさしい子だ。天使のように。

あの子は大事にされるべきだ。守るべきなのだ。

前回は務めを果たせなかった。でも、いまは第二のチャンスが来た。もう失敗はしない。
まずは仕事だ。
悪い女は罰を受けなければならない。
それで初めてアナベルは安全になる……。

4

はやる気持ちを抑えて十分だけ待ち、レイフはレストランをあとにしてニュートンに戻った。そうすれば、モーテルのまえを通りかかって、黄色いジープが砂利敷きの駐車場に停まっているか確認できるからだった。

アニーに気味の悪いストーカーと思われることだけは避けたかったが、無事に部屋に戻ったかたしかめずにはいられなかったのだ。

いつもの保護本能だ、と自分の胸に言い聞かせた。人殺しが野放しになっているかもしれないのだから、夜間ひとりで外出した若い女性の身を案じて当然だ。

人殺しがその女性の父親と関係があるのなら、なおさらそうだ。

しかし、この強い衝動はそれだけではない、とレイフは直感的にわかっていた。

わからないのは、ほかになにがあるのか、ということだ。

通りの向かいに車を停めて、彼女を監視したいという変質者じみた衝動に屈せず、ピックアップトラックをUターンさせ、ラクレードに戻り、食料品の買い出しに行くことにした。翌日でも間に合う用事だが、そうかといって祖父の家に帰りたくてたまらないわけではなかった。

どうにかこうにか居間とバスルームと、寝室のひと部屋だけは箱を片づけたが、まだ狭苦しさがあった。閉所恐怖症になりそうだ。あたかも祖父の亡霊が肩の上に立ち、出ていけと急き立《せ》てているかのようだった。

あのくそじじい。

ようやくニュートンに戻り、町のごくはずれに立つ小さな家のまえにトラックを停めた。

たわんだ屋根と家を取り囲む傾いだポーチを見て、顔をしかめた。白い塗装は剝げ落ち、生け垣は伸び放題で、小さな前庭にまで広がっている。昔は祖父も家の手入れをきちんとしていたが、作業ができるほど健康だったのはずいぶんまえのことだ。しかもつまらないプライドがじゃまをして、人に助けを求めることもできなかったと見受けられる。

野原まで伸びる裏庭には、箱がぎっしりつまった大きな物置が二棟ある。これまでのところ、どちらもなかの様子をざっと見ただけで、すぐにドアを閉めてしまった。

がらくたの山を掘り返さなければと考えただけで、いっそ火のついたマッチを投げ込んで面倒に片をつけてしまいたいという気にもなった。

ちょろいものだ。

ポーチに上がると、床板がきしむ音が聞こえ、レイフはぴたりと足を止めた。

くそっ。誰かがなかにいる。

食料品の買い物袋を揺り椅子にそっと置き、スウェットシャツの下につけていたホルスターから銃を引き抜いた。そして、長年の厳しい訓練で身につけた物音をたてない動きで、玄関ドアにぴたりと体をつけた。ドアの鍵はあえてかけていなかった。なぜかけなきゃいけない？　住民はみな玄関をあけたままにしておく小さな町だからであるのはもちろんのこと、誰かにがらくたを持っていってもらえたら、万々歳だからだ。

いまはそんな防犯意識の甘さが恨めしい。

こそこそかぎまわる田舎者を撃つ破目になるのは願い下げだ。

そっと玄関ドアをあけ、部屋の真ん中に銃を向けると、聞き憶えのある男の声が暗がりに響いた。

「撃ったら、ただじゃおかないぞ」ティーガンの間延びした声が聞こえた。「うちのおふくろにぶっ飛ばされるからな」

「いったいどうしたんだ？」

レイフは銃をホルスターに戻し、ドアを閉め、壁のスイッチをつけた。そのとたん、天井の照明の薄ぼんやりした黄色い明かりが部屋に満ち、たくましい胸板に黒いTシャツが貼りつく、迷彩模様のズボンを穿いた大男が姿を現わした。

レイフは眉をひそめた。崩れかけた暖炉にティーガンが寄りかかっている姿を見るとは思いもしなかった。

「ここまでどうやって来た？」

コンピュータの天才は肩をすくめた。「ホークにデモインまで飛行機で送ってもらって、そこでレンタカーを借りた」

レイフは近くの窓の外に目をやった。家に戻ってきたときに注意散漫になっていたのは確かだが、車を見落とすはずはない。「そのレンタカーはどこだ？」

「角のガソリンスタンドに停めた」ティーガンはおおげさに肩をすくめた。この男は大の車好きで、暇を見つけて古い車をせっせと改造しては売却し、かなりの儲けを得ていた。「あんな車を運転しているのを人に見られたくないんでね」

レイフは眉を片方吊り上げた。「それで、おれの家に侵入することにしたと？」

「町をうろついて、地元の住民を怖がらせるのは忍びない」

タトゥーを入れた丸刈りの大男がニュートンの通りをぶらぶら歩いている姿を思い浮かべ、レイフはふっと笑った。

まちがいなくパニックを引き起こす。

「いい判断だ」皮肉まじりに言って、両のこぶしをにぎり、腰にあてた。「でも、ヒューストンにいれば、ここの住民たちの心配をする必要はなかったはずだ」

「資料をよこせとあんたに頼まれた、そうだろう?」

いかにも理にかなっているという口調だったが、レイフの苛立ちは鎮まらなかった。仲間たちのことは兄弟のように愛着がある。それは本当だ。しかし、ときに彼らは過保護の母親よりも鬱陶しくなる。

「じかに届けてくれとは言っていない」とレイフは指摘した。「ここは片田舎かもしれないが、インターネットにはアクセスできる」

黄金色の目が細められた。「わかっているだろう、おれはいつでも責任以上のことをする」

「ああ、それに世のばあさん並みに詮索好きだ」

ティーガンはにやりとした。ニュートンくんだりまで伸《の》してきた理由を否定しようとするようなばかではない。「なぜあんたが突如として連続殺人犯に興味を持ったか、知りたくなっても責められない」

たしかに。立場が逆なら、レイフも干渉せずにはいられない。友の頭がおかしくなったのではないと確信できるまでは。

「ファイルはどこだ?」

ティーガンは部屋の向こう側の低いアーチ型の出入り口に顎をしゃくった。「キッチンだ。あんたが気に入っている地ビールの差し入れもある」

「ほう」ビールと聞きつけたとたん、レイフはじっとしていられなくなった。ここ数日、安い生ビールに耐えてきたのだ。「おまえが醜男じゃなければ、キスしていたところだ」

ティーガンはレイフのあとからついてきた。「あんたはタイプじゃない」

「それはよかった」レイフは冷蔵庫をあけてビールを二本取りだし、キッチンカウンターの端を使ってふたをあけた。「おまえのタイプなら知ってる」友人にそう言って、一本手渡した。

「派手な女」ティーガンはにんまりと笑いながら言った。いつも度肝を抜かれるほど華やかな女性を選ぶことはふたりとも知っていた。狭い部屋の真ん中に移動し、ダイニングテーブルに積んだファイルの山をたたいた。「これがドン・ホワイトに関する資料だ」

レイフは椅子を引くと、いちばん上の書類ばさみを開き、中身をテーブルに広げた。

「まるでスケッチのようだな」とつぶやいた。

白黒の顔写真、〝ニュートンの殺人鬼〟という見出しが躍る、十枚ほどの新聞の切り抜き、ドン・ホワイトの運転免許証の写し、農場の抵当証書、シルバーのトーラスの保険契約書。

「スケッチとはうまいことを言ったもんだな」ティーガンはうなるように言って、向かい側の椅子に恐る恐る腰をおろした。

ティーガンの体重が手彫りの家具を薪に変えかねない脅威をあたえると、椅子が抗議の声をあげてきしんだ。息をのみ、リノリウムの床に尻餅をつかないか様子を見てからティーガンはテーブルに両肘をつき、身を乗りだした。

「どういう意味だ?」とレイフは尋ねた。

「ニュートンに引っ越す以前の情報は見つからなかった」

「変だな」レイフはいちばん上の新聞の切り抜きを指差した。「その記事によれば、生まれはフェアバンクスで、家族でバーレーンへ移住、妻と息子が自動車事故で死亡したあと、娘を連れてニュートンに引っ越したとある」

「でっちあげだ」

「確かか？」

「おいおい、調べたのはこのおれだぞ」

レイフは顔をしかめた。ティーガンがでっちあげだと言うなら、それはでっちあげだ。

それでおしまい。

「おかしな話だな」レイフはつぶやいた。「たしかにこの町の警察は名探偵シャーロック・ホームズというよりも、ドジな保安官助手バーニー・ファイフに近いが、連続殺人犯が出没していると気づいた時点で連邦当局が関与したはずだ」

「身分証明書はきちんとしていたから、たいていの身元調査は通った」とティーガンは言った。「この男の件はさっさと終わらせようとしたようだから、とくにそうだ。被疑者が死亡してしまえば、くわしく調べる理由はない。証拠の大半は箱につめて、地元の裁判所に保管されたが、数日後に全焼した」

レイフは顔写真を指でたたいた。なぜドン・ホワイトは偽名を使っていたのか。

逃亡中だからとしか思えない。

だが、なにから逃げていた？

警察からか？　正体を見破られる恐れのある前歴の被害者からか？

なんとも判断できない。

顔を上げると、こちらをじっと見ているティーガンと目が合った。「まだ調べているのか？」

「ああ、あと二、三日かかる」

レイフは残りのファイルを指差した。「これは？」

「被害者たちだ」ティーガンは書類ばさみを一冊つかみ上げ、レイフに手渡した。「第一号。コニー・マシューズ」短い茶色の髪の細面の女性の写真をレイフが取りだすのを待った。笑い方を忘れてしまったような疲れた顔をした女性だった。「二十七歳」ティーガンは説明をつづけた。「六年生の息子がひとり。ある晩、煙草を買いに地元のコンビニエンスストアに出かけ、それっきり家に帰ってこなかった。飲んだくれと結婚していて、そいつのせいで定期的に病院送りになっていた。だから、とうとう亭主に殺されて、どぶに捨てられたんだろうと世間では噂された」

レイフはため息をのみ込んだ。相棒の顔が御影石から彫りだしたように見えても驚かなかった。

ティーガンの親父がおふくろさんを殴り殺しそうになったのは、ティーガンがまだそのろくでなしを逃げださせるほどの手ごわい巨漢に成長するまえのことだった。

レイフは手ぶりでうながした。「第二号は？」

ティーガンは二番目のファイルをレイフに渡した。「ヴィッキー・プライス。最初の事件の二日後に連れ去られた。高校を中退したシングルマザー」

レイフは書類ばさみを開き、ブロンドの少女の写真を見てたじろいだ。地元のアメリカンフットボールチームのチアリーダーであってもおかしくない容姿だった。

「まだ十七歳だった？」かすれた声で言った。

「ああ。GEDを受験して高校卒業資格を取得し、近くの食料品店への就職も決まっていた」ティーガンは次のファイルをつかんだ。「第三号はテレサ・ハント」

レイフは顔をしかめながら、丸顔ででっぷりと肥えた、白髪まじりの中年女性の写真を取りだした。「四十七歳」ティーガンがまとめておいた経歴を読み上げた。「結婚二十五年で子どもは六人。そのほとんどが成人していた」

「第四号はジョイス・レミントン」ティーガンは次のファイルを、高くなっていくレイフの手もとの山に載せた。「三十歳の離婚した母親で、三人の男の子をかかえ、地元の学校で用務員として働いていた」

褪せた赤毛に青白い肌をした生気のない女性の粒子の粗い写真をレイフはろくに見る間もなく、次のファイルが目のまえに置かれた。「ロリ・メナード」ラベルの名前を読み上げた。

「地元の銀行家のトロフィーワイフだ」とティーガンが言うのを聞きながら、レイフは書類ばさみを開き、プロのカメラマンの手による顔写真をしげしげと眺めた。染めたブロンドにぱっちりとした青い瞳、キューピッドの弓に似た形のよい唇をしている。典型的な中西部の美人コンテスト優勝者だ。「三人目の妻だった。初めての赤ん坊を産んだ直後に連れ去られた」六番目のファイルがレイフのまえに押しだされた。「キャシー・ベンソン。教会のオルガン奏者で孫がいた」七番目のファイルがいちばん上に載せられた。「これが最後だ。シャロン・ブロック。現役保安官の妻だった」ティーガンが取りだした写真の若い女性は濃いブロンドを風になびかせているようなスタイルにきちんと整えた、生意気そうな美人だった。「行方不明になったとき、妊娠していた」

「ひどい話だ」レイフは被害者たちの写真を並べ、女性たち全員がむごたらしく殺害されたことを思ってぞっとしたが、その恐怖は脇に押しやった。捜査のプロではないものの、被害者たちに共通点が見あたらないことに妙な気がした。「連続殺人犯にはパターンがあると思っていた」

「おれもだ」ティーガンはじれったそうにテーブルをこつこつとたたいた。「十種類ほどのアルゴリズムを実行したが、わかったことと言えば、全員が女性で、七人ともニュートン出身、ひとりを除いてみな、子持ちということだけだ。その例外は妊婦だったが」

「弱いな」

ティーガンはファイルをかき集め、また積み上げると、テーブルに両手をついた。

「それでだ」〝なめるなよ〟という顔をして言った。「いったいなにが起きているのか教えてくれ」

とうに死亡した連続殺人犯への興味について、すこしでも打ち明けないかぎり、この頑固者はここから動かないとわかっていたので、レイフはビールを飲みほし、腰を上げた。

「来てくれ」

キッチンを出て、レイフは友人をつれて居間を横切り、玄関から外に出た。ポーチの揺り椅子に置いてきた買い物袋に手を伸ばし、食料品店の窓から剝がしてきたポスターを取りだした。

「ほら、これを見てくれ」

ティーガンは紙面を傾けて、あけたままの戸口から洩れる明かりにかざした。「なんと」行方不明のジェニーに関する情報を読んで、うなり声をあげた。「誰かに雇われて捜しているのか?」

「いや、べつに」レイフはためらった。思いがけずアニー・ホワイトに惹かれたことは話したくない。ティーガンががんばりすぎるのが心配だからではなく――当然そうなる――正気を疑われるのがいやだったのだ。「この件に個人的な関心がある、とだけ言っておく」

ティーガンはポスターを袋に戻した。「この行方不明の少女がすでに死亡した連続殺人犯と関係があるんじゃないかと疑っているのか?」

「さあ、それはどうだかわからない」

「あんたのお祖父さんと関係がある?」

「あるわけないだろう」

ティーガンが腕を組むと、力こぶが盛り上がった。「突き止めてやるぞ」

「突き止めることなんかない」レイフはあてつけがましく腕時計に目をやった。十一時をまわったところだった。「行くあてはないんだろう?」

「ああ。連絡するまで、ホークは迎えに来ない」ティーガンはにやりと笑った。「パジャマ・パーティーを開いて、髪の毛を編み合うのもいいな」

レイフは目をぐるりとまわした。「おまえに髪があっても、おれは……」

ヘッドライトにポーチが照らされた瞬間、言いかけていたことも忘れ、反射的に体が動き、暗がりに身を隠した。家はブロックのはずれに立っていたので、車輛の通行はめったになかった。まして、夜のこんな時間に通る車などない。

車が一台通るのを見て、それが黄色のジープだと気づき、漠然とした好奇心は疑念にまで研ぎ澄まされた。

小声で毒づくと、ポケットに手を突っ込み、ピックアップトラックのキーを探った。「レイフ?」ティーガンはレイフの肩をつかみ、振り向かせると、当惑した目で彼を見た。「どうしたんだ?」

「来てくれ」友人の手を振り払い、レイフはポーチを囲む低い手すりを飛び越え、小走りに庭を横切り、トラックに飛び乗った。

五秒後、エンジンをかけ、ギアを入れていた。小声で悪態をつき、ティーガンが助手席に飛び乗り、ドアを閉めるか閉めないかするうちに、背骨が折れそうなスピードでレイフは砂利道を飛ばした。

「落ちつけよ、相棒」とティーガンは怒鳴った。「どこへ行くんだ?」

レイフは前方を走る車輛に視線を据え、ライトは消したまま野原や雑木林のまえを通りすぎた。「わからない」

「最高だな」ティーガンは身をかがめ、外から見えないように足首に取りつけていたホルスターから拳銃を引き抜いた。

車内は沈黙に包まれたままだった。レイフは前方の車とのあいだに距離を取るため、速度を落とした。やがてジープが狭い私道に折れ、廃屋のまえで停まると、トラックを道端に停車させた。

「どういうことだ?」様子を見ていると、ジープから降りた人影が二階建ての家屋の端をまわり込んだ。

「待てよ」ティーガンはつぶやき、携帯電話を取りだして、画面をたたいた。「この場所は見憶えがある」携帯電話の向きを変え、家の白黒写真の上に大見出しがついた画像をレイフに見せた。「これだ」

「ニュートンの殺人鬼の自宅」とレイフは見出しを読み上げた。

ひと目見ただけで、目のまえの家と同じ家の写真だとわかった。

たしかに屋根はたわみ、日よけのついたポーチは崩れかけているが、屋根から突きだしたステンドグラスの窓と、フクロウの形の独特の風見はまちがえようがなかった。

それで夜中の訪問の説明がついた。

「で、おれたちは誰のあとをつけているんだ？」ティーガンは携帯電話をポケットに戻した。

レイフは家のまわりの雑草が伸び放題になった農場に視線を走らせ、なにか動きはないか目を光らせた。

「アニー・ホワイト」と打ち明けた。身を危険にさらさせるのなら、ティーガンに事実を知らせるべきだと観念したのだ。

「ホワイトだって？」ティーガンは動揺した声で言った。「さては連続殺人犯の娘か？」

「そうだ」

「どういうことだよ、レイフ」と相棒は言った。

アニーが庭の横から戻ってきて、ポーチに上がり、家のなかにはいっていくのを見て、レイフはトラックのドアをあけた。「いいか、話し合いはあとだ。おれは彼女のあとを追う」銃を抜き、トラックから降りる大柄な友人に目をやった。「おれたち以外に誰もいないか、周辺を調べてくれ」

ティーガンは真夜中にこんな行動に出たレイフにあからさまに不満を示し、眉をひそめた。だが、小さくうなずくと、農場の向こう端から調査を始めることにしたようで、道を走っていった。

　レイフはより直線的なルートを選んだ。

　雑草に占拠された庭を横切り、用心しながらポーチに上がった。床板がはずれていたり、錆びた工具がころがっていたりと、迂闊に踏み込めば危険だ。横を通りすぎると、コモリネズミに威嚇されもした。

　家のなかはましだというわけではなかった。

　玄関をはいってすぐの居間に足を踏み入れると、ところ狭しと並んだ家具が埃と蜘蛛の巣で覆われており、レイフはぞっとした。壁にはけばけばしく落書きがされていて、ニュートンの殺人鬼は〝悪魔〟であると宣告され、地獄でくたばれと書きつけられていた。そして、何者かによって女性の服を着せられたマネキン人形には赤いペンキが塗りつけられ、擦りきれた絨毯の真ん中に放置されていた。

　ひどいものだ。

　ガソリンを少々撒き、火をつけたマッチが一本あれば、この家もずっとましな場所になる。

マネキン人形をつかみ、部屋の隅にほうり捨て、アニーの怯えた声が奥から聞こえてくるのを待った。

「そこにいるのは誰？」

「レイフだ」すぐさま大声で言った。「レイフ・ヴァルガス」

裏口からこっそり逃げだす算段をしているかのように、すこしだけ間が空いた。やがて、逃げてもレイフにつかまると頭を働かせたのか、アニーはゆっくりと居間に戻ってきた。

フランネルのショートパンツと細い肩ひものタンクトップだけをつけたアニーの小柄な体を見て、レイフの胃がよじれた。ベッドから這い出てきたばかりのように、髪はもつれ、ガラスの割れた窓から差し込む月の光に照らされた顔は青白い。

アニーは幼く見えた。はかなげで、すっかり途方に暮れているようだった。

それでも、萎縮はしていない。

それはない。アニー・ホワイトにかぎっては。

それどころか顎を上げ、自分の倍もある猫を威嚇しようとする子猫さながらにレイフをにらみつけている。「ここでなにをしているの？」と強い口調で尋ねた。

「きみのジープが祖父の家のまえを通りかかったのを見て、追いかけてきた」

アニーは眉をひそめた。「なぜ？」

「なぜなら心配したからだ」レイフはまえに進み出た。いっそアニーを抱き上げて、この不吉な家から連れ去りたかった。「夜更けにひとりで外出して」

アニーは目を見開き、いきなり奥の壁に背中をつけた。「だめ」レイフが手にしている銃に視線を釘づけにし、かすれた声で言った。「離れて」

しまった。武装していたことを忘れていた。そこで、武器の向きを変え、足をまえに運びながら、拳銃のハンドルをアニーのほうに向けた。「落ちついてくれ」

「お願い……」アニーの喉のつけ根で脈が激しく打っていた。「やめて」

レイフは顔をしかめた。そっと銃を持たせて、グリップをにぎらせると、彼女がどれほどパニックに陥っているのか、ひしひしと実感した。

彼女のいかれた親父どころではない。

ものも考えられなくなるほど、このかわいそうな女性を怯えさせたのはこっちだ。もちろん、どんな女性でもこの家にひとりきりでいるところに赤の他人同然の男が訪ねてきたら、ぎょっとしてもおかしくない、と皮肉まじりにレイフは思った。

「安全装置はかかっているが、弾丸《たま》はこめてある。だから、いざというときまで、おれを撃とうとはしないでくれ」とレイフは警告し、ゆっくりとアニーの手を離し、うしろに下がった。「いいな?」

アニーはしばらく銃をじっと見たあと、驚くほどなめらかな動きで銃を持ち上げ、レイフの心臓に狙いをつけた。

「養父と狩りをしていたの。だから射撃の心得はあるわ」

レイフは眉を上げ、口もとを引き締めた。

父親のせいで心がくじかれそうになったのだろうが、彼女にはまだ気概がある。なによりだ。

「それならよかった」レイフは挑むような目のアニーと目を合わせ、わかったとばかりにうなずいた。「では、ここでなにをしているのか聞かせてもらえるかな、そんな……」女性たちが寝るときに着るおかしな服装をどう言えばいいのか、頭のなかで言葉を探した。「寝巻き姿で」

アニーは暗い部屋のなかにさっと視線を走らせた。「昔ここに住んでいたから」

「実家を懐かしむにしては、ちょっと時間が遅すぎないか?」

「べつに——」

アニーの体が激しく震え、言葉が途切れた。レイフはさっとファスナーをおろしてパーカーを脱ぎ、薄着のアニーの肩にかけてやった。「そんな恰好じゃ凍えるぞ」うなるようにそう言って、いったん武器をあずかり、アニーの腕を袖にとおし、ファスナーを上げてやってから、また震える手に銃をにぎらせた。「こんなところに来てはだめだ」

アニーが視線を上げると、その目は苦悩に満ちていた。「来なければいけなかったの」そう小声で言った。

「なぜだ？」

「不安だったから」

レイフは心配になりながらアニーを見つめた。陰鬱な感情にとらわれて、神経が消耗されかねない様子だった。

単なる不安ではない。

左右の肩をやさしくつかんだ。「アニー？」穏やかな口調で先をうながした。

アニーは唇を舐めたが、身を引いてレイフの手を振り払おうとはしなかった。「女性がさらわれるのを見たの」とうとうアニーは口を開き、かすれた声で言った。「だから、その人がここにいるんじゃないかって」

レイフは眉根を寄せ、無意識のうちに携帯電話に手を伸ばした。「女性が誘拐されたのを目撃したのか？」

「ううん、そうじゃなくて……」アニーは言いよどんだが、口もとをこわばらせながらなんとか言葉をつづけた。無理をしているのが傍目にもありありとわかった。「夢だったの」

そういえば、アニーは連続殺人事件を目撃したと主張して精神病院送りにされたのだったな。レイフはウエイトレスが暴露した話をふと思いだした。「夢か、それとも幻覚か？」

嘲笑われるものと思ってか、アニーは顔をうつむけた。「正気を失ってはいないわ」

「アニー、こっちを見てくれ」レイフはアニーの顎の下に指をあてがい、自分の目を見るよう、そっとうながした。「うちの母方は霊能者の家系だ」正直に話すのがいちばんだと願って、そう切りだした。自分が信じていることをずいぶん罵倒されてきたが、けっして言い訳はしなかった。真実は自分でわかっているのだ。「母が亡くなったとき、おれはまだ幼くて、霊能者とはなんなのかよくわからなかったが、母の能力をいくらか受け継いだことは確かだ」

アニーはレイフの顔をまじまじと見た。からかわれているのかと、明らかに顔色を窺っている。

そうではないと納得すると、アニーは息を震わせ、吐息を洩らした。「あなたは霊能者なの?」

レイフは首を振った。「そういうわけじゃないが、自分の勘に従うべきだという教訓は身に染みている」

「勘?」恐怖心がすこしやわらいだようで、口の端がきゅっと上がった。「女の勘とはよく言うけど」

「冗談ではないよ」レイフはアニーの鼻の先をぽんぽんとたたいた。おかしなものだが、ほんのいっときでも彼女の気をそらすことができて、われながら誇らしい気持ちになった。「司令官でさえ、虫の知らせに耳を傾けてくれた。なんと、隊員たちの生死をおれの勘に賭けていたってわけさ。だから、幻覚が見えると言うのなら、きみの話を信じる」

5

アニーは喉をふさぐ塊りをのみくだした。思わず吸い寄せられるレイフの黒い目に見つめられるうちに、催眠術にかけられたような気分になっていた。

逃げて、と小さな声が頭の片隅でささやきかけている。

真夜中に、廃屋となった実家で、連続殺人犯かもしれない男性と一緒にいる。銃を持っているからといって、それがなんなの？　実弾がこめられているのかわかったものではない。たとえこめられていたとしても、これだけ近くにいるのだから、彼がその気になれば、銃など奪いとられてしまう。

でも、動きはしなかった。

なぜなのかわからないけれど、レイフ・ヴァルガスがそばにいると安心する。

それに、正気の沙汰ではないかもしれないが、不安な胸のうちを誰かに聞いてもらわずにはいられなかった。

「実際に起きたことかわからないけど」アニーはささやくように言った。はっきりと言葉にしたら悪夢が現実になりそうで、怖かったのだ。

ほつれた髪をレイフは耳のうしろにかけてくれた。その手の感触は羽根のように軽やかだった。

「なにを見たか、聞かせてくれるか？」

「女性だったわ……でも、陰になっていたから、見えたのは輪郭だけだった」

「誰なのかわかったか？」レイフは尋ねた。

アニーは首を振った。「髪が長い人だとわかったけれど、暗くて顔は見えなかった」

レイフの指が顎の線をたどった。「ほかには？」

アニーはぞくりとし、夢で見た光景が脳裏によみがえった。「野原を走っていたわ」

「誰かに追いかけられていた？」

「ええ」それははっきりしていた。

レイフはためらいもなくうなずいた。アニーは思わず涙がこみ上げ、瞬きをしてこらえた。

いやだわ。突拍子もない話だと鼻で笑われ、ただの夢だと諭されることに慣れきっていた。もっとひどい場合は、気でもふれたか、という目で見られることにも。

黙って耳を傾けてくれる人がいるのは格別の気分だ。

「その野原が特定できる細かな情報はないか？」レイフはさらに答えを求めた。

「納屋があったと思う。あるいは、古い家だったかもしれない」アニーは顔をしかめた。見てもいない仔細を無意識につけ加えてしまうのは危険なほどたやすいことだ。「やっぱりわからないわ」じれったくなって、ため息を洩らした。「思いだせるのは、その女性が野原を走っていく姿を見たということだけ。そして、そのとき思ったの……」

苦しげな声を洩らし、アニーの言葉はそこで途切れた。

アニーの顎に手をあてがい、頭をのけぞらせると、レイフは怯えたような彼女の顔をのぞき込んだ。「アニー？」

ひんやりとした夜風に髪がなびく感触と近くの煙突から漂う薪が燃えるにおいをふいに思いだし、アニーは血の気が引いた。

やけに現実味があった。

あたかも道端に立ち、女性が怯えて逃げだす姿を見ているかのようだった。

「よかったって」アニーは唐突にまた話しはじめた。「その人が逃げてよかったったって思ったの、わたしがつかまえてあげられるから」

「さあ、もう大丈夫だ」レイフは小声で言って、アニーをそっと抱き寄せた。「どうしてここに来たんだ？」

アニーは上半身裸のレイフの胸にもたれた。そのぬくもりで、全身に広がったかすかな震えがやわらぎ、男性用のコロンの強い香りに……。

ふいに深く息を吸い、突然体を駆けめぐった疼きは純粋に異性に対する興奮だと気づいた。

あきれるわ。レイフ・ヴァルガスがどうしたと言うの？

これほど強く男性を意識した経験は一度もなかった。

くっきりと筋肉の浮き出たたくましい胸はどんなさわり心地か、たしかめたくなる欲望を必死に抑えた。あるいは、彼の顔を引き下げて、夢中でキスしたくなる欲望を。

「昔、父は車庫の床下のシェルターに女性たちを入れていたの」アニーは小声で言った。

レイフはなだめるように、曲線を描くアニーの背中をさすった。「見てこようか？」

アニーは首を振った。私道の奥までたどりついた瞬間、真夜中に思いたってここまで来たのは時間の無駄だったと気づいていたのだ。「その必要はないわ」と彼女は言った。「もうないの。車庫はブルドーザーで壊されて、地下のシェルターも土で埋められたから」

なにかが頭のてっぺんをかすめた。

キスをされたの？

「ブルドーザーが壊したのはその車庫だけじゃない」レイフは苦々しくつぶやいた。

「そうね」アニーも賛同せずにはいられなかった。かつては太陽の光と幸せと子ども時代の夢に満ちあふれていた部屋に視線を向けた。いまはなにもない。残っているものといえば……。「やだ」アニーはぱっとレイフから身を離したかと思うと、近くの窓辺に銃を向けた。見かけた人影は想像の産物ではなかった。「誰か外にいるわ」

「落ちついてくれ」レイフは手を伸ばし、銃をかまえたアニーの手を下げさせたが、銃を取り上げようとはしなかった。「友人のティーガンだ。うるさいやつだが、撃たないでやってくれ」

「なにをしているの？」

「夜の訪問者がほかにいないか確認している」侵入者の捜索には慣れているといった口ぶりだった。

「そう」突然、疲れの波に襲われて、アニーは体がふらついた。睡眠時間がほんの二、三時間ではなく、もっとたっぷりと眠れたのは、最近ではいつだっただろう？　思いだせない。「モーテルに戻らなきゃ」とつぶやいた。

いまにも倒れそうだと察したようで、レイフはアニーがにぎっている銃を慎重な手つきで取り上げ、ジーンズのウエストバンドに差し込んだ。

「誰かきみのそばについていてくれる人はいるか？　連絡はこっちでしてあげるから」

アニーはきっぱりと首を振った。歯がかちかちいいはじめていた。ひとりでいるのはいやだけれど、養父母に連絡するつもりはない。

そんなことをすれば、あのふたりは手を尽くして、デンバーに連れ戻そうとする。

「ひとりで大丈夫よ」

「立っていることすらおぼつかないんだぞ」レイフはがみがみと言った。どういうわけか苛立ちを見せ、険しい表情になった。ひとりで平気だと言い張って手を焼かせないでくれといわんばかりだ。「せめて送らせてくれ」

「わたしだって車で――」

「ジープはティーガンにモーテルまで運転させればいい」レイフはアニーの抗議を無視し、自分の決定は最終決定であり、話し合いの余地はない、という警告を声ににじませた。

アニーもこれほど疲れきっていなければ、偉そうに命令する男性の言うことなんか聞きません、と宣告していたところだ。

相手がどれほどすてきな男性であっても。

でも、くやしいけれど、彼の判断は正しい。

たしかに運転できる状態ではない。

それに本音を言えば、アニーとて田舎の暗い夜道を引き返すのは気が進まなかった。モーテルを出発したときはわれを忘れていたものの、姿の見えない誰かの視線をどこからか感じていたことを思いだし、いまはぞっとしていた。

アニーは無言のままレイフの大きな体の横をまわり込み、玄関へ向かった。

ひと晩ぐっすり寝れば、気分だって……。

そこで考えごとが中断された。床の真ん中に落ちていたなにか小さなものを蹴ったからだった。

思わず下を見た瞬間、足が止まり、息をのんだ。身をかがめ、ふさふさのブロンドの髪がもつれた小さな人形を拾い上げた。

ブリトニー・スピアーズの人形だわ。

埃にまみれ、衣装はしわくしゃだったが、この人形をにぎりしめて家じゅうを跳ねまわっていたことをアニーははっきりと憶えている。

太陽は輝き、おどけた娘を見て、父は笑っている。

「アニー？」

レイフの低い声が聞こえ、現実に引き戻されたものの、子どもらしくはしゃいだ気持ちは忘れがたく、アニーの胸にいくばくか余韻を残した。

「この家は恐ろしい場所のはずだけれど、わたしにはいい思い出があるの」アニーはそうつぶやいて、人形を見つめていた。ニュートンに帰郷して以来感じていた喪失感と傷心が人形にも投影されているようだった。

レイフが近づいてきて、隣に並んだ。自分の手をにぎりしめていて、あたかもアニーに触れたくなる衝動と闘っているかのようだった。「お父さんを好きだった？」

「ええ、大好きだったわ」アニーはためらわずに認め、顔を上げてレイフと目を合わせた。探るような目つきだった。「二重人格と思われるでしょうけれど、父はいつもやさしくて、心が広くて、一緒にいて楽しい人だったの」

「二重人格だとはまったく思わないよ」レイフは否定した。「お父さんのことを教えてくれ」アニーが顔をしかめたのを見て、誤解を解こうとするかのように手を上げた。

「いや、どういう父親だったか聞かせてほしいということだ」

またいつものように非難されるのかと思ったので、アニーはレイフの思いやりのある質問に驚いた。

異常な連続殺人犯としてではないドン・ホワイトの一面について尋ねてくる人はひとりもいなかったのだ。

恐る恐るまた過去に戻り、無意識に人形を胸に抱いていた。「わたしが学校から帰ってくると、父はいつもオレオクッキーを二枚とコップ一杯の牛乳をあそこのテーブルに用意しておいてくれたの」アニーは玄関脇に置いてある覆いのかかった家具のほうを見てうなずいた。ニュートンを去って以来、オレオは食べていない。「土曜日の午後は映画に連れていってくれたわ。大きくなったら女優になるのがわたしの夢だったから。日曜日の朝はパンケーキを食べに食堂に連れていってくれた」ほろ苦い痛みが胸を切り裂くようだった。「理解できないわ、そういう人が悪人にもなれるなんて」

「お父さんは病気だったんだよ、アニー、悪人だったわけじゃない」レイフは小声で言った。

アニーは肩をすぼめた。「ちがいはあるの?」

「ああ、ある。戦場でいろんな男たちを見てきた」レイフの声には険しさがにじんだ。

アニー自身と同じく、暗く、苦痛に満ちた記憶をかかえているのだろう。「生まれながらに冷酷なやつらもいる。人に苦痛をあたえることを楽しんでいるんだ、それが連中の本性だから」レイフは顎をこわばらせた。「心が壊れた者もいる。人生に敗れたり、戦争でおかしくなったり……運命にもてあそばれたりして。どうしても自分を抑えられなくて、事件を起こしてしまうんだ」

アニーは、引き締まった、じつに端整な顔を見つめた。どうしてこの人はこういうことをしてくれるのだろう。どうしていつもなにを言うべきかわかるのだろうか。

不思議だ。

「ありがとう」とアニーは言った。

レイフは眉を上げた。「なんの礼だ?」

「世間の人たちはニュートンの殺人鬼にも人間味があったとは考えたがらない」アニーは救出されたときから、おまえの父親は社会の敵だと思い知らされたのだ。「父を憎めない自分にいつも罪悪感を覚えているの。父は大勢の女性の命を奪ったのだから」

レイフはさりげない手つきでアニーのもつれた巻き毛にそっと触れた。「でも、きみのお父さんじゃないか」

「そうね」それ以上の存在だった。たったひとりの家族だったのだ。アニーはまた体がぞくりとした。「そろそろ行きましょう」

レイフは手をおろし、うなずいた。アニーが先に立って玄関を出て、壊れそうなポーチを横切り、そのすぐうしろをレイフがつづいた。

「トラックは私道の先に停めてある」雑草が伸び放題の庭にたどりつくと、レイフは小声で言った。「モーテルで落ち合おうとティーガンに話しておく」

暗がりから姿を現わし、レイフと言葉をかわしたあとジープに走り去った大男を見てもアニーはどうとも思わなかったが、とにかく足をまえに運ぶことしか考えられなかった。

ああ、もうくたくただわ。

私道の端にたどりつくころにはレイフはアニーの隣に戻っていた。ピックアップトラックのドアをあけ、アニーを助手席に座らせると、ボンネットのまえをまわり込み、運転席に腰をおろした。

無言でエンジンをスタートさせ、ヒーターのつまみを強に動かすと、Uターンした。そして、いったん停止し、友人がジープに取りに行ったアニーのバッグをトラックまで届けに来るのを待った。受け取ったバッグをアニーの膝に置くと、レイフはギアを入れ、アニーがここまで来たときよりもうんとゆっくりした速度で町に戻った。

アニーはバッグをしっかりとかかえ、見るとはなしにまわりを見た。トラックの内装は本革で、ダッシュボードにはあらゆる機能が備えられているようだった。牧場の仕事にぴったりのトラックだが、価格はまちがいなくアニーの年収以上だろう。けれど、なによりもアニーの目は運転席に座る黒髪の人物の彫りの深い横顔に釘づけになった。

助手席に落ちつき、温風でさむけがやわらぎはじめると、レイフのいかにもりりしい容貌から気をそらすものはなにもなかった。

この人は……すてきだわ。

とても魅力的な男性に車で送ってもらっているどこにでもいる娘、という気分になりそうだった。

残念ながら、夢見心地は長くはつづかなかった。

あっという間に町に戻り、モーテルの私道にはいった。レイフは駐車場の真ん中でトラックを停止させ、アニーのほうをちらりと見た。

「ニュートンに来るまえはどこに住んでいたか憶えているか？」

唐突に質問され、アニーはぎょっとした。不意を突かれ、あなたには関係ないでしょうと言えなかった。

「小さいころの記憶はほとんどがぼやけているの。海外にいたと父から聞いた気もするけれど、それもよく憶えていないわ」と認めた。

妙なものだ。ニュートン時代のことは鮮明に憶えている。父子ふたりで暮らしたころのことは。学校の友だちのことも、農場の遠くにいる父の姿が見えるからと、家の屋根にのぼったことも憶えていた。

けれど、ニュートンに引っ越してくるまえや、核シェルターのなかで縛り上げられ、目隠しをされた状態で発見されてからの日々のことは憶えていなかった。

「どうして訊くの？」

「支えになってくれる身内がいるんじゃないかと思ったからだ」よどみない説明だった。

レイフを見つめていたアニーの目が細くなった。彼の質問には裏がある気がしたが、くたくたに疲れていたので、隠れた意味を探る気力はなかった。

「養父母しかいないわ。でも、ふたりを心配させたくないの」

レイフは尻ポケットに手を伸ばし、財布を引っぱりだした。

「だったら約束してくれ、困ったことがあったらおれに電話をかけると」そう要求し、小さな名刺をアニーに手渡した。

アニーは眉をひそめて名刺を受け取り、出会ったときから引っかかっていた疑問を口にした。

「なぜなの？」

「なにが？」

「なぜそんなに熱心に助けてくれるの？」とアニーは尋ねた。「見ず知らずの他人なのに」

警戒するようなアニーの目をレイフはのぞき込んだ。「それが使命だからだ」

「正義の味方？」

「そんなところだ」レイフは名刺を指差した。「私用の携帯電話の番号は裏に印刷されている。なにかあったらいつでも電話をかけてくれ……どんな理由でも」

アニーは名刺をバッグにしまうと、車を降り、モーテルの部屋へ急ぎ足で向かった。

背後でヘッドライトが光り、レイフの友人がジープを駐車場に入れたところだったが、アニーはためらうことなく部屋にはいった。

疲れきり、ジープにキーがつけっぱなしになってもかまわなかった。盗みたい人がいるなら、それでけっこう。いまは小さなベッドにもぐり込み、毛布をかぶりたくてたまらない。

ニュートンに戻ってきてから初めて、通りをこそこそと歩きまわっているのかいないのかわからない化け物のことではなく、少なくとも数時間は悪夢を忘れさせてくれるすてきだけれど厄介でもある男性のことをアニーは考えた。

ティーガンがトラックに乗り込んでドアを閉めたとき、レイフはハンドルをにぎりしめていた。

おいおい、どうした。

あの部屋に押しかけて、アニーを抱き上げたいという欲求で身震いしそうなほどだ。体目当てではない。

いや……そうとも言いきれないか。ひと目見たときから、頭のなかでアニー・ホワイトを裸にしている。あきれるくらい何度も。

しかし、第一の関心事はアニーの安全を確保することだ。

たしかにばかげている。

相手は赤の他人なのだから。とはいえ、彼女を守るためなら必要とあらばなんでもやる、となんの疑いもなくわかっている。

そう、それだけのことだ。

ティーガンが咳払いをした。振り向いて、窓から差し込む街灯の明かりをたくましい肩でさえぎっている。

「突然ドン・ホワイトに興味を持った理由がこれでわかった」

レイフはおかしくもないというように笑った。「どちらかひとりがわかってよかった」

「彼女は美人だ」ティーガンは思うところがあるようで、ためらいがちにつづけた。「でも、心が弱っているようだな」

レイフはさっと横を向き、友人をにらみつけた。「アニーにつけこもうとしていると思うのか？」

ティーガンは肩をすくめた。「無防備に見えると言っているだけだ」

無防備で、心が弱っている。

そして、危険が迫っている可能性がある。

「だから彼女には友だちが必要だ」とレイフはぼそりと言った。

「ただの友だちか？」

影が差してティーガンの顔は見えなかったが、表情を見なくても、懐疑的な態度はじゅうぶんに伝わった。

レイフは小声で毒づき、乱暴にギアを入れ、駐車場からトラックを出しながらぴしゃりと言った。「自分に関係ないことに首を突っ込むな」

閑散とした通りを走っていくと、隣でティーガンがあきらめたようなため息をついた。「危険にさらされた若き美女に、救世主コンプレックスのハンサムな元兵士ってわけか？」首を振ってさらにつづけた。「まあ、災難に見舞われてはいないけどな」

レイフはうまい切り返しが思いつかなかった。

くそっ。大惨事が起きるかもしれない。

だが、それを防ぐためにできることはなにもない。

祖父の家のまえに戻ってくると、トラックを停止させ、エンジンを切り、車外に出た。そして、まっすぐに玄関に向かい、ドアをあけて、友人がついてくるのを待った。

「泊まるつもりか、それともどうする？」面倒なエチケットうんぬんは飛ばして尋ねた。

五人の仲間うちでは、礼儀作法は無用であるばかりか、迷惑でもあった。

ティーガンはレイフの背中をぴしゃりとたたいた。「まずは酔っぱらうつもりだ」

レイフは狭い家のなかにはいった。「ようやく意見が一致したな」

レイフがどうにか目をこじあけ、ベッドからころがり出たころ、日差しが窓から降り注いでいた。

頭ががんがんする。腕時計に目をやると、とうに八時を過ぎていた。しまった。

寝坊して日課の五時からのジョギングをさぼったばかりか、ゆうべはティーガンが差し入れに持ってきた地ビールをすべて空けてしまった。つまり、また地元のまずい生ビールで我慢するしかない。

さっとシャワーを浴びて清潔なジーンズを穿き、NFLのヒューストン・テキサンズのスウェットシャツを着ると、居間に向かった。

ゆうべテキーラをしこたま飲んだティーガンはてっきりソファで倒れているかと思いきや、スタイロフォームのカップふたつとパンの白い袋を手に玄関からはいってきたのはレイフにとってうれしい誤算だった。

「それ、コーヒーか？」

迷彩模様のズボンにTシャツ、重いブーツといういつもの出で立ちのティーガンは、キッチンに直行した。「コーヒーとパンと最新の噂話だ」

レイフもティーガンのあとにつづき、テーブルに置いておいたコンピュータをティーガンが起動させるのを見守りながら、不安で胃が締めつけられた。「アニーのことか？」かすれた声で言った。

「彼女のことじゃない」ティーガンはそう言ってレイフを安心させた。レイフは安堵のため息を洩らしたが、ティーガンは険しい表情を浮かべていた。「だが、また別の女性が昨晩から行方不明だ」

ああ……なんてことだ。

「ニュートンからいなくなったのか？」

「ああ」ティーガンはキーボードをたたきはじめた。「ブランディ・フィリップスという女性だ。夫が今朝、警察に行き、ラクレードの病院での勤務が明けても妻が帰宅しないと相談したそうだ」

レイフは両手をテーブルにつき、魔法をかけているような相棒の仕事ぶりを見守った。ほんの数分で、黒髪のきれいな女性の画像が画面に現われた。

「ほかにどんな情報がある？」

ティーガンは人事ファイルのようなものを画面に呼びだし、読み上げた。「二十七歳。ニュートン高校卒業後、地元のコミュニティ・カレッジに進学し、准看護師の資格を取得」

「子持ちか？」レイフが尋ねた。

さらに数回マウスをクリックし、ティーガンはブランディの診療記録を引きだした。

「息子がふたりいる。七歳と五歳」

「ちくしょう」レイフは体を起こした。ニュートンの殺人鬼が選んだ典型的な被害者の経歴と一致した。つまり、どういうことだ？「模倣犯のしわざにちがいない」そうつぶやきながらも、顔をゆがめていた。暗闇で手探りしている感覚が気に入らなかった。直感をあてにする者でも、厳然たる事実の重要性は理解している。「頼みがある」

「なんだ？」

「アニーの実家の玄関をはいってすぐ横のところに小さなテーブルがある」

「それが？」

「ヒューストンに持ち帰って、マックスにそのテーブルの指紋を採取させてほしい」

ティーガンはとまどった顔で眉をひそめた。「なにかひらめいたのか？」

「いや、今回はちがう」とレイフは否定した。「そのテーブルはドン・ホワイトが確実に手を触れたものだからだ」

「まあな。その他大勢の指紋もついているだろうが」友人はぶつぶつ言った。

レイフは反論できなかった。だが、望みは薄くても、なにもしないよりはましだ。

そうだろう？

「うまくいけば、ドン・ホワイトの正体がわかるかもしれない」

「前科があれば、指紋自動識別システムでわかる」とティーガンも賛同した。「でも、いまさらどうでもいいんじゃないか」

「ああ、そうだな」レイフもそう認め、湿った髪を手櫛で梳いた。「でも、過去の出来事が役に立つ可能性もある。なにもなかったとしても、アニーには過去の真実を知る権利があるしな」

ティーガンはしぶしぶながらうなずいた。「わかった。でも、あんたをひとりにしていいものやら」

「大丈夫さ」レイフはきっぱりと言った。急げばどれくらいでモーテルにたどりつけるかという算段で、すでに頭のなかはいっぱいだった。またも行方不明になった女性がいると知ったときに、アニーをひとりにしたくなかった。

玄関のほうに歩きだすと、肩に手を置かれ、ティーガンに引き留められた。

「いちおう言っておくが、この部屋と居間にカメラを仕掛けた。だから、家のなかをうろつくときは、股間は隠したほうがいいかもな」とティーガンは警告し、戸棚の上部に取りつけられた小さな装置を指差した。「それから、誰かを連れ込むなら、やることをやるのは寝室のなかだけにしてくれ。こっちとしては見物してもかまわない。ただし、お楽しみに誘ってもらえるならの話だ」

レイフは心底驚いて友人をまじまじと見た。「おれを監視するのか？」

「ああ」ティーガンは詫びの言葉もなく認めた。「妨害されたら、戻ってきて、泊まり込むぞ」さらにそう警告した。「あんたしだいだ」

レイフは首を振った。「お節介なやつめ」

6

手についた血を洗い落としながら、殺しのあとに来るカタルシスのような至福で体がまだ疼いていた。

どれほど甘美か、どうして忘れていた？

あばずれたちの目から消えていく生気。

最期の弱々しい息。

それを見届け、あの子の世界から害を駆除したと確認する。

安全なものにしなければ。

アナベルのために……。

かわいいアナベルのために、どんなときも。


アニーははっとして目を覚まし、混乱して目をぱちくりさせた。

どれくらい眠っていたのだろう。

ヘッドボードの横の幅の狭いテーブルに置いておいた携帯電話に手を伸ばし、八時を過ぎていると気づいてぎょっとした。

すばらしい。

七時間こんこんと眠りつづけていた。

一週間近く、十五分ごとに目を覚ましていたあとで、これは奇跡のようだ。

ベッドから這い出て、すばやくシャワーを浴び、ローブをはおってバスルームを出た。そして、古ぼけたコーヒーメーカーがあつあつといわないまでもぬるくはないコーヒーをつくってくれますようにと願いながら、テレビ台とデスクとキチネットを兼ねたドレッサーのところに移動した。

そのときになってようやく、ドアの下に押し込まれていた小さな封筒に気づいた。

アニーは凍りつき、不安で胃がよじれた。

地元のレストランのチラシか、モーテルの事務所から届いた請求書の写しだと思いたかった。

あるいは、単純に人ちがいかもしれない、と大文字で几帳面に書かれた宛て名を見て思った。

アナベル

アニーというのは彼女の正式な名前だ。

アンの愛称ではなく、アンジェリーナでもない。

もちろんアナベルでもない。

けれど、汚れた緑色の絨毯から封筒を拾い上げ、破って開封するあいだも手が震えていた。

不安をつのらせながら、折りたたんだ紙を取りだし、短い手紙を読んだ。

ひとつなら悲しみ、
ふたつなら幸運……。

いったいなんなの？

汚された気がして、アニーは封筒と便箋をドアの脇のみすぼらしい椅子にほうり捨てるや、すぐさまバスルームに駆け戻ってシャワーの下に立ち、赤くなるほど肌をこすって体を洗い直し、水気を拭きとると、髪を三つ編みに編んだ。

そして、自分を強いて部屋に戻ると、ジーンズと薄手のセーターを身につけたところでドアを勢いよくノックされ、心臓が喉もとにせり上がった。

ちょっと、今度はなに？

アニーは躊躇し、ドアの外にいるのが誰であれ、もう部屋にはいないと思って立ち去ってくれないものかと必死で念じた。

不運つづきの身としては、当然それは望むべくもなく、間が空くか空かないかするうちにまたもノックの音が聞こえた。最初よりもさらに大きな音だった。

「そこにいるのはわかってる」男の声が大きく響いた。「ドアをあけるんだ」

アニーは乾いた唇を舐め、無理やり足をまえに運んだ。連続殺人犯は朝からモーテルの部屋をノックしたりしない、そうでしょう？

チェーンはかけたまま、すこしだけドアをあけ、隙間から外を見ると、四角い大きな顔に薄くなりかけた茶色の髪、茶色の目というずんぐりした男が立っていた。

フォードのトラックに乗り、毎週土曜日の朝には庭の草刈りをするような人物に見えた。

堅実で、頼もしいが、面白みに欠けるタイプだ。

「なにか？」

「これはこれは」男は腰に手をあて、でっぷりとした腹に締めた、革のホルスターのついたベルトを強調した。男の指からほんの数センチしか離れていない拳銃を見て、アニーは恐怖で鼓動が速まったが、やがて茶色の制服に意識が向いた。明らかに当局の関係者だ。

「びっくりだな。噂が本当だとは。ホワイト家のアニーお嬢ちゃんか」

アニーは眉根を寄せた。この人に見憶えはあるかしら。「どこかで会いました？」

「保安官のブロックだ」

「ああ」目隠しが取りはずされたときに目のまえに現われた四角い顔を、突如として
思いだした。「シェルターで見つけてくれたかたね」

保安官はうなずいた。「そうだ」

アニーは咳払いをした。「なにかご用でも？」

「話がある」

やれやれ。アニーはしぶしぶながらチェーンを横に動かしてはずし、ドアをあける
と、玄関先の狭い歩道に出た。

朝は始まったばかりだったが、早くも最悪な一日になりそうだ。

「話って？」とアニーは尋ねた。

保安官はアニーの背後にちらりと視線を向けた。同室の連れがいるかたしかめようとしているの？

気味が悪い。

「なかで話せるか？」保安官は尋ねた。

「それは困るわ」アニーはあけはなしていたドアに手を伸ばして閉めた。保安官に身辺をかぎまわられるのはごめんだ。「部屋が狭くて閉所恐怖症になりそうだから」

まんざら嘘でもない。

密室で他人と過ごすのは苦手だった。

だから会計事務所の小さく仕切られた場所で仕事をするのは拷問に近かった。

「では、コーヒーでも飲みに行って――」

「差し支えなければ、ご用件はここでどうぞ」うまく誘いだそうとする言葉をアニーはさえぎった。保安官の表情が険しくなったが、そんなのはどうでもよかった。

マナーを気にする心境ではない。

「最新のニュースを聞いたか？」保安官は唐突に尋ねた。

アニーは身をこわばらせた。引っかけの質問だろうか。

「ジェニーが見つかったの？」

「いや」保安官は口をきっと結んでからつづけた。「別の女性が行方不明になった」

アニーは知らぬ間にあとずさりし、背中にドアがあたった。「ああ、そんな」とつぶやき、吐き気がこみ上げてきた。「いつ？」

ゆうべぞっとするような幻覚を見ていたにもかかわらず、あらたな行方不明者のニュースはショックが大きく、保安官に鋭い視線を向けられて膝が崩れそうになった。

「昨夜だ。ラクレードの病院で看護の勤務を終えたあと、自宅に帰ってこなかった」保安官はさらにつづけた。「ブランディ・フィリップスという人物だ。知っているか？」

アニーは驚いて瞬きをした。「どうしてわたしが？」

「きみよりふたつ三つ年上だから、ニュートン小学校に一緒にかよっていたんじゃないかね」

ニュースを聞いたときの衝撃から立ち直りはじめ、保安官が思い出話をしに立ち寄ったわけではないとアニーはようやく気づいた。

行方がわからなくなった女性たちについてなにか知っていると疑われている？

「ここを出たきり、ニュートンの人たちとは連絡を取っていないわ」アニーはぴしゃりと言った。

「だったらどうして戻ってきたんだ？」

アニーは肩を怒らせた。行方不明の女性ふたりの幻覚を見たことを明かすつもりはない。

レイフ・ヴァルガスに秘密を打ち明けただけでも迂闊だったのだから。

「個人的なことよ」

茶色の目が細められた。「過去の殺人事件について思いだしたことでもあるのか？」

アニーは即座に顔をしかめた。核シェルターで発見された日のことはよく憶えていなかったが、新聞記事で読んでいた。

父が簡易ベッドで眠っていただけではなく、核シェルターの奥には七人もの女性の遺体が積み重ねられていた。

そのなかのひとりがシャロン・ブロックだった。

「奥さんのことは思いだせないわ、それをお尋ねだとしたら」アニーはぼそぼそと言った。

保安官は顔をしかめた。「駆けつけるのが遅かった」

「残念でしたね」

「過ぎたことだ」薄い茶色の目が険しくなり、苛立ちと……なにかがまじり合ってい
た。怒りだろうか？　「というか、当時は過ぎたことだと思ったが、いまはそうでは
ないかもしれないと思っている」
「わたしにどんな関係があるのかわからないわ」
「親父さんに相棒はいたか？」
唐突な質問にアニーは面食らった。「相棒？」
保安官は顎をこわばらせた。「よく一緒にいた親戚や友人はいなかったか？　影響
を受けて、同じ道を歩んでもおかしくない相手は？」
おまえの父親は知り合いを人殺しに仕立てたんじゃないかとほのめかされ、アニー
は息をのんだ。
「いなかったわ」ぞっとしながら言った。過去の出来事には曖昧なことも多いけれど、
これははっきりと言える。「父は農場の仕事をしていないときには、わたしか近所の
人と一緒にいました。ほかには誰ともつきあいはなかったわ」
アニーが断言しても保安官は納得できないようだった。「で、ここにひとりでいる
んだな？」
「誰とも連絡は取っていないとさっき言いましたよね」

「ここで誰かと会うつもりじゃなかったのか?」

よく晴れた青い空に太陽が輝き、ひんやりとした風に湿った三つ編みがゆれ、砂利を嚙むタイヤの音にアニーもなんとなく気づいてはいたが、あからさまな疑いの目でこちらを見ている相手に視線は釘づけになっていた。

「なぜそういう質問をするの?」

保安官は肩を片方だけ上げた。「人の噂にのぼりはじめている」

いちばんの弱みにつけこまれ、アニーは思わずたじろいだ。

勘弁して。注目を集めていると考えただけで、蕁麻疹《じんましん》が出そうだ。「わたしのことが?」

「ほら、小さな町では噂話はすぐに広まる」

アニーは胸が締めつけられた。養父母の人里離れた牧場に逃げ帰りたいという、懐かしさが入りまじった悲痛な衝動に駆られた。

牧場にいれば、幻覚を見はじめなかっただろう。ニュートンに来ることもなく、いやな思いに耐える破目にも……。

だめよ。臆病な思考はきっぱりと断ち切ったのだ。

いつまでも世間から逃げまわることはできない。

「どんな噂が流れているの？」アニーは勇気を奮って尋ねた。

「きみが十五年ぶりに現われて、女たちがまた姿を消しはじめたのはただの偶然じゃない、とみんなは思っている」

予想どおりの話だったが、実際に聞けば心は穏やかではいられない。

父親の起こした事件の被害者であっても、娘も犯罪に関わりがあったのではないか、と世間の人々に勘ぐられてしまったのだ。

「想像力を働かせれば、わたしは関係ないとわかるでしょう？」アニーは苛立ちもあらわに言った。

「こっちは事件を捜査する側だからな。容疑者候補からはずさないかぎり、全員に疑いを持っている」

アニーは自分の腰を抱きかかえるように腕をまわした。「わたしは容疑者じゃないわ。ジェニーが行方不明になったとき、この町に戻ってきてもいなかったのだから」

保安官の表情には依然として疑いが色濃く残っていた。「どこにいた？」

「デンバーよ」

「それを立証できる人物は？」

「数百人の同僚」アニーは冷ややかな口調で保安官に告げた。

保安官は気味悪いほどいつまでもアニーを見ていた。女性たちの行方不明事件の罪を着せられなくてがっかりしている?

「なぜこの町にいるのか、説明がまだだな」保安官はうなり声をあげた。

「話す必要がないからだ」男性の物憂げな声が響き、アニーたちに影が差した。「逮捕される前提でないのなら」

ブロック保安官は、縄張りに天敵の気配を察した動物のように身をじっとさせた。

「で、どちらさんだね?」怒鳴り声をあげ、堂々とした風貌に見せようとしたのか胸を張った。

無駄な努力だが。

ジーンズにスウェットシャツのくだけた服装でも、レイフは支配的な男性という雰囲気を発散させ、まわりの人間を……なんというか、小物に見せるようだった。

「レイフ・ヴァルガス」

保安官は眉をひそめた。「ヴァルガス老人の親戚か?」

「孫だ」

「家の片づけに来たそうだな」

「ああ」

保安官が見ているまえで、レイフはアニーの横に並び、ふたりがただの顔見知り以上だとにおわせるほどぴったりと寄り添った。

「知り合い同士か？」保安官は責めるような口調で尋ねた。

レイフはアニーの肩に腕をまわした。「そうだ」

ぴりぴりした沈黙が流れ、やがて法執行官はアニーにもう一度注意を戻した。「誰とも会う予定はないと言っただろうが」

「予期せぬ幸運というやつだ」レイフはふざけたような口調で断言した。

保安官は不愉快そうにうなり声を洩らしながら、アニーから視線をそらさなかった。

「どれくらい町にいる予定だ？」

アニーはぞっとし、隣に立つ男性にすり寄りたい衝動をかろうじて抑えた。「予定はわからないわ」

「このままモーテルに？」

アニーは肩をすくめた。「しばらくは」

保安官はアニーを動揺させようとするかのように指をわなわなと動かした。「デンバーに帰るか考えたほうがいいかもしれないぞ」

アニーは顎をぐいと上げた。そうよ、レイフが味方についてくれるなら、簡単に勇気が出る。

「町から出ていけということ？」

「若い娘さんがひとりでいるのは安全とは言いきれない」

レイフがさらにしっかりと肩を抱くと、その体のぬくもりでアニーのさむけはやわらいだ。「ひとりじゃない」彼はまちがいようのない警告をほのめかして言った。

「ミズ・ホワイトと話をしているんだ」保安官は怒気を含んだ声で言い捨て、レイフをひとにらみすると、またアニーに視線を戻した。「はっきり言わせてもらう。きみの帰郷を不吉な前兆と考える者たちが町にいる」


過剰反応をしている、とレイフも内心思わないでもなかった。

そう、たしかに、この保安官は自分の立場を利用して人を威圧したがるけちな暴君という印象だ。そして、まちがいなくアニーにいやがらせをしている。しかし、行方不明の女性が続出したのとときを同じくして帰郷したアニーに疑いの目を向けるのも無理はない。あるいは、事件に関与している者がつかまるまで、アニーに町を離れていてもらいたいと願うのも。

とはいえ、保安官にプレッシャーがかかっていようと、そんなことはどうでもいい。

モーテルに現われた口実も知ったことではない。

レイフとしては、アニーをさらに動揺させるまえに、このくそったれを追い払うことしか興味はなかった。

「もうそれくらいでいいだろう」低音が響き、命令をくだすような声音だった。

保安官の頬に赤みが差したが、頑なに引き下がらなかった。「いいか、こっちはミズ・ホワイトの力になって、誰かに責任を負わせようとしている地元の住民とかかわる面倒を省いてやろうとしているだけだ」

「本当に？」レイフは、早くも通りの角に集まっている数人のやじ馬たちのほうに目をやった。「行方不明の女性たちの捜索に集中するべきだろう」

しゅーっという声が洩れたかと思うと、保安官は銃のグリップをつかんでいた。嬉々としてレイフに銃弾を撃ち込むことを思い浮かべているにちがいない。

「悪くない考えだな、おい」保安官は声を荒げ、身を乗りだし、レイフの胸にずんぐりした指を突き立てた。「頭の切れる警官なら、手始めに町に来たばかりのよそ者から調べると相場は決まってる。事務所に行って、おしゃべりでもしようじゃないか」

その気になれば、突き立てられた指をふたつにへし折ってやれたが、レイフは冷静な態度で財布を取りだし、金の縁取りがついたルーカスの豪華な名刺を一枚抜きとった。「話がしたければ、共同経営者と面会の段取りをつけるといい。彼が弁護士に連絡する」

保安官はひったくるように名刺をもぎとり、太文字の名前を読むや、顔を青ざめさせた。

田舎の警官でさえ、泣く子も黙るセントクレア一家のことは知っている。

不承不承、保安官はあとずさりし、ズボンを引き上げると、最後にレイフたちをひとにらみした。「目を離さないでおくぞ」と警告した。「おまえたちふたりからな」

足を踏み鳴らしながら駐車場を横切り、パトロールカーに乗り込むと、砂利を跳ね飛ばす勢いで走り去った。

レイフは口うるさい男に中指を突き立てたい衝動をこらえ、全身を震わせている女性に注意を向けた。

「ふう」とアニーはつぶやいた。保安官と顔を突き合わせて、すっかり疲れたようだった。

レイフはアニーの背後に手を伸ばしてモーテルのドアを押しあけると、彼女を部屋に急き立てた。「荷物をまとめろ」有無を言わさぬ口調で言った。

アニーは眉根を寄せ、レイフがやじ馬の目を避けるようにドアを閉めるのを見ていた。「どうして？」

「ここには泊まっていられないだろう」とレイフは言って、ビートルズの時代から一度も改装していないような狭苦しい部屋をさっと見まわし、顔をしかめた。

曲線を描く羽目板、毛羽立った絨毯、オレンジ色の花柄のベッドカバー。

時代遅れの内装だ。

アニーはレイフをにらみつけたが、心にくすぶる不安は隠せなかった。「泊まりたいところに泊まれるわ」

レイフは無理やり深呼吸をして、気持ちを落ちつかせた。アニーを肩に担ぎ上げ、原始人よろしくねぐらに連れて帰りたいのはやまやまだったが、そんなことをすれば、こちらが背中を向けた瞬間にアニーなら逃げだすはずだ。

この黴《かび》くさいモーテルにいるよりも自分と一緒にいたほうが安全だと納得させなければならない。

「女性をさらう頭のいかれたやつが出没している」説得力のある口調に聞こえることを願って、指摘した。

「そうよね」アニーは腕を組み、頑固な表情を浮かべた。「だからこそ、一昨日知り合ったばかりの男性にのこのこついていったらだめでしょう」

警戒するような目で見ているアニーとレイフは目を合わせた。「たしかにまだ二日しかたっていないが、きみはおれをすでに信頼している」

アニーは肩をすぼめた。「わたしは父のことも信頼していたわ」

レイフはうっかり毒づきそうになったが、言葉をのみ込んだ。

そう言われたら、返す言葉はない。

父親のせいで心に傷を負っているのではないか、と最初はアニーを心配した。だが、まちがいを犯したとはいえ、ドン・ホワイトは娘に愛情を注いでいたのだと、ゆうべアニーは話してくれた。

そして、直感はあてにならないと、アニーは無防備な子ども時代に教訓を学んでしまった。

「ちょっといいか」とレイフはつぶやき、携帯電話を取りだすと、短縮ダイヤルを押した。数秒後、聞き慣れた声が電話に出た。「やあ、マックス」

「どうかしたか？」

レイフはアニーの青白い顔に目を据えたまま、友人と話した。「ティーガンはうちのフィードを送信する設定をしてくれたか？」

「ちょっと待ってくれ」質問に不意を突かれたようではなかったので、ティーガンはほかの連中にきちんと報告したのだとレイフはわかった。マックスがキーボードをたたいている音につづき、低いうなり声が聞こえてきた。「ああ。お祖父さんの家の様子がばっちりだ。たいして見るべきものはないな。おっと、大将、キッチンはジャンクフードだらけか」そうぶつぶつ言った。「減らさないと。あんなものを食ってたら死ぬぞ」

レイフはあははと笑った。科学捜査の達人のことは大好きだったが、ゆったりと人生を楽しむ能力が著しく欠けた男だった。

食事も栄養バランスを重視して厳しく制限し、お楽しみはいっさいなしだ。

「みんながみんな、サラダとプロテインドリンクだけで生きのびられるわけじゃないさ」とレイフは皮肉っぽく言った。

「食料は燃料」マックスはお得意の決まり文句を口にしてから、レイフからかけてきた電話の本題に戻った。「カメラは作動しているようだ。なにを監視すればいい？」

レイフは携帯電話を耳もとからおろし、スピーカーフォンに切り替えた。マックスの返答をアニーにも聞いてほしかったのだ。

「友だちを安心させてほしいんだ。うちに泊まりに来ても、彼女には監視の目がついていると」

どういうことかよくのみ込めないという沈黙が流れた。「なぜ彼女は監視されないといけないんだ?」

「おれがいかれたサイコパスではないと保証するためだ」

「そういうことか」マックスは低い声でくっくと笑った。「ルームメイト候補は、麗しのアニー・ホワイト嬢だね」

アニーが驚いたという声を洩らし、レイフも目を丸くした。

「ティーガンもおしゃべりだな」

「心配なんだよ」

「ああ、わかってる」レイフはあきらめたというように首を振った。「電話をビデオ通話にしてくれ」

「了解」数秒後、レイフの携帯電話の画面が動き、マックスが自分のオフィス用に選んだ洗練されたモダンな家具が映しだされた。

「監視カメラの映像を見せてくれ」とレイフは指示を出した。

マックスがデスクに置いたコンピュータのディスプレイに携帯電話の画面を向けると、画像がぶれた。

「ほら、これだ」レイフはアニーの隣に移動し、ディスプレイに焦点を合わせた画面を指差した。「祖父の家のキッチンと居間だ」

アニーは携帯電話の画面を見つめながらすこしだけ顔をしかめた。「なぜ監視カメラを作動させているの？」

「なぜならおれには過保護な面倒くさい友人が四人いて、守ってやらないといけないと思われているからだ」

電話の画面が切り替わり、濃いブロンドの短い髪に如才ない灰色の目、彫りの深い顔立ちをした男性が現われた。「おれたちのことが好きだとわかっているくせに」とからかうように言った。

レイフは口もとを引き上げた。たしかに四人のことは好きだ。子どものころから欲しかった兄弟ができたようなものだった。

とはいえ、さしあたっての関心事はアニーの無理からぬ不安をやわらげることに尽きる。「あの家にいるかぎり、なにかあったら、悲鳴をあげればいい。そうしたら、おれの仲間の誰かが、もしくは仲間全員がおれを捜しだし、撃ち殺す」とレイフはアニーに説明した。

マックスはうなずいた。「約束しますよ、お嬢さん」

「わかっただろう？」レイフはそう小声でつぶやき、アニーの三つ編みの端を軽く引っぱった。「おれと一緒にいれば、まちがいなく安全だ」

アニーは苦笑いを浮かべてレイフをちらりと見た。「つまり、ひとりじゃなくて、五人もの見知らぬ男性に監視されるから、わたしは安心できるということ？」

「彼女の言うことも一理あるよ、レイフ」とマックスは言った。

「足を引っぱってるぞ」レイフは友人を責めるように言った。

マックスは低く笑い声をたてたが、やがて急にまじめな顔になった。「じゃあ、彼女に聞かせようか、一度ならずあんたに命を助けられたという話を？」その声にはまぎれもなく誠意がにじみ出ていた。「あんたはこれまでに出会った数少ない本当に善良な男のひとりだということも？」

「そんなことを言いだされたらかなわない」とレイフはぼそりと言った。「またな」電話を切ったが、ばかげたことに頬が赤らんでいる気がした。たしかに五人は結束の固いグループかもしれないが、感傷的な話はみな苦手だった。携帯電話をポケットに突っ込み、アニーの左右の肩に手を置くと、彼女をじっと見おろした。「一緒に来てくれ」

アニーは唇を嚙んだ。「モーテルを出る理由はないわ」

レイフは鼻を突き合わせるほど低く身をかがめた。「おれと一緒に来るか、おれが隣の部屋を取るかのどちらかだ」

アニーは腹立たしげな声を小さく洩らした。「どうしてそんなに頑固に誘うの?」

使える口実ならいくらでもあったが、レイフは嘘をつくつもりはなかった。たとえ都合の悪いときであっても、彼女には本当のことを話すのだと、わかっていてもらわなければならない。

「きみが危険な目にあうかもしれないと思うだけで、頭がすこし変になりそうだからだ」

「すこし?」

「かなりかもしれない」

ほんの一瞬だが、アニーの表情がやわらいだ。レイフの告白が琴線に触れたというように。やがて、図らずも本心を明かしてしまったと気づいたのか、アニーは身構えるように顎を突きだした。

「わたしはなにもできないわけじゃないのよ」

「おれもそうだ。でも、祖父の家には監視カメラがついていて、裏庭で野宿でもやりかねないお節介なやつらが四人もいる」とレイフはアニーに言い聞かせ、首すじの曲線にそっと親指を走らせた。「友だちならこれくらいするものだ」

アニーは視線を下げて、レイフの唇を見つめた。「わたしの友だちになりたいの?」

レイフは短い笑い声を洩らした。この女性に望むあらゆることが頭に浮かび、とたんに股間が硬くなった。

その想像にプラトニックな関係は含まれない。

それでも、保護したいという欲求は目下のところ、性的欲求に勝っていた。

いつかはベッドをともにする。それ以外の可能性は考えたくなかった。

「きみの知性を見くびって、きみに興味がないふりをしようとは思わないが、いまはきみの安全を守ることが大事だ」とレイフは認めた。隠しきれない欲望で声がかすれていた。「おれはソファで寝る」

アニーはためらい、ドアのほうにちらりと視線を走らせた。レイフは首をめぐらし、アニーがなにを気にしたのかたしかめた。

いや、待てよ、彼女はドアを見ているわけじゃない。

椅子か?

それとも、窓か?

「こんなのどうかしてる」アニーはぼそりとつぶやいた。

レイフはまた視線を戻し、アニーの青白い顔を見た。「切り札がある」

ハシバミ色の目が細められた。「どういうこと？」

「女性たちを連れ去った人物を見つけだすつもりだ」

アニーは息をのみ、レイフが肩に置いた手の下で体をこわばらせていた。「どうやって？」

「一緒に来てくれれば話そう」レイフは穏やかな声で約束し、アニーがあきらめたように大きくため息をつくと、押し問答に勝ったのだとわかった。

「きっとわたしは頭がおかしくなったのね」

7

レイフと同じ家に泊まるのは危ない、とアニーもわかっていた。

痛めつけられるのではないかという不安があるからではない。

少なくとも肉体的には。

女性に危害を加えようとたくらんでいる男は、友人たちにはもちろんのこと、地元の保安官に、その女性を自宅に連れていくと知らせたりはしない。

けれど、どういうわけか彼に脅威を感じる。

軽く自分に触れていたレイフから、アニーはそろりと身を振りほどいた。包み込むような彼の熱を痛いほど感じていたのだ。

どういう人なの？

たしかに魅力的な人だ。

隣にいると、鼓動の打ち方を忘れてしまうほど魅力的だ。

セクシーでもある。触れられただけで、しかるべき場所が疼いてしまうほど。そして、いいにおいがする。

男性ならではの肌のにおいとコロンの香りが入りまじった、生き生きとしたスパイシーな芳香に酔わされてしまいそうだ。

彼をベッドに押し倒して服を剝ぎとってしまいたいと思っても、べつに驚きではない。健康な女性なら、レイフ・ヴァルガスを裸にしたいという欲望をいだかない人はいないだろう。

しかし、それだけの話ではない。

精神的なレベルで脅かされるのではないか、とひしひしと感じるのだ。

それでも、このモーテルの部屋にいたら危険なほど無防備である事実は無視できない。

保安官や、アニーを町から追いだすことにした住民たちからだけではなく、ドアの下に手紙を差し込んだ変人からも、だ。

ほかのことはどうであれ、レイフ・ヴァルガスと一緒にいれば、おかしな人たちを遠ざけてくれるだろう。

少なくともそれは期待できる。

アニーはスーツケースを広げ、衣類をほうり込んだ。すぐにコインランドリーを探すこと。顔をしかめ、頭にそうメモすると、バスルームに向かい、洗面用具をかき集めた。

十分もしないうちに荷造りは終わり、スーツケースのファスナーを閉めて顔を上げると、ドアの横に立っていたレイフの険しい表情に気づいた。

「どうかしたの？」

レイフは椅子を指差した。そこにはあの奇妙な手紙が丸見えになっていた。しまった。どうしてあんなもの、ごみ箱に捨てなかったのかしら。

「あれはなんなのか説明する気はあるのか？」とレイフはうなるように尋ねた。

アニーは肩をすくめた。「説明することなんてないわ」

レイフはなんらかの激しい感情と闘っているかのように、歯を食いしばった。

「あの手紙はいつ届いた？」

「さあ、いつかしら」努めて不安な声は出さないようにした。どこかのつまらぬ負け犬のせいで震えあがっているなんて、誰にも知られたくない。「今朝起きたら、ドアの下に差し込まれていたの」

「くそ」レイフは怒りのこもった目で便箋を見おろしていたが、手を触れようとはしなかった。「保安官に話したか？」

「どうして話すの？」アニーはすっかり困惑して尋ねた。「おかしな人からの的はずれな手紙よ」

「そこまできっぱりと言えるのはなぜだ？」

「わたしの名前はアナベルじゃないから」

レイフは耳を疑うような目でアニーを見た。「それだけか？」

たしかに、ささいなことにすがろうとしているのかもしれないが、頭のおかしな人殺しが部屋のまえまで来たかと思うと……。

アニーは激しく首を振った。だめよ。そんなことを考えただけで、また眠れなくなる。

「殺人犯なら、わたしをさらおうとするでしょう、気味の悪い手紙を書くのではなく」

オレンジ色と緑色の悪趣味なカーテンをさっと開くと、レイフは頭を傾け、窓の外をすばやく見まわした。傾斜した屋根の端を確認したあと、駐車場の向こう側の事務所に視線を向けた。

「この施設に監視カメラはついてないだろうな」

アニーは目をくるりとまわした。「Ｗｉ‐Ｆｉさえないのよ」

「そうか」部屋のなかに向き直り、レイフは狭い室内に目を走らせた。そして、長い歩幅で二歩進んでドレッサーのまえに移動し、アイスバケットから未使用の内袋を取りだした。「ポリ袋ですませたらマックスに殺されるが、用は足りるだろう」

アニーが怪訝そうに見ていると、レイフは慎重に端をつまんで便箋と封筒を椅子から拾い上げ、ポリ袋に入れた。

「なにをしているの？」

レイフはポリ袋を折りたたみ、手紙を封じた。「これをヒューストンのオフィスに送る。ドアの下から部屋に投入した人物の手がかりがあれば、マックスがそれを見つけてくれる」

アニーは下唇を嚙んだ。手紙は単なる変人のしわざとして片づけてしまいたい気持ちもあるが、レイフなら犯人の名前を突き止められるのかもしれないという安堵の念も湧き起こり、心はゆれ動いた。

「どうして保安官に届けないの？」

レイフは引き締まった顔に緊張感をみなぎらせた。「信用していないからだ」

「なぜ？」

レイフは肩をすくめた。「きみのお父さんは弁護士と接見する間もなく独房で殺され、事件のファイルはその数日後に焼失した。それだけ見ても、保安官は明らかに無能だ」淡々とつづけた。「一方、マックスはといえば、あいつは天才だ」

アニーは顔をしかめ、バッグを手に取った。「準備はできたわ」

「待ってくれ」レイフはテレビをつけに行き、ベッドサイドの明かりもつけた。

「なにをしているの？」

「きみのジープを駐車場に残しておけば、きみは戻ってくると思わせられる」とレイフは言った。

「それが重要なの？」

レイフはアニーの荷物を持ち、戸口に向かい、ドアをあけた。「動作検知カメラを設置する。うまくいけば、手紙を置いていったやつをつかまえられる」

「なるほど」アニーはレイフのあとについて、駐車場の端のほうに停めてあるトラックまで歩いた。どうやらこの人はまわりが遮断されるのが好きではないらしい。あるいは、身動きが取れない感覚が気になるのか、なにかを思いだすのかもしれない。

「案外――」

レイフはスーツケースをトラックの荷台に載せると、助手席のドアをあけ、好奇心をのぞかせた表情でアニーを見つめた。「なんだ?」

「うまい手ね」アニーはもごもごと言って、頭上の手すりをつかんで体を引き上げ、座席にお尻をすべり込ませた。

「腕の見せどころだ」レイフは口の端を上げて自信たっぷりに言うと、助手席側のドアを閉め、車の後部に戻った。

アニーが体をひねってうしろを見ると、レイフは荷台に取りつけられた長いシルバーの収納ボックスのなかを漁っていた。しばらくして探しものを見つけたようで、モーテルの建物に引き返し、部屋のなかに姿を消した。

アニーの頭の片隅では、色褪せたジーンズとスウェットシャツを着ているだけで絵になるレイフ・ヴァルガスの姿でいっぱいになっていた。

つやのある黒髪は風に乱れ、顎の無精髭はすでに伸び、危険な野性味が加味されている。

本当なら恐れをなしているはずだろう、ぞくぞくするような興奮が全身を駆けめぐるのではなく。

それでいて頭のなかの別の片隅では、隠しカメラを収納ボックスに常備しているなんてどんな人だろうと思わないでもなかった。

ほんの数分でレイフはトラックに戻り、運転席に腰を据えた。

「なあ、言っただろう、腕の見せどころだって」と冗談まじりに言った。

アニーは手をにぎり合わせ、彼が本領を発揮したらどうなるのか必死で考えまいとした。角を曲がるたびに彼の引き締まったたくましい体に肩が触れ、体が火照るようなことがなければ、それはもっと簡単だっただろう。

〝あらあら、落ちつきなさいってば〟とアニーは自分を叱りつけ、黙りこくっていると、レイフは理髪店と〈フェデックス〉の営業所を兼ねた花屋に立ち寄った。

例の手紙を翌日配達で友人に送る手配はものの数分ですみ、そこからレイフの祖父の家まではすぐだった。

アニーがトラックを降りて待っていると、レイフはスーツケースを提げて先に立ち、でこぼこした私道を歩いていった。そう、自分の荷物は自分で運べる。けれど、争う価値のない戦いもある。

雑草が伸びすぎた庭や剪定が必要な垣根をざっと見まわし、アニーは傾いだポーチに上がり、レイフにつづいて家のなかにはいった。

「すまないが、ここは〈リッツ〉というわけじゃない。祖父は、控えめに言っても、変わり者だった」連れ立って小さな居間にはいると、レイフはそう言った。家具はみすぼらしく、木の床はひどく傷んでいたが、室内は掃除が行き届き、きちんと整頓されていた。レイフが片づけたのだろう。「荷物はこっちに入れておく」彼は居間を横切り、寝室にはいった。狭いベッドとクルミ材の衣装箪笥だけでいっぱいの広さしかなかった。「朝食のあと、シーツを洗ってベッドを整えるよ」レイフはそう約束し、スーツケースを窓辺に置いた。「さて、とりあえず……ドーナツだ」

アニーは顔をほころばせた。ふたりは居間を突っきり、裏手のキッチンに足を踏み入れた。

ほかの部屋と同じく、キッチンも老朽化し、設備を新しくする必要があるが、きれいに掃除され、箱は壁際に整然と積み上げられ、ドアの脇にもいくつか重ねられていた。

そして、キッチンの真ん中にはフォーマイカの天板のテーブルがあり、ドーナツのはいった袋とコンピュータがふたりを待っていた。

「洗濯なんてするの？」アニーはからかうように言って、椅子に腰をおろし、レイフがキッチンカウンターに行ってふたつのマグにコーヒーを注ぐのを見ていた。

「軍隊では、自分のことは自分で、とたたきこまれる」とレイフは断言した。「クリームか砂糖は？」

「ブラックでお願い」コーヒーを出してもらい、レイフが向かいの席につくのを待って、アニーはあたりまえの質問をした。「なぜ軍を辞めたの？」

黒い目は完全に癒えていない傷で曇った。「話せば長くなる」

アニーはコーヒーをひと口飲み、彫りの深い顔をマグの縁越しに見つめた。「怪我で？」

「ああ」

ぽつりと、そのひと言だけ。

過去の話はしたくないということだ。

アニーはそう察しをつけた。古傷をえぐられるほどいやなことはない。

「残念だったわね」とつぶやくに留めた。

「仕方ないさ」レイフは手を伸ばして袋をあけて、中身を取りだした。「ドーナツはアップルフリッターかスプリンクルシュガー。それからブルーベリーマフィンもある」食欲をそそる香りが漂い、アニーの鼻をくすぐった。

「ブルーベリーマフィンがいいわ」

マフィンがナプキンに載せられて、目のまえに差しだされると、アニーの口のなかにつばが湧いた。レイフが選んだのはアップルフリッターで、ふたりして朝食にかぶりついていると、キッチンは心地よい沈黙で満たされた。

おかしなものね。指についたかけらを最後に舐めとるまで、お腹が空いていたなんて気づきもしなかった。

当然ながらこの一週間、不眠に悩まされていただけではなく、食欲も減退していたのだ。

「誘拐犯をどうやってつかまえるつもりなの？」とアニーは唐突に尋ねた。なぜまた飢えを覚えるようになったか、あえて分析したくなかったからだ。

そのわけはテーブルの向かいの人物にあるとわかりきっているときにはだめだ。

「女性をさらう変質者がいると仮定するなら、問題は、どうやって女性たちをつかまえているのかということだ」レイフはコンピュータに手を伸ばし、地元の地図を呼びだした。

アニーはすんなりとレイフの思考の流れについていった。「行方不明になったとき、女性たちはふたりとも車でニュートンに帰ってくる途中だった」

「そのとおり」レイフはうなずいて、コンピュータの画面を指差した。「警察の捜査報告によれば、ジェニー・ブラウンはおばの家をあとにし、州間高速道路35号線に合流するランプから一区画離れたガソリンスタンドで目撃されたのが最後だ」

アニーはぎょっとして、怪訝な顔を彼に向けた。「捜査報告書をどうやって手に入れたの?」

レイフは天井の隅の小さな赤いランプをちらりと見た。「訊かないほうがいい」

「ふうん、そう」とアニーはつぶやいた。レイフと彼の友人たちの警備会社はどんなサービスを提供するのだろう。

企業買収?

小国への侵攻?

レイフはコンピュータの画面上の地図に注意を戻し、デモインからニュートンまでの道すじを指でたどった。

「高速に乗ったとすると、これがニュートンまでの最短ルートだ」

アニーは食卓に両肘をつき、身を乗りだした。「そうね」

「ブランディはラクレードから車を走らせていた」とレイフはつづけた。

「逆方向ね」

「ああ」レイフの指が画面の下側から郡道を示す水色の線をたどった。「でも、彼女は町の北部に住んでいる。ふたりの通った道はここでまじわったと考えられる」

アニーは鼻にしわを寄せた。ニュートンに戻ってまだ二日だったが、市街地を出たらトウモロコシ畑くらいしかないと知っていた。

「そのあたりにはなにもないでしょう」

「実際に見てみたほうがいいな」

気の毒な女性たちが偶然見つかることを期待して、とりあえず車でまわってみるつもりなのか、とアニーが訊こうとした矢先、レイフが顔を振り向け、思案をめぐらすような視線を向けてきた。

「ああ」とアニーはつぶやいた。「わたしが幻覚で見たものからなにか見分けがつくんじゃないかと思うのね」

「望みは薄いというのはわかっているけど、でも……」レイフの声はしだいに小さくなった。アニーはいまにも泣きだしそうになり、涙をこらえていた。「アニー」レイフはテーブル越しに手を伸ばし、アニーの手をにぎった。「大丈夫か？」

アニーは喉がふさがった気がして、無理やりつばをのみ下した。頭がおかしいと長年言われつづけた末に、ようやく幻覚を信じてくれる人が現われてどんな心境か、とても説明できそうになかった。

「あなたが初めての人よ」アニーはとうとうかすれた声で言った。

レイフは眉をひそめた。「初めての人？」

「わたしのことを信じてくれた初めての人」

アニーには祖父の家で一日ゆっくりと過ごしてもらうつもりだった。無能な保安官にやむなく対応しただけでも大変だっただろうに、薄気味悪い手紙のせいで自分でも認めたくないほど不安になっているようだった。

安心できる場所で、二、三時間、のんびり過ごしても罰はあたるまい。

しかし、幻覚が行方不明になった女性たちの手がかりにつながらないか確認したいと望むこちらの意向に気づいたとたん、アニーは調査に意欲を燃やした。

一方、こっちは……食卓につき、指についたブルーベリーマフィンのかけらを舐めとるアニーをうっとり眺めていたという体たらくだった。

美女を裸にするありがちな夢想にすぎないわけではなかった。あるいは、祖父の年代もののベッドに誘い込みたいという欲望だけでもない。

ちゃんと食べさせ、用意した場所で落ちつかせてやりたいと願う男としての本能に根差す衝動だった。誰にも彼女に危害を加えさせまいとする保護本能だ。

かなり危険だ、そこまで入れ込むのは。

急に、気晴らしに別のことをするのが名案に思えた。

その上で行方不明の女性たちにつながる手がかりを見つけだせたら……なおけっこうだ。

そしていま、ゆっくりとトラックを走らせ、主要道路からそれると、ガソリンスタンドを兼ねたチェーンのコンビニエンスストアの駐車場にはいっていった。

「ここだ」とレイフは言って、レンガ造りの店の端でトラックを停めた。

窓をおろし、頭を突きだすと、誘拐犯になったつもりで周囲をざっと見た。

都合の悪い点がいくつかある。

店の正面には大きな窓があり、従業員は店内からガソリンスタンドを監視できるし、敷地は背の高い投光照明に囲まれているので、客が来れば夜間でも姿は見える。だが、よく観察してみれば、数キロ以内にほかに店も家もない。そして、もっと重要なのは、店の脇にまわりさえすれば、完全に死角になるということだ。

女性がここに車を乗り入れ、駐車しておいたとして、何者かが物陰から飛びだし、その車にはいり込もうと思えば、ほんの数秒で事足りる。

全員が全員、ドアをロックするとはかぎらない。

ここニュートンでは。

「コンビニエンスストア？」アニーが困惑した声でつぶやいた。

「この町で終夜営業している店はおそらくここだけだ」レイフはそう言って、携帯電話をつかみ上げ、短いメールを打った。

アニーが助手席から身を乗りだすと、シャンプーの香りがレイフの鼻をくすぐった。

「なにをしているの？」

「ブランディとジェニーが喫煙者か、ティーガンに調べてもらう」

レイフ自身はニコチン中毒になったことはないが、煙草欲しさに地雷地帯を平気で通り抜ける友人ならいる。煙草は若い女性が店に立ち寄る確かな理由になる。どれほど夜遅くても。

「犯人はここから女性たちを連れ去ったと考えているの？」とアニーが尋ねた。

「おれならここを選ぶだろうな」レイフは携帯電話をポケットに戻し、トラックのギアを入れた。

アニーは驚いた声で言った。「行方不明になった夜に女性たちを見た人はいないかたしかめないの？」

レイフは首を振った。「どちらかひとりでも店内にはいっていたら、店員が誰かに話すはずだ」と指摘した。「殺人事件の被害者になったかもしれない人物を最後に見た目撃者になるなんてことは、そうしょっちゅうあるものではない」

アニーが顔をしかめた。ニュートンの殺人鬼とのつながりを吹聴した連中を思いだしているのだろうか。

「それもそうね」アニーは額にしわを寄せて言った。「でも、駐車場から連れ去られたとしたら、彼女たちが乗ってきた車はどうなったのかしら？」

店の両脇と裏を囲むがらんとした広い空間を横切るようにレイフはトラックを走らせた。「この店の縁で待ち伏せしていたら、犯人はわけなく車に乗り込んで、ハンドルをにぎる人物を強制的に、自分の行きたいところへ向かわせることもできただろう」

レイフが駐車場から車を出すあいだ、アニーはなにかに気を取られているような顔つきでおもむろにうなずいた。「犯人は徒歩でここまで来られるところに滞在していないとだめね」

レイフは高速道路を避けて、一般道を進んだ。「誘拐犯が二十代から四十代の健康な男性だと仮定するなら、半径八キロから十五キロ圏内だろう」

「それでも調べるとなると、かなりの範囲だわ」

たしかにそうだ。

あいにく範囲をせばめる妙案はレイフも思いつかなかった。

いまはまだ。

「道路のこちら側から始めよう」

最初の砂利道で右折し、一キロ半ほど走り、また右折した。コンビニエンスストアが見える範囲に廃墟となった家屋や納屋がないと確認したら、捜索の範囲を広げればいい。

交差点に近づいたところでアニーに腕をつかまれ、レイフはブレーキを踏んだ。

「待って」と彼女はかすれた声で言った。「左に曲がって」

レイフは質問もせずに従った。「なにか思いだしたか？」

アニーはダッシュボードに手をついて身を乗りだし、作物が収穫された畑と、俵の干し草を食む畜牛でいっぱいのなだらかな牧草地をじっと見つめた。

「幻覚で見たわけじゃないけれど、この場所は見憶えがあるの」アニーは気もそぞろといった表情で言った。

十分後、細い並木道のほうを指差した。「あっちよ」

深い溝を越えるとふたりして体が大きくゆれ、レイフはからかうような笑みをアニーに向けた。「おやおや、ミズ・ホワイト、人けのない場所に誘い込んで、おれをたぶらかすつもりかい？」

アニーは目をくるりとまわした。「その気になれば、ショッピングモールの真ん中でだってあなたをたぶらかす自信があるわ」

レイフは思わず噴きだし、考える間もなくアニーの三つ編みをつかんで、軽く引っぱっていた。「おもしろいことを言うんだな、アニー・ホワイト、気に入った」

「意外そうな口ぶりね」

そうだろうか？　レイフはアニーのほうを向き、繊細な横顔と、象牙色のなめらかな頰をかすめるカールしたほつれ毛をちらりと見た。「意外といえば、ニュートンに来たとき、きみとの出会いがあるとは思いもしなかった」

「どんなことがあると思っていたの？」

「不愉快なことや、いらいらすること」不動産業者からのメッセージを聞いたときの自分の反応を思いだし、レイフは顔をしかめた。「後悔するようなこと」

「けれど、あなたは連続殺人犯かもしれない人物を追いかけている」

レイフはアニーの細い首すじを指でたどり、ふっくらした口もとに意味ありげに視線をおろした。

「おれがしているのはそれだけじゃない」しゃがれた声で言った。

アニーははっと息をのんだ。頰が熱くなり、うろたえてしまった。

「わたしの問題に興味を持ったのは、お祖父さまの死から目をそらす完璧な方法だからだとは考えなかった？」

レイフは狭い道に視線を戻した。「会計士というよりも精神分析医のような口ぶりだな」

「セラピーを受けた時間を考えたら、そう見なされてもおかしくないかもしれない」アニーはさらりと言ってのけた。

「目をそらさないといけないことなんかなにもない」レイフはきっぱりと言った。アニーが言っていることを友人たちも考えているはずだが、彼らはみんなまちがっている。悩みを忘れたいときには酔っぱらって、カントリーバーでカラオケを歌う。いまこうしているのは……なんなのかたしかによくわからないが、マニュエル・ヴァルガスとのつながりを失ったこととはまったく関係ない。「祖父はおれにとって他人だった」レイフは肩を片方だけ上げた。「つむじ曲がりの偏屈じいさんで、おれの父に背を向けたことには正直、腹が立つが、結局祖父は自分で自分の首をしめただけだった」

「やっぱりあなたは――」

「きみに興味があることと、祖父のこととはなんの関係もない」レイフはアニーの言葉をさえぎって言った。

ふたりのあいだに起きていることを軽視させてなるものか。

カーブを曲がると、行く手をふさぐ赤いピックアップトラックに気づき、レイフの胸に緊張が走った。

「レイフ」とアニーが小声で言った。「誰か来るぞ」

「そんな」

車を止め、レイフはそっと座席の下に手を伸ばし、出発まえにしまっておいた拳銃を取りだした。

「これ」その拳銃をアニーの手に押しつけながら、視線はショットガンを手にしてまっすぐ近づいてくる中年男から離さなかった。「必要に迫られたら、ためらわずに撃て」

8

自動ロックボタンを押し、男が運転席側のドアのまえに来るのを待って、レイフは窓をほんの数センチおろした。

男はフランネルのシャツにジーンズ、作業用の長靴という恰好だった。髪は古びた野球帽で隠れ、丸い顔は真っ黒に日焼けしていた。日差しを長時間浴びるためか、肌は荒れている。

いかにも農夫に見えたが、レイフは思い込みで気を抜くつもりはなかった。見知らぬ相手が撃つ気満々でショットガンを持ち歩いているようなときに油断は禁物だ。

「なにか問題でも？」レイフはていねいな口調で尋ねた。

男はうさんくさそうにレイフをじろじろと見た。「道に迷ったか？」

「ドライブをしているだけだ」

男は銃を持ち上げ、道路の先を銃で指し示した。「ここは私有地だ」

「不法侵入するつもりはなかった」レイフはドアの取っ手に手をかけた。農夫はすぐ近くに立っているから、ドアを勢いよくあければ、手からショットガンを落とせるはずだ。「いまも言ったが、ただドライブを楽しんでいるだけだから」

レイフの説明に納得しなかったようで、農夫は横に体を傾け、アニーを見ようとした。

「通りすがりの人がふらりと来ることはあまりないんでね」

「レイフ・ヴァルガスだ。祖父はマニュエル・ヴァルガス」レイフは運転席で体の向きを変え、なんとかアニーを男の目から隠そうとした。「で、おたくは？」

「ミッチ・ロバーツ」

正体がわからない相手に意識を集中させていたので、レイフが気づいたときにはアニーはもう彼の肩をまわり込むように身を乗りだし、探るような目で相手の男をしげしげと見ていた。

「わたしの父と知り合いだったわね」とアニーは出し抜けに言った。

男は顔をしかめた。「どちらの……」黒い目が細くなったかと思うと、愛想のなかった顔が相好を崩した。「アニーか？　アニー・ホワイトかい？」

アニーの口もとにおずおずと笑みが浮かんだ。「そうよ」

「ほう、これは驚いた。あれから、えーと、十年か？」

「十五年よ」

「十五年？」ミッチは帽子を脱いで薄くなりかけた白髪頭をかいてから帽子をかぶり直した。「へえ、そんなにたった気はしないな。ニュートンに戻ってきて、なにをしているんだ？」

レイフはひやりとしたが、アニーもばかではない。行方不明になった女性たちを捜していることを明かす危険を心得ていた。

変質者からだけではなく、地元の警察から目をつけられる恐れがある。

保安官は拉致事件の責任を負うべき人物を捜している。罪を着せられるものなら誰でもかまわないのではないか、とレイフは疑っていた。

「なにというわけじゃないけれど」アニーは言葉を濁した。「できれば……区切りをつけられたら、と」

ミッチはゆっくりとうなずいた。赤らんだ顔に浮かぶ表情は読みとりづらかった。

「うちは私道のすぐ先だ」アニーに視線を向けたまま言った。「レモネードでも一緒にどうだい？」

「ええ、ぜひ」アニーは即座に同意した。

「よかった」レイフに小さくうなずき、ミッチはうしろを向き、自分の車に戻っていった。

「かまわないでしょう?」とアニーは尋ねた。レイフはギアを入れ、ミッチのあとを追って道を進んだ。

「ああ、いいとも」

カタツムリ並みの速度で車を走らせながら、レイフは危険な気配はないか目を光らせていた。

行方不明の女性たちの捜索をつづけたいと思う気持ちもあったが、この寄り道はアニーにとって大事なことだと彼もわかっていた。

父親の犯した罪の責任をアニーになすりつけたがる保安官のようなばか者がニュートンには大勢いるというのはちょっと考えればわかることだ。自分を罪のない被害者と見なす人もいるのだとアニーは知る必要がある。

やがて、網戸を張りめぐらしたポーチと黒い鎧戸のついた二階建ての白い農家にたどりついた。屋根は急勾配で、前庭を見おろす窓があり、赤レンガの煙突が突き出ていた。

遠くには離れや穀物の貯蔵庫がいくつか立っているが、隣の家とは何キロも離れているようだった。

私道のいちばん奥でUターンをして、人里離れた家からの帰りに好都合な向きでトラックを停めた。迅速な脱出の準備はつねに怠らない。駐車が終わると、アニーの手から銃を取り上げた。「彼はきみに話があるようだな」

「ええ、そんな気がするわ」とアニーはつぶやき、レイフが助手席側にまわって手を貸すより早く、車を降りた。

それでもレイフは、敷石の遊歩道を行くアニーに追いつき、右手に拳銃を持ったまま、彼女の肩に腕をまわした。

ミッチはポーチのドアのまえでふたりを待っていたが、レイフの武器に視線をおろした。

「銃は必要ない」

レイフは肩をすくめた。「おれが武装していなければ、アニーはどこにも行かない」

ミッチは顔をゆがめた。「まあいいだろう。最近は用心しすぎるくらいじゃないとな」女性たちが行方不明になっている事件を知っているようで、そうぶつぶつと言った。狭いポーチを横切り、キッチンにふたりを案内した。白く塗り直したばかりに見える古い戸棚が並び、流行りの長くて深さのある流しがあった。

焼き立てのパンとスペアミントのチューインガムのにおいがした。

ミッチはキッチンの真ん中の木のテーブルを指差した。

「かけてくれ」と言って、二気筒エンジンのような音をたてる白い冷蔵庫のところに行き、レモネードのピッチャーを取りだした。

グラスをかき集め、テーブルについたふたりのところに戻った。

「ありがとう」アニーは椅子に座り、レモネードをひと口飲んで言った。「おいしいわ」

レイフは壁際の席につき、出された飲みものには口をつけなかったが、銃は礼儀正しくテーブルの下におろし、ミッチの頭に向けはしなかった。

ほらな？　礼儀知らずじゃないだろう？

「ここにはほかにも誰か？」レイフはキッチンとつながっている部屋をちらりと見て尋ねた。そのダイニングルームには箱や古い雑誌が積み上げられ、しばらく使われていない様子だった。

「いや、誰もいない」ミッチはため息をついた。「家内を何年もまえに亡くして、うちには子どももいない」ハンカチを取りだして顔を拭くと、椅子に座り、アニーだけにじっと目を向けた。「元気でやってたか?」

アニーはぎこちなく微笑んだ。「なんとかね」

「あれからきみを捜そうとしたんだ……つまり、お父さんが亡くなってから。でも、きみがどこに連れていかれたのか、誰も知らなかった」

「セラピストの考えで、過去をきっぱりと断ち切るのがいちばんだということだったの」

ミッチは小声でなにやら毒づいた。「セラピストなんて役に立たないさ」

レイフは身を乗りだした。「なぜアニーに会おうとした?」

ミッチは首をめぐらし、なにかを見定めるような目でレイフを見た。「あんた、恋人か?」

「ああ、そうだ」レイフは一瞬のためらいもなく答えた。

まちがいなくそうだ。

それが実際になにを意味するのかはわからない。あるいは、どういうことになるのかも。

それでも、アニー・ホワイトはおれの恋人だ。

ミッチはひと息でレモネードを飲みほした。

「なにもかもしっくりこなかった」しばらく黙っていたが、やがてそう言った。

「どういうことだ？」とレイフは尋ねた。

グラスをテーブルに置き、ミッチは椅子にもたれた。「ドン・ホワイトとはけっこうつきあいがあったんだ」

「そういえばそうだったわね」アニーは流しの上の窓のほうに目をやった。「父とよくこちらにおじゃまして、わたしは外で遊んでいた」

「ああ。きみはいつも人形をたくさん持ってきて、リンゴの木の下でままごとのお茶会を開いていた。そのあいだ、こっちはきみのお父さんからあのややこしいコンピュータの使い方を教わっていた」ミッチはダイニングルームのテーブルの上に載ったコンピュータに手を振り向けた。「金勘定をお父さんに見てもらっていたから」

愛情のこもった表情で年嵩の男の顔がやわらぐと、レイフもつられて微笑みそうになった。

アニーは愛くるしい少女だったのだろう。一瞬の疑いもなくそう思った。ハシバミ色の大きな瞳。そばかすの散った鼻。ふたつに結んだお下げ髪。

やがて、その少女時代はめちゃくちゃにされてしまう。

これ以上彼女につらい思いをさせてはならない。

「つまり、アニーのお父さんに怪しげなところはなかったと？」レイフはミッチに尋ねた。

「そりゃそうさ」ミッチはかばうような口調でつぶやいた。「ドンはまっとうな人間で、教会にもかよっていた。娘を大事に育て、ニュートンで新しい生活を築こうとがんばっていた」そこでいったん言葉を切り、テーブルに目を落とし、肉づきのよい手でグラスを脇に押しやった。「だからなにもかも腑に落ちなかった。いや、いまでもそう思っている」

レイフは驚いて身を固くした。この男は友人が連続殺人事件に関与したと思っていない。

でも、なぜだろうか。

友だち選びをまちがえたと思いたくないだけか？

それとも、理由があるのだろうか？

知る必要がある、とレイフはふいに気づいた。

アニーのためというだけではなく、行方不明になっているふたりの女性のためにも。たっぷりと時間を取り、考えてみた。証拠がそろっているにもかかわらず、友人は無実ではないか、と信じる理由を話してもらうには、どう説得すればいいだろう。

ミッチ・ロバーツは抜け目なく、しかもとっつきにくい性格のようだ。話したくないことまで話をさせるのはむずかしい。

「引っ越してくるまえのドン・ホワイトのことを知っている人は誰かいたか？」

ミッチはしばらく間を置いてから答えた。「いなかったんじゃないかな」

「友人も親戚も近くにいない場所に移り住もうとするとは妙だ」

「ドンは昔の話をしたがらなかった」ミッチはひと言ひと言考えてから話すように、ゆっくりと言った。

「それを変だとは思わなかった？」

「べつに。先立たれた妻子のことを悼んでいた。だからこっちも詮索したくなかった」

それが自然な反応だろう。

たいていの人は古傷をつつこうとは思わない。

ということは、過去をほじくられたくない人物が悲劇を生みだしたとも考えられる。

「彼が車庫に核シェルターをつくったときは驚いたか？」それはレイフが引っかかっていた疑問だった。

死体の完璧な隠し場所になる密閉された部屋を地下に増築する人間は、何人いるだろう。

「ドンじゃなくて、まえの家主のサム・ジョンソンだ」ミッチはうなるように言って、眉間に深くしわを寄せた。「冷戦で不安になっていた時代で、ほかに十数軒の農家もシェルターをつくった。竜巻に備えて非常用の生活用品をしまっておいたらどうかとドンに勧めたのは私だった」

なるほど。予想外の情報を入手した以上、レイフとしては当初の仮定を見直さざるを得ない。

それはお手のものだった。それこそ戦場で手腕を発揮した理由でもある。

レイフほど決断の早い者はめったにいない。

「ということは、地元の人間なら存在を知っていた？」

「地元の人間である必要はない」ミッチはレイフの言葉を正し、なにをしようとしているのかちゃんとわかっていると目で訴えた。「車庫のなかにはいればわかるつくりで、そこにシェルターに通じるドアがあったんだ」

「鍵はかけられた？」

「ああ」ミッチはアニーのほうにうなずいた。「でも、おちびちゃんがなにかの拍子に閉じ込められないよう、ドンは鍵を挿しっぱなしにしていた」

当然だ。「鍵がなくなったら、気づいたかな?」

ミッチは肩をすくめた。「なんらかの理由でシェルターに降りなければ気づかないだろう。鍵がないと気づくまで数週間か、数カ月たってもおかしくない」

アニーににらまれてもレイフは無視し、彼女の父親に不利な証拠について考察した。死体が自宅の核シェルターで発見されただけではなかった。

本人もそこにいたのだ。

「ホワイトに敵はいたか?」

ミッチは首を振った。「いなかったはずだ」

レイフはアニーをちらりと見た。「お父さんが誰かともめているのを見たことはあるか?」

「ないと思うけど……ううん、そういえば、食堂でこんなことがあったわ。男の人がわたしたちのテーブルに来て、おれの土地を盗んだだろう、と父にわめきはじめたの」とアニーは認めた。ほかの人からモンスター呼ばわりをされたときにさえ愛していた父のことをふたりが話し合う横で、じっと身を固くしていた。「その人はきっと酔っぱらっていたんだと思う」

ミッチは一瞬、混乱したようだったが、やがてうなるようにして言った。「それはたぶんジョンソンのところのせがれだろう」

レイフはその名前にすぐ反応した。「ドン・ホワイトに農場を売った人物の血縁か?」

「そうだ」ミッチは憎々しげに口もとをゆがめた。「ひとり息子で、ひどく甘やかされて育った。ブロディは家族の土地を相続するものとずっと思い込んでいたが、飲んだくれになる末路がはっきりすると、両親は家を処分してフロリダに引っ越した」

「父に文句をつけていたのはブロディだったということ?」アニーは身を震わせて言った。不愉快な衝突を思いだして気持ちが乱れたようだった。

ミッチは肩をすくめた。「あいつはみんなに文句をつけていた」

そういうタイプの人間はレイフも知っている。

残念ながら。

レイフは携帯電話を取りだし、ティーガンに短いメールを送った。

「暴力的になる人物だったか?」とミッチに尋ねた。

「女友だちに手を上げるという噂があった」

「いまはどこに住んでいる?」

「さあ」ブロディへの興味は皆無のようだ。「連続殺人事件のあと二、三週間して、ぷっつりと姿を消したんだ」

レイフは驚いて目をぱちぱちさせた。「姿を消しただって？」

ミッチは肩をすくめた。「手荷物だけまとめて、町を出ていった」

「誰も不審に思わなかったのか？」

「ブロディは生まれながらのトラブルメーカーだったから」ミッチは顔をしかめた。「いなくなって、みんなせいせいした」

それを聞いたとたん、レイフはさらに身を入れて質問した。「そもそも女性たちが行方不明になった時点で疑いをかけられなかったのか？」

「最初はブロディがやったんじゃないかという声が多くあがったが、吊るし上げを食うまえにラクレードで退役軍人クラブの建物に横から車を突っ込んだ。さらに女がふたり行方不明になっていたあいだは留置場に入れられていたのさ」とミッチは言って、ブロディが犯人である希望の芽を摘んだ。

追加の情報をメールして、レイフは携帯電話をポケットにしまった。ブロディにはアリバイがあったのかもしれないが、殺人事件解決直後に姿を消した事実は疑念を招く。

どういう事情であれ、ブロディはなにかに気づいたのかもしれない。飲んだくれは夜の町をぶらつくものだ。ニュートンのまっとうな市民がとうに寝床にはいったあとで。

「ドン・ホワイトに恨みをいだいていた可能性のある人物はほかにもいたか？」とレイフは尋ねた。

「どうだろうな」とミッチは言った。「騒ぎを起こしたがる連中はいるが、ドンはほとんど人づきあいをしなかった。アニーが無事に暮らせて幸せならそれでいいと言っていたよ」

アニーはつらそうな声を洩らした。ハシバミ色の目には苦悩が浮かび、影が差している。「父は物静かでやさしい人だったわ」穏やかな口調で言った。

「ああ、そうだったね」ミッチもすぐさま同意し、「反論できるものなら反論してみろとレイフを挑発するような声で言った。「世間で言われているようなことをする男じゃなかった」

いいだろう。

そろそろこちらの考えを明かす頃合いだ。

レイフは年嵩の男性の目を見据えたまま身を乗りだした。

「ドン・ホワイトは連続殺人事件に関与していなかったと思うんだな？」単刀直入に

尋ねた。

ミッチはたじろがなかった。

それどころか、とうとう誰かにはっきりと質問されて喜んでいるようだった。

「つまり、こういうことだ。ドン・ホワイトが七人の女を殺して自宅のシェルターに死体を隠していたと聞かされたときは驚いた」ミッチはうなるように言って、視線をアニーに移した。「でも、娘もシェルターに入れて、目隠しをしていたと聞くと……」ミッチは首を振り、長年抑えつけていた怒りで表情を硬くした。「そう、どんな証拠があろうとも、ドンがアニーに危害を加えるまねはしないと思った」テーブル越しに手を伸ばし、ぎゅっとにぎり合わせていたアニーの手に手を重ねた。「ドンはきみを守るためなら自分の命だって投げだしたさ」


トラックが通りすぎたとき、積み重ねた干し草の俵の陰に隠れていた。

かわいいアナベル。

すぐ近くだったから、蜂蜜色の髪も、冷気で頬に差した赤みも見てとれた。ハシバミ色の瞳は残念だ。いやな母親から受け継いだ目だ。もちろん、アナベルにはいまだに純真さがある。それは長い歳月にも奪い去られることはなかった、とすばやく自分に言い聞かせた。

やがて、顔をしかめ、手をぎゅっとにぎりしめた。

レイフ・ヴァルガスは思いのほか厄介だ。

じゃま者は排除しようと最初は思っていた。前回はゲームに水を差されてしまった。また別の男に再会を台無しにされ、愛する者を連れ去られるのはごめんだ。

でも、ヴァルガスはアナベルを守ろうとしているようだ。

差しあたり、アナベルは頼もしいヴァルガスにまかせておくのがいちばんだろう。

とはいえ、アナベルは遠からずもとの居場所に戻る。

一緒に……。


アニーは自分がなにをしているのかもよくわからないまま、レイフに急き立てられて居心地のよい農家をあとにし、トラックにも乗り込んだ。奇妙なさむけが背すじを伝うと、ようやく頭のなかの霧が晴れ、ニュートンに引き返しているのだと気づいた。

「行方不明の女性たちの捜索をつづけるんじゃないの？」アニーは驚いて尋ねた。

「あとでまた来る」

「でも――」レイフに手をにぎられて、アニーは言葉が喉で引っかかってしまった。

明らかに友好の意味しかなかったが、レイフの細い指に手を包み込まれると、歓びをいざなうぬくもりが全身に広がった。

心臓が止まりそうになり、興奮で胃が締めつけられた。

「ティーガンにメールした」レイフはアニーの手首のやわらかな内側を親指でなにげなくさすりながら言った。「ブロディ・ジョンソンの住所を突き止めてもらっている」

「じゃあ、これからどこに行くの？」

「ティーガンが魔法を使っているあいだ、おれたちはラクレードで昼食にする」レイフはアニーの手をにぎっていた手に力をこめた。「いいかい？」

「ええ」とアニーは小声で返事をしたが、彼にさわられているときならなにを訊かれても同意してしまいそうだ。

レイフが振り向くと、積極的な反応を感じとったかのように、目の色が深みを増していた。アニーは手を振りほどき、咳払いをした。

魅力的なレイフ・ヴァルガスとベッドをともにすることに道徳的な抵抗があるというわけではない。

そう、普通の女性だったら、車を止めてと頼んだだろう。一刻も早く服を脱がせられるように。

けれど、自分は普通の女性ではない、と年月がたつうちにわかったのだった。ニュートンの殺人鬼の娘である以上、近づいてくる男性は二種類に分けられる。おどろおどろしい事件に惹きつけられる人たちか。救いが必要な永遠の犠牲者と見なしてくる人たちだ。たんにアニー・ホワイトとして見てくれるのか確信できるまで、性的関係は結ばない。あるいは、品行方正な自制心が誘惑に負けるまでは、とアニーは自虐的に譲歩した。

「父に恨みのある人はいなかったかと、なぜ訊いていたの？」アニーはミッチ・ロバーツとのやりとりに無理やり意識を戻した。

ミッチの隣に座って、昔を思いだしたときは胸が張り裂けそうだった。レモネードを飲んで、人形遊びをしていた幸せな子どもだった日々を思い返すのはつらかった。いまは父の話を出しても、少なくとも楽に息はできる。

レイフはハンドルに手を戻し、一般道にはいり、南へ向かった。「ただの勘だ」

アニーは通りすぎていく田園風景を眺めながら、過去は過去のままにしておきたいという本能的な願望と、なにもかもとんでもないまちがいだったのではないかという穏やかならぬ希望のあいだで心が大きくゆれ動いていた。

「女性たちを殺したのは父ではないと思うの？」

レイフはすぐには返事をしなかった。しばらくしてこう言った。

「ミッチ・ロバーツと同じ意見だ。話を聞くかぎり、きみは大事に育てられていた。たとえきみのお父さんが……」頭をひねって言葉を選んだ。「病気だったのだとしても、きみを傷つけようとしたとはとても信じられない」

「父はそんなことをする人じゃなかった」アニーは絶対的な自信を持って言った。

「それでも、事実は彼が有罪だと示している」レイフは厳しく釘を刺した。

「そうよね」アニーは深いため息をついた。何年ものあいだ、折に触れて証拠を見直しては同じ結論に行きつくというくり返しだった。「ああ、わたしの記憶がよみがえればいいのに」

レイフは路上に視線を向けたままだったが、ハンドルをきつくにぎり直したしぐさをアニーは見逃さなかった。「見つけだされた日のことはなにか憶えていないのか？」

アニーは顔をしかめた。ほとんどの記憶がおぼろげだった。

あたかも苦痛から身を守る自衛本能が働いているかのように。

けれど、ニュートンに戻り、長年抑圧されてきた記憶がすでに呼び起こされていた。

もしかしたら、層のように重なった記憶をあと何枚か剝ぎとることができたら、真実が明らかになるかもしれない。

「今日のような日だったわ。晴れ渡った青い空。さわやかなそよ風」体がぞくりとした。「完璧な日だった」

好天だったせいで、あの日の恐ろしい出来事がなおさら陰惨に思われたのだった。

レイフはがらがらの高速道路に車を乗り入れた。「その日は学校があったのか？」

「ええ」

「どうやって帰宅した？」

「バスに乗って」飛び跳ねるようにしてバスを降り、走って庭を横切ったことははっきりと憶えていた。「たしか家のなかに駆け込んだのよ。スペルのテストで百点を取ったから興奮していたの」

レイフはうなずいた。「お父さんは家にいたのか？」

アニーは首を振った。何度も大声で父を呼んだのだった。「いいえ。で、それから心配になったの」

「なぜ心配になった？」

アニーは下唇を嚙んだ。ここで決まって記憶は曖昧になりはじめる。

居間にはいっていったことは憶えている。バックパックを床に置いて、それから……どうしたのだった？

つぎになにが起きたか思い浮かべようと、額にしわを寄せた。

「なぜって……」玄関脇の小さなテーブルのほうを振り向いたことをはっきりと思いだし、息をのんだ。「オレオよ」

レイフはとまどった目でちらりとアニーを見た。「なんだって？」

アニーは座席で体の向きを変え、日に焼けたレイフの顔をずっと見ていられるように座り直した。

どういうわけか、レイフを眺めていると、みぞおちのあたりで湧き起こりかけた動揺がやわらいだ。

「父は畑に出たり、牛に餌をやったりしているときでも、かならずオレオクッキーと牛乳をわたしのために用意しておいてくれた」

レイフはトラックの速度を落とした。不安そうに表情を硬くして言った。「それで、きみはどうした？」

動悸が激しくなり、頭に痛みも走ったが、アニーは自分を強いてその日に戻ろうとした。

「父を捜しに行ったの」家のなかを隅から隅まで歩きまわり、そのあと外に出た自分の姿が思いだされた。

「車庫にはいったか？」

はいったの？

たしか裏口の階段を降りて、それから……。

そこでまたも痛みが頭を駆け抜け、息をのんだ。無理をした報復のようにまたしても頭にぼんやりと霧がかかった。「もう！　やっぱり思いだせないわ」じれったさを爆発させて言った。

いきなり路肩にトラックを寄せて停止させたかと思うと、レイフはアニーのシートベルトをはずした。そして体を震わせている彼女を腕に抱き寄せた。

「なあ、心配しなくていいんだよ」レイフはなだめるように言って、アニーの頭のてっぺんにそっと口づけた。「きっと解決するから」

9

オフィスのビルはヒューストンの上流地区に新しく建てられたのだが、色褪せた赤レンガと装飾が施されたくり形の窓は確たる歴史と地位を思わせる意匠だった。

適切な顧客を惹きつけるために〈ＡＲＥＳ〉に必要だとルーカス・セントクレアが力説した雰囲気だった。つまり、おおやけにはできない差し迫った事情をかかえた金持ち連中や政治家が訪問しやすい場所ということだ。

しかし、物件探しをまかされたのはルーカスだったが、立地に最終的な決定をくだしたのはマックス・グレイソンだった。

たいていの政府機関がよだれを垂らして欲しがるほどの予算で、マックスは研究所の設置に具体的な要求を出していた。

そしていま、ＳＦ映画に出てくるような明かりが煌々と灯った長い部屋にティーガンははいっていった。

床は真っ白なセラミックタイルで、壁にはステンレス製の冷蔵庫や、床から天井までの収納キャビネット、奇妙な器具が並ぶ腰の高さのカウンターが設置されていた。部屋の奥にはマックスの巨大なデスクが確保され、コンピュータと薄型のモニターがいくつか置かれていた。

ティーガンが来たので、マックスはのぞき込んでいた顕微鏡から顔を上げ、ゆっくりと立ち上がった。

法科学の専門家は身長百八十センチを超える大男で、研究室に長時間こもっているにもかかわらず、筋肉隆々たる体型を維持していた。

ティーガンと同じく、マックスもすさんだ家庭の出だった。言うまでもなくティーガンの父親は大酒飲みで、妻を半殺しにする乱暴者で、子どものことも虐待していたが、マックスの両親はねずみ講で大金を稼いだ金儲けの天才だった。最後には連邦捜査局に起訴されて刑務所に入れられたものの。

つまり、ティーガンもマックスも前科のある親に育てられたのである。

ふたりを引き寄せたのはそうしたよくある奇妙な偶然だった。

そして、だからこそティーガンはマックスのことを理解している。

ふたりとも自分の親を反面教師にし、親とは正反対の人間になろうとひたむきに努力した。

　ティーガンにとって、それは人と距離を置くことを意味した。恋人をつくったり、特注の車庫でいとこたちとつるんで、車をいじったりはするかもしれないが、相手を傷つけたり、相手から傷つけられたりするほど深入りはしなかった。

　ただし、四人の仲間だけは別だ。

　一方、マックスはばかがつくほど正直者で、並はずれて義理堅く、両親のようにまんまと人をたらし込むずるさはなかった。

　マックスに寝首を掻かれる心配は、誰であれ無用だ。

「おみやげはなんだ？」とマックスは尋ね、ティーガンの険しい表情を見て、グレーの目を細くした。

「これだ」ティーガンはニュートンを出て、デモインでホークと落ち合うまえに回収したテーブルを掲げてみせた。ありがたいことに出発が遅れることもなく、二、三時間で帰ってきた。長居するつもりはなかったが。「それからいやな予感も」

　マックスは部屋の隅に追いやられている台車を指差した。「それはあそこに載せて、いやな予感のことを聞かせてくれ」

　ティーガンは埃まみれの帆布をかけたままのテーブルを運んで、台車におろした。

そして、マックスのところに戻り、くすぶらせていた苛立ちをぶちまけた。「おれが思うに、レイフはいかれちまった」

マックスはおもむろにうなずいた。たいてい動作はゆっくりだ。几帳面でもある。そして、ミスはけっして犯さない。

「ああ、レイフから電話が来たとき、同じ心配をした。自分のところなら安全だと連続殺人犯の娘を説得するためだったから」

ティーガンは眉根を寄せた。レイフがアニー・ホワイトの身を案じているのは知っていたが、お祖父さんの家に連れていくとは思いもしなかった。「ばかな」とつぶやいた。

「彼女は危険な存在になりうるかな？」

「わからない。そこが問題だ」とティーガンは認めた。裏表のある女性ではないと直感では思った。ひどい状況に引き戻された、トラウマをかかえた被害者。だが、アニーがサイコキラーではないかと心配しているわけではない。心配なのは、どう見ても彼女自身がトラブルを引き寄せているという事実だった。友人をとんでもない面倒に巻き込もうとしている。「レイフは困っている人を助けずにはいられない性分だが、いつもなら頭で考える、下半身ではなく」

「そのとおり」マックスはめずらしく友人ににやりと笑いかけた。「そういうすてきな性癖はほかのやつらにまかせている」

ティーガンは慣れた手つきで中指を突き立て、幅広く女性と遊んでいる自分へのあてこすりは無視した。「いまのレイフはといえば、このアニー・ホワイトと出会い、新旧の連続殺人犯や行方不明になった女性たちに首までどっぷりつかっている」

マックスの顔から笑みが消えた。「最近の行方不明事件とニュートンの殺人鬼の事件のあいだにつながりはあると思うか？」

ティーガンはうなずいた。レイフのように直感がひらめくことはないが、定期的に息子を痛めつけようと思い立つ気の短い父親に育てられた過去がある。ギャングや麻薬の売人や売春婦がはびこる通りをうろついていた年月は言うに及ばず。

早い話が、危険のにおいはかぎわけられる。

「証拠はないが、そうだな、つながりはあると思う」とティーガンは言った。

マックスは分厚い胸板の上で腕を組んだ。論理的な思考の科学者は漠然とした直感や裏通りで生き抜く知恵よりも、厳然たる事実を優先する。

「それで、わかっている事実は？」

「あまりない」ティーガンは認めて、顔をこすった。シャワーも浴びたいし、食事もしたかったが、そのまえに終わらせなければならない仕事が今日の午後はある。「ドン・ホワイトは偽名で暮らしていたんじゃないかと思う。正体がわかれば、なんらかの答えが出るかもしれない」

「今日、指紋を採取してみるよ」マックスはそう約束し、ニュートンから運び込まれたテーブルに目をやった。「ほかには？」

ティーガンは肩をすくめた。「拘置されてわずか数時間後に、その病的な男は喉を掻き切られた」

「取り調べはあったのか？」

「かたちだけは。誰もくわしく調べたくないだろう」

マックスは眉を吊り上げた。「連続殺人犯だからか？」

「保安官の妊娠中の女房が犠牲者のひとりだったからだ」

「やりにくい、か」

「そうとも言えるな」ティーガンはぼそりと言った。自分の妻とお腹の子を殺したくそったれと対面したら、平気でいられる男などいない。悪いことが起きても仕方ない。

マックスはデスクにもたれた。「ホワイトの死後、連続殺人事件は終わったのか？」

「ニュートンではそうだ」ティーガンは肩をすくめた。「国内のほかの地域で似たような殺人事件がなかったか、調べてみた」

「あったのか？」

「調べたかぎりではないが、おれは専門家じゃない」ティーガンにも必要な情報を見つける技術や設備はあるものの、連続殺人犯のパターンを抽出するには特殊な訓練が必要だ。

「そしていま、事件から十五年後、あらたにふたりの女性が行方不明になっている」

マックスは顔をしかめた。「模倣犯だろうか」

「死体が出てこなければわからない」身もふたもない言いように、ティーガン自身もマックスも思わず顔をゆがめた。

「いやな話だ」マックスは大きく息を吸った。「アニー・ホワイトはこういうこととどう結びつく？」

「それは見つけだしてみるつもりだ」とティーガンは請け合った。かつて軍に在籍し、捕虜になった経験もあるものの、人間がほかの人間にあたえうる恐怖を受け入れることはなかなかできない。

「ニュートンに戻るのか？」

「ああ、戻るよ。友人にひとりで連続殺人犯を捜させると思うのか？」やりかけた仕事を片づけたらすぐに戻るつもりでいた。そうしないことなど考えもしなかった。

「レイフに頼まれたコンピュータの検索をしたら、着替えを荷造りして、今夜ニュートンに車で戻る」

「飛行機のほうが速い」低い声が部屋の出入り口から聞こえてきた。「十時に空港で落ち合おう」

ティーガンが振り返ると、ホークがドアの側柱にもたれていた。

「手を煩わせなくても――」

「押し問答はなしだ」ホークはティーガンの言葉をさえぎり、諫《いさ》めるようにきっぱりと言った。「ルーカスがＤＣで仕事を終えた。空港で合流する」

ティーガンは友人の引き締まった顔をしげしげと見た。「どうしてだ？」

「これがおれたちの仕事だからさ」ホークは体を起こし、薄いグレーのズボンのポケットに両手を突っ込んだ。「ちょうどいい試運転だ」

もっともらしい口実だが、それだけではないとティーガンは察しをつけた。「それから？」

「それから、レイフは仲間《ブラザー》だ」感情がこみ上げたのか、ホークは顎をこわばらせた。「おれが目を光らせていれば、あいつの身は安全だ」

まだなじみの薄い奇妙なぬくもりがティーガンの胸に広がった。アフガニスタンで地獄を見るまで、人生にはひとりの人物しかいなかった。

母親ひとりだ。

路上から抜けださず、刑務所にはいったり出たりをくり返していたいとこたちや、とっかえひっかえする恋人たちや、悪さをした仲間はいたが、自分にとって大事な人物はひとりもいなかった。

それがいまは……。

家族を持つ大切さを知っている。

「わかった」とティーガンは言った。「ここでやることをやって、いったん家に帰って荷物を用意する」ホークが背を向けて、廊下の向かいの自分のオフィスに消えていくと、ティーガンはマックスに注意を向けた。「おまえはどうする？」

「ここに残って、自分の仕事をするよ」マックスは首を振って、テーブルを指し示した。「まずは指紋。それが終わったら、レイフが翌日配達便でおれ宛てに送った手紙」

「手紙？」ティーガンはとまどったように顔をしかめた。「どういう手紙だ？」

マックスは肩をすくめた。「アニーが泊まっていたモーテルの部屋のドアの下に今朝差し込まれていた、ということしか知らない。手紙から身元を割り出せるんじゃないかとレイフは期待している」

ティーガンは小声で悪態をついた。手紙の差出人が殺人犯だとするなら、なぜレイフがアニーを自分の居場所に連れていったのか説明がつく。

くそっ、そういうことならニュートンに戻らなければ。できるだけ早く。

ただし、まずは片づけることがもうひとつ別にある。

ホークがドアのところまで出てきていたときに、マックスがそれとなく動いて、コンピュータのまえをふさいでいたことをティーガンは見逃していなかった。

「それだけか？」

ティーガンになにを訊かれているのか、マックスはちゃんと察した。

「いや、ほかにもある。ホークにちょっかいを出した野郎を突き止めようとしている」

ティーガンは顎をこわばらせた。

友人はなんでもないというふりをするかもしれないが、ストーカーはつねに思惑があるものだと仲間は全員知っている。そして、正体を突き止められなければ、こいつは増長していくはずだ。「なにか新しいことはわかったか？」

「なんでもないことかもしれないけど」マックスはいつでも慎重だった。

「聞かせてくれ」

「手紙が書いてあった紙を調べたら、トルコの製造会社にたどりついた」

ティーガンはしゅーっと息を洩らした。ぞっとして、胃がよじれた。「アメリカ国内で販売されているのか?」

「数軒の専門店で」

「テキサスでは?」

「どこも扱っていない」

ふたりはたがいに見合い、戦争とそれぞれが敵にまわした相手のことをふと思いだした。

かつての敵がヒューストンまでホークを追いかけてきた可能性もあるのか?

「やばいな」ティーガンはつぶやいた。

マックスはおもむろにうなずいた。「そういうことだ」


アニーがアイスティーを飲みほしたころ、レイフはテーブルに置いておいた携帯電話にちらりと目をやった。

ニュートンを出たあと、ラクレードへ車を走らせていた。しかし、アニーがまだ血の気の引いた顔をしているのを見てとると、大通り沿いに並ぶレストランのまえを素通りし、スーパーマーケットの駐車場に車を停めた。長くはかからないと言い置き、店内に姿を消し、二十分後に大きな紙袋をふたつかかえて戻ってきた。

トラックのうしろに買い物袋をおろし、運転席に戻り、町を出ると、そのまま車を走らせ、やがて州立公園の人けのない地区にたどりついた。

きらきらと輝く大きな湖を見渡す断崖に腰をおろし、アニーは肘をついて、薄手の毛布の上で脚を伸ばした。レイフがフライドチキンやポテトサラダ、コールスロー、アイスティーと一緒にスーパーマーケットで調達してきたのだった。

どれくらいの時間が過ぎたのか、アニーはわからなかったが、いまはどうでもよかった。

ピクニックにもってこいの場所だった。秋の暖かな陽光が顔に差し、背の高い木々に冷たい風がさえぎられた。息をのむ絶景だ。そして、すぐ隣に座って、三つ編みの先をぼんやりと指でいじっているすこぶるセクシーな黒髪の男性と毛布を分け合っていてもべつに困ることはなにもなかった。

世間と隔絶しているかのようだ。午後がゆっくりと流れてもいいんじゃない？

赤く色づいた木の葉が近くの木から毛布の端に落ちてくるさまをアニーは眺めてい

たが、着信音にしか聞こえない音が聞こえ、やすらいだ気持ちはふいに破られてしまった。

じゃまがはいったことがアニーと同じくおもしろくないのか、レイフは毒づいた。

「ティーガンからメールだ」そうつぶやいて、携帯電話を手に取り、画面に目をやった。

アニーの胸に緊張が走り、やすらぎはゆっくりと消えていった。「住所がわかったの？」

レイフはうなずいた。陽光が木立ちの陰に隠れはじめ、日焼けした顔に影が差していた。

「ブロディはミズーリ北部の町に住んでいる」と彼は言った。「ここから南へ車で約二時間の距離だ」

「そんなに近いの？」アニーはすぐにはのみ込めず、思わず訊き返した。消息を断とうとしている人のやることとは思えなかった。

こういう世間が狭い田舎ではありえない。

「ああ。でも、偽名で暮らしている……リチャード・デイヴィスという」

「なるほど」アニーは無理をして言った。「じゃあ、行かなくちゃね」

ここにいて、ふたりで仲良くピクニックを楽しんでいるだけというふりをしたいのはやまやまだったが、いつまでも現実逃避をしているわけにはいかない。それはアニーもわかっていた。

女性たちが行方不明になっているのだから、それはできない。

ブロディ・ジョンソンの線を追っても、これもまた行き止まりになるかもしれないが、本人と話をしてみないことには始まらない。

腰を上げようとした矢先、レイフにそっと頬を撫でられた。「ほんとに大丈夫か？」と彼は尋ねた。「顔色が悪い」

「答えを見つけなきゃだめでしょう」とアニーは思いださせるように言った。「早いに越したことはないわ」

「あるいは、携帯電話の電源を切って、もっと楽しい夜の過ごし方を見つけてもいい」レイフは身を乗りだし、アニーの額に唇をかすめさせ、鼻の先までそっとおろしていった。「選択肢はいくつかある」

体を駆けめぐる甘い刺激にアニーは息をのんだ。

彼の唇は温かく、かすかに吹きかけられた吐息はさらに温かい。

「その選択肢にはベッドもはいっているんでしょう？」

「かならずしもそうじゃないさ」口もとに鼻をすり寄せられると、期待がふくらんで、アニーの胃はぎゅっと締めつけられた。「裸のきみが食卓で体を開く姿を想像して、朝食のときから悶々としていた」

木のテーブルの上に寝そべり、両脚のあいだにレイフが身を沈めている光景が、驚くほどすんなりと脳裏に浮かんだ。

ひそかな願望をいだき、現実から逃げだす機会を待っていたかのようだった。鼓動を乱しながらアニーはささやいた。「そんなに大きなテーブルじゃないわ」

そう、ばかげた返答だ。けれど、ものもろくに考えられなかった。

レイフはくすりと笑って、アニーの首すじにそっと指をおろしていった。

「創意工夫は得意だ」

突きあげるような欲望と、生々しい関係は避けたいと願ういつもの気持ちがないまぜになっていた。

「あなたならきっといろんな工夫をするんでしょうね」とアニーはつぶやいた。

レイフは顔を上げ、かすかに眉をひそめてアニーを見つめた。「なぜおれを遊び人のようなやつだと決めつける？」

体が震えていたが、セーターの襟ぐりをたどる温かな指からアニーは逃れようともしなかった。

たとえかすかな動揺を招きはしても、たまらなく心地よかったのだ。

「だってあなたは魅力的で、セクシーで、知的で、ちゃんとした人だわ。女性たちにいつも言い寄られているとしか思えないもの」

レイフは唇をゆがめた。「魅力的で、セクシー?」

アニーはあきれたといわんばかりに目を上に向けた。女性たちを悩殺している自覚がないという言い草だ。「謙虚だとは言わなかったでしょ」

レイフの視線が下がり、激しく脈を打つ喉もとに目を向けた。

「おれはかなり厳しくしつけられた。母を早くに亡くしたけれど、父からは女性とのつきあいにはルールがあるとたたき込まれた」レイフはそう断言しながら、指をセーターのなかにもぐり込ませ、胸もとのふくらみを探索した。

「まあ」アニーは息をのんだ。快感で、胸の先がきゅっとすぼまった。

レイフはまたも顔を下げてきて、アニーの口もとに唇を寄せた。

取り乱してしまうほどエロティックな、キスと呼んでもいいしぐさだった。

「それからまえにも言ったが、帰国してから交際相手を探す暇もなかった」レイフはアニーの下唇を噛み、ブラの縁を指でなぞった。「いや、そうじゃない。恋愛に興味がなかったんだ。いまのいままでは」

アニーは深く息を吸った。なんてことなの。興奮に溺れてしまいそうだ。清潔な素肌の香り。焼けつくほどの指先の熱。じらすような唇。

アニーは手を上げて、彼の胸を押しのけようとした。「レイフ――」

「きみはどうなんだ？」レイフはアニーの抵抗をさえぎり、耳の下の感じやすい場所を求めて唇を動かした。

アニーはレイフのシャツをつかんだ。みぞおちのあたりに興奮が渦巻き、思わず背中をのけぞらせた。

レイフの愛撫は魔法のようだった。

「わたし？」アニーはかすれた声で訊き返し、どうにか会話についていこうとした。

「きみには……」レイフは舌を使ってアニーの耳の輪郭をたどった。アニーは心地よい刺激にぞくりとした。じわじわとからめ取られるような誘惑だった。「そうだな、政治的に正しい言い方をすると――大切な人はいるか？」

「いないわ」

「なぜいないんだ？」

養父母から何度も聞かれた疑問だった。

「セラピストに言わせれば、人間不信なんですって」アニーは欲望で声をかすれさせながらも、かろうじてそう言った。

「で、きみ自身はどう思っている？」

「人間不信は人間不信よ」アニーは皮肉っぽく認めた。

レイフはアニーの鼻のつけ根から先まで唇をそっとすべらせた。「きみを傷つけないと約束するよ、アニー」とつぶやいた。「それだけはしない」

アニーはその言葉を信じた。

レイフは女性の気持ちをわざともてあそぶような人ではない。

けれど、だからといって彼が危険な存在でなくなるわけではない。

「意図的にはしないでしょうけれどね」とアニーは言った。

レイフはかすめるように唇を重ね、罪深いほど甘いキスをしてから顔を上げ、思案顔でアニーを見つめた。「なにが不安だ？」

ひとすじの陽の光が木立ちのあいだを抜け、レイフの日焼けした顔を照らし、つやのある黒髪に差し込んだ。

アニーは胸がきゅんと締めつけられた。困ったわ。

本当にすてきな人だ。

チャーミングなわけではなく、ハンサムなわけでもない。あるいは、洗練されているわけでもない。

それでも、彫りが深く、野性味にあふれ、男性ならではの魅力を完璧に備えている。哀れな女の目をくらませ、のちのち悔やむことになる道を選ばせる類いの魅力だ。

「動機になるのが」アニーは前後の説明もなく、いきなり打ち明けた。

レイフは怪訝な顔をした。「なんだって？」

「あなたって、助けを求める人をいつも探しているヒーローなのよ」

はっとしたような沈黙が流れたかと思うと、なんの前触れもなくレイフは頭をのけぞらせ、いかにも楽しそうに笑った。「おいおい、アニー、きみを求める気持ちはそういう動機づけとはなんの関係もないさ」とハスキーな声で言って、身もだえさせるような飢えた目でアニーを熱く見た。「関係があるとすれば、まともに考えられないほど相手の女性に夢中になっている男のような気持ちだということだ」

「そろそろ――」正気を失いかねないキスで唇を奪われ、アニーは口もきけなくなった。

今度は軽く触れるだけの、じらすようなキスではなかった。

降参しろという、あからさまながらも官能的な要求だった。

唇をしっかりと重ねられ、舌が口のなかにゆっくりとはいってくると、両腕を体にまわされ、彼の胸に抱き寄せられた。

アニーは息をのみ、気絶するほどの快楽に茫然としながら、レイフの髪に指をからませていた。キスはアイスティーと情熱的な男性らしい味がした。

情欲をかき立てる、退廃的な誘惑だ。

愛撫で強引に求められているうちにアニーはとろけそうになったが、やがてレイフは抱きしめていた腕をゆるめ、話ができる程度に唇を離した。

「さっき言いかけていたのは？」

アニーは目をぱちくりさせた。言いかけていた？　なにか言いかけていたかしら？

ああ、そうそう。

「そろそろ行かなくちゃね、ってこと」アニーは言いたくなかったが、そうつぶやいた。

レイフは低い声でいたずらっぽく笑った。「それはそうだな。大自然のなかもいいものだけど、プライバシーが必要な営みもある」

ばかばかしいけれど、ほんの一瞬、アニーは心がゆらいだ。

誘惑に身をゆだねてしまいたい。

呼び覚まされた欲望にのみ込まれたいと体が疼くからでもあるが、ただそれだけではない。この人が授けてくれる歓びで何時間か現実を忘れられるのではないか。そう思う期待は抗いがたいからでもある。

結局、昔からの習性どおり、レイフの胸を押し戻した。「ブロディ・ジョンソンを捜しに行かなくちゃね、という意味よ」

レイフはアニーの首すじをキスでたどり、耳の下の敏感な部分を探った。

「ブロディは明日もそこにいるさ」そうアニーに断言した。「明後日も」

アニーは甘いうめき声をのみ込み、もう一度、彼を押しやった。「レイフ」

「わかったよ」レイフはすぐに顔を上げ、悲しげな笑みを浮かべ、からかうように三つ編みを軽く引っぱった。「でも、おれを待たせる借りは返してもらうぞ」

奇妙な安堵がアニーの胸に広がった。途中でやめようとしたアニーの意思をレイフがあっさりと認めてくれたからではない。まちがいなくレイフは女性と関係を結ぶのに、無理強いをしたり、しつこく迫ったりする必要はない男性だ。

最寄りの町に車を走らせれば、喜んで彼の相手になろうとする女性は何人でもいる、とふたりともわかっていた。

アニーがぐずぐずとためらってもレイフの欲望は萎えることはなかったと遠まわし

にわかったからだった。

冗談半分に見えるよう願ってレイフに流し目を送った。「脅しなの？」

「いや、約束だ」なめらかな動きでレイフは体を起こして立つと、手を伸ばしてアニーを立ち上がらせた。そして、意図を気取られる間もなく、身をかがめ、ほんの一瞬だけ唇を奪い、アニーを驚かせた。「自分が果てるまえに、きみにおれの名前を叫ばせるつもりさ」

目に宿る暗い熱気にとまどいながらも、アニーは彼の言葉をいっときも疑わなかった。

10

二時間の道中はきっと気まずい。

性的な緊張が満たされないままという経験はあまりなかったが、レイフとふたりきりでいたら、いたたまれなくなるとアニーは思い込んでいた。

ところが、レイフは話題を切らさずに提供して、終始楽しませてくれた。自分の牧場の話や、災難続きだった改築の苦労話を披露し、アニーをなごませてくれたのだ。気をつかってもらっているとわかると、さらにアニーは心を奪われ、もっと危険なことに、自分のまわりに築いていた防御の壁が崩れそうになった。

レイフのおかげで心地よく気がまぎれていたが、やがて、町はずれの狭い駐車場で車は停止した。

身を乗りだし、区画の端から端まで並ぶレンガ造りの建物を薄闇越しにじっと見た。

アニーは顔をしかめた。アパートメント群はどれも灰色のレンガを積み重ね、小さなバルコニーのついた低層棟で、近くのトレーラー・パークに面していた。

「どれも同じに見えるわ」とアニーはつぶやいた。くらべてみれば、デンバーの自分のマンションも悪くない、と見直す気持ちが芽生える始末だ。

レイフはうなずいた。「まぎれ込むならもってこいの場所だ」

たしかにそうだ。国内にあまた立ち並ぶほかの共同住宅と似通っていた。安上がりで、没個性的で、なんの変哲もない。

生活苦にあえぐ人たちの住む場所だ。あるいは、なにかから逃げている人たちの住みか。

「彼は身を隠しているのかしら？」

レイフは肩をすくめた。「事件の直後に姿を消したのは怪しい」

アニーは下唇を噛んだ。ブロディ・ジョンソンのことはよく憶えていないが、酔っぱらって怒りをぶちまけ、父に文句をつけてきた赤ら顔の激高した男のことは憶えている。「わたしもそう思うわ」

レイフはシートベルトをはずし、座席の下に手を伸ばして拳銃を取りだすと、弾丸《たま》がこめられているか、安全装置がはずれていないか確認し、ジーンズのウエストバンドに差した。「なんならきみはここで待っていても――」

「いいえ、行くわ」

話をさえぎられてレイフは顎をこわばらせたが、グローブボックスをあけて、スタンガンを取りだした。

「やっぱりそうか」とつぶやきながら、小さな黒い物体をアニーの手に押し込んだ。

「それなら、これ」

アニーはぎょっとした顔でレイフを見た。「けっこうよ。催涙スプレーがあるから」

「いいから持っていけ」

「座席の下には拳銃を置いていて、収納箱には監視装置、グローブボックスにはスタンガンがはいっている」とアニーは言った。「どういう警備会社をやっているの？」

レイフはにやりと笑った。「楽しいやつだ」

アニーは鼻にしわを寄せた。「楽しさの概念があなたとわたしはちがうみたいね」

やわらかな表情になり、レイフの黒い目はアニーの唇に向けられた。「場合によっては一致する」

ちょっと待って。

「集中」とアニーは警告したが、レイフに向けて言っているのか、自分に言い聞かせているのかよくわからなかった。

レイフは三つ編みをつかみ、アニーを手前に引き寄せると、ほんの一瞬だけ唇を触れ合わせ、ドアをあけてトラックから降りた。

アニーもすばやく車外に出て、合流した。暗い駐車場を横切りながら、レイフは危険人物が隠れていないか絶えず視線を動かしていた。

建物の側面についている階段を三階までのぼり、ガラス戸をあけた。鍵はかかっていなかった。ニュートンより大きな町だが、防犯対策はあまり重視されていない。狭い廊下を歩いていくと、煙草のいやなにおいと黴くさい絨毯のにおいが漂っていた。

3Fと表示されたドアのまえで足を止め、レイフは注意を喚起する目でアニーをちらりと見た。「おれのうしろにいろ」

アニーは頭を振って、あきれたように目を上に向けた。レイフ・ヴァルガスは悩ましいほどセクシーかもしれないが、やけにボス面をするタイプでもある。

あきらめのため息をつき、レイフは手を上げて、ドアをノックした。すこししてドアが開いた。防犯のチェーンはかけられていなかった。

男はアニーの記憶どおりに背が高く、痩せていたが、歳月はブロディ・ジョンソンに情け容赦なかった。

顔はやつれ、淡いブルーの目の目尻には扇状に広がる深いしわが刻まれていた。たてがみのようにふさふさしていた茶色の髪は寂しくなり、肩がまえに出て、姿勢は猫背になっていた。

　おそらく三十代なかばだが、少なくとも十歳は老けて見える。

「なんだ？」ピザの配達かと思って玄関に出てきたような、いかにも不満げな声だった。

「ブロディ・ジョンソンか？」とレイフが尋ねた。

　一瞬遅れて、正体がばれたとブロディは気づいた。

「くそっ」反射的にあとずさりした。「あんた、誰だ？」

　すかさず相手のショックに乗じ、レイフはアニーの腕をつかんで玄関に踏み込み、彼女を室内に引き入れると、ドアを閉めた。

「訊きたいことが二、三あるだけだ」とレイフは言った。その声と態度は権威を思わせる気配にあふれ、びくびくしたブロディを相手に、公務で訪問した二人組だと信じ込ませるのは朝飯まえだった。

　ブロディは警戒した顔で両手を上げた。「いいか、面倒に巻き込まれるのはごめんだ」

「面倒はかけない」レイフは胸の上で腕を組んだ。アニーは室内にさっと目を走らせた。見るべきものはたいしてない。中古家具が並んだ小さな居間、その隣は狭いキッチン。ドアの開いた出入り口から寝室と、掃除がかなり必要なバスルームが見えた。

「質問に答えてくれれば、失礼する」

「ふざけんな」ブロディは薄くなった髪に震える指を走らせた。「ニュートンで行方不明になっている女たちのことなら、なにも知らないぞ」

レイフの目が細められた。「その事件のことを聞いたのか？」

モスグリーンの絨毯の上にほうり捨てられている新聞のほうを指差した。「聞いていないやつなんかいるか？」

レイフはどうとも思わなかったようだ。「最後にニュートンに行ったのはいつだ？」

「十五年まえに出たっきり、思いだしもしない」

「夜逃げしたそうだな」

ブロディは肩を丸めた。「あそこにはなんの未練もなかった」

「急に町を出ていった理由はそれだけか？」疑いを隠しもせずにレイフは問い詰めた。

「引っ越しなんて、べつにめずらしいもんじゃない」

「ああ、だけど、普通は引っ越しても名前を変えたりしない」

緊張をはらむやりとりの最中、アニーが静観していると、ブロディの顔色が七変化した。

苛立ち。警戒。まぎれもない恐怖。

質問はいやな思い出をよみがえらせただけではなかった。

ブロディを怯えさせている。

でも、なぜだろう?

「とうとうおれも地に足がついたのさ」ブロディは虚勢を張ろうとした。「一から出直したかったんだ」

レイフは信じられないというように鼻先で笑った。「その出直しとやらには、偽名で潜伏することも盛り込まれていたってわけか?」

ブロディは返答をしようと唇を開いたが、レイフたちのくだけた服装といかにも不安そうにしているアニーの様子に気づき、急に体をこわばらせた。「あんたら、警察じゃないな」と言い返した。

レイフは空気を切り裂く勢いで、まえに進み出た。

「質問に答えろ」

レイフの押し出しの強さにブロディは萎縮したようだったが、口もとを不機嫌そうにへの字に曲げていた。

気が弱いわりに、痛めつけられそうになっても脅しにはろくに反応しない。

「レイフ」アニーは小声で呼びかけ、彼の腕に触れると、ふたりの男性のあいだに割ってはいった。辛抱強く待ち、ブロディの注意をすっかり惹きつけてから言った。「わたしを憶えていないようね、アニー・ホワイトよ」

「アニー、誰だって？」ブロディは怪訝な顔をしたが、いきなり目を見開いた。「おっと。あんた、あの娘か」

アニーはおかしくもないのに噴きだしそうになったが、こみ上げてきた病的な笑いをのみ込んだ。

かつてはアニー・ホワイトだった。無邪気で夢見がちなお下げ髪の少女。それが、いまでは〝あの娘〟だ。ニュートンの殺人鬼の子。

「そうよ」とアニーは言った。

奇妙にも、ブルーの目に浮かぶ恐怖がさらに色濃くなっただけだった。

「誰に送り込まれた？」ブロディはかすれた声で言った。

アニーは困惑して眉を上げた。「べつに誰にも送り込まれていないわ。本当よ」

窓にかかった黄ばんだ日よけのほうにブロディはおどおどと視線を走らせた。

「だったらなんの用だ？」

アニーはなだめるような声を保った。この人はなにかに怯えている。「心配なの」

「心配ってなにが?」

気の毒そうな顔を装う必要はなかった。過去を蒸し返すのは、アニーと同様に、ブロディにとっても不愉快にちがいない。「ニュートンを忘れたいのはあなたも同じかもしれないけど、わたしたちにそれは無理だわ。女性の行方不明事件がまた発生しはじめたのだから」アニーはいたって単純に言った。「これ以上の被害を食い止めるには、わたしたちが立ち上がるしかないの」

ブロディは首を振った。不健康に青ざめ、灰のような顔色になっていた。「ありえないだろ。ニュートンの殺人鬼は死んだ」

アニーは肩をすくめた。現実から目をそむけている余裕はない。「つまり、あらたな殺人鬼が現われた」

「ほんとに?」ブロディはつぶやいた。

「本当かどうか誰もわからないわ。いまはまだ」とアニーは認めた。ブロディと目を合わせたまま、一歩まえに進み出た。というよりも、足を踏みだそうとしたところで、レイフにジーンズのウエストバンドをつかまれて引き戻され、仕方なくその場に踏みとどまった。ため息をのみ込み、腰にあてがわれたままのお節介な手は無視した。

「でも、ぐずぐずしてはいられないわ」

ブロディはそわそわと体を動かした。ドアをあけなければよかったと後悔しているようだった。「おれにどうしろって？」

「昔のことを手がかりに、行方不明の女性たちを見つけだせるんじゃないかと期待しているの、手遅れになるまえに」

アニーが言い終わらないうちからブロディは首を振っていた。「さっきも言っただろ。おれはなんにも知らない」

突然レイフに左右の二の腕をそっとつかまれ、アニーは脇にのけられた。お遊びはここまで、というわけか。

「なぜニュートンを離れた？」とレイフは尋ねた。ブロディの唇が開くと、顔に指を突きつけた。「嘘をつくならついてみろ、おれを怒らせることになるぞ」

一瞬ためらいを見せたあと、ブロディは盛大にため息をつき、ほとほと疲れたといわんばかりに顔をこすった。「やれやれ。おれだってわかってたさ、いつかしっぺ返しを食うと」

レイフは穴の空くほどブロディを見た。「なんのしっぺ返しだ？」

「ちょっとここにいてくれ」

ぎこちない動きでブロディはうしろを向くと、寝室に向かった。それと同時に、レイフは近くの窓辺に駆け寄り、日よけを脇に押しやり、外を見た。

「なにをしているの？」アニーは声をひそめて尋ねた。

「あいつが寝室の窓から逃げださないか見張っている」

「ここは三階よ」

レイフはまじめくさった訳知り顔でアニーを見た。「追いつめられたと思うと、男はどんな危険も冒す生き物だ」

アニーはいささか背すじがぞっとした。

この人は死にもの狂いの男たちのことも、彼らがどこまで無理をするかということも知り抜いているのだろう。

「彼は逃げないと思うわ」とアニーは言った。

「なぜそう思う？」

「秘密をかかえて生きていくのは楽じゃないから」

レイフはその思いやりのある言葉にたじろいだ。

なんのことか、ぴんときた。

幻覚だ。

そのせいで個人的に苦しんだだけではなく、人には言えない汚点になっていた。頭がおかしいと思われたくなければ、打ち明けられるはずもない。

レイフは部屋を横切ってアニーを抱きしめたい衝動をどうにかこらえた。ブロディが小さなずだ袋に手を入れて探しものをしながら部屋にぶらりと戻ってくると、レイフは拳銃を抜いた。「おかしなまねはよせ」どすのきいた声で言った。

ブロディはぱっと顔を上げ、銃に目が釘づけになった。「丸腰だぞ、こっちは」口ごもりながら言った。「十六のときに足の小指を吹き飛ばしてから、銃はさわっていない」

レイフの構えはぶれなかった。「だったら、その袋にはなにがはいっている?」

「本当なら隠居生活の資金になるはずだったのに」ブロディは吐き捨てるように言って、部屋の真ん中のコーヒーテーブルに袋をほうった。「逆にこいつのせいで死んじまうところだった」

レイフはブロディを見据えたまま、ゆっくりと歩を進めた。

もちろん、アニーはレイフに先んじていた。渡していたスタンガンはすでにバッグにしまい込まれている。レイフが毒づくのもかまわず、アニーは袋に手を伸ばし、六つ切り版の白黒写真の束を取りだした。彼が腹立ちまぎれににらみつけても、平気で無視するありさまだ。

やれやれ。ふたりきりになったら、不用心だと話し合うか。

「嘘でしょう」アニーはささやくように言った。

肩越しにのぞき込んだとたん、レイフはそれまで考えていたことを失念した。

死体の山を見れば当然だ。

「これはどういうことだ？」力なくつかんでいるアニーの手から写真の束を抜きとると、ざっと目を通した。コンクリートの床に横たわる女性たちをひとりずつ映した七枚の写真だった。喉は掻き切られ、見えない目でカメラを見つめている。そしてほかの遺体はドン・ホワイトの核シェルターと思しい場所の隅に積み重ねられていた。殺害された女性たちが発見されたときの様子にちがいない。ぞっとして胃がよじれたが、顔を上げ、黙りこくっているブロディをにらみつけた。「一から始めろ」

ブロディは顔をしかめ、そのずだ袋に触れただけで汚れた気がしたのか、ジーンズで手を拭いた。

その気持ちはレイフもわかる。

「ニュートンに行ったのなら、おれが優等生じゃなかったのは知っているだろう」とブロディはぼそりと言った。「酒びたりで、マリファナを吸い、よくない仲間とつるんでた」

レイフは写真の束を掲げた。「その悪癖に犯罪もはいるのか？」

「死人が出たり、誰かに重傷を負わせるようなんじゃない」ブロディは痩せた体をぶるりと震わせた。本当に震えが走ったのだろう、とレイフは思った。この男はそんなに芝居がうまいわけじゃない。「だいたいはけちなこそ泥をやっていた」とブロディは自分で認めた。「で、ときたまだけど……情報を売ってた」

「垂れ込み屋だったのか？」とレイフは尋ねた。アルコール依存症のやつが持ってくる情報を警察が利用するとは驚きだった。

ブロディは肩をすくめた。「報奨金と引き換えに、地元の売人の名前をいくつか売り渡した」

「そんなことをしていたら、ニュートンのような小さな町では嫌われ者になるはずだ」とレイフは物憂げに言った。

「人に嫌われるようなことなら山ほどやったさ」ブロディはふとアニーをちらりと見た。「悪かった」

アニーは目をぱちくりさせ、いまわしい写真を見たショックからまだ抜けきれないかのように頭を振った。「なにを謝っているの？」

「食堂でひと悶着起こしたことさ」ブロディは顔をしかめた。「おれは農場を売り払った両親に腹を立てていて、きみのお父さんに八つ当たりしてしまった」

「もう過ぎたことだわ」とアニーは言った。農場を買いとった人に怒鳴りつけただけじゃないでしょう、と指摘しなかったのは気立てのやさしさゆえだ。ブロディは幼い少女を怯えさせもした。

「そうだな」

レイフは身をかがめ、写真を袋に戻すと、アニーのそばに移動した。

アニーはシェルターのなかにいた悪夢のような体験を乗り越えてきたのだ。写真の手がかりは必要ない。

「どうやって写真を手に入れたのか、さっき話そうとしていただろう？」とレイフはブロディをうながした。

「要するに、おれが多少の金かビールの六缶パックのためならなんでもするとニュートンの連中は知っていたってことさ」とブロディは言った。

レイフはブロディの侘しげな表情を観察した。「なんでもか？」

「あいにくと」ブロディはジーンズの前ポケットに両手を突っ込み、自己嫌悪に満ち満ちた声で言った。「ひどいドジを踏んじまった」

相槌を打とうとした矢先、アニーに腕をつかまれて警告され、レイフは踏みとどまった。

「どんな人も過ちは犯すわ」アニーはブロディを安心させるように言った。「なにがあったか話してくれる？」

しばらく時間はかかったが、やがてブロディはぎこちなくうなずいた。明らかにアニーの魅力に心を動かされたようだった。

誰でもそうだろう？

「町はずれで、ぼろいトレーラーハウスに住んでいた」ブロディはしぶしぶといった様子で、ぼそぼそと話しはじめた。「ある晩、帰ってくると――いつものように酔っぱらって――頭から袋をかぶせられ、トラックの横っぱらに体を押しつけられた」

「強盗じゃないだろうから、おまえになにか用があったってことか？」レイフは冷やかに尋ねた。

「どちらか選べと言われた」とブロディは言って、急に笑いだしたが、その短い笑い声には楽しげな気配よりも苦痛が満ちていた。「三百ドルで古い裁判所を焼き払うか、頭に一発、銃弾をお見舞いされるか」

「裁判所にはなにがあったの？」アニーが尋ねたのは、レイフの口からちょうど出かかった質問だった。

「べつになにもなかったはずさ」ブロディの声には奇妙な苛立ちがにじんでいた。「何年もまえから使われていなかったんだからな」

レイフは眉を片方吊り上げた。「火をつける条件をのんだのか？」

「ああ、決まってるだろ」気は確かかといわんばかりの目でブロディはレイフを見た。「顎の下に銃身を押しあてられていたんだぞ。町じゅうに火をつけろと言われても同意したさ」肩を引き上げた。「それに、三百ドルあれば、酒も葉っぱも何週間か持つ」

「なるほど」レイフは口もとをゆがめた。いつも他人の立場に立ってみようとはしている。完璧な人間などいないのだから。だが、この男は……。

とんでもないやつだ。

ブロディは顔を紅潮させた。「ほんとさ」

アニーはブロディに目を向けたまま、またレイフの腕をぎゅっとつかんだ。「それでどうなったの？」

ブロディは擦りきれたブーツの爪先に目を落とした。「眠って酔いを醒まし、翌晩、缶につめたガソリンとライターを持って裁判所に侵入した」

「そこに誰かいたか？」とレイフが尋ねた。

「いや、誰もいなかった。というか、地下に降りたときには、とりあえず誰も見かけなかった」とブロディは言い直した。「そこでなにを見たかといえば、天井まで積み上げられた箱の山だった」

アニーは不思議そうに眉根を寄せた。「箱の山？」

旧庁舎と、ニュートンの殺人鬼が留置場で殺害されたわずか数日後というタイミングで起きた火災を即座に結びつけ、レイフは身をこわばらせた。

「証拠か」レイフは銃をまだ離さなかったが、ゆっくりとおろした。

アニーは首を振った。「どういうことかしら」

「ティーガンから聞いたんだが、連続殺人事件の証拠は火事で焼失したそうだ」

アニーははっとして息をのみ、ブロディに視線を戻した。「証拠を燃やしたの？」

「なんなのか最初は知らなかったんだよ」とブロディは言い張った。おのれの愚かな判断を甘く見ようとする癖がついているらしい。「何個か箱をあけてみたら、どうでもいい書類のようだった。これなら火を熾す焚きつけにぴったりだとまず思った」部屋の真ん中に置いてあるずだ袋をちらりと見た。「そのあと、〝ニュートンの殺人鬼〟というしるしのついた箱が目にはいった」

「そこにあの写真があった？」とレイフが尋ねた。

「ああ。血のついた服やら、犯行現場にあったほかのがらくたやらがぎっしりつまったビニール袋の山の上に載っていた」

「どうして写真を持ちだしたの？」とアニーは尋ねた。過去のトラウマをかかえているにもかかわらず、驚くほど世間知らずだ。

ブロディは怪訝な顔でアニーを見た。「どうしてって、〈eBay《イーベイ》〉で売ろうとしたのに決まってるだろ」

11

ニュートンを離れてから自分はずっと過保護にされていたのだとアニーもわかっていた。

養父母は力のかぎりを尽くし、世の中の汚れたものから守ってくれた。牧場へ連れてこられた当初のアニーが茫然自失の状態に近かったからというだけでなく、養父母はもともとそういう気質だからだった。

誰かをかばい、守り、愛する人たちだ。

そしていまアニーは、平気で放火の求めに応じ、警察の証拠を盗み、殺害された女性たちの写真を〈イーベイ〉で売ろうとする男性がどうにも理解できなかった。

「本当に？」

ブロディは背中を丸め、顔を紅潮させた。「そのときは名案だという気がしてね」

レイフはアニーの背中にそっと手を走らせた。胃がよじれるような嫌悪感をやわらげてくれるさりげない愛撫だった。

「なぜ売らなかったんだ？」レイフは話のつづきをうながした。

ブロディはもじもじしながら窓のほうをさっと見て、視線を玄関にも走らせた。

誰かがアパートメントの外にひそんでいると思っているのだろうか。

「写真をつかんで、裁判所に火をつけて、トレーラーハウスに帰った」とブロディは言った。「きっと謎の男が待っていると思っていた。頼まれたことをやったのだから、金を支払ってもらいたかったんだ」

「男はいたのか？」とレイフは尋ねた。

「ああ、いたよ。でも、支払いのためじゃなかった」ブロディは痩せこけた顔を怒りでこわばらせ、手を上げて、耳たぶに触れた。「おれがトラックから降りた瞬間、あの野郎は銃を撃ってきた。帰り道でビールの六缶パックを全部飲んじゃって、トラックを降りるときに足もとがふらついたおかげで、弾丸は耳をかすめただけで、眉間にぶち込まれずにすんだってわけだ」

アニーは信じられないという声を洩らした。そんな物騒なことが起きたなんて、ニュートンはいったいどうなっちゃったの？「それで、あなたはどうしたの？」

「どうしたもこうしたもないさ」ブロディは不平たらしく言った。「またトラックに飛び乗って、ラクレードのバスターミナルまでぶっ飛ばした。シカゴ行きの切符を買って、うしろは振り返らなかった」

アニーは狭苦しい室内をさっと見まわした。過去のことはなるべく考えないようにしてきたが、過去から文字どおり逃げようとはしなかった。「十五年も逃げまわっていたの？」

「ずっとじゃない」とブロディは否定した。「一年目はあちこち転々としていたけど、そのうちここに落ちついた。いとこが町はずれで肉屋をやっていて、帳簿外で賃金を支払ってくれる」

正体がばれかねないほどニュートンの近くに住んでいることについて、考えたことはあるのだろうか、とアニーは不思議に思った。

たぶんないのだろう。ブロディ・ジョンソンは他人をうまく利用して生きのびてきたずるくて、臆病な男だ。運だけで世渡りをしている。

哀れになり、アニーは首を振った。「どうして写真を売らなかったの？」

「ニュートンを飛びだしたあと、酔いも醒めて、ちゃんとものを考えられるようになった」ブロディは言い訳がましく言った。「ばかなことはもうやめた」

レイフは短く笑った。「標的にされたくないからだろう？」

ブロディは肩をすくめた。「まあな」

レイフは軽蔑を隠そうともしなかった。「誰に雇われたかわかったのか？」

「話を聞いてなかったのか？」レイフの反応に苛立ち、ブロディは食ってかかった。

「頭からすっぽり袋をかぶせられたんだぞ」

「つまり、おまえは雇い主と知り合いだった」

ブロディは話がのみ込めず、目をぱちぱちさせた。「どうしてそうだと言いきれる？」

「頭に袋をかぶせなくてはと思うのは、自分が誰だかおまえに見破られて、仕事をやり遂げるまえに情報をばらされるのではないかと不安に思う者だけだ」とレイフは指摘した。

「ああ、そうか」ブロディは体を震わせ、急に警戒をあらわにした。「考えもしなかった」

レイフはブロディをじっと見ながら目を細くした。「声に聞き憶えはなかったか？」

「さあな」

「よく思いだしてみろ。これは重要なことだ」とレイフはプレッシャーをかけた。

「なにかしらあったはずだ――」

「酔ってたんだ。しかも、銃なんかを顎の下に押しつけられていたんだぞ」ブロディはいきなりわめきだし、つかつかと玄関に歩いていき、勢いよくドアをあけた。「誰だか知らないものは知らない。わかったか？」

レイフは顔をしかめたが、ブロディは限界に達したのだと察し、腰をかがめてずだ袋をコーヒーテーブルからつかみ上げた。

「この写真は借りておく」

「好きにしてくれ」とブロディはつぶやいた。「あの晩のことは忘れたい」

レイフは、片手にずだ袋、もう片方の手には銃を持ったまま、肩でアニーをつついてドアの開いた玄関に向かわせた。「行こう」

ふたりが廊下に出ると、ブロディが気まずい沈黙を破った。

「アニー」

アニーは振り返り、色の薄いブロディの目を見た。「なあに？」

「きみはニュートンを出て正解だったよ」とげとげしい口調だった。「すさんだ町だ」

アニーは唇を開いたが、なにか言葉を発する間もなく、廊下を進めとレイフに急き立てられた。「いいから行くぞ」

レイフの肩に押されると、アニーはあっさりと屈し、足早に出入り口に向かい、階段を降りた。

ブロディの人生はどこから見ても、みすぼらしいアパートメントといい、やつれた貧相な表情といい、なにもかも……物悲しい。

負け犬だ。

ブロディのことはもう忘れてしまいたい。

とはいえ、ここを訪ねたのには理由がある。

答えを探しに来たのだ。

トラックに戻り、駐車場を出るまで沈黙がつづいていたが、アニーはずっと気になっていた疑問を尋ねた。「ブロディが裁判所を焼き払う仕事を依頼されたのは、証拠が保管されていたからだと思う?」

「可能性はほかにもある」とレイフはつぶやいた。考えごとで頭を悩ませているというように、その横顔はこわばっていた。「単純な保険金詐欺かもしれない。古いビルが不審火で焼失するのはよくあることだ」

「でも?」とアニーは話を先へとうながした。ふたりとも保険金詐欺だとは思っていない。

「でも、地階に保管されているファイルを隠滅する目的だった可能性のほうが大きい気がする」レイフはそう言いながら、町の中心部を通り抜ける太い道にはいった。「仮におれがなにかの罪で起訴されたとしたら、自分に不利な証拠をどうにか破壊しようとするだろうな」

「つまり、ニュートンの殺人鬼には関係ないと？」とアニーは尋ねた。すじは通るけれど、しっくりしない。

レイフはきっぱりと首を振った。「いや、関係あると思う。連続殺人事件のファイルか、きみのお父さんが死亡した件のファイルか」

なじみ深い痛みにアニーの胸は締めつけられた。

彼女のまえでドン・ホワイトの名前を出す人はほとんどいない。急死したことについて話題にする人は誰もいない。

「父のファイル？」ささやき声でアニーは尋ねた。

レイフは同情的な目でちらりとアニーを見た。「おれの知るかぎり、お父さんが殺された事件は誰も捜査しようとしなかった」

「そうね」アニーは数年まえにそれとなく問い合わせてみたが、成果はなかった。わかったことといえば、父は逮捕され、その後八時間もたたないうちに、喉を掻き切られて死んでいるのを留置場の独房で発見されたということだけだ。死因は地元の検視官によって便宜上〝自殺〟に分類された。「誰も気にしなかった」

レイフは車の速度を落とし、街灯に照らされたこぎれいな商店街に目を走らせていた。

なにかを探しているのだろうか。

バーならいいのに。

アニーは一杯飲みたくてたまらなかった。

いや、たぶん一杯では足りない。

「当局ではないが、探りを入れていた記者や実録物のライターがいた」とレイフは言った。「きみのお父さんの死に不審な点があったのなら、証拠は隠滅したほうがよかろうとなる」

「あの保安官」とアニーはつぶやいた。

レイフはぱっと首をめぐらし、アニーの目を見た。ふたりは同じことを考えている。保安官の身重の妻は、核シェルターで遺体となって発見された女性たちのひとりだった……。

アニーは身を震わせた。「まさか」

速度を落とし、レイフはトラックを駐車場に停めた。「ここでいいだろう」とつぶやいた。

父の惨死にまつわる底知れぬ闇にとらわれていた思考を無理やり中断し、アニーは三階建てのベージュのレンガ造りのホテルに目をやった。窓は大きく、正面にポーチがあり、一八〇〇年代に建てられたような様式だった。片側に小さなレストランが併設され、ちょっとした庭に囲まれていた。

「どうしてここに来たの?」とアニーが尋ねる横で、レイフは駐車場の出口付近にトラックを停め、進路をふさがれないか角度をたしかめた。

いかにもレイフらしい。

エンジンを切り、レイフは真剣な表情でアニーのほうを振り返った。「今日はもうニュートンのことも殺人鬼たちのこともじゅうぶんだろう」そうつぶやくと、手を上げて、アニーの顎に指を走らせた。「今夜は旨いものを食べて、ワインを飲んで、心配は忘れて夜を過ごそう。いいな?」

その誘いについて考えてみたら、なにをほのめかされているのかよく考えてみたら、帰りましょうとアニーも言い張ったかもしれない。

けれど、そうはならなかった。

アニーはパニックを起こしそうな衝動を抑え、ゆっくりとうなずいた。

「ええ」

ニュートンから離れた場所で夜を過ごさないかという誘いにアニーが同意したとき、どちらがより驚いたのかレイフはわからなかった。

とにかくわかったのは、自分が先に驚きから立ち直ったということだった。そして、比較的頭が切れる男だけはあり、アニーの心の隙にすばやくつけ込んだ。

紳士にあるまじき行動かもしれないが、この際それはどうでもいい。

ほんの数時間まえに抱きしめたとき、体は欲求で張りつめ、いまにも爆発しそうな心地だった。もう待ちきれず、アニーを組み敷き、内側に身を沈めたくてたまらなかった。

もちろん、まずはレストランの奥の人目につかないテーブルにつき、極上のディナーと地元のワインで彼女をゆっくり楽しませた。

映画や好きな曲について語り合い、政治問題を議論した。あらゆることを話題にしたが、過去や未来には触れなかった。

今夜は現在のことだけに目を向けた。

そして、いよいよ潮時だと判断し、レイフはアニーの手を取り、階段を三階までのぼった。昔風の鍵を使ってドアをあけると、アニーを部屋のなかに導いた。

明かりをつけ、部屋がきれいなのはもちろんのこと、天井が高く、庭を臨む景色が広々とした雰囲気を醸しているとわかり、レイフはほっとした。

部屋の大半を占めるベッド以外のことに興味はなかったが、狭苦しいところに押し込められたとアニーに思わせたくなかったのだ。

いまはまだ。

いずれは彼女のなかにはいっていくつもりだったが、ものには順序がある。

ドアを閉め、鍵は前ポケットに押し込み、部屋を見まわすアニーの様子を見た。

「ひと部屋なの？」眉を上げてアニーは尋ねた。

「スイートだ」とレイフは説明し、すこし歩いて室内のドアをあけると、小さな部屋があり、シングルベッドが壁際につけられていた。顔をしかめて言った。「というか、少なくともこの町ではスイートとして通っているタイプの部屋だ」と言い直した。

アニーは手近な椅子にバッグを置き、唇を舐めた。

「寝巻きがないわ」とぼそりと言った。

レイフは笑みを押し殺した。アニー・ホワイトは緊張している。

そう気づくと、どういうわけかとてつもなく欲情をかき立てられた。

レイフはまえに進み出て、パーカーのファスナーをおろし、脱いで脇にほうると、Tシャツを頭から脱いで、それを差しだした。

「これを着て寝ればいい」そう申し出て、さらにもう一歩近づいた。「ただし……」

アニーはレイフの裸の胸に視線をおろし、頰を赤く染めた。「ただし、なあに？」

レイフはTシャツをベッドにほうり、ゆっくりと手を伸ばし、アニーの二の腕に指をまわした。

「おれのベッドに来ると、きみを説得できれば話は別だ」レイフはアニーを引き寄せ、ほっそりとくびれた腰がすでに硬くなった体にぴったりと重なる感触にうめきを洩らした。「その場合、寝巻きは予備であるばかりか、不要にもなる」

アニーは恐る恐る手を上げて、レイフの肩をつかんだ。緊張はやわらぎ、興奮で目の色は深みを帯びていた。

「なぜわたしは驚いていないのかしら」と冗談めかして言った。

レイフは胸が熱くなった。押し戻されはしなかった。

手を上げて、三つ編みをつかむと、シュシュをはずし、やわらかな髪に指を通した。

「きれいな髪だ」つぶやきながら腰を突きだし、アニーの下腹部に硬いものを押しあてた。

アニーは身を震わせ、無意識のうちに誘うように唇を開いた。「ネズミのような茶色よ」

「いや、陽の光に溶ける蜂蜜色だ」レイフは異議を唱え、ほどいた髪をつかんだ。その髪を引っぱり、アニーの頭をうしろに傾けさせ、体をまえに倒すと、目のまえにさらされた首すじに唇を押しあてた。「きみを抱きながら、なめらかな体の隅々まで触れ合わせたい」

「うーん」

アニーが反射的にのけぞって体を密着させ、肩に爪を食い込ませてくると、レイフは静かに笑った。「これがいいのか?」

アニーは思わせぶりな態度をとろうとはしなかった。「そうよ」

「おれもだ」

レイフは脈を打つ喉もとに鼻をうずめ、肌にまといつく桜の花の甘い香りをかいだ。

彼女が使っている石鹸のにおいだろうか?

ボディーローション?

それがなんであれ、とにかく気に入った。

欲望が全身を駆け抜けた。

ホテルの部屋にふたりきりで、あたりは静寂に包まれている。そしてなんといっても、じゃまがはいる可能性は皆無だった。

待つのはもう終わりだ。

つかんでいたアニーの髪を放し、顔の向きを変えて唇を奪い、完全な降伏を要求した。

アニーは不意を突かれたかのように、体をこわばらせた。そして、かすれた声でレイフの名を口にした。その声音に期待が高まり、レイフの昂《たかぶ》ったものがうごめいた。快感のあまり自分の名前を叫ばせてみせると約束していたが、その吐息まじりの呼びかけだけでじゅうぶんだった。

叫び声をあげさせるつもりはないということではないが。

何度もくり返し名前を呼ばせてみせる。

レイフはアニーのセーターのなかに両手をすべり込ませた。またも唇を重ねると、アニーは体を震わせた。

あわてるな、とレイフは自分に言い聞かせた。

アニーもその気になっているようだが、ここ数日のあいだ、神経をすり減らしてきた。弱っている彼女に獣のように襲いかかることはとてもできない。そういうのはあとで、だ。こちらの腕に抱かれ、ゆっくりとベッドをともにするとアニーが受け入れてからだ。

キスをやわらげ、唇が軽く触れ合う程度まで体を引き、アニーが目を上げるのを待った。そして、慎重に反応を窺い、腕に彼女を抱き上げ、近くのベッドに運んだ。

ハシバミ色の目が暗くなったが、恐怖のせいではない。

ベッドの上にアニーをおろし、縁に片方の膝をつき、覆いかぶさるようにして上体を近づけた。「おれにさわってくれ」しゃがれた声でレイフは命じた。

先ほどの不安がぶり返したのか、アニーは下唇を噛んだ。「だめなの、わたし……」

「アニー」レイフはやさしく催促した。「なにがだめなんだい？」

「じつは、経験があまりないの」アニーは沈んだ声で打ち明けた。「あなたをがっかりさせるのがいやだわ」

レイフは知らぬ間に止めていた息を吐き、いたずらっぽくアニーに微笑んだ。「なあ、こっちはいまかいまかと待ちわびていた」と励ますように言った。「なにがあっても、がっかりさせられはしない」

切迫した飢えをこらえ、アニーのセーターをそっと頭から脱がし、飢えた目に半裸の彼女をさらした。

そこで、レイフは……固まった。

そうとしか言いようがなかった。

これは驚いた。

真ん中に赤い小さなリボンがついた黒いレースのブラジャーを見て、レイフは思わずむせそうになった。

「おいおい、アニー」

アニーはわけもわからず、眉をひそめた。「どうかした？」

「あらかじめ言ってもらわないと、男を驚かせるだろうが」とレイフはたしなめながらも、視線は黒いレースがあしらわれた繊細な部分に釘づけになっていた。男性を夢中にさせるためにつくられた下着だ。「パンティとそろいなのか？」

アニーの口の端が上がり、思いがけず誘惑するような笑みがゆっくりと浮かんだ。

「それは見てのお楽しみ」

低いうめきを洩らし、レイフは顔を下げ、臍から胸の谷間の小さな赤いリボンまでゆっくりと舌を這わせていった。

「きみって人は、アニー・ホワイト、危険な、じつに危険な女性だ」とうなり声をあげた。

アニーははっとして吐息を洩らし、頬を赤らめた。レイフはくっくと笑い、顔を上げた。

まいったな、彼女は美しい。

暗黙のうちに誘いかけるように、アニーが背中をそらすと、レイフは鳥肌が立った。古風なキルトの上に広がる、ところどころ金色が入りまじった蜂蜜色の髪をほれぼれと眺めた。このときばかりは瞳に過去の影は差していない。肌はクリームのように白い……。

追いつめられたと感じさせないように、アニーの肩にそっと手を置き、レースのブラが隠しきれないふくらみを見つめた。視線を浴びるや、さわってとせがむように胸の先端がすぼまると、レイフの口もとがほころんだ。

懇願の必要はない、と彼はわかっていた。そう、そばにいるときはいつでも、この女性の体に手を伸ばしたくてうずうずする。

じらしたりはせず、レース越しに透けて見える硬くすぼまった小さな塊りを舌の先でいじった。アニーはびくっと体を動かし、歓びのうめきを洩らした。レイフはアニーの腰をつかんで、しっかりと体を押さえ、ブラを結んでいるリボンを歯ではさんで引っぱった。

「きれいだ」ブラから乳房がこぼれ落ちると、レイフはささやくように言った。

アニーは片手を上げて、レイフの裸の胸にすべらせた。レイフは全身が快感で震え、歯を食いしばった。

やむにやまれずアニーの両の手首をつかんで、頭上に引き上げた。そしてヘッドボードのフレームをにぎらせた。

「そこから手を離すな」

アニーの息づかいがもつれ、まぎれもない興奮で目が見開かれた。アニーは唇を舐め、レイフが彼女のジーンズのボタンを引っぱる様子を見つめていた。くそっ。レイフはジーンズを引っぱがしたくなる衝動を脇に置き、自分を強いてゆっくりとジーンズをおろし、彼女のすらりとした脚から脱がせた。一歩まちがえればアニーを怯えさせ、いまの夢見心地からあっけなくわれに返らせてしまう。それに、じわじわと柔肌をあらわにしていくのは、思いがけず官能的だった。

最後にジーンズを足首から引き抜き、脇にほうると、爪先から上へと手を走らせていきながら、赤いリボンのついた黒いTバックにレイフは心を奪われてしまった。

はにかみ屋で内気なアニー・ホワイトがセクシーなランジェリーを愛用していると、いったい誰が思うだろうか。

アニーの内なる色っぽさがひと目で裏づけられ、レイフはすっかり虜になって身をかがめ、パンティの際を舌でぐるりとたどった。薄い生地の下に指をすべり込ませ、なめらかなぬくもりを探りあてるとアニーははっと息をつまらせ、無意識にベッドから腰が浮いた。そう、これでいい。レイフはしっかりと手ごたえを感じた。彼女は欲しがっている。

レイフはゆっくりと時間をかけ、湿り気を帯びた襞のあいだを指で撫で、敏感な突起をそっといじった。

「ねえ、レイフ」アニーはせがむような声でささやいた。

「どうしてほしい？」

「もっとして」

レイフはくっくと笑った。「我慢だ」

「我慢なら――」

レイフがつぎにまた指を動かすと、入口を見つけ、奥深く指をもぐり込ませた。アニーは息をのみ、一方レイフはうめき声をのみ込んだ。彼女の内側は締まっていた。きつく締まっていた。身を沈めたら、手袋のようにしっかりと包み込まれるだろう。

熱く……ぴったり合った……サテンの手袋をはめるように。

ああ、くそっ。ひと晩じゅうこうしていたかったが、すでに爆発しそうだった。

レイフは体を起こすと、財布を取りだし、幸いにも万が一に備えて忍ばせておいたコンドームを抜きだした。そしていかにもじれったそうに靴を蹴るようにして脱ぎ、ジーンズとボクサーショーツをまとめておろした。どちらも部屋の向こうにほうり捨てた。

目を上げると、アニーが瞼をなかば閉じて屹立《きつりつ》したものを見つめ、下唇を嚙んでいた。

熱い期待をこめた目で見られていると、その視線が感じとれるようだった。

彼のものがむくりと動いた。いささかおぼつかない手つきで包みを破ってあけ、膨張した長いものにゴムをかぶせた。アニーのなかにはいりたくてたまらなかったが、彼女を味わう機会をみすみす逃す手はない。

膝立ちになり、アニーの脚をつかみ、大きく開かせた。アニーは一瞬、身をこわばらせ、自分がレイフのまえでいかに無防備か、急に気づいたかのようだった。

レイフはアニーのふくらはぎを上下にさすり、手加減をしてそっと撫でているうちに、アニーはようやく緊張を解いた。アニーが再び欲望にわれを忘れていると確信すると、レイフは顔を下げ、太腿の内側の敏感な肌にそっと唇を這わせた。

アニーは息をあえがせ、レイフがさらに奥へと鼻をすりつけるや、ベッドについた踵を踏んばった。レイフは先を急がず、とうとういちばん感じやすい場所にたどりつくと、アニーがフレームをにぎりしめる力でヘッドボードがきしむ音が聞こえ、頬をゆるめた。ありがたいことに家具は創業当時からホテルに設えられたもののようで、最近製造された安物ではなかった。ベッドは頑丈で、機能的でもある。アニーのヒップをつかみ、ちょうどいい角度に調整し、レイフを待っていた熱い蜜に舌を走らせた。

舌の先端で蕾を見つけ、容赦なくいたぶっていると、ふたりしてうめき声を洩らした。アニーは背中を弓なりにそらし、絶頂へとレイフに駆り立てられるうちに、全身がぴんと張りつめていった。

「ひとりではいやよ」とアニーはかすれた声で言った。「ねえ、お願い、レイフ」

了解。

いったん立ち上がり、慎重にアニーの体の上にのしかかり、脚のあいだに体を入れた。そして、自分のものをつかんで彼女の入口に押しあてた。アニーは反射的にレイフの腰に脚を巻きつけ、彼が必要とする励ましを残らずあたえた。喜んで受け入れようとするアニーの体のやわらかな内側に、力強いひと突きで身を沈めた。

レイフは毒づいた。アニーの感触はすばらしい。締まっていて、熱くて、じつにたまらない。

ぴたりと動きを止めた。全身がゆさぶられる興奮をじっくりと味わいたかったのだ。しかし、体の下でアニーがじれたように体をもぞもぞさせると、レイフはわれを忘れた。

ゆっくりと腰を引き、先端だけを内側に残したままアニーの唇を奪い、その唇を激しく求め、やがてベッドをゆらす勢いで再び腰を突き上げた。

「レイフ」アニーの叫び声が響き、背中に爪が立てられた。

烈々たる快感に身を焦がし、レイフは筋肉を緊張させ、腰を前後に動かしながら官能に溺れ、ものも考えられなくなっていった。

闇に隠れたどこかに、すでにふたりの女性を連れ去った変質者がいる。その男は不気味な幻覚でアニーを苦しめてもいる。ホークにつきまとう見えざる敵は言うに及ばず。しかし、このベッドの上では、ふたりを焼きつくす激しい情熱以外はなにもかもどうでもよかった。

目と目を合わせたままレイフは速度を上げ、何度も内側に身を沈めていると、やがて体の下でアニーの体がぴんと張りつめていく様子を感じとった。ヘッドボードをつかんだ彼女の手にさらに力がこもり、瞼をぎゅっと閉じたかと思うと、至福の叫びが空気を切り裂いた。昂りを包む内側が締めつけられ、レイフは思わず息を洩らし、ぎりぎりのところまで興奮が高まった。最後のひと突きで、奥の奥まで身を沈めた。

そして強烈な勢いで極みに達すると、そこで世界は消え去った。

12

レイフがごろりと横向きに寝そべり、その腕に抱き寄せられると、アニーは震えるような吐息を洩らした。

すごい。

これって……。

そう、すごかったわ。

経験の乏しいアニーでさえ、ふたりのわかち合った爆発するほどの悦びは稀有なものだとわかった。

すばらしくもあった。

頭がおかしくなるような、にわかには信じられないすばらしさだった。

アニーが茫然としているのを察したのか、レイフは彼女のこめかみに唇を押しあて、くすりと笑った。「だから言っただろう、おれの名前を叫ばせてみせるって」

アニーはレイフの硬い胸をぴしゃりとたたいた。「うぬぼれるのって感じ悪いわ」そうつぶやきながらも、興奮にわれを忘れ、誰に聞かれるかわからないホテルにいることを失念していたと気づいて、すこし恥ずかしくなっていた。

レイフは肘をついて体を起こし、アニーを見おろした。その黒い目には感情がこもり、思わず彼女をぞくりとさせた。

「ベッドにいるきみを見たいな」しゃがれた低い声でレイフはうなるように言った。

アニーはどういうことかのみ込めず、目をぱちくりさせた。「もういるでしょう、ここに」

「牧場のベッドという意味さ」レイフがアニーの髪を撫でながら言った。「子どもができたと母から聞いたあと、父は母のためにヘッドボードを彫って手作りしたんだ」

「いつか……」心臓は鼓動を打つのを忘れてしまった。「いつかヒューストンに行く機会はあるかしら」

「あるさ、きみはヒューストンに来る」レイフは身をかがめ、わがもの顔でキスをして、また顔を起こすと、思案顔でアニーを見つめた。「おれの牧場に来て、おれのベッドで寝る」

「まちがいないという口ぶりね」

「まあな、こんなに確信が持てるのは人生で初めてだ」

アニーはぞっとした。恐怖のせいではない。というか、少なくともレイフを恐れてではない。この男性を信頼し、命をあずけているのだから。けれど、彼の牧場でベッドをともにしている姿が難なく頭に浮かんでしまった。

よく知りもしない男性と一緒にいる場面を夢見るようになったら大ばか者だ。

相手がヒーロー気取りでいるときにはとくに。

アニーは手を上げて、レイフの胸を撫で、てのひらに触れるごわごわした胸毛の感触を味わった。レイフ・ヴァルガスは脱毛するような男性ではない。硬派で、野性味にあふれ、粗削りなタイプだ。

「レイフ」

警告をほのめかした声音は無視し、レイフの手がアニーの背中をすべりおり、尻をつかんで手前に引き寄せ、太く張りつめてきた昂りを押しつけてきた。「うん?」

「こんな夜って、羽目をはずしすぎでしょう」アニーは言い含めるようにレイフに言った。

「まだ一日目だ、今後もつづくうちの」

アニーは首を振った。「無理よ」

レイフの目に喜悦の色が浮かんだ。「兵士に挑戦状をたたきつけるとはな、お嬢さん」

アニーの指がレイフの肋骨のほうへそっと移動し、胸毛の下に隠れた太い傷痕に行きあたると、そこで動きを止めた。情熱に溺れているあいだ、レイフの背中や腹に数えきれないほど残るこぶやみみず腫れには触れても気づかないふりをしていた。けれど、いまは傷痕の原因になった怪我に思いを馳せ、胸に湧き起こる怒りを抑えられなかった。

「これは軍隊時代の?」とアニーはそれとなく尋ねた。

レイフの顔から笑みは消えなかったが、顎のこわばりや、黒い瞳に突然浮かんだ警戒心をアニーは見逃さなかった。「ああ、見た目がよくないだろう」と彼は言った。

アニーはレイフの目を見つめたまま、傷痕をそっと撫で、体に疵があっても気にしない、と暗黙のうちに請け合った。胸がむかむかするのは、彼がひどい怪我を負ったとわかったからだった。

「話してくれる?」

レイフがためらい、体を緊張させたので、返事をしてくれないのではないか、とアニーは不安になった。そのうち彼は観念したようにため息をつき、顔色を窺っていたアニーと目を合わせた。

「おれが軍にいたことはきみも知っているね」レイフはアニーが小さくうなずくのを待って、先をつづけた。「所属部隊は救助と回収を専門にしていた」

アニーは眉を吊り上げた。「救助と回収って、対象は？」

「なんでもだ」レイフの表情からはなにも読みとれない。「わが国の政府が尋問を望む敵対勢力のリーダー。機密情報。人質に取られたアメリカ人を救出することもあった」記憶がまだ生々しく残っているかのように、声がくぐもった。「最後の任務では地獄を見た。ヘリコプターが撃ち落とされ、おれは捕虜にされた」

アニーは身をかがめ、レイフの心臓のすぐ上にある丸い傷痕に唇をつけた。撃たれた傷痕。「あなたを捕えた人がこれを？」

レイフはアニーの髪に指をからませ、顔をうつむけると、彼女の額に唇をかすめさせた。「くわしくは訊かないでくれ」そう願い出た。

アニーは、今度はレイフの肩についた長い傷痕にそっと口づけた。拷問について根掘り葉掘り訊くつもりはない。「どうやって脱出したの？」別の質問をした。

「監禁場所では、ティーガンとホークとマックスとルーカスと一緒だった」

アニーは顔を仰向け、レイフの厳しい表情が友人たちの名前を挙げたときにやわらいだのを見ても別段、驚かなかった。「警備会社のお仲間ね」

「ああ」レイフはぼんやりとアニーの髪を手で梳いていた。あたかも豊かな髪の手触りに慰められているかのようだった。「おれたちは何週間もかけて脱出の計画を練り、どうにか見張りの目をかいくぐり、北の山岳地帯に身を隠した。二週間後、ようやく送信機のある村にたどりつき、基地に連絡を入れた」

ふいにアニーは合点が行った。なぜティーガンがレイフの祖父の家のキッチンに監視カメラを設置したのか。なぜマックスはなにをおいても友人を助けたがっているようだったのか。

戦場の恐怖からしか生じ得ない絆で彼らは結ばれていたというわけだ。

そして正直にいえば、なぜ自分とレイフがいともたやすく結ばれたのか、その理由の一端にもなるはずだ。

どちらも他人には理解されにくいトラウマに苦しんできた。

アニーは手を伸ばし、レイフの顎の線をなぞり、指先にちくちくと髭があたった。

「悪夢はまだ見る？」

「たまに」彼はさらりと認めた。

「そういうときはどうするの？」

「過去は変えられないと認める。現在と、未来への希望に目を向けるしかない」

その穏やかな言葉にアニーは目を見開いた。「ずいぶん悟りを開いているのね」

レイフは首をめぐらし、アニーのてのひらの真ん中に唇を押しあてた。

「いつもそうとはかぎらない」レイフは皮肉めかして言った。「ティーガンをジムに呼びだして、とことん殴り合う夜もある」アニーの髪を軽く引っぱった。「きみはどうなんだ？」

「わざと忙しくするの」とアニーは言った。「学校でも、養父の手伝いをする牧場でも、仕事でも」

「それでうまくいったか？」

「たいていはね。ただし……」体をぶるりと震わせ、言葉が徐々に途切れた。

「アニー？」

「ただし、また幻覚を見るようになってからは別だけど」

レイフはののしりの言葉をつぶやき、アニーを仰向けに寝かせて、のしかかり、たくましい体を重ねた。「おれの腕のなかにいれば安心さ、アニー」厳粛な誓いの言葉のような響きだった。

ふと、時間は飛ぶように過ぎていると気づき、アニーはレイフの首のまわりに腕を巻きつけた。

取り返しのつかない過去について語り合うのはあとでもできる。

今夜は二度とくり返されないかもしれない。

「ほんとにそうかしら」とアニーは冗談まじりに言った。「かよわい女性にとって、あなたは殺人的だわ」

レイフは合図を受け止め、くすりと笑うと、顔を下げ、アニーの額に唇をかすめさせ、鼻の先までなぞっていった。

「いいだろう、安心してはいられないかもしれないが、悪夢とはもうおさらばだとおれが保証する」レイフはアニーの口の端に鼻をこすりつけ、新しいコンドームに手を伸ばし、すばやく装着した。「きみもおれも」

広げた脚のあいだにレイフがしっかりと体を入れ、丸い先端を入口に押しあててくると、アニーの血が沸いた。「保証してくれるの?」と彼女はささやいた。

レイフはキスの歩みを顎まで進め、そこから首の曲線をたどった。「疑うのか?」

「いいえ」快感がはずむように全身を駆け抜け、期待がふくらんで足の指に力がはいり、アニーの思考は停止しそうだった。

力を加減しながら、レイフは硬くなったものを奥深くまで挿し入れた。「疑いを残している口ぶりだな」

アニーは爪を彼のうなじに食い込ませ、心地よい摩擦に思わず腰が浮いた。

「レイフ」

唇が重なった。「たしかに初回は説得力を欠いていた」とレイフはつぶやき、アニーの喉の曲線に唇を這わせながら、ゆっくりと腰を前後に動かした。

レイフの唇がさらに下へと動くと、アニーの体に興奮の炎が広がった。

「すごく徹底していたわ」アニーは息を切らしながら言った。

「そうかい？」レイフの手はアニーの尻をつかみ、舌は疼く胸の先端を嬲《なぶ》った。「取りこぼした場所があったかもしれない。ダブルチェックするべきだろうな」

アニーは至福の極みに至り、ゆっくりと目を閉じた。

「トリプルチェックもね」アニーは甘いうめき声で提案した。

翌朝レイフは粘るだけ粘り、いつまでもアニーと愛を交わしていたが、やがてメイドにドアを五度目にノックされた。

そのときでさえ、ふたりで連れ立ってホテルをあとにし、出口付近に停めておいたピックアップトラックに戻るには、じきに牧場に移動し、何時間も何時間もかけてアニーを満足させ、彼女への欲望をなだめればいいと、自分の胸にしっかりと誓いを立てるしかなかった。

ロック解除のボタンを押し、アニーに手を貸して助手席に座らせると、運転席につき、エンジンをかけた。

ギアを入れようとしたところで、床に置きっぱなしのずだ袋が目にはいり、レイフは顔をしかめた。かがみ込んですばやく運転席の下に押し込んだが、結局ブロディ・ジョンソンとの気の滅入る対面をアニーに思いださせてしまった。「その写真はどうするの?」

不安そうな彼女の目を見た。「マックスに送る」

「警察に届けるべきじゃない?」

レイフは肩をすくめた。マックスにまず見てもらうまでは、当局に写真を引き渡すつもりはない。

陰謀論の信者ではないが、警察が身内をかばおうとするのは当然の成り行きだ。軍に在籍していたときもそうだった。

例の保安官が証拠の隠滅を望んだのだとしたら、目論見が完全には成功しなかったと知って喜ぶはずもない。

ドン・ホワイトが留置場で変死した事件について、写真が手がかりになるわけではないとしても、だ。

「マックスはコピーを取ったら、写真をＦＢＩに転送する」

アニーは下唇を噛んだ。髪をまた三つ編みにまとめ、眠そうな目をした顔はやけに幼く見える。

朝早くシャワーを一緒に浴びたあと、アニーは濡れた髪を編もうとしたのだが、レイフにベッドに連れ戻されたとたん、ほどかれてしまったのだった。

やわらかな髪に指を通すのが彼は好きだからだ。

だが、人まえに出ているときは三つ編みのままがいい、とレイフは気づいた。

つまり、蜂蜜色の髪が枕に広がる様子がいかに美しいか、それを知っているのは自分ひとりだからだ。

ジーンズとカジュアルなセーターの下は男の欲望をそそるレースの下着だと知っているのもそうであるように。

「ブロディはトラブルに巻き込まれるかしら？」

「マックスに匿名で送らせる」

「それならよかった」アニーは鼻にしわを寄せた。「哀れな人だけど、わたしのせいで殺されたりしたら残念だわ」

レイフはゆっくりと首を振った。つらい思いをしてきただろうに、どうしてアニー・ホワイトは思いやりの心を持ちつづけているのだろう。

すばらしい女性だ。

そして、危険でもある。

レイフは彼女の顎に手をあてがった。「アニー」

「なあに？」

「きみのせいにはならない」レイフはアニーの下唇に親指でそっと触れた。「事件が起きたのはきみが子どもだったときで、現在ではないのだから」

アニーは顔をしかめた。「わかってる」

「うーん」レイフは青ざめたアニーの顔をじっと見た。「本当にわかって……くそっ」

「どうしたの？」

レイフは手をおろし、ポケットから振動している携帯電話を取りだした。

昨晩ホテルにはいったときにミュートしたのだった。ふたりで過ごす夜にじゃまがはいるのはごめんだった。

画面を見て、十本ものメールの着信に気づかず、それと同数の電話も取りそびれていたとわかった。

　メールの画面をスクロールし、低い声で毒づいた。仲間たちに敬意をいだいているし、心から好ましく思ってはいるが、ときとして神経を逆撫でされることもある。

「よくよく考えてみれば、監視カメラで満足するやつらじゃない」

「ご友人たちのこと？」とアニーが尋ねた。

「ああ、ニュートンに来ている」レイフは携帯電話をダッシュボードの上にほうった。「おれが家にいないから、あいつらはむっとしている」

「なにか発見したの？」

「おれをうんざりさせる方法くらいのものだ」

　アニーはレイフの腕にそっと触れた。そうやって慰めてくれるのが彼女のやり方だ、とレイフはすぐに気づいた。

　そして、それは不思議なほど効果があった。

「あなたを心配しているのよ」

「ああ」

「あなたって運がいいわね、そういうご友人たちがいて」

「わかってる。でも――」レイフは途中で言葉を切った。おれの友人たちに根掘り葉掘り訊かれるぞとか、赤ん坊を甘やかすように大事に大事に扱われるぞとかと警告して、アニーを怖がらせたくなかった。結局こう言った。「大騒ぎになることもある」

隣でアニーが顔をしかめた。「そう」ぼそりと言った。「なんとなくわかるわ。わたしの養父母もそういうところがあるから」

レイフはフロントガラスの向こうに目をやって、太陽が輝き、近くの商店が賑わっている様子を見るとはなしに見た。

ごくあたりまえの日常風景。

女性を連れ去る連続殺人犯が野放しになっているかもしれない、という疑いを忘れてしまうのは簡単だ。

隣にいる女性に執着している恐れのある犯人が。

そう、友人たちはよけいなことに首を突っ込んで、お節介を焼こうとするだろうが、応援を頼もうとは思わない。

あるいは、誰かにアニーを守ってもらおうとも思わない。

ギアを入れ、レイフは駐車場から車を出し、高速道路へ向かった。

「銃殺隊の面々とご対面だ」

13

家のまえにトラックが停まるのを眉をひそめて見ていた。アナベルがひと晩じゅう帰ってこなかったのは気に入らなかった。どこにいるかわからなかったら、守ろうにも守れないではないか。

どうにか怒りをのみ下した。

遠からず仕事が片づけば、ふたりがともに安全でいられる場所にアナベルを連れていける。

さしあたって、アナベルがニュートンに戻っていればそれでいい。そして、そろそろこちらは狩りに戻る頃合いだ。

我慢していておくれ、かわいいアナベル、とささやいた。彼女がトラックを降りて家に向かうのを見届け、生け垣の奥へはいっていった。

できることならここに残って、用意してあげた贈りものを見つけてアナベルが興奮する様子を見たかったが、こちらもばかではない。レイフ・ヴァルガスが始終見張っているだけではなく、近ごろあらたな参加者たちも町にやってきた。よけいな危険を冒す余裕はない。

蜂蜜色の髪の女性に愛情をこめて最後の一瞥をくれ、体の向きを変え、暗がりに姿を消した。

小さな家のまえにトラックがつくと、通りの端に流線型の赤いジャガーと白いSUV車が停まっているのを見て、アニーは下唇を嚙んだ。

レイフから聞いた話では、彼の友人たちは飛行機で来るということだったから、あの二台はレンタカーなのだろう。

到着して、すでに家で待っている事実を見せつけられ、アニーは胃のあたりがよじれた。ゆうべは自分からレイフに、ふたりで過ごす時間はかぎられていると警告した。〝めでたしめでたし〟の行く末をレイフが期待するのではないかと不安になったからではなく、自分がそういう気持ちになりはしないか不安だったからだ。

レイフ・ヴァルガスは、いってみれば特注品のような色男だ。

顔立ちは整い、セクシーで、じつに頼もしく、飼いならされていない危険な香りも漂わせている。

報われない恋を加えなくても、人生はじゅうぶんこみ入っている。

あいにく、そんな小言を自分の胸につぶやいても、派手な車が目にはいると、残念な気持ちは抑えられなかった。

レイフの友人たちがなかで待っている。彼らがこちらの予想どおり良き友ならば、手を引けと全力でレイフを説得するだろう。

災いのもとだから。

滑稽に聞こえるけれど、事実だった。

サイコキラーに追われているようだからという理由だけではない。

人間関係についてなにを知っている？

わたしは連続殺人犯の娘だ。デートの経験もあまりない。人間不信にも陥っている。仕事はだんだん嫌気が差していた。養父母からずっと愛されてきたけれど、当の本人は健全な家族とはなんたるものかわかっていない。

ほらね、災いのもとそのものでしょう？

どういう手段であれ、レイフの人生からわたしを追いだそうとしなかったら、彼の友人たちはそろいもそろって愚か者だわ。

「わたしはモーテルに戻ったほうがよさそうね」とアニーはつぶやきながらトラックを降りた。

レイフはさっと隣に来ると、アニーの二の腕に手をかけ、ひびのはいった歩道を並んで歩いた。「ぜったいにだめだ」

「でも、お客さんが来ているなら――」

「あいつらはここに泊まらない」レイフはアニーの抵抗を退け、目を細くした。玄関のドアが大きく開き、ふたりの男性がポーチに出てきた。

とたんに、あたりは男らしさでむんむんした。

アニーの目は一瞬、スキンヘッドに濃い蜂蜜色の肌をした手前の男性に留まった。ティーガンか。昔の実家をうろついていたアニーをレイフが見つけたときに一緒に来ていた人だ。暗がりでしかその姿は見なかったが、見分けがつきやすいタイプだ。

今朝は、たくましい体に貼りつくスパンデックスの長袖シャツに迷彩色のズボンという服装だった。捕食者然とした黄金色の目でじっと見てくる彼と視線が合うと、かすかな震えがアニーの背すじを走った。ティーガンは警備の専門家なのかもしれないが、見た目は第三世界にしょっちゅう侵入している人物のようだ。

アニーは首をめぐらし、ティーガンと並んで立っている男性を見て、驚きに眉を上げた。

レイフやティーガンとちがい、この人はきっちりアイロンのかかった黒いズボンに白いワイシャツという出で立ちで、シャツの袖は肘までまくり上げている。髪はブロンドで、彫りが深く、ため息が出るほど美しい顔立ちだ。

レイフのように細身とはいえ、当然ながらこの人もほかのふたりの男性と同じく筋骨たくましい体つきをしていた。そして、同様に強面《こわもて》であり、その鋭い青い目で不安をかき立てるほどじっとアニーを見ていた。

あたかも本性まで見透かすことができるかのように。

ティーガンはからかうようににやりと笑った。「それが親友たちを迎える態度か？」

「アニー、こちらはティーガン」レイフは正式に紹介した。「こちらがホークだ」

ホークはまえに進み出て、アニーの全身に上から下まで視線をおろし、また視線を上げると、口もとに目を据えた。

大金を賭けてもいいが、そんなふうに頭のてっぺんから爪先まで舐めるようにこの人に見られたら、たいていの女性は膝から力が抜けてしまうだろう、とアニーは思った。

そう、まだレイフに出会っていなければ、自分もそうなっていたかもしれない。

でも、いまは……。

わたしをとろけさせることができる男性はひとりきりだわ。

「ティーガンは嘘をついていなかった」アニーを見つめる男性は低く、なめらかな声音で言った。「きみは男を惑わせる美貌の持ち主だ」

レイフはアニーの肩に腕をまわし、引き寄せた。「引っ込んでろよ」とうなるように言った。

アニーは失礼ともとれる発言に身を固くしたが、挑発に乗るのはよしておいた。ふたりの男性のどちらにも礼儀正しく微笑んだ。「お会いできてうれしいわ」

「少なくともこの場のひとりは礼儀をわきまえているってわけか」レイフはぼそりとつぶやいた。

ブロンドの男性は肩をすくめた。「彼女は美しいと言ったまでだ。おまえが冷静に考えられなくなるのも無理はない」

「ホーク――」

「レイフ、このかたたちはあなたが心配なのよ」喧嘩になりそうだったので、アニーはあわてて口をはさんだ。「友だちなら当然だわ」肩にしっかりとまわされたレイフの腕を振りほどき、階段をのぼりはじめた。「なかにはいっているから、話は三人でどうぞ」

「すぐにすませるよ」レイフはこわばった口調で請け合った。

「ごゆっくり」とアニーは言った。

ふたりの訪問者がいつまでも向けてくる視線は無視し、がっちりした体軀の男性たちを大きくよけて玄関に向かった。危害を加えられるのではないか不安だったわけではない。いかにも男性的な威力を見せつけられたときの自然な反応にすぎなかった。

とにかくこの場を逃げだしたい一心で、ポーチの揺り椅子に置かれた古ぼけた本をもうすこしで見落とすところだった。

ぴたりと足を止め、説明のつかない恐怖に襲われた。

「嘘でしょう」とアニーはつぶやき、本の表紙に目が釘づけになった。

兎のぬいぐるみを描いたエッチングのイラストで、色褪せた文字の題名は『ビロードうさぎ』だった。

誰が置いておいたのだとしても不思議ではない。ポーチや裏の物置に積み上げられた箱からレイフの友人が見つけた本という可能性だってある。

しかし、これはちがう。

ぜったいにまちがいないとアニーには確信があった。

温かな腕が腰にまわされ、たくましい男性の体に引き寄せられた。「アニー、どうかしたか？」レイフが気づかわしげな声で尋ねた。

アニーはポーチの揺り椅子を指差した。「あれが」

レイフは小声で毒づき、本に手を伸ばそうとした。

「よせ。手を触れるな」ホークが突然、命令口調で言って、揺り椅子の横に進み出た。「ティーガン、なかに戻って、大判の茶封筒を取ってこい」

緊張が渦を巻くように広がるなか、ティーガンは姿を消し、ホークはポケットに手を入れて、シルバーの飛びだしナイフを取りだした。隠れた止め金を押すと、柄から約八センチの刃が音もなくすっと姿を現わした。

そして、ゆっくりと慎重な手つきで表紙の下に刃先をすべらせ、本を開くと、ページのてっぺんに黒いサインペンで殴り書きがされていた。

三つなら結婚……

アニーは胃が締めつけられた。ゆっくりと体の向きを変えられ、レイフと目を合わせると、慎重に様子を見守る目で見られていた。

「なにか思いあたるか？」と彼は尋ねた。

アニーは下唇を噛み、レイフの冷静そうな態度に惑わされなかった。落ちつき払った物腰の裏には、いつ爆発してもおかしくない火山のような彼がいる。

「はっきり憶えていないけれど、子どものころにこの本を誰かに読んでもらったわ」とアニーは打ち明けながら、わけのわからない不安がじわじわと胸に広がっていた。

「大勢の子どもたちと一緒に」

「この引用には？」とレイフはさらに尋ねた。

アニーは喉がつまりそうになり、つばをのみ下した。どれほど漠然としていてもいいから、どうにか記憶を呼び起こそうとした。必死になるうちに神経が張りつめ、思わず叫びたくなったが、なにも思いだせなかった。

苛立ちをつのらせ、首を振った。「ごめんなさい……やっぱり思いだせないわ」

レイフは黙っているホークのほうを振り向いた。「到着したとき、ここにあったか？」

ブロンドの男性はきっぱりと首を振った。「なかった」

大きな茶封筒を持って、家のなかから出てきたティーガンは、手袋をはめていた。

「このあたりをうろついているやつは見なかったか？」本の端をそっとつかみ、封筒に入れているティーガンにレイフは尋ねた。

「おれたちはキッチンにいた」とティーガンは言った。

ホークは通りに目をやり、庭を囲む背の高い生け垣に視線を移した。「この家は孤立しているから、ご近所の目撃証言は期待できない」わかりきった事実を指摘した。

封筒の頭を閉じ、ティーガンは体を起こしながらぼそりと悪態をついた。「車の往来という意味でも孤立した場所だ」家までの距離を目算するように、黄金色の目を細い道路に向けた。「車が通る音を聞いた憶えはない。あんたは、ホーク？」

「ない」

三人の男性はそろって顔をしかめた。侵入者は歩いて贈りものを届けに来たはずで、その存在に彼らがまったく気づかずにいるあいだ、侵入者は生け垣にひそんでいたかもしれない。

「徒歩で来たのならつじつまが合う」とティーガンは言って、封筒に入れた本を揺り椅子に戻した。

アニーは身を震わせ、すがりつくようにレイフの体に寄り添った。

ワンダーウーマンの振る舞いには程遠いが、いまはただ安心感が欲しかった。

「わたしがここにいるとどうしてわかったのかしら？」アニーはかすれた声で言った。

その質問で不意を突かれたというように、ホークは眉を片方吊り上げ、レイフに目をやった。「トラックに追跡装置がつけられていないか調べたか？」

「いや、調べていない。でも、ここは小さな町だ」レイフの声はその表情と同じくきっちりと抑制がきいていたが、目には激しい怒りがくすぶっていた。「隠れて行動するのはむずかしい」

「ちょっと様子を見てくる」とティーガンは言った。じっとはしていられないようだった。

コンピュータおたくのようなタイプであっても、行動力はあるということか。

そして、レイフはレイフで、即座に保護者モードにはいった。

「なかにはいったらどうだ？」

彼の言葉は提案というより命令に近かったが、アニーは動こうとしなかった。

「これって、わたしに関係あることでしょう？」と念を押すように言った。レイフにささえてもらうのはうれしいし、警備の専門家としての助言には喜んで従うが、蚊帳の外に置かれ、重要な情報から締めだされるのはいやだった。「話し合いにわたしも参加するべきだと思うのだけど、そうじゃない？」

ホークは咳払いをし、口もとをゆがめた。「気をつけるよ、相棒」

「よろしく」レイフはつぶやいた。「悪趣味なギフトにきみが反応する様子を、これを置いていったやつに見られていると思うと、気に食わなくてね」

アニーは凍りつき、戦慄が駆け抜け、刺すような痛みを肌に感じた。「その人が見ていると思うの？」

レイフの目にはまだ怒りがくすぶっていた。「ああ、きみが怯えるのを見て、自分に酔うんだろう」

「そんな」心の底からしぼりだすようにしてその言葉は出た。死体の山が積まれた核シェルターで目を覚ましたまだほんの子どもだったときにしまい込んだ場所から振りしぼるようにして出てきたようだった。

レイフは身をかがめ、アニーの額に唇を押しあてた。「いいから、なかにはいっていろ」

心臓が激しく鼓動を打ち鳴らしたが、アニーは必死でパニックに陥るまいとした。あえてストーカーの立場から贈りものについて考えてみた。

こっそりと家のまわりをうろついて喜ぶ気持ちは楽に想像できる。ホークやティーガンが家のなかにいると知っていればなおのことだ。きっと……悦に入って、優越感にひたったのだろう。ポーチの揺り椅子に本を置き、嬉々としてどこかに隠れ、アニーが見つけるのを見物する姿も思い浮かべることはできる。

けれど、こちらが本を見つけたとき、どうなるとストーカーは期待していたの？

震え上がると思った？

怒り狂う？

ぞっとする？

「ゆがんでいる感じじゃない」結局アニーはそうつぶやいた。

レイフは怪訝な顔でアニーを見た。「なんだって？」

アニーはまとまりのつかない思いつきをどうにか説明してみた。「もしわたしを怖がらせたいのなら、なぜ連れ去った女性たちの写真を持ってこなかったのかしら？写真じゃなくて、脅迫状でもいいけれど。『ビロードうさぎ』は子どもを楽しませるための本でしょう。意図がわからないわ」

ホークはナイフを閉じて、ポケットに戻した。「もっともだ」

レイフはゆっくりとうなずいた。「この引用句は知ってるか？」と友人に尋ねた。

ホークは携帯電話を取りだし、本に書き込まれていた文言をすばやく打ち込んだ。

「ちょっと漠然としているな」

「待てよ」レイフはふとあることを思いついた。「〝ひとつなら悲しみ《ワン・フォー・ソロー》、ふたつなら《トゥー・フォー・》幸運《ラック》〟も追加してくれ」

　ホークは好奇心をそそられた目でレイフを見た。「思いあたる節でも？」

「いや」レイフはぶっきらぼうに言った。「でも、アニーが泊まっていたモーテルの部屋のドアの下に差し込まれた手紙に書かれていた言葉だ」

　ホークは顔をしかめ、携帯電話に目を戻し、引用句の意味を検索した。「あった」しばらくして彼は言った。「〝一羽なら悲しみ《ワン・フォー・ソロー》〟。古いイギリスのわらべ歌だ」

　レイフは表情を険しくした。「意味はあるのか？」

「一羽というのはカササギのことで、不幸を表わしている」ホークは怪訝な顔を見せたあと、わらべ歌をまるごと引用した。「一羽なら悲しみ、二羽なら幸運、三羽なら結婚、四羽なら死、五羽なら銀、六羽なら金、七羽なら他言無用の秘密、八羽なら天国、九羽なら地獄、十羽なら押し売り」

　レイフは首を振った。「聞いたことがない」

　ホークはアニーをちらりと見た。「昔、つきあいのあった人物のしわざという可能性は？　子どものころのきみを知っている誰かの？」

　アニーは肩をすぼめた。今度もまた、じつはよく知っているのではないかという気がなんとなくしていた。思いだせそうで思いだせない記憶がちらちらと脳裏に浮かぶかのようだった。

残念ながら、それが実際の記憶なのか、もしくは恐怖の産物なのか、判別する手立てはなかった。

「わからないわ、本当に」

レイフは指の裏側でアニーの頬を撫でた。そのやさしい手つきに、アニーの全身を走る震えはやわらいだ。彼は言った。「アニー、この本を読み聞かせてくれたのはきみのお父さんだったのか？」

アニーは黙り込んだが、勇気を奮って、何年も胸の奥にしまい込んでいた心象風景を無理やり思い起こした。

まばらな記憶によれば、父はアニーのベッドの縁に座り、本を読んでくれるときもあれば、即興でこしらえたお話を聞かせてくれるときもあった。アニーのお気に入りはいつも、ドラゴンを倒し、地下牢から王子さまを救いだすお姫さまのお話だった。

「いいえ」アニーはゆっくりと首を振った。「ちがうと思う」

「お母さんか？」とレイフは尋ねた。

突然、奇妙な、息苦しくなるような闇に包まれ、アニーは手を喉もとに上げた。この感じはまるで……。

まるで窒息しそうだった。

深く息を吸い、恐ろしい感覚を振り払った。

「思いだせないわ」とアニーはかすれた声で言った。「ごめんなさい」

レイフは両腕をアニーにまわし、後頭部に手をあてがって顔を自分の胸に引き寄せ、ささやきかけた。「いいさ、アニー、問題ない」

アニーは彼にもたれ、またいつか問題ない状況になるのかしら、と心のなかで疑問を唱えた。

レイフはアニーをしっかりと抱きしめながら、ふつふつと沸いてくる怒りをどうにか抑えようとしていた。

頭のおかしいこのくそったれ野郎を懲らしめてやらなければ。

こいつはいい根性をしている。

図々しくもこの家に来たばかりか、日曜日にぶらりと訪ねてきてキャセロールの差し入れを置いていくように、ポーチにまで上がってきた。

こうなったらアニーはここで安心できない。

なんてことをしてくれるんだ。

レイフの怒りが爆発する寸前だと察したのか、ホークが機転をきかせて動き、気をそらそうとしてくれた。腰をかがめ、揺り椅子から本をつかみ上げた。

「これをマックスに送らないと」その年長の友人が言った。「指紋が取れるかもしれない」

レイフは目を閉じて、十まで数えた。さらにスペイン語で十まで数え、フランス語とペルシア語でも十まで数えた。

どこかにこぶしをたたきつける程度にまで怒りがおさまるや、咳払いをして心配そうな友人の目を見た。「そうだな、おれも送ろうと思っている写真がある」

「写真?」

「今夜、ビールを飲みながら説明する」とレイフは仲間に約束しながらも、アニーのことで頭がいっぱいだった。いまはただ、彼女を家のなかに連れていって、得意料理のチョリソー入りスクランブルエッグのレッドチリソース添えをふるまってやりたいとしか思えなかった。あれを食べれば、どんな体調不良もけろりと治る折り紙つきだ。

「どこに泊まる予定だ?」

「あてにしていたんだけどな、てっきりここに泊めてもらえるんじゃないかと」とホークはつぶやいて、レイフに身をすり寄せている女性にそっと視線を向けた。「相

だすぞ」

レイフは目を細くした。「彼女をそんな目でいつまでも見ているなら、町から追い

あるいは、少なくともそうならいいのだが。

また気をそらす作戦か。

部屋でもかまわないぞ」

ホークは短く笑った。「ティーガンとおれはモーテルに部屋を取ってある。ルーカスはラクレードに泊まることにした、ニュートンにあるはずないから……」ホークはそこであきれたように目をまわした。「適当な宿泊施設が。そんな言い方をしたのはあいつだからな、はっきりと断っておくが」

レイフは目を丸くした。まったく予想外のことだった。

「ルーカスもこっちに？」

「一時間まえに到着したばかりだ」

「なんだって出てきたんだ？」

ホークはレイフの目をじっと見た。「なぜだかわかるだろ」

ああ、わかるとも。

一緒に会社を立ち上げないか、と仲間に声をかけたのも同じ理由だった。そして、

マックスがヒューストンに残ってトルコ製の紙のことを突き止め、彼自身は会ったこともない女性の身をレイフが守ろうとするのに協力しているのも同じ理由だ。

彼らはただの友だち同士ではなかった。

いわば兄弟のような関係だ。

足音が聞こえたかと思うと、ティーガンがポーチを囲う低い手すりを跳び越えてきた。

「誰かが生け垣を通り抜けてきたようだ」伸び放題の茂みに分け入る狭い隙間に顎をしゃくった。

アニーの体が緊張した。レイフは彼女にまわしていた腕にさらに力をこめた。まだ放すつもりはない。「なんらかの交通手段の痕跡は？」

ティーガンは肩をすくめた。「それはなんとも言えない」

「くそっ」とレイフはつぶやいた。

「家の外側にも監視カメラを二台取りつけることにする」とティーガンは請け合った。

「それから、ひとりはつねにこの家の見張りにつく」とホークはつけ加えた。議論の余地はないと警告するような口調だった。

レイフも反論するつもりはなかった。

アニーの警護が強化されるなら、それに越したことはない。

もちろん、ことはそう簡単にはいかない。アニーはレイフの胸を両手で押しやって体を離すと、ホークのほうをちらりと見た。

「それはやめたほうがいいんじゃないかしら」

反応したのはティーガンだった。「なぜだ？」

「この家が見張られていると気づいたら、手紙を置いていった人物は恐れをなして逃げてしまうかもしれないでしょう」

「それが狙いだ」レイフはうなるように言って、アニーを抱き寄せた。

頑固な女性だ。

アニーは頭をうしろに傾け、きれいな顔をしかめた。「わたしへの関心を利用してこの人物をつかまえたほうがいいんじゃない？　または、あとをつけて、その人が連れ去った女性たちを見つけだすというのは？」

「レイフ――」とティーガンが話しはじめたが、レイフに指をつきつけられ、すぐに口を閉じた。

「だめだ」

ホークはその警告を無視した。「考えてみろ、レイフ。犯行を止められる唯一のチャンスかもしれない」

レイフは友人であるはずの相手をにらんだ。「そんなことはどうでもいい。アニーをおとりにはしない」

アニーは苛立った声で言った。「わたしに選ぶ権利があるんじゃない？」

「ない」レイフはアニーに視線をおろそうともせず、ティーガンに指先を向けつづけていた。「アニーのモーテルの部屋に監視カメラをつけたままだ……取ってきてくれ」

「ちょっと待って」アニーはレイフの腕を振りほどこうとした。「部屋の鍵があるわ」

「鍵は必要ない」とティーガンはアニーに言った。

「それからあんたは」レイフは顔をしかめているホークに今度は指を向けた。「おれのトラックのグローブボックスにはいっている写真とその本を至急、マックスに送ってくれ」

ホークは腕組みをして言った。「レイフ――」

「いいから」ティーガンはホークの腕をつかみ、階段のほうへ引っぱっていって、ポーチから降りた。「顔の配置が変わるまえに行くぞ」

「よかろう」ホークは凄みのある目でレイフをちらりと見た。「すぐ戻る」

ふたりの男性が写真を回収し、ティーガンがジャガーに乗り、ホークがSUV車に乗って、それぞれ走り去るのを見届けると、レイフはため息をつき、アニーの首の曲線に顔をうずめ、甘い香りを深く吸い込んだ。「言っただろう？」と愚痴をこぼした。「面倒くさいやつらだと」

14

冷蔵庫で冷やしておいたビールの六缶パックを持って、レイフが裏口から静かに外に出たのは午前二時になるころだった。

「ビールはどうだ？」と声をひそめて尋ねると、物置の脇から人影が離れ、ゆっくりと近づいてきた。

家の側面に寄りかかり、ホークはビールに手を伸ばした。「愛らしいルームメイトと楽しい夜を過ごすのかと思った」

「彼女は疲れている」とレイフはつぶやき、自分で口にした手ぬるい言葉に顔をしかめた。

ここ数日、次から次へ起きる衝撃的な出来事にアニーは耐え、ついでにいえば、前夜はほとんど寝ていない。

夕食の最中に気を失わなかったのが不思議なほどだ。

「彼女が心配か？」とホークが尋ねた。

レイフは躊躇しなかった。「ああ、心配だ」

ホークは頭を傾けた。キッチンから洩れる明かりが淡い色の髪に差しかかり、険しい表情が際立った。「それだけか？」

「そうじゃないとわかっているだろ」

「彼女を抱きたがっていることはわかっている」

レイフはこぶしを固めた。ホークには兄弟同士のように愛情を傾けているかもしれないが、だからといって、けっして尻を蹴り飛ばさないというわけではない。「口に気をつけろよ、相棒」

ホークはビールを呷ると、またしてもレイフの神経を逆撫でした。「それにおまえは無力な弱者を守らなければならない強迫観念に捕らわれている」

レイフは手を上げそうになる衝動をこらえて体を緊張させ、身を乗りだした。「なにが言いたい？」

ホークはまたビールを飲んだ。「彼女がどんな顔でおまえを見ているか気づいた」

「どうだったんだ？」

「おまえをスーパーマンだと思っているようだった」

レイフはふいに不快感を忘れ、瞬く間に歓喜が全身を駆けめぐった。

〝アニーがスーパーマンを見るような目でおれを見ていた?〟

そう思っただけで、意外にもレイフの胸は温かくなった。

「たしかに英雄の資質ならそろってるしな」

ホークは目を細くして言った。「冗談で言っているんじゃないぞ、レイフ」

レイフはあきらめたようにため息をついた。いいだろう。友人たちに心配されているのはわかったが、アニーへの不信感にはうんざりしはじめていた。

「彼女が殺人犯と関わりがあるんじゃないか、とあんたが心配しているのはわかっているが、それは思いちがいだ」

「彼女が関与しているとは思っていない」信じられないというようにレイフが顔をしかめたので、ホークは片手を上げて制した。「実際に会ったから、それはわかる。あんなふうになにも知らないふりをできるものじゃない」年上の友人は肩をすくめてつづけた。「心配なのは彼女のせいでおまえが危険にさらされているってことだが、おまえも大の大人だ。手を引きたくなったら、自分で判断できる」

それで話は終わりではないとレイフはわかっていた。

こちらが求めてもいないし、聞きたいとも思っていない助言をするつもりでいるような表情をホークは浮かべていた。

「だったら、なにが気になるんだ?」とレイフは尋ねた。水を向けなければ、ホークは言いださない。

「冒険が終わって、おまえがヒューストンに帰る段になったら、どうなる?」友人は唐突に尋ねた。

予想していた質問ではなかったが、答えるのは簡単だった。「アニーを連れていく」

ホークはレイフの目をじっと見た。「本気か?」

「ああ、そうとも」レイフは肩をすくめた。「彼女は大反対するかもしれないが、おれは本気だ」

「本気ならいいけどな、相棒」

レイフは仲間をまじまじと見た。明らかに言いたいことがあるらしい。だが、もう夜も更けて、レイフは疲れきり、頭が働かなかった。「なにを考えているのか、聞くだけ聞かせてくれ、ホーク」

「世間には世慣れしている女性たちもいる。どれほど相性がよくても恋愛関係にはたいてい賞味期限がある、と彼女たちは心得ている。一夜かぎりの場合もあれば、数カ月つづく場合もある、と」異性を口説くことに膨大な時間と精力を注いできた男ならではの自信を持って、ホークは言った。「でも、アニー・ホワイトはそういうタイプの女性ではない。牧場に連れていかれたら、そのままそこにいるものと期待する」

レイフは先を見越して微笑んだ。「おれもそれを期待している」

「こっちもそう願っている」ホークの発言はレイフを驚かせた。「人柄もいいようだし、彼女はつらい目にあってきた。おまえに捨てられたらあんまりだ」

これは、これは、これは。アニーの魅力に骨抜きにされたのはひとりではないようだ。

家の脇に人影が現われ、レイフはいきなり身を硬くし、腰にまわしたホルスターに差した銃に手を伸ばした。

「パーティーを自分たちだけでやって、お誘いはないのか？」光がたまっている小さな場所に足を踏み入れて、ティーガンが尋ねた。

「階段にビールがある」レイフは裏のポーチのほうを顎で指し示し、銃から手を離した。そしてティーガンが缶ビールのプルトップをねじってあけ、ひと息で半分ほど喉に流し込むのをかろうじて待ち、彼がモーテルに監視カメラを取りに戻ってからずっと気になっていたことを尋ねた。「カメラにはなにか映っていたか？」

彼の友人は顔をしかめた。「窓から部屋のなかをのぞき込もうとしていたやじ馬のようなやつが何人か」

「本当にただのやじ馬か？」とレイフが尋ねた。

ティーガンは肩を片方だけすくめた。「七十は行ってるばあさんふたりに、いきがってるにきび面のぼうずがふたり」

「やれやれ」ホークが声をひそめて言った。「田舎はいやだね」

ティーガンはふんと笑った。「ぼうずどもがもっと奥までのぞき込もうとしたところでこっちは車で近づいて、おまえたちがモーテルにまた近づくのを見たらどうなるか、と言い聞かせたら、そいつらはちびりそうになってた」

レイフは苛立ちで胃がよじれた。不法侵入の様子を監視カメラが捕えていると期待していたものを。

ストーカーでないとしても、少なくとも車は駐車場に停める。

「ちくしょう」とレイフはつぶやいた。

「頭のいいやつだ」とティーガンは言った。大男の彼が体重をかけたら折れそうな錆びた手すりに寄りかかった。「頭を使っているから、隠しカメラに映りこまない」

「保安官はどうだ？」とレイフは尋ねた。「あたりをうろついていなかったか？」

ティーガンは眉を上げた。「気づかなかった」

わかりきった質問を真っ先にしたのはホークだった。「保安官の関与を疑っているのか？」

レイフはざっとかいつまんで、ブロディ・ジョンソンに話を聞きに行ったことと、裁判所の放火のことを説明した。思うに証拠の隠滅を強く望む者がいて、最も疑わしい人物は保安官ではないかとする自説もつけ加えた。

「たとえドン・ホワイトの死にかかわっていないとしても、保安官はアニーを町から追いだそうと躍起になっている。彼女を脅すようなまねは許さない」

レイフがそう言って話を締めくくるまでにティーガンの顔は険しくなっていた。子ども時代に父親の家庭内暴力を地元の警察に見て見ぬふりをされた経験から、ティーガンは警官嫌いだったのだ。

「ルーカスに頼んで、司法当局の情報提供者に問い合わせてもらう」と彼は言った。「隠蔽工作があったら、噂になったはずだ、誰も不服を申し立てようとしなかったとしても」

レイフはうなずいた。「いい考えだ」

「おれもやるときはやるさ」ティーガンはゆっくりとした口調でそう言ったあと、眉根を寄せた。「待てよ」ポケットに手を伸ばし、携帯電話を取りだした。「マックスからメールだ」

「なにかあったか?」とレイフが尋ねた。

「魔法をかけてほしいらしい」ティーガンはそうつぶやきながら、メールの画面をスクロールした。

ホークはティーガンのかたわらに移動した。「なにに?」

ティーガンは携帯電話をポケットに戻し、ビールを飲みほしてから答えた。「ドン・ホワイトの指紋が検索でヒットしたが、身元の情報はブロックされてわからずじまいだ」

「ブロックって誰に?」とホークが尋ねた。

「政府だ」

レイフは目を丸くした。ルーカスはティーガンほどコンピュータの扱いに長けているわけではないが、しろうとではない。さらに言えば、ほとんどの政府機関のファイアウォールを通り抜ける権限がある。「わが国の政府か?」

「ああ」空き缶を階段に置き、ティーガンはホークをちらりと見た。「ラクレードに行って、ルーカスのところに泊まる。ここじゃインターネットのつながりが悪いから」

ホークはうなずき、レイフはティーガンのそばに行き、肩に手を置いた。「なにか見つかったら、すぐに知らせてくれ」

「そうする」黄金色の目が細められた。「気をつけろよ、レイフ。あの本を置いていったやつはおまえの彼女に執着している。彼女を手に入れるためなら、誰に危害を加えても平ちゃらだろう」

警告の言葉を残し、ティーガンは家の端のほうに歩いていき、すばやく暗闇に姿を消した。

しばらく静寂が流れたあと、ホークが口にした問いかけは、レイフの頭のなかを駆けめぐっていた疑問だった。「ドン・ホワイトは政府とどういう関わりがあったのだろう？」

レイフは口を開いたが、まったく見当がつかないと言おうとした矢先、空気を切り裂く甲高い悲鳴が聞こえた。

レイフは階段を駆け上がり、網戸を、錆びた蝶番からはずれるほどの勢いで引いた。

「アニー！」

「目を覚ましてくれ、スイートハート」

アニーは体に押しあてられた温かな体に本能的に顔をうずめ、悪夢のような幻覚から必死で逃れようとした。

はじまりはこれまでとまったく同じだった。

胸が悪くなるいやな予感。月明かりにブロンドの髪を照らされ、野原を走るきれいな若い女性が見える。手にはナイフの心地よい重み。

なんとかして幻覚を見つづけて、自分がどこにいるのか、場所の印象を捕えようとした。あるいは、正確な位置を示す目じるしさえ見つけようとした。

しかし、うしろの家にはどことなく見憶えがあったが、気づくと自分もまえへ走っていて、手を上げて、大きなナイフを振り下ろして空を切ると、電気ショックのような歓喜が全身を駆けめぐった。

喉から声を振りしぼって悲鳴をあげたのはそのときで、夢から目を覚まそうとあがいていた。

なんてことなの。

女性殺害の場面を目撃するのは耐えられない。

力強い腕に抱きしめられ、アニーは体を震わせた。「レイフ？」とかすれた声で言った。

「もう大丈夫だ。しーっ」レイフはささやき声で言って、涙で濡れたアニーの頰にそっと口づけた。「ただの悪夢さ」

「ううん」アニーは目をこじあけ、電気がつけられた頭上の明かりに瞬きをした。

「悪夢じゃない。幻覚だったのよ」

アニーを抱きしめるレイフの腕に力がはいった。「アニー――」

「自分がなにを見たか、わたしはわかっているの」アニーはレイフの言葉をさえぎって、頑固に言い張った。

「きみを信じるよ、スイートハート」レイフはすぐさまなだめるように言って、体を引き、青白いアニーの顔を見つめた。「聞かせてくれ」

アニーは目をぱちくりさせた。頭がおかしいと人に思われることに慣れきっていて、レイフはちがうということを忘れていたのだ。

胸がやけに温まり、みぞおちのあたりにたまっていた凍りつくような恐怖は薄れていった。顔を仰向け、じっと視線を向けてくるレイフの目を見た。「なにもない野原だった」

「暗かったか？」

「ええ。でも、月が輝いていたわ」

「ほかには？」

「あれはたぶん……」アニーは気が進まなかったが、脳裏に焼きついた情景を思い起こした。「ミッチ・ロバーツの家のようだったわ」

レイフはショックを受けて身を硬くした。「家のなかにはいったのか?」

「いいえ」アニーは首を振り、深く息を吸った。男性の肌の清潔なにおいと石鹼の香りに感覚が満たされ、自分はいまここにいるのだと実感させてくれた。レイフの腕に抱かれ、ベッドにいる。どこかの人里離れた野原で手にナイフを持っているのではなく。「すこし離れていたわ」

「どうしてそこがロバーツの家だとわかったんだ?」責めるというより、好奇心をそそられた口調だった。「古い農家はどれも同じに見える」

アニーは顔をしかめた。「なんとなくそういう気がしたの。そこに行ったことがあるとわかっていたしね。最近」

レイフはアニーの顔にかかった巻き毛をなにげなく指で押しやり、額にしわを寄せた。「車で行ってみるか?」

アニーはびっくりしてレイフをまじまじと見た。幻覚を信じてもらうのと、守ってやりたいという本能的な衝動を彼が脇に置くのとは話が別だ。

どれほど負担になる申し出か、ちゃんとわかっていた。

アニーの心はさらにとろけた。

ばかね。

「いいの?」とアニーはそっと尋ねた。

「それできみの気が楽になるなら」

「ええ」アニーは安堵の吐息を洩らした。もはやレイフほど熱心に、無力な女性たちを殺している可能性のある頭のおかしい男を捜しに夜道を行きたいと思わなかったが、幻覚を見なかったことにしたら、そんな自分をけっして許せない。また別の女性が連れ去られるまえに、謎の変質者の犯行を阻止する機会があったとしたら?「たしかめなくちゃ」

レイフはアニーの髪に指をからめ、頭をうしろに引くと、唇を焦がし、爪先まで熱気が伝わるようなキスをした。そして、名残惜しそうに唇を離し、腕をほどき、ベッドを降りた。「身支度をしてくれ」アニーの唇を見つめながらささやいた。「居間で待っている」

ドアが閉まってから、アニーはベッドから這いおり、ジーンズと厚手のスウェットシャツをすばやく身につけた。

人殺しの体のなかにはいり、怯える女性を追いかけた気がする恐怖はどう考えてもやわらぎそうにないが、全身を駆け抜けるかすかな震えは幻覚のせいというよりも、レイフにキスをされたからだ。それは否定できない。

奇跡というほかない。

居間のドアをあけ、なかにはいっていったとたん、レイフと金髪のホークが部屋の真ん中で立っている姿を見て、アニーはぴたりと足を止めた。

口論の真っ最中に水を差してしまったのだと、読心術者でなくてもわかった。まさに白熱した空気が漂っていたのだ。

ふたりの男性が振り返り、じっと視線を向けてくると、アニーは妙に自意識過剰になり、咳払いをした。「なにかあったの?」

レイフは、かたわらで身を震わさんばかりに苛立っている男性のことはわざと無視し、アニーに断言した。「いや、なんでもない」

ホークは非の打ちどころのない美しい顔をゆがめた。「レイフ――」

「ここに残って、家を見張れ」レイフは友人の言葉をさえぎって言った。話し合いは終わったと通告する口調だった。「下種野郎が近づいてこないか、把握しておきたい」

「くそっ」ホークは胸の上で腕を組み、顎の筋肉を引きつらせた。この人は明らかに、命令を受けるのではなく、命令をくだすことに慣れた男性だ。「ばかなまねをしてみろ、ただじゃおかないぞ」

レイフはアニーの顔に目を向けたまま出入り口に歩き、ドアを押さえた。「行けるか？」

アニーはホークの視線を避けてそそくさと進み出て、部屋をあとにした。

「彼はあなたの命令が気に入らなかったようね」トラックに乗り込み、小さな家のまえから車が出ると、アニーは小声で言った。

レイフは首をすくめた。「そのうち機嫌を直すさ」

それはそうだろう。

レイフたちのやりとりを見ているとよくわかるのだが、彼らは家族に酷似した関係を築いている。

言い争いをするかもしれないし、軽く殴り合うこともあるかもしれないが、いざとなれば、つねに助け合う関係なのだろう。

革張りの座席にゆったりと座り、アニーは首をめぐらし、横の窓から外を見た。

夜も更けて、ニュートンの通りは暗く、行きかう車もほとんどなかった。このあたりの住民は農夫や工場の労働者や教師たちだ。

夜明けに起きだし、長い一日を過ごす。ナイトクラブにくりだしたり、小さなカップでコーヒーを出す流行りのカフェに出かけたりする気力も興味もない。夜十時までにはベッドにはいり、地方ニュースを見る生活だ。

ものの数分で町はずれを越え、高速道路へ向かった。

「大丈夫か？」とレイフが尋ねた。

アニーは鼻にしわを寄せた。「そうでもないわ」

レイフは即座にトラックの速度を落とした。「引き返してもいいぞ」

「だめよ」アニーは自分で自分を抱きしめるように、体に腕をまわした。ブロンドの女性の悲鳴がまだ耳に響いていた。「犯人を見つけだして、まだ手遅れに……」

角を曲がり、高速道路へつづく道を封鎖する柵が見えて、アニーの言葉は尻切れトンボになった。

前方には、車やトラックの一団がガソリンスタンド兼コンビニエンスストアの近くで停車していた……あそこに立ち寄ったのは昨日だろうか。それとも一昨日だった？レンガ造りの小さな建物の横にさまざまな警察車輛が停まり、灯りを点滅させているのを見ていると、思いだすのはむずかしかった。

「ちょっと待ってくれ」とレイフはつぶやき、農業機械メーカー、ジョン・ディアの野球帽をかぶった中年男性が警備に立つ柵のまえに、斜めにトラックを停めた。ボタンを押して、運転席側の窓をおろした。「なにがあったんだ？」

警備の男が近づいてきた。いっときであれ、権限のある地位について浮かれている様子がありありと出ていた。「また女性が行方不明だ」男は横を向いて、嚙み煙草のつばを吐いた。

「おっと、それは残念だな」レイフは気のいい男のふりをして、座席でまえかがみになり、封鎖された路上をうろついている大勢の人々に視線を向けた。「被害者は誰なんだい？」

「シンディ・フランクリン。ガソリンスタンドで深夜の勤務につくはずだった」またつばを吐いた。「いままで一分だって遅刻したためしはなかったのに、仕事に現われないもんだから、職場の人間が亭主に電話をかけた。亭主が言うには、シンディはいつものように十一時四十五分に家を出たらしい」

レイフはうなずき、その隣でアニーは胃に差し込むような痛みを味わっていた。幻覚は錯覚ではなかったとはっきりしても、後悔の念がやわらぐわけではない。

アニーの体調を察したかのように、レイフはそっと彼女の手に手を伸ばした。

「彼女は見つかったのか？」いまやトラックの側面にもたれている男に尋ねた。

「いや。でも、車がガソリンスタンドの裏に停めてあった」男はなにもない野原のほうを指差した。「警察が調べてる」

「まずい状況だな」とレイフはつぶやき、ブロンドの若い女性が暗がりを走っている記憶に苛まれているアニーの手をぎゅっとにぎりしめた。

「警察が捜索をするのか、様子を見ているところだ」男は腰をかがめ、薄暗いトラックのなかをのぞき込んだ。「あんた、ヴァルガスの孫か?」

「ああ」アニーの手を離し、レイフは運転席で姿勢を正し、男に向かってうなずいた。

「シンディがすぐにひょっこり出てくるといいな」

ブレーキから足を離し、男がうしろに下がるか下がらないかするうちにレイフはトラックの向きを変え、町へ引き返した。

「偶然か、あるいは故意にか?」低い声でうなるように言った。

アニーはどういうことかと彼の険しい横顔を見つめた。「なにが?」

レイフはバックミラーをちらりと見て、狭い道に折れ、また別の道にはいった。尾行されていないかたしかめているようだった。

「車が発見されたのは今回が初めてだ」

「なにか意味があるの?」

「犯人が車を処分するまえに、じゃまがはいったのかもしれない」とレイフは言った。

車は全方向一時停止の十字路に差しかかった。「あるいは、シンディが逃げだして、犯人は徒歩であとを追う破目になったか」

そのどちらの解釈もレイフは信じていないのではないか。そう疑うほどにはアニーも彼のことがわかりはじめていた。「あるいは？」と先をうながした。

レイフはバックミラーにじっと目を向け、背後の人けのない通りの様子を見た。「あるいは、ガソリンスタンドと事件をおれたちが結びつけて考えたことに犯人は気づいている」とレイフは解釈を示し、ようやくアクセルを踏んで車を前進させた。「仮にそうならば、あの場所は二度と使わないだろう」

なんてことなの。ガソリンスタンドに行ったとき、ストーカーに見られていたの？いまも見られている？

それとも、もっとまずいことに、犯人はかわいそうなシンディ・フランクリンの喉を掻き切るのに忙しくしている？

アニーは体が震え、膝の上で手をにぎりしめた。

ほんの数分まえは平和な気がしていた静かな町が、いまや邪悪で、息苦しく、奇妙なほど不穏な場所に思えてきた。「犯人は潜伏先を移動するかしら？」

レイフの表情が厳しくなった。「なんとも言えない」

最後の角を曲がり、彼の祖父の家のまえに車が止まるところだとアニーはふいに気づいた。「なぜここに？」混乱して、そう尋ねた。「てっきり行方不明になった女性を捜しに行くのかと思ったのに」

レイフはエンジンを切り、振り向いて、困惑の色を浮かべるアニーの目を見た。「どうしてなのかわからないが、保安官はきみを町から追いだす口実を探している。犯行現場のあたりでわれわれを見つけたら、たぶん難癖をつけてくる」案の定アニーが顔をしかめたのを見届け、レイフはドアをあけた。「それに、ニュートンの町民の半数は野原をうろつくだろう。誘拐犯もばかじゃないから、何日か姿を消すさ」

ふたりは顔を見合わせた。〝何日か〟ではない、とどちらもわかっていた。きっかり二日間だろう。

ニュートンの殺人鬼が殺しと殺しのあいだにあえて空けた日数だ。

15

夜更かしをしたにもかかわらず、翌朝レイフは早くから起きだし、ジョギングがてら地元の食堂に出向き、コーヒーとドーナツと最新の噂話を調達した。そして、家に戻ると、疲れているホークをモーテルに帰らせる無駄な努力はあきらめ、寝室に忍び込んだ。

昨晩のうちにブラインドを閉じていたので部屋は暗かったが、難なく部屋を横切り、狭いベッドの端に腰をおろした。

手を伸ばし、枕に広がるアニーの蜂蜜色の髪に指を通した。暗がりのなかで、彼女は幼く見えた。無防備で、やけにか弱くも見える。

くそっ。隣に寝そべり、アニーを抱き寄せたくてたまらない。そうしているときにだけ、しっかりと守っていると実感できる。

そんな衝動を抑えてアニーを見つめていると、睫毛がゆらゆらと上がり、寝ぼけ眼がレイフに向けられた。

「レイフ？」

アニーの髪を指でとかしつづけた。「おはよう、スイートハート」

「いま何時？」

「九時過ぎだ」

目を見開き、あわてて枕の上で体を起こすと、シーツがずり下がり、豊かな胸がかろうじて隠れる白いアイレット刺繍のナイトガウンがあらわになった。

そのとたん、レイフの下腹部は硬くなり、守りたいと思う衝動は激しい飢えに変貌した。

アニーを抱き寄せたい気持ちは変わらなかったが、汗にまみれた素肌を重ね、歓びの甘いうめきをあげさせたくなる欲望にふくらんでいた。

アニーは髪を耳にかけ、頭をすっきりさせようとしてか、小さく首を振った。「こんなにたっぷり寝たなんて信じられないわ」とかすれた声で言った。

レイフは、脚のつけ根のふくらみがジーンズのファスナーを押し上げる痛みに、思わず姿勢を変えた。

「不安な一夜だっただろう」

彼の険しい表情を見て、アニーは眉をひそめた。「なにかあったのね」

レイフはうなずいた。いやなニュースをこの女性の耳に入れまいとする悪魔のささやきとすでに闘いをくりひろげていた。

いずれはアニーも事実を聞きつける。手錠をかけて、ベッドに拘束されでもしないかぎり。それはけしからぬほどそそられる選択肢だが。

いずれにしても、幻覚を見て、苦しんでいるのはアニーだ。

事実を知らせないわけにはいかない。

「想定外のことではない」レイフは顔をしかめて言った。「シンディはひょっこり帰ってはこなかった」

アニーは下唇を噛み、恐怖に目の色を曇らせた。「監禁されているのね」

「仮定の話だが」

身を乗りだし、アニーはレイフの腕をつかんだ。「彼女を捜しに行かなくちゃ」

レイフは腕に指をまわしたアニーの手に手を重ねると、顔をうつむけ、正面から彼女を見た。「まずは朝食だ」きっぱりとした口調でそう言った。

アニーは怪訝そうに眉をひそめたが、急に目が見開かれ、顔を近づけていたレイフはその変化に気づいた。

裸になって汗をかき、快感のうめきを洩らすことを考えているのはレイフひとりではなかった。

アニーは唇を舐めた。「いつもそんなに仕切りたがるの？」

「ああ」レイフはアニーの手に重ねた手を腕から肩へと這わせた。「それに強情で、コーヒーを飲むまえは虫の居どころが悪くもなる」話しつづけながら、ナイトガウンを合わせている細いリボンをいじった。「長所は、がちがちの野蛮人ではないことかな。自分でステーキを焼いたりもする。それに、おれの牧場に女性ならではの感性が活かされたらありがたい。ほかに知りたいことは？」

アニーははっとして息をのみ、即座に体を引いた。たがいに惹かれ合う関係を楽しみたい気持ちはあるものの、将来について話し合う心の準備はできていない。

「ドーナツはある？」

レイフは胸に湧きあがった苛立ちを押し殺し、仕方なく笑みを浮かべた。

おれの女だと、そのうち彼女も認める。

それまでは忍の一字だ。

いや、そこまで我慢に徹しなくてもいいかもしれない、とレイフは心のなかで譲歩した。ナイトガウンの襟ぐりの下に指をすべり込ませたくなる衝動は抑えられない。

「きみの心をつかむ道は甘いものでできているんじゃないかという気がしてきた」と冗談まじりに言った。そして、期待でアニーの胸の先端が硬くなるのを見て、満足感にひたった。

レイフの指が薄いナイトガウンのなかにするりともぐり込み、硬くすぼまった胸の先端をかすめると、アニーの頰に赤みが差した。

「レイフ」と彼女は息を切らした声で言った。

レイフは顔を下げ、飢えを満たさんばかりの勢いで唇を奪った。

「この騒動に片がついたら、きみをおれの牧場に連れていって、ドアに鍵をかける」唇を重ねたままレイフはうなるように言った。アニーとはちがい、避けては通れないふたりの将来を話題にすることにためらいはなかった。「来年はきみを独り占めにしたい」

アニーは身を震わせ、腕をレイフの首に巻きつけた。「行くとはまだ言っていないわ」

レイフはお仕置き代わりにアニーの下唇を嚙んだ。「来るさ」

「嘘じゃなかったのね」アニーは吐息まじりに言った。乳房の頂を指でぐるりと撫でられ、彼の髪に指をからめた。「ほんとに強情なのね、あなたって」

レイフは温かく迎え入れようとするアニーの口のなかに舌を差し入れた。「きみには見当もつかないほど」

ふたりのあいだで噴きだした欲望に夢中になり、玄関のドアがあく音が聞こえてもレイフは取り合わなかった。ホークがまだ見張りについている。第三者を家に通しはすまい。

残念ながら、寝室のドアを強くたたく音が聞こえてきた。というか、ティーガンのじれったそうな声は無視しようがなかった。

「レイフ」

手をアニーの胸にあてがい、喉からうめきを洩らした。「まったく」とレイフはうなるように言って、無理やり体を引き、陰りを帯びたアニーの目を見た。「一年だ、スイートハート」最後にそう言って、腰を上げた。「一年間、きみを独占する」

「それはどうかしら」アニーは曖昧に言葉を濁し、シーツを首の上まで引き上げた。

「強情なのはおれひとりじゃない」五歩か六歩でドアのところにたどりつき、すこしだけドアをあけて友人をにらみつけた。「野暮用じゃないだろうな」

ティーガンは昨晩と同じ服装のままで、顔からは表情が消されていた。「どうしても見せたいものがある」と彼は言った。

ちくしょう。

ティーガンの報告に気が滅入ることになる、とレイフは早くも察しがついていた。うしろを振り向き、釘を刺すようにアニーに顔をしかめ、命令した。「ここにいろ」言うだけ無駄だった。

命令の言葉をレイフが口にするかしないかするうちに、アニーはベッドを飛びだし、ナイトガウンとそろいのローブをつかんでいた。

「いやよ」アニーはまえに進み出ていた。「一緒に行くわ」

レイフは行く手をさえぎり、透けるほど薄く、アニーの太腿のなかばまでしか届かないローブを見て、その目を細くした。

「そんなんじゃだめだ」とレイフはうなるように言った。ティーガンの持ってきたニュースをアニーに聞かせまいと阻止することはできないかもしれないが、断じて半裸で歩きまわらせはしない。

友人たちを大事に思っている以上、顔面にこぶしをたたきつけざるを得ない原因の芽はあらかじめ摘んでおきたい。

アニーはとまどいの表情を見せた。「そんなんじゃって?」

レイフは小さなクロゼットに歩き、祖父のものだったローブを引っぱりだした。アニーのところに戻り、厚手のローブで彼女の体をしっかりと包んだ。

信じられないという顔で、アニーは足首まで届く裾と、手まですっぽり隠れる袖に視線をおろした。「ふざけているの?」

「がちがちの野蛮人じゃない、とさっき言っただろう?」レイフはアニーの腰のベルトをしっかりと結んだ。「紳士的じゃないときは、男の本能が剝き出しになる」
・アニーは口を一文字に結び、レイフが体を引くのを待った。「これでご満足?」
レイフはすばやく身をかがめ、ほんのいっとき唇を奪い、いろいろなお楽しみはのちほど、と約束する熱いキスをした。

「スイートハート、おれが満足するのは、この面倒な用事が片づき、きみをあのベッドに連れ戻すときが来たらだ」とレイフはアニーに宣言した。

アニーの脈が速くなったのは、首のつけ根を見てわかったが、彼女はけっして横道にそれようとはしなかった。

「行かなくちゃね」

「わかった」レイフは離れがたく、もう一度キスをして、ようやくドアをあけた。

「またあとで」横を通りすぎるアニーの耳もとにそうささやいた。

アニーが先に立って寝室を出て、キッチンにはいると、書類の山を並べたテーブルの脇にティーガンが立っていた。

彼はレイフを見てからアニーに視線を移し、すまなそうに顔をしかめ、またレイフに視線を戻した。

興奮が醒めやらず、顔を上気させた女性を見れば、恋愛に疎くはないティーガンならそれと気づく。

「じゃまをした」

「なにがわかった？」とレイフは尋ねた。

ティーガンは書類の山をぽんとたたいた。「名前だ」

「ドン・ホワイトの？」

「ああ」

かたわらでアニーは身を硬くし、眉根を寄せた。「どういうことなの？」

レイフは木の椅子を手まえに引いた。「席についたほうがいい」

「コーヒーも飲まないとな」とティーガンはぼそりと言って、レイフがカウンターに置いておいたコーヒーがはいったスタイロフォームのカップのひとつをつかみ上げ、向かいの席についた。「カフェインが欲しくて死にそうだ」

「徹夜したのか？」レイフはアニーの近くに座った。

ティーガンの報告にアニーが動揺したら抱き寄せられる場所に控えていたい。

「けっこう手間取った」とティーガンは認めた。

アニーはじっと椅子に座り、サイズが大きすぎるローブの袖からのぞく手でテーブルの端をつかんでいた。

「わたしの父がなにか関係あるの？」

「きみのお父さんの身元確認をしたら、はっきりしないことがあった」とレイフは言った。アニーの顔から血の気が引いていくのを見て、顔をしかめた。

古傷に触れたくはなかったが、真実にたどりつく道はほかに思いつかなかった。

「身元確認？」アニーは首を振った。「どうして身元を調べ直したの？」

レイフは肩をすくめた。「職業病さ」

しばらくアニーは黙りこくり、細くした目でレイフをじっと見ていた。自分の身元も同じように確認されたと察したのはまちがいない。

やがて、小さく首を振り、苛立ちをぶつけるのは先送りしたようだった。

「はっきりしないことって、どういう意味なの？」とアニーは尋ねた。

質問に答えたのはティーガンだった。「ニュートンに現われる以前のドン・ホワイトの経歴は白紙だった」

アニーは狐につままれたような顔で、目をぱちくりさせた。「どういうことなの、レイフ?」

「まえにも同じ話をしたが、ティーガンはコンピュータの申し子だ」とレイフは言って、友人がさもおかしそうに噴きだしたのは無視して話をつづけた。「きみのお父さんの過去は偽装されていたとすぐに気づいた」

アニーはまだ頭が混乱しているようだった。「どういうことかわからないわ」

「銀行口座を開いたときに書類に記入した職歴も以前の住所も実在しない」とティーガンが言った。「出生証明書さえ偽造されていた」

「偽造ですって? でも……どうして?」

「おれが最初に思ったのは、きみのお父さんは司法当局から身を隠していたのではないかということだった」レイフは不承不承打ち明けた。

アニーの目が見開かれた。彼女もばかではない。ドン・ホワイトが偽名を使っていたのではないか、とレイフが心配した理由ならわかる。

「父が別の女性も殺したのではないかと疑ったのね?」

レイフはうなずいた。「ひとつの可能性として」

アニーは口を開いたが、言葉はなにも出てこなかった。レイフは手を伸ばし、アニーの手を片方、つかんでいるテーブルから引きはがし、自分の手に包み込んだ。

ちくしょう。こんな話はしたくなかった。

「きみのお父さんは逃げているわけではなかった。少なくとも警察から身を隠す逃亡犯ではなかった」ティーガンは、広がりつつあるアニーの動揺をすばやく火消しし、その力強い声で彼女の注意を惹きつけた。「思うに、お父さんはきみを守ろうとしたんだろう」


アニーはひと息おいた。実際には、もうすこし間を空けた。

深呼吸をし、両手で耳をふさぎたくなる衝動を抑えた。

このミーティングに参加したいと言い張ったのは自分でしょう？　会話の向かう先が気に入らないからというだけで、子どもじみた態度はとれない。

もちろん、だからといって、胃がよじれるような神経に障る不安はやわらがなかった。

「わたしを守るためって、いったいなにから？」

「きみのお父さんは海軍士官だった」とティーガンが言った。「ジェイムズ・エマーソン大佐だ」

アニーは混乱した目でティーガンを見た。「それって……」いったん口をつぐみ、つばをのみくださなければ、喉がふさがれたようで言葉がつづかなかった。「なにかのまちがいよ」

「残念ながら、お嬢さん、まちがいじゃないんだ」ティーガンは気づかわしげな声で言って、ホッチキスで留めた書類をつかみ、テーブル越しにすべらせた。「お父さんの軍歴だ。非常にりっぱな軍人で、高位の勲章を授けられ、ゆくゆくは大将になると見込まれていたが、突然、退役した」

奇妙なほどなにも感じないまま、アニーは書類に目を通した。ティーガンやレイフのような能力はないものの、どうやら正式な書類らしいということはわかった。

「なぜ父は隠そうとしたのかしら？　男の人ってたいてい、こういう経歴をなにかにつけて自慢するものだわ」

ティーガンは手を上げた。「つづきがある」また別の書類の束をテーブル越しにすべらせた。「三十七年まえ、きみのお父さんはヴァージニア・コールと結婚した。外交官の娘で、ジニーの名で通っていた。結婚一年後に息子が生まれた」

「マーティね」とアニーはつぶやいた。話についていくのに必死だった。母の名前はジニーが本名だと思っていたし、外交官の娘だということも知らなかった。

母方の祖父母は母がまだ子どものころに亡くなったと父から聞いていたのだ。

「正確を期すれば、きみのお兄さんの正式な氏名はマーティン・ジェイコブ・エマーソンだった」ティーガンはそう訂正し、名前のひとつひとつをやけに強調して言った。

レイフは眉間にしわを寄せた。「なぜその名前に聞き憶えがあるのかな？」

ティーガンは書類のいちばん上の紙をつかみ、レイフにまわした。「なぜかといえば、このせいだ」

アニーの手をにぎっていた手に力がはいり、レイフは古い新聞の切り抜きのコピーに目が釘づけになった。「なんてことだ」

レイフの顔から血の気が引き、アニーは不安に胸が締めつけられた。よくないことにちがいない。かなりよくないことに。

「聞かせてちょうだい」と彼女は要求した。

レイフは顔をしかめた。「アニー――」

「いいから聞かせて」

レイフは心配そうな目でティーガンをちらりと見て、またアニーに視線を戻し、じれったそうににらみつけてくる目を見た。

「きみの兄はお母さんを殺害した」

なにを聞かされると思ったのか、アニーもわからない。

けれど、これでないことは確かだった。

ほとんど無意識のうちに体が動き、阻止されるより早く、レイフの手から切り抜きのコピーを奪いとった。

ショッキングな見出しを目にしたとたん、吐き気に胃がよじれた。

十四歳の少年、名家出身の母親の喉を掻き切る

「嘘でしょう」アニーの手から力が抜け、記事のコピーはテーブルに落ちた。「父から……」アニーは首を振った。「父から聞いていた話では、母と兄は自動車事故で死んだはずなのに」

「きみのお父さんは善良な人物で、きみを守るために事実を伏せていた。つまり実際は――」

「殺人事件があったことを」アニーはレイフの言葉をさえぎって、話を締めくくった。

震えが体を駆け抜けた。ああ、なんということだろう、父ばかりか兄までも凶悪な犯行の罪に問われていたなんて。

「厳密には殺人事件ではない」とレイフは否定し、コピー用紙を手にとり、新聞記事にすばやく目を通した。「正当防衛だった」

アニーはレイフの悲しげな顔を見つめた。「兄は正当防衛で母を殺したの?」

レイフはうなずいた。「それが判事のくだした判決だった」

「長期にわたる精神的かつ身体的虐待のため」とティーガンがつけ加え、コーヒーを飲んだ。朝の陽光がキッチンの窓から差し込み、褐色の肌の美しさを際立たせたが、きれいな蜂蜜色の目に色濃く宿る疲労もあらわになった。「公判中、多くの証人が出廷し、幼少時代を通してマーティンが痣をつくったり、骨折したりした姿を目にしていたと訴えた。そして、ひとりならず家族の友人が証言台に立ち、きみのお母さんがたびたびきみの兄さんを一度に何時間も、場合によっては何日も、クロゼットに閉じこめていた、と話した」

アニーはいきなり立ち上がり、頭に浮かびそうになった、黒痣をつくった目のまわりを腫らし、腕をへし折られた無力な少年の姿をかき消した。

誰であれ、幼い子どもが痛めつけられたと考えるだけでも耐えられないからだ、と自分の胸に言い聞かせた。

子ども本人の母親に痛めつけられたとなると、とくにそうだ。

しかし、さむけが背すじを伝いおり、それだけではないのではないか、とアニーは不安になった。

受けとめる心の準備ができていない恐ろしいことがあるのではないか。

ふたりの男性のゆるぎない視線を感じながら、アニーは狭い部屋のなかを行ったり来たりし、不安をまぎらわせるようにロープのベルトをしっかりとつかんでいた。

地平線に暗雲がたちこめるように漂っている神経衰弱に、いずれ屈してしまうかもしれない。

けれど、今日のところはだめだ。

「でも、父は」アニーは父親も加担していた可能性は認めまいとした。そんなのはばかげている。父は連続殺人犯だったと、長年のあいだ自分の胸に言い聞かせようとしてきた。けれど、父がわが子に手を上げていたと思い込もうとしても、どうしても思い込めなかった。「父はどうして自分の息子が誰かに痛めつけられるのを許していたのかしら？」

「きみのお父さんは海軍の軍人だった」とレイフは思いださせた。「ほとんどの時間を船の上で過ごしていたはずだ。なにが起きていたか知らなかったのだろう」

たしかにそうだが、アニーは納得できなかった。

「じゃあ、なぜまわりの人たちは母を止めなかったの？」アニーはテーブルに広げられた新聞の切り抜きのコピーや書類のほうに手を振った。思わず声がかすれたが、けっして感情に流されまいと気を引き締めていた。「ひどいことが起きていると、明らかに知っていたのに」

「きみのお母さんにはお金があった。影響力のある一族の出だったからね」とティーガンが言った。アニーの神経が極限まで張りつめていると察したのか、なだめるようなやさしい声色だった。「多くの悪事が闇に葬られても不思議ではない」

「それに、ひと昔もふた昔もまえの話だ」とレイフがつけ加えた。その表情はなんとも読みとれなかった。「母親がわが子を虐《しいた》げることもある、と世間は認めたくなかった」

アニーはまだ足を止めなかった。たしかにレイフの言うとおりだ。いまの時代でさえ、子どもを産む女性が怪物になりうると、人は思いたがらない。

〝母さんは怪物だ……〟

ふっとその言葉が頭のなかでささやかれ、息もできない闇にのまれそうになった。

まさか。アニーはきっぱりと首を振った。

ただの妄想だ。

母が……亡くなったとき、まだ三歳だった。母親のことなど、記憶にあるはずもない。

あるいは兄のことも。

そうでしょう?

リノリウムの床の真ん中でアニーはぴたりと足を止めた。そういえば、あまりにもわかりきったことをまだ質問していなかったとふいに気づいた。

ああ、なんてこと。本当に頭がおかしくなりそうだ。

「まだ生きているの?」

レイフは眉をひそめた。「誰が?」

「わたしの兄よ」

16

レイフは手をにぎりしめた。かろうじて保っているアニーの冷静さがいまにも崩れそうだと察したが、この件で彼女の気持ちを楽にしてやれることはなにもない。

それが正直なところ、はがゆかった。

レイフは行動派だ。

解決されるべき問題があれば、それを解決する。

しかし、今度のことは……。

ひどくこみ入っている。

そして、それは自分のせいでもあった。

ドン・ホワイトの経歴を洗い直してくれとマックスに頼み込んだのは自分だ。そして、ティーガンから調査の報告を受けようというときにアニーの同席を許しもした。

だが、疑問に答えが出るのではなく、まったくあらたな問題がまとまって明らかになるとは思いもしないだろう？

ティーガンが目配せを送ってきて、続行の合図を待っているようだった。レイフは小さくうなずいた。ほかにどうしろと？

アニーはすでに、母親が惨殺され、それが兄のしわざではあるが、長年虐待を受けていた末にキレてしまったらしいということを知っている。

そのかわいそうな少年に誰も手を差し伸べなかったようだということも、だ。

実の兄がまだ生きているのか、アニーには知る権利がある。

ティーガンはアニーに視線を移した。「ああ、生きている。裁判が終わったあと、きみの兄さんは個人経営の療養施設に送られた。〈グリーンウッド・エステート〉というところだ。ウィスコンシン州マディソン近郊の」

「まだそこにいるの？」とアニーは追及した。

一瞬のためらいのあと、ティーガンはうなずいた。「調べたかぎりでは」

曖昧に言葉を濁したのは無理もないことだ、とレイフは納得した。

アニーは兄が生きているという驚くべき事実を明かされて判断力が鈍り、よくない可能性に考えをめぐらす余裕がない状態だ。

しかしながらティーガンは、マーティン・エマーソンがナイフで母親の喉を掻き切ったのはただの偶然であるはずはない、としっかり気づいていた。

「診断内容は？」とレイフが尋ねた。

ティーガンはコーヒーを飲みほし、ドーナツに手を伸ばした。

「医療用のファイルにハッキングするのは時間がかかる」とレイフに言って、ドーナツをかじった。「現地に車を走らせて、じかに訊いたほうが手っとり早い」

レイフは顔をしかめ、さまざまな障害を考慮した。

移動時間は四時間くらいのものだろうが、病院という場所はふらりと立ち寄って質問すれば聞きたいことを教えてくれるわけではないと経験からわかっていた。

彼はじっとしたまま、またそわそわとキッチンのなかを歩きはじめたアニーに目をやった。

「アニーは近親者だから、マーティンや主治医に面会できるはずだ」と不承不承、つぶやいた。

アニーを連れていくと思うだけで気が進まなかったが、彼女がいれば面倒な手続きは回避できる。

「そうだな」ティーガンはジーンズのポケットに手を入れて、小さな革の財布を取りだした。手首をさっと返して、財布をレイフにほうった。「万が一の備えに」

レイフは空中で財布をつかみ、なかを開いたが、職務上の身分証明書に自分の顔写真がラミネート加工されて貼りつけられているのを見ても驚かなかった。

眉を吊り上げた。「FBI?」

ティーガンは肩をすくめた。「疑問を解決したいのか、したくないのか?」

レイフは突然、背中にぬくもりを感じたかと思うと、アニーが肩越しに身を乗りだし、身分証明書を見ていた。

「違法なんじゃないの?」

レイフは振り返り、アニーの繊細な横顔を見て、うなじをかすめる彼女の髪の感触を味わった。

スキンシップが好きだと自覚したためしはなかった。

アニー・ホワイトに……いや、アニー・エマーソンに出会うまでは。

それがいまや、彼女とはいくら触れ合っても足りない気がしている。

「つかまらなければ大丈夫だ」

アニーは唇を噛んだ。それを見て、レイフは思わずにやりと笑いそうになるのをこらえた。洞察力が鋭くなくても、アニーが子どものころから規則という規則をきちんと守って大きくなったのだと察しがつく。

養父母の善意を頼みにする孤児だっただけではなく、父親から〝邪悪な〟遺伝子は受け継がなかったと世間に証明するべく、できるだけの努力を払ってきたはずだ。

そうした優等生ぶった態度を堕落させるよからぬ喜びをこちらは感じるのだろう。とりあえずいまは、兄を捜しだすためならレイフがＦＢＩ捜査官になりすますのもやむを得ないと、アニーが心のなかで葛藤するのを見守っていた。

しばらくしてアニーはとうとう肩を怒らせ、居間に向かった。「シャワーを浴びたら、出かけましょう」

「アニー――」

アニーは足の運びをゆるめようともしなかった。「つべこべ言わないで」そう警告して、狭いバスルームに姿を消した。

ドアが閉まるのをかろうじて待ち、ティーガンはテーブルに肘をついてもたれ、表情を険しくした。

「マーティンは母親の喉を掻き切った」

レイフはシャワーが流れる音がしてから返事をした。

「ああ、そこが気になった」

「偶然ではないはずだ」

レイフは友人と目を合わせた。「どう思う?」

「最初に思ったのは、マーティンは施設を抜けだして、ニュートンに来て、父親のやったことを締めくくろうとしているんじゃないかということだった」とティーガンは言った。「そう考えれば、なぜアニーに執着するのか説明がつく、子どもじみたギフトのこともだ」

たしかにそうだ。

それどころか、いろいろな事柄の説明がつくだろう、おそらくアニーの幻覚についてさえ。

しかし、レイフはどうも腑に落ちなかった。

「たぶんな」とつぶやいた。

ティーガンの観察眼の鋭い目が注がれた。「なにが引っかかるんだ?」

なにも心配していないと否定するつもりはない。ティーガンにはお見通しだ。

「いまアニーの頭のなかは、自動車事故で死んだはずの兄が生きていた新事実でいっぱいだ」とレイフは言った。「その兄貴がニュートンの殺人鬼の事件になんらかの関わりがあるとしたら?」

ティーガンは肩をすくめた。「彼女は父親が殺人犯だった事実を背負って生きてこざるを得なかった。それを思えば、まだましなんじゃないか？」

レイフはうなじをさすった。心身の疲れがたまって首が凝っていた。

「いや、ましどころか、輪をかけて大ごとになるかもしれない」とうなるように言った。「父親が逮捕されたとき、アニーは子どもだった。つまり、少なくともマスコミの騒ぎからはある程度守られていた。兄の関与が発覚したら、今回は……」レイフは思わず毒づいて、首を振った。事件発覚につづく嵐のような騒動は想像すらつかない。

「アニーは矢面に立たされる」

ティーガンは顔をゆがめた。「まずいな、そっちの角度からは考えなかった」

レイフは、アニーの人生を永遠に変えてしまう書類の山に目を落とした。

「たとえ兄は無関係だったとしても、アニーにとっては悪夢が待ち受けている。ニュートンの殺人鬼の息子は母親の喉を掻き切り、精神病院に収容されているという噂が洩れたら」

ティーガンは深いため息をつき、体を横に傾け、尻ポケットから折りたたんだ紙を取りだした。「見てもらうものはほかにもある」そう言って、その紙をレイフのほうに押しやった。

レイフはおもむろにその紙を開いた。アニーには伏せておきたい、と友人は思っていたのだろう。ほかの書類と分けておいた理由はそれしかない。

それでもその公文書の写しにざっと目を通しながら、拍子抜けしていた。

「出生証明書？」とまどいながら、レイフはつぶやいた。

「名前をよく見てみろ」とティーガンが要求した。

「アナベル・エマーソン」レイフは顎をこわばらせた。それはアニーの出生証明書だった。

当然そうだ。しかし、レイフを驚かせたのは、ティーガンがその書類をどうにか入手したことではなかった。ファーストネームのつづりにぞっとしたのだ。アナベル(Annabelle)だ。つまり、モーテルの部屋のドアの下に差し込まれた手紙や、ポーチの揺り椅子に置いてあった本に書き込まれていた宛て名とつづりが同じだったのだ。そもそもアナベルというアニーの本名自体、この町では誰も知らない。彼女の父親がひた隠しにしていた過去を知っているのでないかぎり。「なんてことだ」

ティーガンはバスルームのほうにさっと目をやった。ドアはまだしっかりと閉まっていた。「話はこれだけじゃない」

レイフはため息をつきそうになるのをこらえた。これで終わりのはずはない。

「聞かせてくれ」

「ジェイムズ・エマーソンの過去を隠匿した政府による手厚い保護措置に貢献したのがジニー・エマーソンの両親だ」とティーガンは明かした。「彼らはまた、〈グリーンウッド・エステート〉に長期滞在しているマーティン・エマーソンの入院費用をまかなうために大規模な信託基金も設立した」

レイフは虚を突かれた。「アニーの祖父母は生きているのか？」

「ああ。いまはデンマークにいる」

レイフは頭のなかでじっくりと情報を整理した。「孫娘が養父母に引きとられたことは知っていた？」

「知らずにいるのはさすがに無理がある」ティーガンは醒めた口調で指摘した。

レイフの胸で怒りが爆発した。

アニーは母親と兄を失い、やがて連続殺人犯のそしりを受けた父親も亡くした。当時の彼女はまだほんの子どもで、ひとりぼっちで、心に深く傷を負っていた。それなのに祖父母は手を差し伸べようともしなかった？

どういうろくでなしだ？

「アニーを見捨てたのか」レイフは憤りもあらわに言った。

「というか、ダメージを極力減らしたつもりだろう」とティーガンは言葉を変えて言った。「政治的な立場にいる連中はスキャンダルで傷がついたら致命的だ」

「だから、自分たちの娘のせいで殺人に走った孫を金のかかる施設に隠し、孫娘が赤の他人の手にゆだねられても知らん顔をした」

「そうだ」

レイフははじかれたように立ち上がり、カウンターに移動して、どんどん冷めていくコーヒーのカップを手に取った。

「祖父母のことはアニーに知らせたくない」とうなるように言った。「母親がどうやら児童虐待の鬼母で、兄貴は人殺しだとわかっただけでじゅうぶん悲惨だ。自分を平気で捨てた身内が生きていると知る必要はない」

ティーガンが椅子に背をもたれ、だらりと手足を伸ばし、思案顔でレイフを見つめた。「いつまでも隠しておくことはできない。ただし……」

「ただし？」

「ただし、荷物をまとめて、牧場に連れていって」とティーガンは提案しながら、テーブルに広げた書類のほうに手を振った。「彼女を満足させつづけ、この件を忘れさせたら話は別だ」

レイフは鼻先で笑った。アニーを肩にかつぎあげ、牧場に連れ去れるならなんの文句もない。それどころか、彼女をベッドに縛りつけて、ふたりが分かち合う快楽以外はなにもかも忘れさせることはできないものか、と嬉々として考えている始末だ。

残念ながら、そんなことをしたらアニーは一生許してくれまい。

「そう単純な話ならいいけどな」とレイフはつぶやいた。

「なぜそういうわけにいかない？」

「アニーは牧場には行かないさ」レイフはコーヒーをひと口飲み、ウィスキーを垂らすにはまだ早いだろうか、とふと考えた。たっぷりと垂らすには。一日が終わるまえに飲みたい気分になる気がした。「あの女性たちが見つかるまでは」

「それは警察の仕事だ」

それはそうだ。

もうひと口コーヒーを飲み、シャワーの音が止まったことに気づくともなしに気づいた。

「彼女は責任を感じている」

ティーガンは信じられないという声で言った。「いったいなぜ？」

「なぜなら父親との関連で――」

「関連しているかもしれないと思われているだけだ」ティーガンが話をさえぎって

言った。

レイフは肩をすくめた。目下のところ、ドン・ホワイトの模倣犯かどうかはどうでもよかった。

「それに、アニーは自分の見る幻覚が誘拐犯を突きとめる手がかりになると信じている」

ティーガンは首を傾げた。年下の仲間はレイフの直感をけっして疑わなかった。

「幻覚が手がかりになる、とあんたも信じているのか?」

レイフは躊躇しなかった。「ああ。でも、彼女を危険にさらすつもりはない」

「よし」ティーガンはテーブルに両手をつき、Tシャツの下で筋肉を隆起させながら椅子から腰を上げた。小型車ならベンチプレスをするように持ち上げられそうな体格だ。「じゃあ、彼女を縛りあげて、力ずくでテキサスに連れていこう」まったくの冗談ではない、と陰りを帯びた目が物語っていた。「そのうち頭のおかしな野郎もつかまって、あんたがたふたりは幸せに暮らせる」

レイフはコーヒーを脇に置き、両手で顔をこすった。

髭がざらりと手にあたり、そういえば二日間髭を剃っていなかったと思いだした。やれやれ。たぶん海賊のようなご面相だろう。

あるいは、麻薬の売人か。

「アニーは兄貴に会いに行くと言い張るだろうな」大きくため息をついた。過去のことはそうっとしておくように、とあの強情な女性を説得できるとは夢にも思わない。

「彼女にしてみれば、残された唯一の身内だから」

ティーガンがバスルームのほうに目をやった。ちょうどアニーが出てきて、足早に寝室にはいっていった。「だったら、その病院に兄貴がいてくれることを願うとするか」

レイフはうなずいた。友人がなにをほのめかしているのか、すぐにぴんときた。

「そして、ニュートンの女性たちをつけまわしていないことを」

「そのとおり」

レイフは、マーティン・エマーソンがニュートンの殺人鬼の最新の生まれ変わりである可能性について話し合いたくなる気持ちを抑えた。この家は狭すぎる。シャワーが流れていなければ、アニーに聞かれてしまう。

「ホークはどこだ？」そこで話題を変えた。

「モーテルに送り届けた、仮眠をとらせるために」レイフの眉間にしわが寄ったので、ティーガンは手を上げた。「家の見張りはおれがやる」

「おまえは疲れている」

ティーガンは肩をすくめた。「二時間でホークと交代する」

レイフは口を出さなかった。ティーガンの決意を変えさせるより、世界平和の達成を目指したほうがまだ分がある。「ルーカスはどうした？」

「人と会って、昼食を食べるらしい……」眉をひそめ、ティーガンは携帯電話を取りだし、メールの画面をスクロールした。「ドクター・ローレンスという人物と」

「いったい何者だ？」

「ドン・ホワイトと名乗っていた男の司法解剖を担当した検視官」とティーガンは説明した。「保安官に強制されて正式な書類に死因は自殺と記入しなかったかわかるんじゃないかとルーカスは期待している」

「まったく、どれもこれも」レイフは髪をさっと手で梳いた。ニュートンの殺人鬼にまつわることは嘘ばかりか？　あたかも目隠しをされて地雷地帯をよろよろと進むような気がした。そして、さらにまずいことに、アニーを道連れにしている。「めちゃくちゃだな」

レイフの指摘を証明するかのように、キッチンのドアのところに現われたアニーは、髪を濡れたまま三つ編みにまとめ、ジーンズにデンバー・ブロンコスのスウェットシャツという出で立ちだった。

「準備はできた？」アニーはいかにも強情そうに顎を上げて言った。

闘う覚悟ならできている、といわんばかりだ。

レイフはティーガンが口もとをゆがめたことは見て見ぬふりをして、キッチンのカウンターの上からピックアップトラックの鍵束をつかみ上げた。

「ああ。だが、そのスウェットシャツについてはじっくり話し合わないと、だな」部屋を横切り、アニーの肘をしっかりとつかんだ。「誇り高きテキサス人にブロンコス・ファンはいない」

私道に折れると、レイフのトラックは、芝生がきれいに刈られ、遅咲きの花がぎっしり並んだ花壇が広がり、大理石の噴水が点在する敷地のなかを進んだ。

アニーは眉をひそめた。曲がるところをまちがえたんじゃない？

こんな精神病院は見たことがない。

駐車場に車が止まり、施設そのものが目にはいると、疑念は深まる一方だった。

赤い瓦屋根に白いレンガ造りの二階建ての建物を無言のまま見つめた。鋼材とガラスを多用したセンスのいいモダンな建築だった。松の並木の陰に隠れるようにして長い翼棟が二本伸びている。個室は人目につきにくい場所に引っ込んでいるのだろう。

正面にはアーチ形の背の高い窓があり、クッションのついた籐の寝椅子とガラスのテーブルが優雅に配された大きなテラスが見渡せるようだった。

「ほんとにここでいいの?」とアニーは小声で尋ねた。

レイフはエンジンを切り、シートベルトをはずした。「ああ、ここだ」

アニーはゆっくりとシートベルトのバックルをはずし、円形のドライブウェイの中央にある大理石の噴水に視線を向けた。

「高級なモーテルみたい」

「それが狙いだろう」レイフはアニーの三つ編みからほつれた巻き毛をそっと払いのけた。「覚悟はできたか?」

覚悟?

アニーは急に笑いだしそうになる衝動を抑えた。

二十二年まえに死んだはずの兄に会う覚悟ができる人なんているだろうか。母親にいじめ抜かれ、ついにその母親の喉を掻き切る末路をたどった兄と顔を合わせるとなったら。

それだけではない。父親はジェイムズ・エマーソンという名前の海軍大佐だった、とあらたにわかった事実をまだのみ込めずにいた。

「わからないわ」アニーはばか正直に認めた。

レイフの指がそっと顎の線を降りてくると、そのさりげない愛撫にかすかな震えがアニーの体を駆け抜けた。

「アニー、二の足を踏んでいるのなら、ニュートンへ引き返してもいいんだぞ」レイフは身を乗りだしてきた。頰に無精髭が伸びた日焼けした顔はふるいつきたくなるほど美しい。アニーの顎の下に手をすべらせ、レイフは言った。「いや、どこだっていい。きみの行きたいところへ行ってもいいんだよ」

アニーは顔をゆがめ、そんなことは考えるのもだめよ、と誘惑に負けそうになる自分を抑えた。エンジンをかけて、車を出して、とレイフに頼みそうになるなんて。

どこか行きたいところへ……。

「ただ、奇妙は奇妙だわ」アニーは結局、自分の胸のうちを明かした。「一週間まえのわたしは、自分の母と兄は自動車事故で死亡し、父はドン・ホワイトという農夫で、七人の女性を殺害した挙げ句に殺されたと信じていた」アニーは首を振った。わたしの人生はこれ以上奇妙になりようがないわ、と言いきって悪運を招きかねないまねをしないだけの分別はあった。これ以上はないと思うたびに……さらに奇妙になっていっているのだから。「ところが、わたしの過去は嘘で固められていた、といまになってわかった。もはやなにが現実なのかわからないわ」

レイフはアニーの後頭部に手をまわし、鼻先がつくほど顔をうつむけた。

「おれは現実に存在する」

レイフの黒い瞳に吸い込まれていくと、病的な興奮状態は落ちついた。人生が螺旋を描くように急速にまわり、収拾がつかなくなっていたが、レイフのそばにいると、なにもかもどうでもよくなってくる。

どうしてそんなふうになるのかしら。

アニーは手を上げてレイフの手首をつかもうとしたが、無駄な努力はせずに体を引いた。

「あなたほど非現実的な人はいないわ」とやわらかな口調で認めた。

レイフの温かな吐息が頬にかかったかと思うと、唇を重ねられていた。

ほんの一瞬のことだった。キスそのものというよりも、約束を思わせる感触がした。とはいえ、それだけで、さむけのしていたアニーの体は暖まり、張りつめていた神経もやわらいだ。

正直に認めるなら、レイフと触れ合うと、やすらぐだけではない。けれど、いま胸をときめかせているこの興奮は、心身を消耗させかねないパニック状態よりもはるかに心地よい。

「おれの存在を実感させてほしいか？」とレイフは尋ねると、舌を使ってアニーの下唇をなぞった。

アニーはまた震えが体を駆け抜け、思わず息を深く吸い込んだ。レイフはいいにおいがする。

いかにも男性らしい、そそられるにおいだ。

「もう実感させてくれたわ」レイフがキスの道を頬にまで延ばし、耳の曲線をたどると、アニーは息をのんだ。

レイフは低い笑い声を洩らし、アニーの頭を申し分ない角度に傾けて、もう一度口づけた。

今度はキスが深まり、たっぷりと唇が重ねられた。約束というよりも楽園への序曲のようなキスだった。

「まだこれからだ」

唇を割ってレイフの舌が差し込まれると、喉で息が引っかかった。瞬く間にアニーの体に火がついた。

ちょっと……だめよ。

アニーはレイフの胸に両のてのひらをあてた。「レイフ、わたしたちは駐車場にいるのよ」

「それなら解決できる」レイフはアニーの耳のすぐ下に鼻をすり寄せ、首の曲線に指を這わせた。「近くにモーテルがある」

「あなたって……」アニーの言葉が途切れてしまうと、レイフはわざとらしく厚手のスウェットシャツ越しに胸をつかんだ。

「おれがなんだって？」

「やっぱりヒーローだわ」

レイフは顔を上げ、キスでまだ震えている唇に視線をさまよわせた。「きみから手を離せずにいるからか？」

アニーはすこしも惑わされなかった。

レイフに体を求められていることに疑いはない。それは彼もはっきりさせていた。けれど、キスをしてきたのは、ごたごたした現実からアニーの気をそらすためだ。

アニーは彼の胸を撫で、たくましい肉体の力強さを味わった。

この人のそばにいると安心するのは当然だ。

「わたしの気持ちを落ちつかせる方法を知っているからよ」

レイフは小さくため息をついた。「この一件をすべて消してしまえたらいいんだけどな」

「そうね、でも、わたしはちゃんと自分で立ち向かわなければいけないの」

ただはりきろうとしているわけではない。

マーティン・エマーソンは実の兄だ。

この世に残されたたったひとりの家族だ。

会わないわけにはいかない。

「でも、単独ではだめだ。今後はけっして」レイフは真剣な眼差しでアニーを見おろし、うなるように言った。「なにがあろうとも」

アニーはレイフのスウェットシャツをつかんだ。不吉な予感が背すじを伝った。

「なにか疑っているのね」

「なんでも疑ってかかるよう訓練されている」レイフはさらりとアニーから手を離し、横を向いてドアをあけた。

「レイフ」

「なかに行くぞ」

どういう直感が働いているのか教えてとアニーが要求する間もなく、レイフは車外に出て、建物のほうに歩きはじめた。

アニーはため息をつき、すばやく彼のあとを追った。

教えてくれるつもりはないようだ。けれど、アニーも本当に知りたいのかよくわからなかった。

いまは二十二年まえに死んだはずの兄と会う心の準備をするだけで精いっぱいだった。

17

レイフはアニーが追いつくのを待ち、ガラスのドアを押しあけて、磨き上げられた白いタイル張りの床を歩き、金持ち相手の施設ならではの静寂に包まれた受付に向かった。

八角形の部屋は光に満ち、グレーやシルバーの落ちついた色調の調度品でまとめられていた。

アニーの言ったとおりだ、とレイフは苦々しい思いで気づいた。

ここはまさしく超高級ホテルに見える。

枕にチョコレートが用意され、電話一本でロブスターが部屋に届く類いの宿。

そういう贅沢は高くつく。

いっそ左の睾丸を賭けてもいいが、マーティンをここに入れておくためにアニーの祖父母が月々払う費用は、軍隊時代のレイフの年収を上回るはずだ。

低いデスクについている受付係は、内装とぴったり合ったグレーのワンピースに身を包んでいた。ふたりが近づいていくと、顔を上げ、営業用の微笑みを唇に貼りつかせたが、レイフの姿を捕えたとたん、媚びを売るような笑顔に変化した。

「ご用件はなんでしょうか？」

レイフはまえに進み出た。受付係はマネキンのような風貌だった。青白い顔にこってりと化粧を施し、ブロンドの髪はがっちりと固定され、ほとんど動きもしなかった。そういうファッションなのかもしれないが、レイフとしては並んで歩いてきた女性の自然な美しさのほうが好みだ。

それでも駆け引きをする気はじゅうぶんある。とびきり愛想のいい笑みを浮かべ、デスクに腰をつけてもたれた。ほっそりした体をチェックしているのね、と受付嬢は思い込んだはずだ。実際には、その角度からはコンピュータと電話がレイフに丸見えだった。

「マーティン・エマーソンの面会に来た」

マネキン並みのすました表情が一瞬崩れ、受付係はぎょっとしたように身をこわばらせると、色の薄い目を受付の向こうのドアにさっと向けた。

「マーティン・エマーソンさんですか？」

アニーはレイフに身を寄せた。自分のものだと無意識に主張しているのだろうか。そうであってほしい、とレイフは願った。

「ええ」とアニーが言った。

受付係は電話のボタンをこっそりと押し、キーボードをたたいて、コンピュータで調べるふりをした。

「残念ですが」受付係はさも気の毒そうな声で言った。「エマーソンさんに面会のご予約ははいっておりません」

「予約なんて必要ないでしょう。わたしは妹なんだから」アニーは強情そうに言い張った。

受付係は目を見開いた。「妹?」

「ええ。アニー……」喉が引きつり、途中で口ごもったが、アニーはなんとか名字まで口にした。「アニー・エマーソンよ」

レイフは反射的に彼女の腰に手をあてて、無言で慰めた。

ここまでの長い道中、マーティン・エマーソンは〈グリーンウッド・エステート〉にひっそりと入院していて、邪悪な心を抑える薬を投与され、静かな環境で余生を送っていると確認できるのだろう、と自分に言い聞かせていた。

アニーがさらに苦しむのだけは見たくない。

しかし、胃のあたりの重苦しさはやわらがなかった。最近の行方不明事件にマーティンはなんらかの関わりがある。それは直感でわかっていた。

そして、受付係のしだいに深まる気まずい様子はレイフの不安を煽るだけだった。

「そうですか」とブロンドの受付係は言って、また電話のボタンを押した。

「なにか問題でも?」とアニーは尋ねた。

ブロンドは作り笑いを顔に貼りつけていた。「問題というわけではありませんが、あらためて面会の予約を取っていただいたほうがよろしいでしょう」

アニーは胸の上で腕を組み合わせた。おっと。この表情にはレイフも見憶えがある。可憐で、いささか内気そうな外見の裏には鋼のような強さが隠れている。

「なぜ?」と彼女は尋ねた。

「患者の予定をみだりに変更しないように、とセラピストから指示が出されています」受付係はよどみなく説明した。

アニーは肩をすくめた。「でも、家族との面会は許可されるものでしょう?」

「ええ、まえもって電話をかけてくだされば、日程を調整できるのですけれど」と受付係は突っぱねた。

アニーは目を細くした。マーティンは姿をくらましたのではないかというレイフの疑念に気づいていなかったので、ただいやがらせを受けていると思い込んだようだった。

「兄に会えないって言っているの?」

受付係は爪にマニキュアを塗った手を上げた。「すみませんが、どうか——」

「私が引き受けるよ、ジャスミン」男性の声が割ってはいった。

レイフはすばやく体の向きを変え、横に足を踏み込み、受付エリアの中央に立っている痩せた中年男性からアニーをなかば隠そうとした。

その男性の黒髪には白いものがまじり、引き締まった顔を見るかぎり、日焼けサロンにかよっているようだった。レイフは視線を下げ、煙のような薄い色のデザイナースーツに目を留め、眉を上げた。

おいおい。ここの服装はグレーで統一しているのか?

「おたくは?」とレイフは尋ねた。

中年男性はまずレイフを見てからちらりとアニーに目をやり、警戒するような目でレイフに視線を戻した。

「ドクター・ロジャー・パーマーです」レイフに握手を求めようとはしなかったが、

その物言いはていねいだった。レイフは無意識に頬に手を上げて、無精髭をさすった。髭を剃らないとほんとにまずい。ドクター・パーマーはさらにつづけた。「〈グリーンウッド・エステート〉の所長を務めています。あなたがたは？」

「こちらはアニー・エマーソン」レイフは抜かりなく、自己紹介を避けた。「マーティンの妹だ」

「妹さん？」所長は見るからにびくりとしたが、そのあと手を上げて、バーガンディ色のネクタイのしわを伸ばした。そしてアニーに注意を注いだ。「なんというか……思いも寄らぬことですね。これまで一度も見舞いに来られていないでしょう？」

「ええ、一度も」アニーはレイフの陰からまえに出ようとしたが、彼にさえぎられ、苛立ちが声に出てしまった。レイフはアニーが手荒なまねをされるのではないかと心配しているわけではない。受付のまえでそれはありえない。けれども、この所長はわが身かわいさになにをしでかすかわからない。それをレイフは感じとったのだ。「兄とはずいぶん音信不通だったけど、ぜひ再会したいと思っているの」

「もちろんそうでしょう」所長はまばゆいばかりの白い歯を見せて微笑んだ。「お察しします」

「じゃあ、兄の病室に案内してもらえます？」とアニーははっきりと言った。

アニーの気が立ってきたとレイフはわかった。兄との対面に緊張しているのかもしれないが、やると決めたことを妨害されてうんざりしているようだった。

それはレイフも同じだ。

ドクター・パーマーは咳払いをした。「実を言うと、当施設では面会を希望されるかたは事前に電話で予約を取っていただくことになっているんですよ」

「遠くから車を走らせてきたのよ」アニーは頑として引き下がろうとしなかった。負けずぎらいの性格だということは頭の片隅に置いておいたほうがいい、とレイフは思った。この先五十年、自分の身に降りかかる災難であるのはまちがいない。アニーはさらに言った。「どうしても兄に会わせてもらいます」

ドクター・パーマーはまたしてもネクタイに手をやった。「残念ながら、いかんともしがたいことでして」

アニーは腹立たしげに息を吸った。「実の兄との面会を許可しないと言うの?」

ヒントを求めるように、所長は受付係に視線を投げかけた。

なにも得られなかったので、へたな言い訳をくり返した。

「いましがた申し上げたとおり、予告なしに患者を混乱させるわけにはいきません」

レイフはまえに進み出た。もうたくさんだ。

アニーに対応をまかせていたのは、マーティン・エマーソンが金のかかる個室に無事にはいっていて、レイフの疑念は取り越し苦労に終わり、遅まきながら兄妹の再会を彼女が楽しむことになればいいと心から願っていたからだった。

いまは明らかに、ドクター・パーマーは妨害をつづけようとしている。こちらが状況を掌握しないかぎりは。

「あいにく、こちらとしては面会の要求は取り下げかねる」命令としか聞こえない低い声でレイフは言った。

所長は唇を舐め、レイフのくだけた服装に目を留めた。

「身内のかたですか？」

「いや、そういうわけでもない」レイフは尻ポケットに手を伸ばし、革の財布を取りだすと、ティーガンの手によるバッジをさっと見せた。

所長は身を乗りだした。「トーレス捜査官」声に出して読み上げ、日焼けした顔が青ざめた。「ＦＢＩの？」

「そうだ」

レイフは財布を閉じ、ポケットに戻した。

「これは公式の訪問ですか？」

レイフは肩をすくめた。「こっちの一存で公式ということにもできる」

「どうかご勘弁願いたい」所長は横を向き、奥行きの狭いアルコーブにほぼ隠れたドアのほうを指し示した。「私のオフィスで話しませんか?」

「そちらのご希望とあらば」とレイフは同意した。

所長は目を丸くした受付係にうなずいた。「ジャスミン、急用以外、電話は取りつがないでくれ」

了解したか返事を待ちもせず、ドクター・パーマーはイタリア製の革靴の靴音をタイルの床に響かせながらオフィスに向かった。

レイフはアニーの腰に手を戻し、所長のあとにつづいた。スウェットシャツの厚い生地越しにも、アニーの体から発散される緊張は伝わってきた。

アニーはばかではない。

患者の予定を乱す乱さないの話ではないとわかっていた。

薄く色のついたガラス張りのオフィスに彼らは足を踏み入れた。調度品は受付エリアと同じだった……モダンで、おしゃれで、もったいぶっている。ただし、床はタイル貼りではなく、グレーとシルバーの高級絨毯だ。

所長は権威を象徴するデスクの奥の席にそそくさとつき、向かい側の黒い革張りの二客の椅子に手を振り向けた。

「おかけください」ふたりが椅子に座るのを待ち、低いテーブルの上のシルバーの器具をちらりと見た。「コーヒーか、エスプレッソでも？」

レイフは顔をしかめた。このオフィスに死ぬほど神経をぴりぴりさせられる。

誰が部屋をガラス張りにする？　ここは狙撃手の天国だ。それに、椅子はかなり低く、そりも深いので、いざというとき速やかに銃を抜くこともできない。

ストーカーに〈グリーンウッド・エステート〉まであとをつけられていたとしたら、アニーはまるで無防備だ。

これでは冷静になれというほうが無理だ。

「いや、けっこうだ」レイフはきっぱりと断った。

所長は咳払いをした。「ご用件はマーティンが行方不明になったことに関するお話でしょうか？」

アニーははっとしたように息をのんだ。「兄は――」

まずい。レイフはアニーの手に手を伸ばし、警告の意味をこめてぎゅっと手をにぎった。

「想像はついているだろうが、当方はマーティンの身内の友人だ」レイフは会合の主導権をしっかりとにぎった。マーティンの行方不明事件を調べているFBI捜査官であると信じ込ませなければならない。さもなければ、所長は口を閉ざし、なにひとつ情報を提供しないだろう。「アニーに同行し、なにが起きたか探りだしてほしいと頼まれた」

所長はそろりとデスクにてのひらをつけ、後悔と同情の念という絶妙の取り合わせを顔に浮かべた。

その表情を鏡のまえで練習するのはどれくらいの頻度だろう、とレイフは一瞬思った。

「マーティンの姿が最後に確認されたのは三週間まえの朝食の席でした」

「三週間まえ?」とアニーは小声で訊き返した。

ドクター・パーマーはうなずいた。「ええ」

レイフは身を乗りだし、膝に両肘をつき、手は脚のあいだにだらりとおろした。つまりその姿勢を取れば、足首につけたホルスターの銃までわずか数センチで手が届く。

「ふらりと出ていったのか?」

所長はむきになったように細い顔をこわばらせた。「ここは居住型の施設で、患者を監禁しているわけじゃない」

レイフは庭を見渡す窓に目をやった。建物はぽつんと立っており、人目につかずに出入りするのは困難だが、こっそりと抜けだそうと思えばさほど苦労はしないだろう。明らかに、マーティン・エマーソンは事件の加害者ではなく被害者として扱われることになっていたようだ。

それでも、なにがしか行動に制限はあったはずだ。

「患者は自由に施設を出入りできるのか？」とレイフは尋ねた。

「適切な付添いなしの外出は自粛を求めていますが、場合によってひとりで数時間外出したり、二、三日外泊したりする患者もいます」

すばらしい。完璧な状況証拠だ。

「施設に監視カメラは？」

「ついてます」

「確認させてもらえるか？」

所長は肩を怒らせ、口を引き結んだ。「令状がなければ無理ですね」

レイフはごねなかった。患者の権利に関する法律は所長のほうが明るいはずだ。

「マーティンが施設を出ていく映像は残っていたか？」質問の仕方を変えた。

ドクター・パーマーはうなずいた。「ええ」

ことだ。

「誰かと連れだって？」

その質問に所長は驚いたようだった。マーティンに見舞客はほとんど来ないという

「いいえ、ひとりでした」

「誰も迎えに来なかったということか？」とレイフは念を押した。「タクシーが来たわけでもない？」

所長は首を振った。「われわれの知るかぎりでは誰も。マーティンは玄関を出て、庭を横切っていきました。おそらく通用門から敷地を出たのでしょう」

レイフは顔をしかめた。マーティンが事前にタクシーを呼んだかどうか、知りようがない。あるいは、迎えの者を通りに待機させておいたのかどうか。

あるいは、まさかとは思うが……ヒッチハイクしたのかどうか、もだ。

レイフは、マーティンが突然施設を出ていったきっかけに注意を向けた。

「行方不明になるまえのマーティンの様子は？」

所長は肩をすくめた。「元気そうでしたよ」

「変わった行動はなかったということか？」

ドクター・パーマーは細い指でデスクをたたいた。あれこれ詮索してくる捜査官の

質問に答えざるを得ない立場に置かれて閉口しているようだった。

とはいえ、施設によけいな注目を集めかねないまねをするほどばかではない。人はきれいな庭とにこやかな受付嬢のために莫大な入院費用を払うわけではない。

口の堅さに金を払うのだ。

「こちらではなにも気づきませんでした」とドクター・パーマーは断言した。

「不意の訪問客もなかった？」

所長はアニーをちらりと見てから答えた。「マーティンに面会人が来たことはありません」

「一度も？」

「ええ、一度も」

ちくしょう。また袋小路だ。

そろそろ質問の方向を変える頃合いだ。

「司法当局に連絡は？」

所長は痩せこけた顔をこわばらせ、目に警戒の色を浮かべた。「していません。さっきも申し上げたとおり、ここは監禁施設ではないので」

「患者の身になにが起きたか心配しなかったということか？」

「当然、心配はしました」

レイフは目を細くした。「でも？」

所長は両手を上げた。「でも、監視カメラのテープを調べてみたところ、マーティンが何日か外泊するつもりだとわかったからです」

「その根拠は？」

「スーツケースを持っていたんです」

不承不承明かされた事実にアニーがはっとした、とレイフは気づいた。兄は頭が混乱してふらふらと施設を出ていったものの、いずれは戻ってくる、と彼女は考えていたようだ。ところがいまや、意図した行動だったと考えざるを得ない。

さらに言えば、マーティンは姿を消したのではないかと、施設を訪問するまえからレイフはすでに疑っていたということも、だ。

探るようなアニーの視線を無視し、レイフはデスクの奥に座る男性に意識を集中させた。「マーティンの居どころを探してみようとは？」

「していません」

アニーは悲痛な声をあげた。「なぜ？　兄は危険な目にあっているかもしれないわ」

「当施設としてはよけいな……」所長はいったん口をつぐみ、唇を舐め、高額の小切手を切る人たちを怒らせたくないという本音をうまく説明する言葉を探した。「波風は立てたくないので」

アニーは苦い顔をした。「理解に苦しむわ」

レイフはドクター・パーマーに目を据えたまま、アニーの手をにぎった。「施設側としては、相当な儲けが出るマーティンの入院費がはいってこなくなる危険は冒したくないのさ」

所長は身をこわばらせたが、失礼な言われように反論する間もなく、アニーが話しはじめていた。

「ねえ、ちょっと待って」ととまどいを見せて、眉根が引き寄せられた。「こちらのような施設にこれほど長いあいだ入院している費用を兄はどうやってまかなっていたの？」

ドクター・パーマーは怪訝な目でアニーを見た。孫娘が祖父母と没交渉になっているとは知らないのだ。

「お兄さんの入院費用のために設立された信託基金がありますから」

「信託基金って、誰が――」

「マーティンがもう入院していないのなら、費用の請求は中断されるのだろうな？」

とレイフは口をはさんだ。

アニーはすでにじゅうぶんショックを受けている。音信不通の祖父母の話を聞かせるのはまた別の日でいい。

ドクター・パーマーは唇をすぼめ、憤りをあらわにしていた。「トーレス捜査官、当施設は最先端の治療と手厚い介護で名を博し、高い評判を集めているのですよ」

レイフは微笑んだ。千ドルのスーツを着た権威主義者に脅されても痛くもかゆくもない。「おたくは質問に答えていない」

レイフをほうりだす度胸があったらと願っているのか、所長は歯を食いしばった。

「たしかにマーティンが当施設の患者ではなくなれば、基金はあらたな施設に移される」と明快に答えた。「しかし、お身内に連絡しなかった理由はそういうことではありません」

レイフは眉を片方吊りあげた。「まったくちがうと？」

「まあ、多少は」と所長は譲歩した。

「ほかの理由はなんなんだ？」

金目当ての薄情者ではないと躍起になって証明しようとしてか、所長は見え透いた言い訳をまくし立てた。「これが初めてじゃないんですよ、マーティンが自分の意思で何日か行方をくらませたのは」

レイフは胃のあたりがよじれた。なぜなのか、はっきりとはわからなかった。

ただ、悪い予感が高まっていた。

「しょっちゅうそういうことを？」

「いえ、しょっちゅうではないが、まえにも一度マーティンが施設を抜けだしたのは確かです」所長は肩をすくめた。「何週間も姿を消して、その後戻ってきました。いずれマーティンがひょっこり帰ってきて、われわれがへたに騒がなかったおかげで八方丸くおさまる可能性は大いにあるんですよ」

レイフはみぞおちのあたりがもやもやしていた。「何年まえのことだ？」

所長はまた肩をすくめた。「何年もまえです」

レイフは身を乗りだした。「正確には？」

所長は眉をひそめた。急に緊迫した気配を感じとったようだった。「正確なところはカルテを確認しなければ」

「確認してくれ」レイフはきっぱりと言った。アニーの手をしっかりとにぎっていると、所長は椅子を回転させ、しゃれたデザインのコンピュータのキーボードをたたいた。

数分かけて、マーティンの記録に目を通した。

「ああ、これだ」所長はつぶやき、顔を上げ、射るような視線を向けているレイフと目を合わせた。「十五年まえです」

アニーは鋭く息を吸った。「まさか……そんな」

18

アニーはレイフの手にしがみついていることに気づきもしなかった。ドクター・パーマーの言葉が意味することを頭のなかで必死になって整理しようとしていたのだ。

その言外の意味に、てのひらは汗ばみ、口のなかはからからに乾いた。

所長は不穏な空気をすぐに察し、アニーにじっと視線を向けてから、またレイフにその視線を戻した。

「どうかしましたか？」

レイフは椅子から腰を上げ、アニーの手を引いて立ち上がらせ、隣にぴたりと引き寄せた。

「彼の病室に案内してもらえないか？」とレイフは尋ねた。

ドクター・パーマーはおもむろに椅子から立ち、警戒の表情を浮かべた。

「マーティンになにかあったんですか？」

「それはこちらで判断する」とレイフは告げた。もともとの堂々たる物腰のせいか、苦もなくFBI捜査官になりすましていた。

そういうわけで、アニーは頭のなかで渦巻くいくつもの疑問を口に出さずにこらえていたのだ。

迂闊なことを口走って、レイフには事情を訊く権限がないとばれてしまったら、元も子もない。

「マーティンは怪我をしたりしていませんね？」とドクター・パーマーは尋ねた。

「われわれの知るかぎりは。だが、早く見つけだすに越したことはない」レイフはドアのほうに顎をしゃくった。「病室に案内してくれ」

「わかりました」一瞬ためらいを見せたあと、所長はデスクをまわり込み、オフィスを出た。「こちらへどうぞ」

レイフはアニーの肩を抱きながら受付エリアを横切り、両開きのドアを通って、病棟にはいった。

廊下の交差するところに、患者が集まってテレビを見たり、ゲームをしたりして、かすかにざわめきが聞こえてくる小さなロビーがあった。値の張りそうな絵画が壁に飾られ、料理を載せたトレーを持った職員たちが廊下を行き来している光景に気づくとはなしに気づいたが、生きているとわかったばかりの兄が現在行方不明中だという事実でアニーの頭はいっぱいだった。

しっかりと手をにぎってくれるレイフの手の力強い感触のおかげで、なんとかものを考えられていた。

いまはレイフが心のよりどころだ。

廊下の突きあたりにたどりつくと、所長はポケットからＩＤのバッジを取りだし、ドアの横についた電子カードリーダーにあてた。

かすかにかちりと音がしてドアがあくと、小さな居間を兼ねた細長い病室が現われた。

不法侵入するような気がしながら、アニーはおずおずと室内に足を踏み入れた。

上品な家具が配され、内装はグレーとシルバーの配色でほぼまとめられていた。部屋の奥には大きな窓があり、傾きかけた午後の陽光がたっぷりと差し込み、殺風景な部屋の様子がかえって際立った。この部屋の入所者は個性を出さないようにしていたようだ。

アニーは、真後ろに立ち、腰に手をまわしてきたレイフの熱を感じながら、顔をしかめた。

なにを予想していたのかよくわからないが、まるでモデルルームのようなきっちりと整理整頓された部屋だとは思いもしなかった。

ただの見せかけだ。

「ここが？」とアニーはつぶやいた。

「ええ」所長は部屋のなかほどに歩みを進め、細い顔にまた作り笑いを貼りつけた。「ご覧のとおり、当施設では家庭的で快適な個室を入所者に提供しているんですよ」

アニーは眉をひそめた。「かなり……寂しい気がするわ」

ドクター・パーマーは肩をすくめた。「セラピストから、写真や本など心がやすらげるものをまわりに置いたらどうかと勧められたはずですが、居室をすっきりさせておきたいと思う患者もなかにはいましてね」

アニーは仕方なくうなずいた。居住空間にごちゃごちゃと気が散るものがあると、マーティンは煩わしく思うのかもしれない。そう考えてもおかしくはない。でも、さすがにこれは……。

壁にはなにも飾られず、棚も空っぽで、コーヒーテーブルの上にもなにもない。亡くしたと思っていた兄とアニーを結びつけるものはなにひとつなかった。

あるいは、胃のよじれるほど悩ましい疑問の答えになるものもない。

アニーの脇に立ち、レイフは無表情のまま室内を観察していた。「私物はなにも?」

ドクター・パーマーはベッドの横のドアのほうに手を振った。

「クロゼットに衣類と個人的な日記帳があります」そして部屋の片隅の小さな飾り棚を指し示した。「それから写真も」

アニーは息が肺でつかえてしまった。離れた場所からでも、シルバーのそろいの写真立てに自分の写真が飾られているのがわかった。

しかも、赤ん坊のときの写真だけではなかった。

学校の集合写真もあり、トラクターに乗ったり、リンゴをもいだりしているスナップ写真も何枚かあった。

いったいどこで手に入れたのだろう?

「驚いたわ」とアニーはつぶやいた。

「その写真はマーティンがなによりも大切にしている持ちものです」と所長は言った。

「だから帰ってくると思ったんですよ」

レイフはうなずいた。「ちょっとふたりだけにしてもらえないか?」

所長は躊躇したが、アニーの血の気の引いた顔をちらりと見た。そして、しぶしぶながらうなずき、部屋から出ていこうとしたが、ドアのところで足を止め、問いただすような視線をレイフに送った。

「FBIがマーティンにどういう関心を寄せているのか、まだ聞いていませんでしたね」

「さっきも言ったが、家族の友人という立場で来ている」とレイフは如才なく嘘をついた。「われわれの望みはそちらの望みと同じで、マーティンが見つかり、無事に帰ってくることだ」

「たしかに」所長の声にはまちがいなく実感がこもっていた。マーティンの無事を気づかってか、法外な料金が支払われているはずである謎の資金源を失いかねない不安からか、そこのところは議論の余地があったが。「そのとおりです」

「アニーが兄さんに手紙を書いたら、受付に戻る」とレイフは言った。

下がってよろしい、と言ったも同然だった。所長は最後にうなずき、部屋を出ていくと、ドアを閉めた。

所長の足音が廊下の先に消えていくのを黙って待ち、アニーは振り向いてレイフの目を見た。

「兄はいないと思っていた?」マーティンは三週間まえから行方不明だ、とドクター・パーマーが口を割ったときからずっと、訊きたくてたまらなかった疑問を思わず口にした。

　レイフはいきなりアニーを抱き寄せて、彼女の髪に顔をうずめた。「アニー、この部屋は安全かどうかわからない」と声をひそめて言った。

　アニーは興奮して胸がどきどきしたが、やがて警告の手段として抱きしめられただけだと遅まきながら気づいた。

　まったく、あきれたものね。

　恋煩いだ。

「どういう意味？」

　レイフの唇が耳をかすめると、かすかな疼きが背すじを這いおりた。「ここはホテルのように見えるが、うなるほど金のかかる療養施設だ。患者は二十四時間体制で監視されているにちがいない」

　アニーは体をじっとさせた。ばかね、言われなくても気づくべきだった。

「監視カメラがあるの？」アニーは小声で言って、こっそりと天井のほうを見ようとした。

「あるという前提で動かないとだ」レイフはアニーの耳のなかに話しかけた。「マーティンの話はあとだ。まず、顔を手で隠して泣いているふりをしてもらいたい」

泣いているふり？

「どうして？」

「バスルームにはいる口実になるからだ」

アニーはためらうことなく両手を顔に押しつけ、うなだれた。さしあたっては彼の指示に素直に従うつもりだ。

こちらには隠密作戦の経験があるわけではないのだから。

けれど、ひとたび危険を脱したら、命令を出せば、人がそれに従うものと思い込んでいるレイフの習慣についてひと言物申すつもりだ。

「こんなふうに？」

「完璧だ」レイフは体の向きを変え、アニーのウエストに腕をまわした。「おれにもたれてくれ」

ゆっくりとした足取りでふたりは部屋を横切り、小さなバスルームにはいった。レイフはうしろに手を伸ばしてドアを閉め、アニーから手を離した。

アニーは白いタイルにガラス張りのシャワーブースと片隅に設置されたトイレをさっと見てレイフのほうを振り返ると、彼はしゃがんで、大理石の長い洗面台の下の戸棚からシャンプーやボディソープや髭剃りクリームのボトルを取りだしていた。

アニーはレイフの隣で身をかがめた。「なにをしているの？」

レイフは洗面道具の最後のひとつを取りだし、空にした空間に頭を突き入れた。

「バスルームはさすがに監視されていないだろう。つまり、マーティンがなにかを隠すとしたら、ここにしまうはずだ。携帯電話はいま持ってるかい？」

「ええ」アニーはバッグに手を入れて、携帯電話を取りだした。「誰かに電話をかけてほしいの？」

「いや、ここを照らしてくれ」

「ああ、そういうことね」

クールなスパイらしく振る舞えない自分に幻滅しつつ、アニーは懐中電灯のアプリケーションのアイコンを押し、戸棚のほうに明かりを向けた。レイフは洗面台の裏面に手を走らせ、仰向けになって、シンクにつながる水道管の裏側をしばらく調べた。

そしてついに、満足げなうなり声を洩らした。

「あったぞ」

レイフが身をくねらせて戸棚から這い出ると、アニーはあわててうしろに下がった。

「なにがあったの？」

レイフは立ち上がり、タオルの束のようなものを手にかかえていた。それを洗面台におろし、タオルをはがしていくと、なかから革のカバーにまとめられた何冊かの日記帳が現われた。

「マーティンの本当の日記だ」とレイフは言った。

「所長の話では、兄の日記はクロゼットにしまってあるのよ」

レイフは唇をゆがめた。「きみの兄さんはかなり頭のいい人物じゃないかな。だんだんそんな気がしてきた」と彼は言った。「どうでもいい日記をつけて、簡単に見つかるクロゼットにしまっておくほど頭がいい。おそらくそっちの日記はセラピストを手玉にとる目的だ」レイフは分厚い革装の日記帳をたたいた。「そうしておいて、真実はこっちの日記に隠した」

アニーは下唇を嚙んだ。写真や新聞の切り抜きがページにはさんであるのが見えた。

「中身を見るのが怖いわ」

レイフはアニーの青白い顔を見つめた。彼の眼差しに同情の気配を感じ、アニーはいやな予感にぞっとした。

ああ、どうしたらいいの。

アニーはまた下唇を嚙み、言葉を口にしようとしたが、それより早くレイフがまえに進み出て、日記帳を彼女の手に押しつけた。

「これは持ち帰らないと」とレイフは言った。急に切迫した口調で言われ、アニーは頭のなかでくり返されている質問を無理やり押し殺した。レイフはさらに言った。

「服の下に隠せるか?」

アニーはぎこちない手つきで日記帳を厚手のスウェットシャツのなかに押し込み、隠しきれない出っぱりを見て鼻にしわを寄せた。

「ばれるわ」

「おれがなんとかする」レイフはそう約束し、床からアニーのバッグを拾い上げた。

「準備はいいか?」

いいえ、準備はできていないわ。

膝に力がはいらず、呼吸もままならない。

犯罪に走ろうとしているからだけではない。価値のないものであれ、盗みは法に反している、そうでしょう? レイフがFBI捜査官になりすましていることは言うまでもなく。

しかし、腹に押しあてている日記帳の感触にアニーはぞっとした。

日記を開いてなにを発見することになるのかわからないが、きっと昔の家族の写真とラブレターではない。

とはいうものの、兄の病室にいつまでもいられるわけじゃない。

「ええ、行きましょう」ようやくアニーはそうつぶやいた。

レイフはアニーの肩に腕をまわし、日記帳が自分の体の側面に押しあてられるよう体の向きを調整し、ドアのほうに彼女を誘導した。そして断わりもなく三つ編みをほどき、髪を広げ、アニーの顔をいくらか隠した。

「そばから離れるな」レイフはそう警告すると、アニーをバスルームから連れだし、居間を通って、廊下に出た。アニーは体が震えた。目に見えない警備システムで監視されているとわかっているから不気味な気がするのだ。肩にまわされたレイフの腕に力がこもり、彼の頬が額をかすめた。「うつむいていろ」

「呼び止められるかしら？」とアニーは尋ねた。

「泣いていると思わせたら、呼び止められはしない」

「なぜそんなことで効果があるの？」

「いいか、男というのは泣いている女に極力近づかないものだ」レイフはさらりとそう言ってのけた。

アニーは顔を上げて、レイフをじろりとにらみつけてやりたかったが、かろうじてその衝動を抑えた。

結局、わざと彼の足首を蹴って、それでよしとした。「すてきなアドバイスだこと」レイフは笑いを押し殺したような声で言った。「事実は事実さ」ふたりはあからさまに疑いの目を向けてくる入所者の横を無言で通りすぎ、ようやく受付エリアにたどりついた。アニーの緊張を察して、レイフはそっと肩を抱きしめた。「もうちょっとがんばるんだ、スイートハート、あとすこしでここから出られる」

レイフは立ちどまることを許さず、容赦なくまえへとアニーを急き立て、正面玄関から出ていこうとするふたりを見て腰を上げた受付係のことも無視した。

足早に車に向かいながらも、ドクター・パーマーがFBI支局に連絡して、トーレス捜査官が在籍しているか確認を取っただろうと考えていた。

〈グリーンウッド・エステート〉が遠のいたところでようやくレイフはつめていた息を吐き、助手席にじっと座っている女性をちらりと見た。

「よくやったよ、アニー」とやさしく声をかけた。

アニーは日記帳をスウェットシャツの下から取りだし、無造作に床に置くと、体の向きを変え、苛立ちもあらわにレイフをにらみつけた。「マーティンがあそこにはいないと思っていたんでしょう？」

レイフは嘘をつこうとはしなかった。アニーを守りたい気持ちはあるが、真実は隠しとおせるものではない。

聡明な女性だから、アニーなら状況を考え合わせて結論にたどりつくはずだ。

「ああ、そう思っていた」

「どうして?」

「勘だ」

レイフはバックミラーに目をやって、区画をぐるりと一周し、また次の区画も一周してから町を出た。尾行されていると本気で思っているわけではないが、本能的に予防線を張っていた。

「ちがうでしょう」アニーは首を振り、膝の上で両手をねじり合わせた。思いのほか動揺している証拠だ。「勘だけではなかった」

高速道路につづく合流路を避け、レイフは狭い郡道を走った。ニュートンに戻るのはあとだ。いまは人目につかない場所を探していた。

「きみに向けて残されていた本とわらべ歌……」そう言いかけてレイフは肩をすくめた。「どちらも子どものころのきみを知る人物を指し示している」

「それで?」とアニーはつづきをせっついた。

レイフはあたりをさっと見まわした。酪農場とゆるやかに起伏する丘に景色は変わっていた。

「きみへの手紙の宛て名はアナベルだった」レイフは速度をゆるめ、鬱蒼とした木立ちのなかをうねうねと進む脇道にはいった。「その名前は、じつはきみの出生証明書にも記載されていた」

「アナベルですって？　まさか」アニーは鋭く息を吸った。どうにか気を鎮めようとしてにぎり合わせたこぶしは白くなっていた。「でも、話はそれだけじゃないのでしょう？」

やれやれ。

どうしてわかるんだ？

ルーカスのようににっこり笑って感情を隠すことはできないが、レイフもポーカーゲームではいつも表情を顔に出さずにいられるのに。

しかし、アニーには心のなかを見透かされてしまうようだ。

「きみの兄さんは母親の喉を掻き切って殺害した」レイフは穏やかな声でアニーに思いださせた。

車内に沈黙が広がった。脈を打つような重苦しい沈黙にレイフはいたたまれなくなった。せっかく兄さんが生きているとわかったのに、その兄はアニーが求めてやまない家族の穴を埋めてくれないという状況を彼女は受け入れるしかない。

それどころか、彼女の兄はおそらく頭がおかしくなって人を殺めただけではない。小さな悲鳴を洩らし、アニーは顔を手で覆った。「兄はニュートンの殺人鬼なんでしょう?」

「その可能性はある」とレイフは言葉を濁した。アニーの気持ちをなだめるためというだけではない。

レイフは積極的に直感に従うが、結論に行きつくまでは厳然たる事実を重視した。アニーは手をおろし、厳しい表情を浮かべて言った。「可能性どころではないでしょう。それはあなたもわたしも知っている」

トラックを道の端に寄せると、レイフはシートベルトをはずし、横に身を乗りだしてアニーの冷えきった手をつかみ、自分の手に包み込んでさすった。

なにもかも大丈夫だ、とアニーを安心させてやりたかった。このまま自分の牧場に車を走らせて、マーティンのことも、ニュートンの殺人鬼とマーティンのつながりのこともいっさい忘れてしまってもいいのだ、と。

しかし、レイフもばかではない。

この騒動から逃げだすわけにはいかない。

行方不明のままの女性たちがいるのだから、それはできない。

守ってやりたい本能的な衝動を抑え、レイフはアニーの手をそっとにぎりしめた。

「日記を調べないとだめだ」仕方なくそう認めた。「日記を見る覚悟はできているかい？」

アニーは顎をこわばらせたが、しっかりとうなずいた。「覚悟を決めなくちゃね」

陰りを増したアニーの目を見つめ、レイフは腰をかがめて日記帳を拾い上げた。体を起こし、ポラロイド写真の束がすべり落ちると、じれったそうな声を洩らした。

写真を床からつかみ上げた瞬間、心臓が止まりそうになった。

なんということだ。写真は粒子が荒かったが、なにが映しだされているのか見まちがいようがなかった。それぞれの写真には別々の女性が映っていたが、全員が全員、がらんとした同じ部屋の真ん中に置かれた同じ木の椅子に縛りつけられていた。

その女性たちはニュートンの殺人鬼の昔の被害者だった。

女性たちの顔にまざまざと浮かぶ恐怖にレイフは激しい怒りを覚え、顔をしかめたが、その憤りはどうにか脇に置こうとした。痛ましいことに、被害者は自分がもうすぐ死ぬのだと、わかっていたようだ。

極悪非道なくそ野郎。

怒りを爆発させず、マーティン・エマーソンのゆがんだ心を解明する手がかりを探すことに意識を集中させた。

手がかりになりそうなものはほとんどない。

写真は暗く、背景に見るべきものはあまりない。椅子の横には水がはいった浅い盥《たらい》とタオルがある。どうやらマーティンは服を脱がせたあと、女性たちの体を拭いたようだ。しかし、場所を特定する特徴はなにもない。

アニーの実家にあった核シェルターかもしれないし、ほかのどこであってもおかしくない。

それでも、頭の片隅でなにかが引っかかっていた。

重ねた写真を何度も移し替え、なにが気になるのかぴたりと探りあてようとした。

「そうか」とレイフは最後につぶやいた。

彼の隣でアニーは口に手をあて、恐怖で顔を蒼白にしていた。「それは亡くなった女性たち？」息を切らした声で言った。

「ああ」

そこでようやく彼の動揺に気づき、アニーは怪訝そうに顔を上げた。「レイフ？」

レイフは短く首を振った。「六枚しかない」

アニーはどういうことかと目をぱちくりさせた。「六枚?」

レイフは写真の束を掲げた。「七人の犠牲者のうち、六人の写真しか撮っていない」

「そう」アニーは乾いた唇を舐めた。「その七人目のあと、犯行は中断された。たぶん時間がなかったのね」

「だろうな」納得には程遠い声だった。

写真はどれも、女性たちが殺害されるまえに撮られていた。

保安官に隠れ家を見つけられたと知って、あわてたのだろうか? それとも、最後の犠牲者になにか特徴がある?

ああ、そうか。

レイフは最後の女性が誰だったか突然思いだし、身を硬くした。

保安官の妻だ。

明らかにあれがマーティンの最後の挑戦で、その後、鳴りをひそめた。

アニーの兄が重ねた悪行の数々に心を乱され、レイフは写真を脇にどけると、日記帳のページにびっしりと書き込まれた読みづらい文字を追いはじめた。

アニーの震えるような吐息が聞こえた。彼女は豊かな髪をうしろに払いのけた。

「ほかには？」

レイフは肩をすくめ、ページからページへざっと目を通した。「わが子を愛さない母親たちはけしからぬという、とりとめもない文句がほとんどだ」

アニーは身を硬くし、レイフの腕に手を伸ばした。「殺された女性たちは、全員母親だったの？」

レイフはおもむろにうなずいた。「ああ」

「ひどいわね」アニーはぞっとした。レイフがどんどんめくっていくページをのぞいてみようと顔を近づけた。それほどすばやくページがめくられているわけではなかったので、自分の名前が何度もくり返し登場していることに気づいた。「どういうことが書いてあるの？」

「ただのたわ言だ」

「わたしのことでしょう」とアニーは食い下がった。「なんて書いてあるの？」

レイフはののしりの言葉をのみ込んだ。彼女はすでにじゅうぶん動揺している。兄貴に二十二年間も執着されていたことは知らせたくない。

「きみを守らなければならないと感じていたようだ」結局、レイフは説明した。

アニーは顔をしかめた。「わたしをなにから守ろうとしたの？」

「察するに、きみのお母さんからだろう」

血の気の引いた顔はさらに青ざめ、アニーは胃のあたりに手を押しあてた。

その様子は……憔悴しきっていた。

「なんてことなの」とつぶやいた。

レイフは日記帳をまるごと床にほうった。

マーティンがニュートンの殺人鬼である可能性はかなり高いと判断できるほど、もうじゅうぶん目を通した。内容を細かく調べるのはあとでもいい。できればマックスをニュートンに呼び寄せて、見てもらうほうがいいだろう。

あの法科学の達人は細かなことにじつによく目がきく。

さしあたって、家族が人殺しであった事実にまたもや折り合いをつけようとしている女性を気づかってやらなければならない。

手早く二本のメールを送り、携帯電話を脇にほうると、ギアを入れた。

「さあ、しっかりつかまってくれ」とささやきかけ、レイフは通りの先で見かけていたワイナリーに車を走らせた。

19

ホークが小さな家にふらりとはいっていくと、ティーガンがキッチンのテーブルにつき、二台のコンピュータを動かして、さまざまな事項の検索作業にかかっていた。ホークがキッチンに姿を見せるや、ティーガンは立ち上がり、凝りをほぐすように大きな体を伸ばした。驚くにはあたらない。おそらく一日じゅうコンピュータのまえに張りついていたのだろう。

ひとたび調べものを始めると、猟犬さながらだ。

ホークは部屋を横切り、キッチンカウンターへ向かい、ラクレードまで買い出しに行って調達してきた食料品をおろした。

「レイフから連絡は？」そう尋ねて振り返ると、ティーガンが疲れた様子で顔をこすっていた。

「施設を出た」

ホークは唇をゆがめた。

ティーガンのことは弟のように好ましく思っているが、この男は凶暴なアナグマ並みの社交術しか持ち合わせていない。

「レイフたちはなにか発見したのか？」とホークはさらに尋ねた。

ティーガンは肩をすくめた。「メールによれば、マーティン・エマーソンは現在のニュートンの殺人鬼であるばかりか、十五年まえの連続殺人事件にも関与しているらしい。レイフはほぼ確信している。そう、それから、あと数時間は戻ってこない」

〝おいおい、なんだって？〟

ホークは首を振った。

相棒とはちがい、連続殺人犯を追うとなったら、事務的な態度ではいられない。これは全員を危険に巻き込む重大な事案だ。

「マーティン・エマーソンの写真はあるか？」

ティーガンはコンピュータ越しに手を伸ばし、一日かけて印刷したと思しいうず高く積まれた書類をめくって、画像を印刷した用紙を抜きとり、ホークに手渡した。

ホークは拡大された顔写真を無言で眺めた。細い顔、茶色のくせ毛で額は隠れ、無邪気な青い目をしている。

「探しだせたなかで、いちばん最近の写真だ」とティーガンは説明した。

ホークはいささか驚いた。

彼も浅はかではない。殺人者が映画に登場する悪人のような面構えをしていることこそまれだと知っている。

アフガニスタンの魔窟で監禁されていたときに自分たちを拷問にかけたくそ野郎どものひとりは天使のような顔をしていた。

だが、この男は……平凡だった。

平凡すぎて、どこにいても景色に溶け込んでしまいそうだ。

「会っても記憶に残らないタイプの男だな」とホークはつぶやいた。

「そのとおり」ティーガンが胸の上で腕を組むと、黒いTシャツははちきれんばかりに伸びきった。「ニュートンの通りを歩いても、誰の目にも留まらない」

ホークは目を細くして、だんだん暗い表情になってきた友人の顔をまじまじと見た。ティーガンは無限に供給されるようなエネルギーでいつもはつらつとしているが、目の下には明らかにくまができていた。

最後に寝たのはいつなんだ？

「休まないとだめだ、相棒」ホークは唐突に宣告し、ポケットから古くさい鍵を取りだした。「モーテルに戻れ」

ティーガンは首を振った。「ソファで寝るよ、あとで」

ホークは鍵をティーガンにほうった。「ソファを見たか？　妖精用につくったような代物だ」

「だったら、床でごろ寝する」ティーガンは肩をすくめた。「もっとひどい寝床もあった」

レイフともニュートンの殺人鬼とも関係のない緊張を相棒から感じとり、ホークは一瞬言葉につまった。

「なにか理由があって居残っているのか？」

「あと数時間でレイフが戻ってくるのに、モーテルに移動しても意味がない」ティーガンはもっともらしい言い訳をさらりと口にした。「なにを探りだしたか、話を聞きたいから」

「なるほど」レイフはカウンターの端にもたれた。「連絡をよこしたのはレイフだけか？」

ティーガンは出し抜けににやりと笑い、真っ白な歯を見せた。「まさか。ヒューストンの女たちはティーガンさまが抱いてくれないから、いっせいに喪に服している。

おれのベッドにもぐり込みたがる大勢の女たちをなだめるのに、ここ二時間かかりきりだった」

「もういい」ホークは手を上げて制した。「赤裸々に告白してくれなくてけっこうだ」

ティーガンはさらににんまりとした。「訊いてきたのはあんただぜ」

ホークは話の脱線に乗らなかった。「マックスから連絡は？」

一瞬間が空いた。ティーガンは嘘をつこうか迷ったようだったが、結局片方だけ肩をすくめて言った。「様子窺いの電話があった」

天才でなくてもその行間は読める。「おれにまた手紙が来た？」

ティーガンは顔をしかめた。「写真だ」

ホークは眉を上げた。彼につきまとう得体の知れないストーカーはゲームの度合いを引き上げているようだ。「なんの写真だ？」

「おれたちが救出されたアフガニスタンの村の衛星画像だ」

ホークははっとした。

頭のおかしなストーカーのせいで中東での兵役を思いだす破目になろうとは思いもしなかった。

「アフガニスタンとつながりがあるということか？」

戦火をまじえて敵対した相手を思い浮かべようとした。気が滅入るほど長いリストだ。

「それか、または……」ティーガンは言葉を濁し、肩をすくめた。

「またはなんだ？」

「つながりがあるとおれたちに思わせようとしているか」

「ばかな」ホークは首を振った。どんな恨みを持たれていてもかまわないが、〈ARES〉を国際的な警備会社に成長させるべく仲間と仕事に集中できるよう、さっさとストーカーをつかまえてしまいたかった。「その写真はどこに置かれていたって？」

「宅配便でオフィスに配達された」とティーガンが明かした。

宅配便？　ホークは眉をひそめた。ストーカーは日に日に大胆になっている。

「マックスが追跡調査をしている？」

「ああ」

ホークはあきらめのため息をついた。ストーカーの心配は後日にまわせばいい。さしあたり、連続殺人犯をつかまえなければならない。

「それなら、マックスにはそっちをまかせて、おれたちはレイフの身の安全に集中だな」

ティーガンは表情を険しくした。「あんたは休暇を取ることを考えたほうがいい」

ホークはためらいもなく言った。「いや、けっこうだ」

ティーガンは不満げな声で言った。「やせ我慢しなくてもいいだろうに」

ホークはにらみつけてきた友人ににらみ返した。べつにヒーローになろうというわけではない。男らしさにこだわって自分の身を危険にさらす愚か者ではないのだから。

だが、不吉な影から逃げれば、頭がおかしくなるとわかっていた。

「いいか、誰にいやがらせをされているのか知らないが、そいつのせいで頭がやられたら、こっちの負けだと心得ている」とホークは低い声できっぱりと言った。「わかったか？」

ティーガンは不服そうではあったが、しぶしぶながらうなずいた。「わかった」

ホークは口もとをゆがめた。ストーカーの話題はおしまいだ、と友人は納得したかもしれないが、モーテルに戻ってひと休みしなければ体が持たないぞ、と説得できるとは思えなかった。

そこで、レイフがいまかかえている問題に関心を移した。「マックスはほかにも情報をつかんだか？」とホークは尋ねた。

「おれが送った本と写真が向こうに届いた」とティーガンは言った。「マックスが言うには、どことなく座りが悪いんだとか」

「座りが悪い？」ホークは眉をひそめた。マックスは頭が切れるが……控えめに言って、変わった物言いをすることもある。「いったいなにが言いたいんだ？」

ティーガンは両手を上げた。「本人もわかっていない。ただ、なにかを見落としている気がするらしい」

ホークはがぜん興味を持った。マックスといえば科学者を絵に描いたような男だ。「勘が鋭いのはレイフだけかと思っていた」

ティーガンは唇をよじった。「マックスならこう言うだろうな、勘とは合理的に問題を解決する上で、意識的に隙間を埋めようとする潜在意識にすぎない、と」

「ああ、あいつが言いそうなセリフだ」ホークは髪をかき上げた。さっき浴びたシャワーで髪はまだ湿っていた。やれやれ、ヒューストンの高級アパートメントに戻るのが待ちきれない。モーテルのバスルームは狭いばかりか、水の出もお粗末だった。

「ということは、その座りが悪いのがなんなのかわかるまで、マックスはこっちの助けにはならないってことか？」

ティーガンは手首につけた腕時計に目をやった。「いつここに着くか、連絡が来る」

ホークは目をぱちぱちさせた。おいおい。ちょっとこっちが仮眠を取っているあいだに、ずいぶん動きがあったものだな。

「ニュートンに来るのか？」

「ああ。レイフがマックスにメールして、ここで会えないかと持ちかけたらしい」とティーガンは説明した。「マーティン・エマーソンの日記を手に入れたから、マックスに見てほしいということで」

「なるほど」とホークは言った。マックスは、ほかの連中なら見落とすことにも気づく抜群の能力がある。「ルーカスはどうしている？」

「検視官と昼食をともにして話を聞いたところ、ドン・ホワイトの事件の捜査を打ち切るよう、相当な圧力を受けたことは否定しなかったそうだ」

「公式に自殺として処理しろという圧力もあった？」

ティーガンはうなずいた。「検視官の口は重かったが、それとなくほのめかしたらしい」

ふうむ。検視官に圧力をかけたのは誰なのか、ちょっと考えれば想像はつく。

「保安官か？」

「おれも最初はそう思っていた」意外にもティーガンは言葉を濁した。

ホークは困惑して友人をじっと見た。「で、いまは？」

ティーガンは書類の山のほうに手を振った。「いまはアニーの父親がドン・ホワイトという一般市民ではなく、海軍の高級将校だったことも知っている。そして、彼をめぐる騒ぎが自分たちの身にぜったいに降りかかるまいとする重鎮たちがいることも知っている」

ホークは友人の発言にじっくりと考えをめぐらせた。

たしかにそうだ。

ルーカスのように金持ちや有力者と接する経験はないものの、そういう人々が世間一般とはちがうルールで動いていることはホークも理解していた。失うものが大きくなればなるほど、危険を冒そうとするものだ。キャリアを棒に振るスキャンダルをつぶすためなら、留置場で勾留中の人物を誰かに殺させることもやりかねない。

「もっともだ」

無実の可能性があるまっとうな男が十五年まえにいともやすやすと生贄にされたことにふたりして思いを馳せ、部屋は沈黙に包まれた。

兵役を務めていたあいだ、彼らが耐え忍んできたのはそういうことだ。

戦争は厄介で、残酷なものだ。

ときに平和はもっと性質《たち》が悪い。

やがてティーガンは陰気な空気を振り払い、ホークがカウンターに置いた茶色の紙袋のほうに顎をしゃくった。「あの紙袋になにがはいってる?」

「ああ、あれか」ホークは期待に満ちた笑みを浮かべた。「おまえが食べたことないくらいとびきり旨いスウェーデン風ミートボールをごちそうする」

ティーガンは目を丸くした。「おっと、これはどうしたものかな。喜ぶべきか、おののくべきか」

「ビールも買ってきた」

ティーガンは笑い声をあげた。「じゃあ、喜ぶか」

アニーは途方に暮れていた。

兄が少なくとも七人の女性の殺害に関与し、現在行方不明中の気の毒な女性たちを自分たちが捜しだせなかったら、兄はさらにその三人の女性も殺すかもしれないということを、頭の片隅ではすでに認めていた。

兄に不利な数々の証拠は無視できるものではない。

つらい過去。アニーへの執着。施設からの失踪。死んだ女性たちの写真がさしはさまれた日記帳……。

そしてさらに重要なこととして、アニーを悩ませてきた幻覚も挙げられる。兄と心霊現象のようなものでつながっているとしたら、つじつまが合う。けれど、心のどこかで、兄を失うことを嘆かずにはいられない気持ちもあった。またしても、だ。

家族がひとりはまだ生きているという希望をちらつかせ、挙げ句にその希望を奪うだなんて、こんなに残酷な運命はあるものだろうか。

鬱々と物思いにふけっていたので、がらがらの駐車場にトラックが停まっても、アニーはしばらく気づかなかった。

眉をひそめ、夕闇に目を凝らし、緑色の鎧戸のレンガ造りの二階建ての建物を見た。片側には柵で囲まれたこぎれいなポーチがついている。

重厚な木のドアの上には看板があった。

〈ホールのワイン醸造所と軽食堂〉

「どうして寄り道するの？」

レイフはエンジンを切り、シートベルトをはずし、トラックを降りた。

「さっきも言ったが、一杯飲みたい」レイフはボンネットのまえを通って、助手席側のドアをあけた。「それに、きみは食事をしたほうがいい」

食べ物は喉を通りそうにないと思い、アニーは顔をしかめた。「お腹は空いていないわ」

なんの前触れもなく、レイフはアニーの両手をつかんだ。日焼けした顔は街灯の下で厳しい表情を浮かべていた。

「お願いだよ、アニー」しゃがれた声で言った。「役に立てている気にさせてくれ」

レイフの暗い目を見て、アニーは後悔に胸が締めつけられた。身に降りかかった劇的な出来事に気をとられるあまり、彼女の過去にまつわる真実を明かす立場に置かれたレイフの心情を思いやりもしなかった。

どういうわけか、レイフは使命感に駆られ、守ろうとしてくれる。なにを発見するのか勘づきながら、ウィスコンシンまで同行させた判断はけっして楽ではなかったはずだ。そしていま、彼女を傷つけた罪悪感にまちがいなく苛まれている。これ以上いたたまれない思いだけはさせたくなかった。

シートベルトをはずし、アニーもトラックを降りた。「わかったわ」

レイフはアニーの肩を抱いて駐車場を横切り、正面玄関から建物のなかにはいった。

ふたりは板張りの床に、頭上には梁が見える小さなロビーに足を踏み入れていた。壁は棚で隠れ、その棚には地元産のワインの壜と樽がぎっしりと並び、さまざまな種類のチーズも取りそろえられている。

そして瞬く間に、焼き立てのチキンポットパイの温かな香りに包まれた。

それを合図に、アニーのお腹が鳴った。

空腹ではなかったはずが、驚きの速さで腹ぺこになった。

レイフの忍び笑いが聞こえたかと思うと、若いウエイトレスが現われた。ブロンドの髪を高い位置でポニーテールに結び、かわいらしい顔をしていた。

ロビーの中央に佇む、背の高い、魅力的な黒髪の男性を目にするやいなや、うっとりとした表情を浮かべた。

そんなウエイトレスをアニーは責める気になれなかった。

ほとんどの女性はレイフ・ヴァルガスに出会ったとたん、心を奪われてしまうのだから。

「テラス席に案内してくれ」レイフの腕はまだアニーの肩にまわされたままだった。

「すみません」体の曲線を引き立てるストレッチのきいた黒いワンピース姿のウエイイ

トレスは、その豊かな胸がレイフの目に留まるよう、しっかりと胸を突きだして言った。「テラス席のご利用は週末だけなんです」

レイフは愛想よく笑みを振りまいた。「例外はなしかい？」

予想どおり、若いウエイトレスは魅了され、くすりと笑って、上司を目で探すように肩越しにうしろをちらりと見た。「たぶん例外は認めてもらえると思います」

レイフはまたにっこりと微笑んだ。「ありがとう」

ウエイトレスは気取った足取りでロビーを横切り、横のドアから外に出て、階段を降り、すこし低い位置にあるテラスにふたりを案内した。空気はひんやりとしていたが、鉢植えの樹木が風よけになり、孤立した空間を提供していた。

なぜレイフがここに座りたいと主張したのか、アニーはふいに理解した。しっかりと隔離されているので、会話を他人に聞かれる恐れはない。

なめらかな動きでアニーの横を通りすぎ、レイフは手近なテーブルの錬鉄製の椅子を引き、アニーが席につくのを待って、隣の席に腰をおろした。

ウエイトレスはしばらくぐずぐずしていたが、やがて足早に屋内に戻っていった。おそらくバスルームに直行して口紅を塗り直し、胸がさらに大きく見えるようブラの位置を整えるのだろう。

アニーは憂鬱そうに首を振り、横を向くと、しげしげとこちらを見ているレイフと目が合った。「法律で禁止するべきよ」

黒い眉がひょいと引き上げられた。「なにを法律で禁止にするべきだって?」

「あなたの笑顔」とアニーは説明した。「悩殺ものだもの」

レイフの目の奥にいたずらっぽい熱気が宿り、手がテーブルの下にもぐり込み、アニーの膝をそっと撫でたかと思うと、太腿の内側をのぼってきた。

「その響きはいいね」

レイフの手の熱がジーンズの生地越しに浸透してくると、アニーの心臓は鼓動の打ち方を忘れてしまった。ふたりの視線がからみ合い、アニーは突然、ワイン醸造所ではなく、もっと人目につかない場所にいたらよかったのにと願った。

兄のことは考えたくなかった。あるいは、兄を苦しめ、殺人者に変える引き金を引いた虐待のことも考えたくなかった。

レイフとのあいだで燃え上がる情熱にわれを忘れてしまいたい。

足音が近づき、ウエイトレスがトレーを手に戻ってくると、夢中になっていたアニーはびくりとして、体がまえにゆれてしまったほどだ。

ウエイトレスはレイフにじっと視線を向けたまま、水のグラスをふたつとロールパンのバスケットをテーブルに並べた。「メニューはご覧になります？」

アニーの内腿を引きつづきさすりながら、レイフは軽薄なウエイトレスにちらりと目をやった。「あのおいしそうなにおいはなんだい？」

「当店特製のチキンポットパイです」まるできみはおいしそうだねとレイフに評されたかのように、ウエイトレスは頰を赤く染めた。「名物料理なんですよ」

「それをふたつと、きみのお気に入りの地元のワインを一本頼む」とレイフは注文した。

別のときなら、ディナーで自分のぶんまで勝手に注文されたら、相手の男性に抗議しただろう。アニーは内気だけれど、言いなりになるタイプではない。自分がなにを食べたいか人に教えてもらわなくてけっこうだ。

けれど、今夜はこのウエイトレスをさっさと追い払いたくてたまらなかった。それに、チキンポットパイはほんとにおいしそうなにおいがした。

「ほかにはなにか？」ウエイトレスは期待を声ににじませて尋ねた。

「いや」レイフはきっぱりと首を振った。「けっこうだ」

「なにかあったら、遠慮なくどうぞ」ウエイトレスは今度もまたアニーを完全に無視し、レイフだけに話しかけた。「わたしはスージーです」

レイフがなんとも返事をしないので、スージーというウエイトレスはかすかにため息を洩らした。そして、踵を返し、本館に戻っていった。

アニーは目をくるりとまわした。「いちころね」

レイフは身をかがめ、アニーの首の曲線に唇をつけ、膝をぎゅっとつかんだ。「きみのためだよ、スイートハート」

アニーはぞくりとし、快感がかすかな震えとなって、全身を駆けめぐった。彼の唇は肌をわずかにかすめただけだったが、まるで焼き印を押されたような心地だった。

「うーん」とかすかにつぶやいた。

レイフはまたアニーの膝をつかんだ。「いつかきみはおれを信頼する」

貯蔵室まで走って往復したか、あるいは陳列棚から一本さっと抜いてきただけかと疑う速さでスージーは戻ってきて、コルクを抜き、レイフのグラスにすこしだけ注ぎ、彼がワインの味見をするのを待っているようだった。

レイフは肩にスージーの体が押しつけられても無視し、彼女の手からボトルをつかみとった。

「おいしいはずだから、もうけっこうだ」とレイフは言って、にっこりとしてみせ、追い払おうとしているようにしか聞こえない言葉をやわらげた。

スージーはうまく言葉を繕ってぐずぐず居座ろうとはしなかった。興味がないとレイフがはっきりさせたからだ。

蔓植物に覆われた頭上の梁に隠されたやわらかな照明をつけると、スージーはテラスからすぐに退散し、レイフたちをふたりきりにした。

レイフは体を横に倒してアニーのグラスに白ワインをたっぷりと注いだ。

「さあ、ほら」と彼は言った。「一杯飲んだほうがいいという顔だ」

アニーは顔をしかめ、レイフが自分のグラスに注ぎ足すあいだに、グラスに手を伸ばした。

飲みたい夜があるとしたら、それはいまだ。

「それにしても、わからないわ」アニーはワインをひと口飲んで、言った。

「わからないってなにが？」

「なぜマーティンのことを憶えていないのかしら」アニーは苛立ったように首を振った。どれだけがんばってもだめで、ニュートンに父親と引っ越してくる以前の生活はなにも思いだせなかった。「母と兄のことをまるっきり忘れてしまうなんておかしいでしょう？」

アニーの膝から手を上げて、レイフは彼女の顔にかかった巻き毛をそっと耳にかけてやった。「自分を責めたらいけない」穏やかに諭した。「お母さんが亡くなり、兄さんが連行されたとき、きみはわずか三歳だった」

「それでも――」

「きみのお父さんはきみを過去の出来事から守ろうとしたにちがいない」レイフはアニーの反論をさえぎり、頬に手をあてがった。「つらい思い出を楽しい思い出に塗り替えて」

アニーは唇を嚙んだ。彼の考えに異論をはさむ余地はない。

父は彼女の子ども時代を『ビーバーちゃん』のような楽しいホームドラマの世界に近づけようと、できるだけのことをしてくれた。幼いころに母と兄を亡くした娘のために、埋め合わせをしようとしているのだとアニーはずっと思っていた。

いまとなってみれば、潜在的な悪夢を消し去るためだったと考えざるを得ない。

「そうね。父は……」アニーは衝撃的な事実にいきなり気づき、なにを言いかけていたのか忘れてしまった。ああ。こんなに時間がかかってようやく気づくなんて、頭のなかがぐちゃぐちゃだったにちがいない。「まさか」

レイフはすぐに心配そうな顔つきになった。「アニー?」

アニーは気づかわしげな彼の目を見た。「マーティンの犯行だとしたら、つまり父は無実だったことになるわ」

レイフは表情をやわらげた。「ああ」

味わったことのない安堵の波に洗われ、この十五年間かかえていた傷が癒された。「頭の片隅でずっと願っていたことだったの」アニーは、父の写真を取りだして、おやすみなさいのキスをしていた夜を思いだした。「ばかげた願いに思えたときにも」

アニーは唇をゆがめて先をつづけた。「真犯人は実の兄だとわかってほっとするべきではないけれど、現にほっとした」

レイフの指がかすかに頬に触れ、アニーの胸の奥を温めた。不思議なほどやすらぎを感じさせるしぐさだった。

「おれたちはきっと乗りきれる」レイフは断言し、アニーの下唇の曲線を親指でなぞった。「約束するよ」

そう言われ、アニーはその言葉を信じた。

彼はなんというか……頼りがいがある。

それでも、自分たちだけでは手に負えない。

「報告しないとね」アニーは唐突に宣言した。

レイフは黒い眉を上げた。「誰に報告するんだ?」

「司法当局に」アニーは明確にさせた。「警察が日記を調べれば、兄を捜す手がかりになるわ。また別の女性がさらわれるまえに、兄の身柄は確保されなければならないもの」

レイフはうなずいた。ほのかな明かりのもとで、美しい顔立ちが際立っていた。「ニュートンに戻ったら、マックスにFBIのつてを使って情報を伝達させる」そう請け合い、アニーの顎にそっと指を走らせた。「それでいいか?」

アニーは顔をしかめた。いいわけではない。もちろん、いま自分が求めたことであり、選択肢がほかにあるというものでもない。マーティンの犯行は止めなければならない。しかし、ニュートンの殺人鬼の事件に終止符が打たれればひと安心である一方、逮捕後にやってくる事態に心の準備はできていなかった。

世間の注目を集めて不愉快な思いをし、町を歩けば指を差され、また家族を失うことになる。

「できることなら――」アニーは言っても無駄だと首を振り、途中で口をつぐんだ。

レイフはアニーの顎の下に指をすべらせ、探るような目で無理やり目を合わせてきた。「なんだい?」

「マーティンじゃなければよかった」とアニーは声をひそめて胸のうちを告げた。「それに、わたしに誰かいればよかった」

レイフは身をかがめた。「いるよ」

「レイフ」

「なにが欲しいか教えてくれ」

レイフが表情を引きしめて口にした熱烈な表現に、アニーは口のなかがからからに乾いてしまった。あたえる覚悟があるのか、決心のつかないことを求められている。ひとりの生身の女性として求められているのか、あるいは、彼は苦難の乙女を助けたいだけなのか、それを見極めるまでは無理だった。

「チキンポットパイとワインかしらね」アニーはとぼけようとしたが、ぎこちない口調になった。

黒い目は細められた。「きみの将来の話だ」

アニーは体を引いて、いつまでもつづいていたレイフの愛撫を振りきり、きりっとした白ワインをひと口飲んだ。「わからないわ」

「なにかしら考えがあるはずだ」レイフは引き下がらなかった。隙間風が吹き込み、彼の髪をゆらした。「小さな女の子だったころ、なにになりたかった？」

「そうね、最初はオルセン姉妹のひとりになりたかったわ」

レイフは眉を上げた。「オルセン姉妹？」

「有名な双子の女優よ」アニーは顔をしかめた。「でも、父が亡くなってからは、ジョン・ウェインになりたかった」悲しげにそう打ち明けた。

人生がめちゃくちゃになったあとは、強く、勇敢で、どんな敵にもひるまずに立ち向かう人になりたいと切望したのだ。

そして言うまでもなく、ジョン・ウェインは颯爽としたカウボーイ役が有名だ。

「ちょうどいい」レイフは口の端を上げた。「うちの牧場はたまたまジョン・ウェインの空きがある」

アニーは黒い目を見つめ、小さな吐息を洩らした。なにを言うべきか、レイフはいつも心得ている。アニーに現実を忘れさせるには、いかに誘惑し、どんな言葉でからかえばいいのか、ちゃんとわかっているのだ。

「それは子どものころの話よ」アニーは、自分の手からワイングラスを取りあげて指をからめてきた男性に向かってというよりも、自分自身に言い聞かせていた。「いまのわたしは会計士だから」

レイフは首を振った。「それはきみのやりたいことじゃない」

アニーは鼻にしわを寄せた。パーティションで区切られたオフィスの一角でデスクに向かって数字を計算している仕事はジョン・ウェインになるのと同じくらい刺激的だというふりをするほどの演技力はない。

「みんながみんな好きなことだけやって生きていけるわけじゃないのよ。わたしはマンションの家賃を払わなきゃいけないの」

レイフは肩をすくめた。「おれのところに引っ越してくればいい。家賃は請求しないと約束する」アニーの手を口もとに引き上げて唇をつけた。「それに、きみの新しい地位には特典がついてくる」手をひっくり返し、てのひらの真ん中にキスをした。

「あるいは、新しいいくつかの地位と言うべきかな?」

両脚のあいだが熱くなり、みぞおちのあたりがざわめいた。

「レイフ」とアニーはたしなめるように言ったが、声はうわずってしまった。だめでしょう。最後までできないことを人まえで始めるべきじゃない。欲求不満に陥るだけだ。「お行儀よくして」

レイフはアニーの指先をそっと噛んだ。「おれとテキサスに来てくれ」

アニーは首を振った。「だめよ、自分の人生から逃げだせないわ」

「なぜだめなんだ?」

ほんの一瞬血迷って、なぜだめなのかアニーは自分でもわからなくなった。いやでたまらない仕事に、虚しい気持ちになるマンション。方向性がまったくない未来が延々と広がっている。

それならなぜ狂気じみた興奮に身をゆだね、レイフ・ヴァルガスと夕陽のなかへと旅立たないの？

「養父母はわたしに手に職をつけさせるために手間暇かけて、お金もたくさんつかったの」アニーは残しておいた数少ない言い訳のひとつにとうとうしがみついた。

「それできみは借りがあると感じている？」

アニーはたじろいだ。〝借りがある〟というと聞こえが悪い。

しかし、養父母が自分のために立ててくれた人生設計を受け入れないと、裏切り者のような気がしないでもないことは否定できない。

「養父母に恩義を感じて当然だもの」

「大丈夫さ、経理の仕事を手伝ってもらうこともできる。帳簿がごちゃごちゃでね。それに、牧場での生活が落ちついたら、きみの育てのお父さんとお母さんを招いて遊びに来てもらえばいい」レイフに見つめられると、なんだかわからないが、ぞくりとするものがアニーの背骨を伝いおりた。彼は得意げな様子だった。これでふたりの未来は決まりだ、といわんばかりに。「おれたちのあいだにほかにどんな障害がある？」

「おたがいに相手のことをよく知らないわ」とアニーはささやくように言った。「慣れ親しんだものをわたしがすべて捨てるものと期待しないで」

明らかにレイフはそれを期待している。

したり顔を浮かべたままだった。

「養父母に選んでもらった退屈な仕事と温かみのないマンションにしがみつき、思いきって幸せになろうとしなかったら、きみはばかさ」

アニーは思わず口もとをほころばせ、にやりとしてしまった。

レイフは圧倒的な魅力の裏に尊大なボス面を隠す天才だ。「どうしてそんなに自信満々に、わたしを幸せにできると思うの？」

レイフは身をかがめ、そっと唇を重ねて、終わりのない約束に満ちたキスをした。

「そのゴールに向かって人生を捧げるつもりだからさ」

20

アナベルがどこかに消えた。

またしても。

これは受け入れがたいことだ。

レイフ・ヴァルガスは自分の果たすべき役割をわかっていない。アナベルの身の安全を守りさえすればいいのであって、よけいなことに首を突っ込む必要はない。

困ったものだ。アナベルの父親が身をもって証明したのと同じく、あの男も役立たずとは。

つまり、またしても仕事は中断を余儀なくされる。しかし、今度は危ない橋は渡らない。

まずはヴァルガスを排除し、それからかわいいアナベルを遠くへ連れていこう。

ニュートンへ帰る道中は、ほとんど会話はなかった。

療養施設からの日記持ちだしにつづき、兄がニュートンの殺人鬼だった衝撃的な事実の発覚にアドレナリンのおかげで耐えていたものの、チキンポットパイを平らげたとたん、その興奮状態はすっと引いていき、アニーはろくに目をあけていられなくなった。

それとも、あっという間にワインのボトルを空けてしまったせいかもしれない。

いずれにしても、トラックが夜道を走るあいだ、アニーはいつの間にかうとうととし、車のゆれとレイフがすぐそばにいる安心感に、気持ちが慰められていた。

人里離れた牧場の夢を見て、レイフが藁の山に裸で寝そべる姿が夢のなかに現われたころ、車の速度が落ち、高速道路を降りるのだとアニーは気づいた。

首を振って頭をすっきりさせ、窓の外に無理やり目をやり、眠りについたニュートンの町を眺めた。「待って」と彼女はつぶやいた。

即座に車をさらに減速させ、レイフがぎょっとした顔でアニーをちらりと見た。

「どうかしたか?」

「行方不明の女性たちを捜さなかったわ」

レイフはこれ見よがしに時計のついたダッシュボードのほうに視線を向けた。時刻が表示されている。

2 : 12 a.m.

「今夜はもう遅い」

アニーは顔をしかめ、疲労が突然、なにかしなければという焦りに取って代わった。なんでもいいから。

あたかも兄の切迫感を感じることができるかのようだった。

「幻覚からなにか特定できないかたしかめることくらいならできるわ」

レイフは目をぱちくりさせた。彼女はまだ夢うつつなのかと疑っているようだ。

「暗いだろう」ゆっくりした口調で指摘した。「たとえ特定できるものがあったとしても、見えないいんじゃないか」

アニーは眉をひそめた。説明されなくてもわかるわ。「わかってるわ、でも――」

「スイートハート、朝になるまでできることはない」レイフはきっぱりと話をさえぎった。

アニーは下唇を噛み、もつれた巻き毛を払いのけた。「また別の女性が連れ去られたらどうするの？」

「連れ去られない」

アニーはレイフの横顔をにらみつけた。全方向一時停止の十字路が近づき、彼はトラックをゆっくりと停めているところだった。

「どうしてわかるの?」

「まだ二日たっていないからだ」

レイフがアクセルを踏むと、アニーはうしろにゆれ、体に腕をまわした。

「かわいそうに」女性たちがつらい目にあっていると思うと、アニーはぞっとした。生きているか死んでいるかわからないが、頭のおかしな連続殺人犯に拉致されたと気づいたとき、想像を絶する恐怖を味わったにちがいない。「なぜ二日なの?」

「理由はわからないが、連続殺人犯はたいてい、一定のパターンに固執する」片方だけ肩を上げてレイフは言った。「おれたちには無意味であっても、本人にとっては意味を成すのだろうな」

トラックが細い道に折れたところで、点滅する光が目にはいり、アニーの全身にまた別の震えが走った。

レイフの家でなにかあったのか、とアニーは一瞬、恐怖に駆られた。あるいはもっとまずいことに、彼の友人の身になにかあったのではないか、と。脅威を感じたら、マーティンがなにをしでかすかわかったものではない。

やがて、レイフの家はまだ二ブロック先で、点滅光も緊急車輛特有の青や赤の光ではなく、黄色い光だと気づいた。

アニーは身を乗りだし、道路をふさいでいるトラックの側面に書いてある文字を読もうとした。

「どうしたのかしら？」

「おおかたガス管の故障だろう」レイフは車を停止させ、暗い通りにさっと目を走らせ、体を緊張させた。「なんだかいやだな」

「なぜ？」

「罠のような気がする」

レイフはシートベルトをはずし、身をかがめて銃を抜き、その銃を手に持ったまま、ギアをバックに入れた。

アニーもレイフにならってシートベルトをはずし、脇によけた。いざ逃げようというときに、ベルトにからまるのは避けたい。

レイフは引きつづきあたりに目を走らせながら、無人の路上をバックでゆっくり引き返した。道路の角にたどりついたときだった。タイヤがこすれる鋭い音が聞こえたかと思うと、目をくらますようなヘッドライトが光った。

レイフは毒づき、ギアをドライブに入れたが、手遅れだった。

暴走してくる車の進路からよける間もなく、横腹に突っ込まれ、狭い道路を横滑りし、消火栓に衝突した。

アニーはフロントガラスに投げだされ、頭に激痛が走った。金属がひずみ、壊れた消火栓から水が噴きだす音が遠くに聞こえたが、座席に腰を戻すと、ハンドルにぐったりと倒れ込んでいる男性にしか意識は向かわなかった。

息をのみ、コンソールボックス越しにレイフに手を伸ばした。暗がりのなかでさえ、彼が気を失い、顔の横に血が流れているのは見てとれる。

というか、気絶しているだけでありますように、と祈っていた。

死亡の可能性は考えようとも思わない。

受け入れることができなかった。

「レイフ」アニーは自分の怪我には見向きもせず、レイフの額から髪をそっと払った。額が切れていた。その傷口からただならぬ速さで血が流れている。「ああ、なんてこと」

なんとかしなければ。

生きているけれど、明らかに深手を負っている。

そうよ、電話だ。溺れる者のように、アニーはその思いつきにしがみついた。救急車を呼ぶには電話が必要だ。

身をかがめ、必死で床のあちこちをたたいてバッグを探した。衝突されたとき、バッグは膝に載せていた。つまり、どこかに落ちているはずだ。

まだ手探りでバッグを探している最中に、いきなり助手席側のドアが開き、茶色の巻き毛に澄んだ青い目の痩せた男が現われた。

助けを呼んでとアニーが頼もうとした矢先、男は顔を近づけ、穏やかに微笑みかけてきた。

「やあ、アナベル」

アナベル。

アニーは血が凍るほどぞっとした。

しまった。レイフに気を取られるあまり、この衝突事故はただの偶然ではないという疑いを脇に置いてしまっていた。

いまはもう、わざと車を当てられたのは疑いようがない。

無言のまま、兄であろう男に目を向けながら、ひそかに背後に手をまわした。衝突されたとき、レイフは銃を手にしていた。その銃に手が届けば……。

「助けが必要なんです」アニーは相手が誰かわからないふりをして、注意をそらそうとした。

たとえ銃を探しだせなくても、車同士の衝突は近隣住民の注意を惹いたはずだ。きっと誰か警察に通報したんじゃないかしら？

アニーの心のなかを読みとる能力があるのか、マーティンはせつなそうに微笑み、身を乗りだした。アニーの腕をつかみ、自分のほうに引き寄せて言った。「許してくれ」

アニーはうなじにちくりとした痛みを覚え、がっちりとつかまれた腕を振りほどこうとした。唇を開いたが、恐怖に悲鳴をあげるより早く、筋肉が固まり、まるでセメントに漬けられたかのように身動きが取れなくなった。

ちょっと……嘘でしょう。薬を使われた。

マーティンはまだ笑みを浮かべたまま腰に腕をまわし、アニーをトラックから引きずりだした。

アニーはうめいた。なにもできず、マーティンの腕のなかに力なく倒れ込むしかなかった。

さらにまずいことに、頭の片隅に暗闇が忍び寄ってきた。どんな薬物を投与されたのであれ、意識を失う前兆だ。

最後に心に浮かんだのは、奇妙にも安堵の念だった。レイフはまもなく発見され、病院に運ばれる。なにが起きたのであれ、そうなるはずだ。

彼の無事を信じられるかぎり、どんなことだってきっと耐えられる。

レイフは朦朧としながらも、すっかり覚醒したが最後、ひどい痛みが待っていると知っていた。

しばらく意識の淵を漂いながら、いっそ楽なほうを選び、手招きしている闇に再び沈んでいこうか、と考えた。やがて鋭い警告音が一定の間隔で鳴り、眠気が突き破られた。

くそっ。あの音には聞き憶えがある。

心電図のモニターだ。

病院にいるのだろうか。

レイフは目が覚めて起き上がり、重い瞼をこじあけようとした。

案の定、痛みに襲われながら、煌々と明かりに照らされ、見知らぬ機器が並ぶ、やけに白い部屋をざっと見まわした。

やっぱり病室だ。

では、いったいなにがあったんだ？

タイミングよく、あざやかな青い目に心配そうな表情を浮かべた細面の顔が視界にはいってきた。

「この世によく戻ってきた」とホークは言った。

レイフは顔をしかめた。激痛に耐えてまでこの世にいる価値はあるのか、よくわからなかった。

「ここはどこだ？」しゃがれた声でどうにか尋ねた。

「ラクレードの病院の救急治療室だ」

レイフは視線をおろし、服は患者用の不格好なガウンに着せ替えられ、腕はなにかの実験台にされているような状態だと気づいた。血圧バンドと心拍測定器がつけられ、皮下に刺した点滴針はチューブで頭上の透明の袋につながっている。

「怪我の程度は？」

「肋骨の打撲が二カ所。額の切り傷は縫合ずみ。脳震盪の可能性あり。肋骨の内側は無事で、内臓の損傷はなし。だが、向こう数日間は痛みに苦しむ」ホークの返事は簡にして要を得ていた。

彼らはみな救急治療室で過ごした経験があった。病状の説明なら心得たものだ。

レイフは眉をひそめた。頭の靄は晴れてきたが、怪我をした状況はどうしても思いだせなかった。「どうしてここへ来たんだろう?」

ホークの顔はなんとも読みとれない表情を浮かべていた。「救急車で」

「わざとらしいぞ」レイフはうなるように言った。どうして怪我を負ったのか、経緯を尋ねているとどちらもわかっていた。しかし、事故の詳細を重ねて尋ねようとした矢先、突然記憶がよみがえり、トラックに乗っていて、横からヘッドライトを浴びて目がくらんだことを思いだした。「ああ……そうだ。車がいた」とレイフはゆっくりと言った。「どこからともなく現われて、ぶつかってきた」ストレッチャーの上で徐々に体を起こすと、肋骨は抗議の声をあげ、レイフは低くうめいた。「アニーに怪我はなかったか?」

明るい照明のもとでホークの顔は青白く見えた。「知らない」

木で鼻をくくったような返事にレイフははっとした。「いったいどういう意味だ?」

「ティーガンとおれはおまえの家で帰りを待っていた」とホークは説明を始めた。

「サイレンが聞こえるまで、おれたちは異変に気づかなかった。おまえのところに駆けつけたときには、保安官と救命士がすでに到着していて、おまえはトラックから運びだされるところで、アニーの姿はどこにもなかった」

恐怖に襲われ、レイフは全身に走る焼けつくような痛みをものともせず、もがくようにして起き上がった。

「くそっ」腕にくくりつけられたあれこれの厄介な器具を取りはずし、やかましい警告音を無視して、静脈に刺した点滴針を引き抜いた。「仕組まれていたんだ」

ホークは困惑した顔で目をしばたたいた。「なんのことだ?」

レイフはうめき声を洩らした。めまいに襲われ、仕方なくストレッチャーに頭を戻した。

「小型トラックが道をふさいでいた」レイフは半狂乱になって細部を思いだそうとした。

さもなければ、アニーがサイコキラーの手に落ちたと思っただけで、正気を失いそうだ。

あの男はウサギの穴に降りたら、二度と出てこない。

アニーを救いださなければ。

いまこそ彼女に必要とされている。

「たしかにそうだった」ホークは眉根を寄せた。「そのトラックを見たのを憶えている」

レイフは小声で悪態をついた。

あのトラックを不審に思ったことは思ったが、家に戻れないようにするためだと思い込んだ。大通りまで後退させる意図的な手口だとは思いもしなかった。

「いつ帰ってくるのか襲撃者は知りようがなかったが、おれがいったん停止せざるを得ないだろうと抜け目なく見越して道をふさいだ。おれがバックを始めるまえに、向こうには準備をする猶予が生まれた」苛立ちがつのり、レイフは歯を食いしばった。

アニーの期待を裏切ってしまった。「ちくしょう、結局やりやすくさせてしまった」

ホークは首を振った。「罠だと疑わなかったのか」

「疑うべきだった」

レイフはもう一度体を起こした。めまいに襲われたが、遠くの壁にかかった時計に顔をゆがめて意識を集中させているうちに、やがて頭のなかがおさまるべきところにおさまった。

上半身をまっすぐに起こすと、ようやく目の焦点が合い、古風な時計の針は予想に反して二時半を差していないことに気づいた。

「もう六時半じゃないか」レイフは信じられない思いで怒鳴り声をあげ、脚にからまっていたシーツを脇に押しのけた。

アニーは四時間まえから行方不明になっている。

四時間もまえからだ。

「落ちつけ」ホークは圧力をかけすぎないよう、そっとレイフの肩に手を置いた。

「どうするつもりだ?」

「ここを出る」ストレッチャーの端から脚を振り下ろすと、その体をひねる動きに肋骨が抗議の叫びをあげた。「アニーを捜さないと」

「ティーガンとルーカスがすでに捜している」

「そうか、よかった」友人たちがアニーの捜索中だと知り、雷鳴が轟くような恐怖はいくらかやわらいだが、ストレッチャーから腰を上げずにはいられなかった。痛みが増し、めまいもひどくなったが、倒れはしなかった。さあ、ここからだ。「人員は多いほどいい」

ホークはレイフのすぐかたわらに立ち、力ずくでストレッチャーに戻せないか、その可能性を探るように指をもぞもぞと動かしていた。

「マックスはおまえの家で、例の日記を調べている」

「あれを見つけたのか」レイフは深い安堵を覚えた。マーティンの病室のバスルームで発見した日記帳のことは失念していた。

あの男の居場所を突きとめる手がかりが日記のなかにある、と希望を持つしかない。レイフが痛みに耐えて足を引きずりながらわずかな距離を移動し、自分の衣服が置いてある椅子のところに行くと、ホークは悪態をつきながらもついてきた。

ありがたいことに、止めても無駄だとホークにはわかっているので、ガウンを脱いでジーンズに手を伸ばすレイフを賢明にも留め立てしたりはしなかった。それどころか二の腕をつかみ、しわの寄ったジーンズに足を入れるレイフの体をしっかりとささえてくれた。

「見つけたのは、おまえが救急車に乗せられているときだった」と年長の仲間は事情を明かした。「地元の警察の手に渡したくないとおまえなら思うだろうから、トラックからこっそり持ちだして、おまえの銃と一緒に近くの茂みに投げ込んだ」肩をすくめ、先をつづけた。「こっちに来たマックスが日記帳と銃を回収した」

口汚い言葉を連発しながら、レイフはどうにかこうにかスウェットシャツを頭からかぶり、テニスシューズに足を突っ込んだ。息は荒く、全身汗だくになったが、とにかく身支度ができた。

「日記が手もとにあるとマックスはＦＢＩの知人に知らせたほうがいい」レイフとしては力になってくれそうな者は誰でも仲間に引き入れたかった。出動してくれる見込みがあるなら、州兵を呼んだっていい。アニーを無事に救出するためなら、どこに連絡してもいい。「マックスとＦＢＩが共同で作業にあたれば、なにか見つけだせるかもしれない」

ホークはレイフの腕をつかむ手に力をこめた。「マックスはすでにＦＢＩに連絡したと思うが、捜査員をこっちによこすまで数時間かかるだろう。なにせニュートンは主要都市から遠いせいで、近くに支局もないからな」

レイフは顔をしかめた。ちくしょう。アニーには一刻の猶予もない。

彼女の居どころは自分で突き止めなければ。

「いますぐおれに行かせてくれ」とレイフは言ったが、ホークは彼をストレッチャーに連れ戻そうとした。

「せめてレントゲン写真の撮影はすませてくれ」とホークは訴えた。

「だめだ、おれは――」

「急いでいるってわけか、ヴァルガス？」男のゆっくりとした声が聞こえた。救急治療室のドアが開き、保安官がタイル張りの床の上をぶらぶらと歩いてきた。

レイフは身を固くし、この男の顔面にこぶしをたたきつけたい衝動を即座に覚えた。この男がアニーを脅しつけたからだけではない。もっとも、それだけでも鼻柱をへし折ってやるのに値するが。しかし、レイフの神経を苛立たせるのはその横柄な態度だった。

グラハム・ブロック保安官は、自分のじゃまになる者がいれば権力を振りかざして威圧する田舎町のつまらぬ暴君だ。

残念ながら、いまのレイフは好き嫌いを言っている場合ではない。

向こうと同じく、こちらも向こうを信用していないが、向こうは地元の法執行者だ。つまり、アニーの捜索を配備する手段をにぎっている。「アニーが行方不明になった」とレイフは鋭い口調で言った。

保安官は唇をゆがめて冷笑を浮かべた。「都合のいいことに」

レイフは保安官の反応に不意を突かれて、目を細くした。「どういう意味だ?」

いきなり広がった危険な空気を察したのか、保安官は手を上げた。

暴君がみなそうであるように、まちがいなくこの男もひと皮むけば腰抜けだ。

「落ちつけよ」と保安官は小声で言った。「事故の現場から逃げだすのはめずらしいことじゃない。飲酒運転やら――」

レイフは落ちつくどころではなかった。この男の顔から薄ら笑いを消してやりたいという欲求は抑えがたく、こぶしをにぎりしめた。「彼女は酒を飲んでいたから逃げたと言いたいのか？」

「いや」保安官はそわそわと体を動かしたが、まだ傲慢な表情を浮かべていた。「おたくがハンドルをにぎっていたのは明らかだ。でも、病院に運び込まれたくない別の理由があったのかもしれない。ドラッグをやるのはコロラド州では合法になったかもしれないが、ここアイオワでは許可されていない」

「おい、この――」

ホークはレイフの目のまえに動き、警告するように顔を険しくした。「落ちつくんだ、レイフ」

レイフは友人の肩越しに保安官をにらみつけた。幸運にも体が弱っていたおかげで、ばかなまねはしたくてもできなかった。

さもなければ、縫合が必要な患者がまたひとり救急治療室に現われていたところだ。

「アニーの体内にあるのは、おれに勧められてディナーで飲んだワインだけだ」とレイフはうなるような声で言った。「さあ、彼女を捜す気がないなら、そこをどいてくれ」

保安官はしかめっ面をした。権力に盾突かれることに慣れていないようだった。

「事故の供述をしてもらわないとだ」

レイフは友人を脇に押しのけた。保安官を殺すつもりはない。

これだけ目撃者がいたらだめだ。

しかし、この件が終わったら……。

どうなるかわからない。

「あとでだ」レイフはぴしゃりと言って、ドアのほうへ一歩踏みだした。

即座に保安官は行方をさえぎった。「いや、いまだ」

ホークは手を伸ばし、レイフの肩をぎゅっとつかんだ。

ここぞという間合いでの警告だった。

ブロック保安官は思い上がった能無しかもしれないが、バッジを持っている。

つまり、レイフはかたちだけでも規則に従わなければならない。当面は。

「ティーガンに電話をかけて、どうなっているか様子を聞いてみる」とホークは言い残し、ドアのほうへ歩いていった。

レイフは友人が救急治療室から悠然と歩き去る姿を見送って注意を戻すと、保安官はポケットから手帳を取りだしていた。

「座ったほうがよかろう」レイフが額に手を上げて包帯に触れると、保安官はそう言ってよこした。

レイフは焼けつくような痛みを無視し、胸の上で腕を組んだ。弱みは見せまい。「すぐにすむ」レイフは苛立ちをありありと発散して言った。「事故にあったとき、祖父の家にアニーと戻るところだった」

「どこからだ？」とブロック保安官は尋ねた。

「それは事故とは関係ない」口を差しはさまれ、レイフは顔をしかめた。「家の二ブロック手前で、道が小型トラックにふさがれていた」

保安官は優位に立とうとしたが、失敗に終わり、唇を引き結んだ。「そのトラックはどうしてそこにあったか知っているか？」

「知るわけないだろう？」

「トラックが駐車場から盗まれたと、ガス会社が申し立てている」

「だったら、そっちに話を聞くべきだ」レイフは足を一歩まえに踏みだした。危険ではないが、保安官に十五センチもにじり寄れば、暗黙の脅威になる。「あるいは、いっそアニーを捜しに行くべきだ」

保安官は好戦的なブルドッグよろしく、顎を突きだした。「で、つぎにどうなった?」

レイフはなんとか自分を抑え、能無しを殴り飛ばさずにいようとして体が震えた。ふざけるな。こんな茶番につきあう暇はない。アニーは行方不明になっている。過ぎていく一秒一秒がまるで永遠のように思えた。「バックをして、ブロックを迂回しようとしたとき、脇道から車が来て、おれのトラックに衝突した」レイフは歯を食いしばりながら言った。

保安官は手帳になにやら書き留めた。「運転手は見たか?」

「いや」

「車に見憶えは?」

「あたりは暗かった。見えたのはヘッドライトだけだ」とレイフはぴしゃりと言った。

「そのあと、すべてが真っ暗になった。おれが知っているのは以上だ」

保安官は顔を上げ、探るような目でレイフをじろじろ見た。「アニーは拉致されたと思うか?」

露骨な質問に、レイフの胸に不安がよぎり、どきりとした。「ああ、拉致されたと思う」

「どうしてだ?」

この男はふざけているのか？

それとも、こっちを怒らせようとしているだけか？

「シンディ・フランクリンが仕事に出てこなかったときに、行方不明になったとすぐにあんたが推測したのと同じ理由だ」とレイフはぴしゃりと言った。「女性をさらう頭のおかしなやつが野放しになっている」

ブロック保安官は黙り込み、突然、手帳を尻ポケットに戻した。「おたくはなにか知っている」抑揚のない声音で非難した。

レイフは唇をゆがめた。なるほど、この男も案外ばかではない。「疑っていることはある」しぶしぶながらそう認めた。

「それを話す気はあるか？」

あるのか？

レイフは迷った。ブロック保安官は信用ならないが、この町の法執行者であり、アニーの本格的な捜索に住民を駆りだすこともできる。

「アニーは実の兄が自動車事故で死亡したとずっと信じていたが、そうではないことが先日判明した」

保安官は困惑の表情を浮かべた。「まだ生きているのか？」

「ああ」

「ドン・ホワイトはなんだって息子は交通事故で死亡したと嘘をついていたんだ？」

「最近まで息子は〈グリーンウッド・エステート〉に入院していたからだ」

「なんなんだ、そこは？」

「個人経営の精神療養施設だ」

「おいおい」保安官は不快感をあらわにして顔をゆがめた。「頭のネジが飛んじまってるってわけか？」

この男に対するレイフの嫌悪は一段と深まった。

グラハム・ブロック保安官は骨の髄までろくでなしだ。

「彼は母親からひどく虐待され、正当防衛でその母親を殺害した」いくら虐待に苦しんできたとはいえ、アニーを救いだすためなら、なんのためらいもなくマーティンを殺すとレイフも自分でわかっていたが、おかしなことに無意識にかばっていた。

保安官は肩をすくめた。「それがおたくのガールフレンドが行方不明になっていることと、どういう関係がある？」

ガールフレンド。

中学校を卒業して以来、使ったことのない言いまわしだ。しかし、突然、それがしっくりくる気がした。

もちろん、この騒動が片づいたら、アニーとの絆を法的にも、精神的にも、考えつくかぎりのどんな観点からもしっかりと固め、彼女を永久に自分のものにするつもりだった。

だが、いまはガールフレンドでいい。

レイフは首を振り、おかしな考えごとを脇に押しやった。なにをやっているんだ。ぼんやりと物思いにふけっている暇はない。「アニーの兄がニュートンの殺人鬼である可能性が考えられる」

保安官ははっと息をのんだ。「なんだと？」

「兄貴のマーティンは十四歳のときに母親の喉を掻き切った」

「なんと」保安官は顔をしかめ、自然と手が上がり、喉もとに触れていた。「頭がおかしいからといって、女たちを殺したとはかぎらないだろうが」

「じつは、マーティンが暮らしていた施設に行ってきたばかりだ」とレイフは言った。

保安官は眉をひそめた。「それで？」

「マーティンは三週間まえから行方をくらましている」

「うーむ」保安官は顔をしかめた。「ニュートンに来たと決まったわけじゃない」

「アニーが手紙を受けとっていなければ、その意見に賛成したかもしれない」とレイフも認めた。

「手紙？」保安官はさらに深く顔をしかめた。「なぜおれに報告がなかったんだ？」

レイフは肩をすくめた。「ただのいたずらだとアニーは最初思っていた」

「でも、おたくはそう思っていない？」

「手紙の宛て名はアニーではなく、アナベルだった」とレイフは言った。「アニーの本名を知っている人物はニュートンに誰もいない。マーティン以外には」

保安官は帽子を脱ぎ、薄くなった頭髪に手を走らせた。「これはえらいことだ」しばらくしてそうつぶやき、おそらくレイフの言うとおりだと認める恰好となった。自尊心を傷つける事実であることはまちがいない。「血は争えないってやつか。最初は父親で、いまはその息子か」

レイフは首を振り、そのはずみで鋭い痛みが脳天を貫き、顔をしかめた。

くそっ、ミキサーにかけられたような心地だ。

「いや、父親はちがう」とレイフは保安官に言った。

保安官は予想どおり、狐につままれたような顔をした。「ドン・ホワイトはアニーの父親じゃなかったのか？」

「彼は殺人鬼ではなかったという意味だ。じつはドン・ホワイトはジェイムズ・エマーソン大佐という人物で、人望の厚い海軍士官だった。十五年まえにニュートンの女性たちを殺していたのは息子のマーティンだったんだ」

話をのみ込むうちに、肉づきのよい顔が土気色になっていくさまをレイフは見ていた。「ありえない」と保安官はつぶやいた。

「いや、信じてもらわないとな。きわめて優秀な調査員にアニーの父親の経歴を調べさせた結果だ」事実を受け入れようとしない愚か者に苛立ち、レイフはきっぱりと言った。

くだらない押し問答をしている時間はない。

保安官は首を振った。「核シェルターのなかで、ドン・ホワイトを発見したんだ。ドンのしわざじゃなかったら、そこにいるわけがない」

「思うに、彼は息子をかばおうとしたんだろう」レイフはもはや抑えきれない苛立ちをにじませて、しゃがれた声で言った。どういういきさつで、あるいはどういう理由でアニーの父親がシェルターにいたのか、誰がいまさら問題にする？「もしくは身代わりにするために、マーティンが無理やり父親をシェルターに引きずり込んだのか」

「いや、ちがう」保安官は狭い治療室のなかをぎこちない足取りで歩きまわった。四角い顔に汗がしたたり、制服の襟に染みをつけていた。「やったのはドンだ」

「どうとでも好きに考えてくれ」とレイフはつぶやいた。「だが、すべての証拠はマーティンがニュートンの殺人鬼であることを示している」

ブロック保安官がいきなり腕を振り上げ、金属製のキャビネットにこぶしをたたきつけると、器具の載ったトレーが大きな音をたてて床に落ちた。

「ちくしょう」と保安官はわめいた。顔は紅潮し、赤黒くなっていた。

レイフは眉をひそめ、なぜ保安官はひどく取り乱しそうになっているのだろうかと遅まきながら気づいた。

新妻とお腹のなかの赤ん坊を殺されたと思って保安官がドン・ホワイトを殺した可能性はある。

そしていまになり、大きなまちがいを犯したという事実を認めざるを得なくなった。

「どうやらあんたのところの留置場で無実の男が死んだということだな、保安官」遠くの壁をぼんやりと見つめている保安官の横をレイフはまわり込んだ。「さあ、おれはアニーを捜しに行く。あんたも自分の仕事をして、捜索の指揮にあたったほうがいいだろう」

「ちょっと待て」

レイフはためらいもなく、ドアのほうへ歩いていった。「これ以上訊きたいことがあるなら、弁護士を通してくれ」

21

長いトンネルを走っている。狭くて、寒くて、どれだけ速く走っても出口にたどりつけず、じれったいほど遠い。

鼓動を激しくする恐怖の正体はなんなのかわからないが、誰かに追いかけられている確信はあった。暗闇をすぐに抜けださなかったら死ぬという確信も、だ。

いたって単純なことに。

アニーはどうにか動悸を落ちつかせ、これもまた例の幻覚で、これまでも耐えてきたでしょう、と自分に言い聞かせた。

たしかに今回は遠くから見ているわけではない。自分の身に降りかかっているのだ。けれど、じきに目をあけて、汗をびっしょりかいてベッドに寝ていると気づくことになる。

とうとう目をこじあけたときも、自分にそう言い聞かせていた。

ただし、今回は自分のベッドではなかった。

じっとしたまま、周囲の様子を観察した。

頭上には梁が見える。といっても室内装飾の説明ではない。上の階の床の裏側だ。十数センチほど横にあるコンクリート剝き出しの壁と考え合わせると、仕上げが未完成の地下室だと容易に想像できる。

壁の上部には小さな細長い窓があり、夜明けの光が差し込んでいる。地下室の闇をすべて消し去るほどの明るさではなかったが、自分が狭い簡易ベッドに横たわり、片方の腕には手錠をかけられ、床に固定された鉄パイプにくくりつけられているとわかった。

〝ねえ、嘘でしょう〟

これは現実だった。

現実のように見える。

とはいえ、どうしてこんなことになったのだろう。

レイフと一緒にいた。それだけは憶えている。療養施設から戻るところで、なにかで道がふさがれていたのを見た。ガス会社のトラック。そう、そうだった。そして、そのあと……。

息が喉でからまり、心臓が一瞬止まった。

そうよ、とんでもないことになったのだ。

どこからともなく車が現われて、アニーたちのトラックの側面に衝突し、レイフは怪我を負い、アニーはなすすべもなく、常軌を逸した兄に抵抗できなかった。

「レイフ？」とつぶやき、足音が近づいてくるのを聞きつけ、横を向いた。

そのとたん、アニーは体をこわばらせた。暗がりから姿を現わし、ベッドの横にかがみ込んだ男を見て、恐怖のどん底に突き落とされた。

マーティンだ。

パニックに襲われながらも、光の降り注ぐ茶色の巻き毛に囲まれた細い顔をまじまじと見つめ、どこかに見憶えがないかといつのまにか探していた。

なにかしら記憶に残っていないか。

なにもなかったが、青い目のかたちと唇の曲線に目を留め、自分たちが似ているとアニーも認めないわけにいかなかった。瓜ふたつではないが、血のつながりがあるとわかる程度にはよく似ていた。

気味が悪いものだが、自分が天涯孤独ではなかったのだという不思議な安心感もあった。

すっかりだまされていたとは驚きだ。

「やっと、目が覚めたね」マーティンはささやき、柔和な表情を浮かべてアニーのほうへ手を伸ばした。「気分はどうだい？」

「やめて」アニーは触れられまいと、とっさに体を引き、まるで襲いかかってこようとするコブラであるかのように、マーティンを凝視した。「さわらないで」

「しーっ」マーティンはアニーの髪をそっと撫でた。「怪我をさせたりしないから」

アニーは身震いした。頭が痛み、口はからからに乾いた。「もう怪我をさせたでしょう」

マーティンはアニーの額のこぶに視線を移し、心から悔やむように、やさしげな顔をゆがめた。「悪かった」と穏やかに言った。「仕方なかったんだ」

アニーは叫びたくなる衝動を必死で抑えた。自分がどこにいるか、ここに連れてこられてどれくらいたつのかわからなかった。

疑う余地もなくわかっているのは、脱出する方法を見つけるしかないということだけだ。

あるいは、解放するようマーティンを説得するか、マーティンの気をそらして時間を稼ぎ、レイフに捜しだしてもらうのを待つか。

レイフが捜してくれるのはまちがいないのだから。

たとえ病院のベッドから這って出なければならないとしても。

それまでは……そう、生きのびるしかない。

「なぜ？」とアニーは尋ねた。

マーティンはアニーの髪を引きつづき撫でながら、唇を引き結んだ。「レイフ・ヴァルガスは、ぼくがおまえのそばにいられないときに代わりに守ってくれるちょうどいい連れになると期待していたんだ」と彼は言った。かすかに語気を強め、レイフへの失望をにじませていた。「でも、やけに独占欲が強くなった」

アニーは乾いた唇を舐めた。「力になろうとしていただけよ」

マーティンは眉をひそめた。「あいつはおまえを連れ去った」

それほど近くで動きを把握されていたと知り、アニーは胃が締めつけられた。

「連れ去ったたって、どこから？」

「ぼくからだ」マーティンはアニーの髪をつかんだ。痛みを感じるほどぎゅっとではないが、恐怖で心臓がばくばくするにはじゅうぶんだった。「あれは許せない。二度とさせるものか」

「わたしたちが……」アニーはいったん口をつぐみ、つばをのみ込まなければ声が出なかった。「一緒になるとは知らなかったわ」

一気に噴きだしたマーティンの苛立ちは鎮まり、また穏やかな表情に戻った。アニーは顔をしかめそうになったが、どうにかこらえた。彼がいたって正常に見えるのがかえって不気味だった。

どこにでもいる普通の若者だ。女性たちの喉を掻き切る精神のバランスを欠いた殺人者には見えない。

「ぼくを憶えていないのか？」

アニーは一瞬、答えに迷った。

嘘をつくこともできる。一緒に過ごした子どものころを憶えていると言うことも。あるいは、対極に走り、誰なのかまったくわからないふりだってできる。

結局、率直に話すことにした。なにもかもお膳立てされていても、うまく嘘はつけない。そしていまはそんな状況からは程遠い。

「ええ、憶えていないわ。でも、兄さんなんじゃないかと思っている」

「どうしてそれが――？」マーティンは途中で言葉を切り、とまどいの表情を見せたが、それもすぐに悲しげな笑みに取って代わった。「ああ、ヴァルガスがぼくたちの小さな秘密を見つけたんだな」

アニーは顔をしかめた。母を殺害し、療養施設で暮らしている事実を隠していたことは〝小さな秘密〟ではないだろう。

「これまでずっと、兄さんは死んだのだと思っていたのよ」とアニーは訴えた。その声に二十二年間耐えてきた苦悩が表われた。

まぎれもない後悔の念でマーティンの青い目は曇った。「ああ、わかっているよ、すまなかった」とつぶやいた。「療養施設にはいったとき、自動車事故で死んだとおまえには伝えてほしいとぼくが主張したんだ」

「真実を告げられるべきだったと思うわ」

マーティンはきっぱりと首を振った。「いや、兄が母親を殺したと知りながら大きくなるよりも、兄は死んだとおまえには思わせておきたかった。真実を告げていたら、ぼくは頭のおかしいやつだと思われていたはずだ」

またしてもマーティンはアニーの髪をぎゅっとつかみ、表にあふれだしそうな内心の動揺が垣間見えた。

アニーはすかさず、なだめるような笑みを口もとに貼りつけた。ふう。もっと慎重にならなければ。

「そうは思わなかったんじゃないかしら」アニーはマーティンに請け合った。「いまはわたしも知っているのよ、母が……よくない母親だったと」

「ちがうよ、おまえは思ったよ」マーティンはぐずるような声で反論した。あたかも三十六歳ではなく、六歳の子どものような口ぶりだった。「父さんはおまえにあれこれ吹き込んで、ぼくに憎しみをいだかせたに決まってる」

「お父さんがどうしてそんなことをするの？」

「ぼくにいつも嫉妬していたからさ」とマーティンはうなるように言った。「おまえがぼくのほうに懐いているのが気に食わなかったんだ」

アニーは驚いて目をぱちくりさせた。母への激しい憎悪は理解できる。常軌を逸したひどい母親だったようだからだ。

でも、父は思いやりがあり、けっして人を傷つけないやさしい人だった。

「ちがうわ、マーティン――」

「マーティだ」マーティンは断固たる口調で、アニーの抗議をさえぎった。「おまえはいつもぼくをマーティと呼んでいた」

「わかったわ……マーティね」とアニーは譲歩した。兄の気を鎮めておけるのなら、本人が呼んでほしい呼び方で呼ぼう。「お父さんはあなたを愛していたわ。兄さんの話をするときは、どれだけ寂しがっているかわたしにもわかったもの」

マーティンは顎をこわばらせた。頭に差しかかる太陽の光が彼の目にゆらめくまぎれもない苦悩をあらわにした。「それが本当なら、父さんはぼくたちを見捨てなかったはずだ」

「つまり、それって……」アニーは口ごもった。母の殺害事件についてどう触れればいいのかわからなかったのだ。「兄さんが施設にはいったあとの話？」

「ちがう」マーティンは顔をしかめた。父親のことを考えて動揺しているようだった。「ぼくたちが子どものころの話だ」

アニーはぎょっとして思わず体が動き、はずみで手錠が鉄パイプにあたり、がちゃりと音をたてた。「お父さんはわたしたちを見捨てたの？」

「ああ、見捨てたも同然さ」マーティンはすこし言い方を改めた。そして、ありがたいことに、アニーの髪から手を離し、体を起こした。「いつも家にいなかったからな」突然、過去の世界をさまようかのように、遠い目をして先をつづけた。「自分の子どもたちの面倒を見るよりも、船に乗っているほうが大事だったんだ」

アニーは顔をしかめた。父が外交官の娘と結婚した野心的な海軍大佐だったということをつい忘れてしまいそうだった。

記憶にあるかぎり、父は農夫で、日中は農場の仕事に精を出し、夜は喜んで娘の世話を焼いていた。

そしていま、たとえ意図しなかったとはいえ、父が息子を失望させていたという事実を突きつけられ、アニーは気づくと本能的に父をかばっていた。

「それがお父さんの仕事だったのよ」と穏やかな口調で言った。

マーティンは不愉快そうに鼻を鳴らした。「都合のいい口実だ」

「でも、誰かが働いて家計をささえなければいけないでしょう?」

アニーをにらみつけてきた兄の青白い頬に赤みが差した。「おまえも父さんのような口をきくんだな」と彼はぴしゃりと言った。「父さんは施設に来ては、仕方なかったんだ、わかってくれとぼくに訴えた」首を振ってさらに言った。「あたかもぼくに許されると思い込んでいる口ぶりで」

アニーは簡易ベッドの上ですこしでも楽になれる姿勢を探そうとしていた。不自然な角度で手錠をかけられ、頭がずきずきと痛みつづけている状況ではなかなかむずかしいが。

「お父さんはどれくらいの頻度で訪ねてきたの?」マーティンの気をそらすためだけではなく、アニー自身も興味を惹かれて尋ねた。

父は自分の人生にまつわるあれこれをどうやって娘に隠しとおしたのだろう?

たしかに父が亡くなったとき、アニーはまだほんの十歳だった。しかし、それにしても……。

「最初の二年間は毎週だった」マーティンは肩をすくめて言った。「ぼくが面会を拒んでからは年に一度、ぼくの誕生日に病院に来るようになった」

父が毎年恒例で大学時代の旧友と釣り旅行に出かけていたことをアニーはふいに思いだし、息をのんだ。

そのときだけ友だちの家に泊まるお許しが父から出たのだった。

「三月二十四日」とアニーはつぶやいた。

「そうさ」マーティンは出し抜けに微笑んだ。「父さんはおまえの写真を持参して、医者にあずけていた」

ああ、なるほど。マーティンの病室に並んでいた写真立てはそれで説明がつく。

「お父さんとは会わなかったの?」

「拒否してやった」そのひと言は手厳しく、容赦なかった。「怪物のもとに置き去りにされたことは一生忘れない」

〝母さんは怪物だ……〟

その言葉が脳裏にこだました。

マーティンにそうささやきかけられたことがあるのかしら？

「それってお母さんのこと？」

突然マーティンはコンクリートの床の上を歩きはじめた。両手をにぎりしめ、背中を硬直させて、部屋のなかを行ったり来たりした。「その呼び方はやめろ」怒鳴り声をあげ、まるで襲いかかろうとするかのようにアニーのほうへ近づいた。そして、彼女が恐怖に体をびくつかせたのを見て、マーティンは深く息を吸い、努めて冷静になろうとしているようだった。「あの女は母親じゃなかった。ぼくにとってもおまえにとっても、けっして」

早朝の陽光は、小さな家のまえの草の葉や芝に降りた霜を果敢に解かそうとしていた。

レイフは老人のような動きで足を引きずり引きずり祖父の家のポーチを横切りながら、ホークが真後ろに貼りつき、こちらが倒れそうになったら、体をささえようとしているのだと気づいて顔をしかめた。

友人は過保護な母親よろしくつきまとったが、レイフは文句を言う気力もなかった。それに本音を明かせば、うっかりころんだりしない自信もなかった。

病院からの帰り道で頭はすっきりしたかもしれないが、額の切り傷はずきずきと痛み、膝には力がはいらず、息を吸うと激しい痛みが走った。

ぜったいにアニーを捜しだすという一念だけで、体を起こしている状態だった。

どうにか玄関のドアを引いてあけると、居間を横切り、桜の花の香りが室内にまだ漂っていることを敏感にかぎとった。

アニーのにおいだ。

ちくしょう。胸に湧いた恐怖に圧倒されそうになり、体がふらついた。

ニュートンの殺人鬼の手に落ちたアニーが怯えたり、ひょっとしたら怪我をさせられたりしているのではないかということは、なるべく考えないようにしていた。

恐怖に屈したら、頭も体も使いものにならない。

いまのアニーにあわてふためいているだけの恋人など必要ない。

必要なのは隠密作戦のスペシャリストだ。

レイフはそうであろうとしていた。

キッチンにはいっていき、そこがマックスとティーガンの手で司令部に変貌しているのを見ても、別段驚きはなかった。

キッチンカウンターの上から皿もタオルも小型の電化製品も取り払われていた。

コーヒーメーカーさえ片づけられているという徹底ぶりだ。そして、そこには四台のラップトップ型コンピュータが並び、いろいろな検索プログラムが実行中だった。

手前の壁には拡大された郡の地図と最新の衛星画像が貼りつけられ、テーブルは書類の山でほぼ埋めつくされていた。

「マックス」とレイフはつぶやき、大男の姿を見て、やけにうれしくなった。分厚い胸板にぴたりと貼りつく長袖のTシャツにジーンズという恰好で、コンピュータから顔を上げた。

友人たちをみな兄弟同然に考えているが、マックスのどっしりとかまえた静かなる存在感は今日のレイフに必要不可欠だった。法科学の専門家の肩をぽんとたたいた。

「来てくれてありがとう」

マックスは真剣そのものの表情でレイフの目を見た。「電話一本で駆けつけるさ」

レイフはしっかりとうなずき、うしろに下がった。レイフが困っていると思えば、仲間たちはすべてをほうりだして駆けつけてくれると、一瞬の疑いもなく信じていた。

「ああ、わかってる」

鋭い灰色の目はレイフの額を端から端まで縫い合わせた傷を見ていた。

「具合はどうだ?」

「車にはねられたような心地だ」レイフは残念そうに認めた。「でも、元気になるさ。ティーガンとルーカスから連絡は？」

マックスはカウンターの縁にもたれ、腕を組んだ。「ティーガンは一軒ずつ家をまわって聞き込みをしている」

レイフは眉を上げた。「聞き込み？」

「夜中の衝突事故だから、多くの注意を惹いたはずだ」とマックスは指摘した。「アニーが現場から連れ去られるのを見た人がいるかもしれない」

当然、注意を惹いただろう。近所の様子をこそこそかぎまわることがある種の芸術だと見なされる町ではとくに。まったく。そっちの方向を自分で思いついていてしかるべきだった。

頭がまだきちんと働いていない証拠だ。

「で、ルーカスは？」とレイフは尋ねた。

「ラクレードに行った」答えたのはホークで、冷蔵庫をあけて、水のボトルを取りだしていた。「ヘリコプターを飛ばしてもらうよう、友人に話をつけてくれた」ホークは上着のポケットに手を入れて、病院で出された薬を取りだした。小さな白い錠剤を一錠振りだし、水と一緒にレイフに手渡した。「空から見たほうが捜索ははかどる。

それに、アニーを発見したら、迅速に救出できる」

レイフは抗生剤を飲み、マックスをちらりと見た。

「持続的に連絡を取り合えるようにできるか？」

マックスはうなずいた。「もちろん」

無理をして水のボトルを飲みほし、レイフはテーブルの横に移動した。開いて置いてある革装の日記帳に手を伸ばした。

「役に立ちそうなことは日記からなにか見つけたか？」

「マーティン・エマーソンは精神を病んだ異常な男だ」とマックスはためらいもなく言った。

レイフの胃はよじれた。「ああ、喉を掻き切られて、積み重ねられた女性たちの写真を見て、おれもそう思った」

マックスは顔を青ざめさせたレイフをじっと見た。「アニーを連れ去ったのは本当にそいつだと思うか？」

確信はあるか？

レイフは顔をしかめた。結論に飛びつくのは危険だと心得るくらいの頭はある。慎重にならなければ、あとで泣きを見る。

しかし、アニーが実の兄以外の人物に連れ去られた可能性があるかどうか、悠長に討論している暇はない。

アニーを拉致した犯人がたとえ彼女に危害を加えるつもりがないとしても、まちがいなくそいつは逃走する。痕跡が途絶えるまえに居場所を突きとめなければならない。

「当面はマーティン・エマーソンが犯人であると見なさざるを得ない」レイフはマックスと目を合わせたまま、決然とした口調で言った。「エマーソンはアニーをどこに連れていったと考えられる？」

マックスは困惑したように顔をしかめた。「おれはプロファイラーじゃない」

「推測でいい」

「ばかを言うなよ、レイフ」マックスはうなり声をあげ、ブロンドの短髪に手を走らせた。

無理強いするのは酷だった。マックスの専門分野は自然科学で、犯罪心理学ではない。しかし、レイフには罪悪感を覚える余裕などなかった。「いいから、推測してみてくれ」

マックスは沈黙したままのホークに目をやってから、あきらめたようにため息をついた。「彼の精神は不安定だが、細部にこだわりがある。もしかしたら、精神が不安定だからこそなのかもしれない」結局そうつぶやき、カウンターを押し返すようにして体を離し、レイフの隣に移動した。そして、手前の日記帳を指差した。十五年まえの新聞の切り抜きがずらりと貼られているページが開かれていた。どの記事の見出しにも〝ニュートンの殺人鬼〟という言葉が含まれていた。レイフはそれを見て、ぞっとした。「記事が縁に沿ってていねいに切り取られているのがわかるか？」とマックスは尋ね、切り抜きを指でなぞり、四隅の黄ばんだ小さなテープを指差した。「テープさえ二センチずつ切り取られている。いいか、きっかり二センチだ」

「それはなにを意味する？」

「うーん、推測でものを言うのはいやだな」とマックスはつぶやいた。「でも、あえて言うなら、彼は自分でコントロールできる環境を選ぶと思われる。行きあたりばったりに野宿したり、車で寝たりということはしない。電気と水道が通っている常設の建築物のなかにいるだろう」

その推察はレイフも納得できた。そして、わずかながら希望も持てた。
こんな田舎で、森や廃墟になった納屋をくまなく調べるのは不可能だ。

「それなら捜索はすこし楽になる」

マックスは首を振り、日記帳を閉じた。「それはどうかな」と警告した。「この男はかなり頭がいい。入念な計画も立てずにニュートンに来たとは思えない」レイフは肩をすくめた。失敗することは考えまいとした。「エマーソンは頭がいいかもしれないが、おれたちほど優秀ではない」

マックスはうなずいた。それは事実だ。しかし、相変わらず不安そうに険しい表情を浮かべたままだった。「すでによそへ移った可能性は考えたか?」

レイフは椅子の背をつかんだ。まっすぐに立っているためでもあるが、通りに走り出て、錯乱したようにアニーを捜しまわりたくなる自分を抑えるためでもあった。

「もちろん考えた」とレイフは認めた。「だが、やり終えるまではニュートンを離れないだろう」

ホークが隣に移動してきた。「やり終えるって、なにをだ?」

レイフはそろそろと日記の一冊に手を伸ばし、まえにざっと目を通したときに気になったページを探した。「これをだ」

ホークとマックスは身を乗りだし、くり返し書きうつされたわらべ歌を読んだ。

一羽なら悲しみ
二羽なら幸運

三羽なら結婚
四羽なら死
五羽なら銀
六羽なら金
七羽なら他言無用の秘密
八羽なら天国
九羽なら地獄
十羽なら押し売り

ホークはショックをあらわにした声を洩らした。「これはエマーソンがアニーに送った詩だったな？」

レイフはうなずいた。「ああ」

マックスは困惑したように眉根を寄せて、ホークからレイフに視線を移した。「この詩と、彼女の兄貴がまだ町にいることと、どういう関係があるんだ？」

レイフはすこし時間を取り、漠然とした疑念を頭のなかでまとめた。

最初の手紙を読んだとき、あの詩句はストーカーにとってなにかしら大事なのだろうという印象を受けた。行方不明の女性たちだけではなく、アニーにもなんらかのつながりがあるのではないか、と。

しかし、そのわらべ歌にいだくマーティンの並々ならぬ執着に気づいたのは、何ページにもわたってくり返し日記に書きつけられているのを見つけてからだった。

「この詩はマーティン・エマーソンにとって特別な意味を持つのだと思う」とレイフはおもむろに言った。「そして、一行にひとりの割合で女性を殺すつもりではないだろうか」

レイフの仲間たちはめいめい彼の仮説について考えをめぐらし、室内は緊張をはらんだ沈黙に包まれた。

「この詩は十行ある」ホークが口火を切り、レイフの推理の疵を指摘した。「最初の時期に殺された女性は七人だ」

「妨害されたからだ」とレイフは思いださせた。罪もない七人もの女性が殺害されたと考えるだけで、ぞっとする。たしかに戦争中はそれなりに惨状を目にしたが、マーティン・エマーソンはそれをあらたな段階に引き上げていた。「今度は仕事を終わらせるまでエマーソンもやめないだろう」彼はあえて間を置いて言った。「あるいは、本人が死ぬまでは」

マックスは額にしわを寄せた。論理的に物事を考える科学者気質の持ち主なので、レイフの直感には感化されなかった。

「それは論理にかなり飛躍がある」

たしかにそうだ。

実際、藁にもすがろうとしているようなものだ。だがいまの時点で、レイフに選択の余地はほとんどない。

「おれに推測できるのは以上だ」とレイフは言って、肩をすくめた。

裏のポーチに影がよぎり、一同はぴたりと動きを止めた。そして目にも止まらぬ速さでマックスとホークは銃を抜き、勝手口のドアに狙いをつけると、そのドアが勢いよく開いた。

頭に狙いをつけられた銃はもちろん、緊迫した空気をもまったく意に介さず、ティーガンがふらりとキッチンにはいってきた。部屋の真ん中で足を止め、レイフの青白い顔とぼさぼさの髪をしげしげと眺めた。

朝の冷気にもかかわらず、コンピュータの達人はジーンズに半袖のTシャツという恰好で、革のホルスターを胸に斜めにかけていた。「やあ、ひどい面だな」ティーガンは腰に両手をあてた。

「それはどうも」レイフは友人に苦笑いを浮かべた。「耳寄りな情報を仕入れてきたか？」

　年下の仲間は躊躇なく話しはじめた。「事故を見たと言う者も、あんたの女を連れて姿を消したやつを見たと言う者もいなかったが、あんたのトラックに突っ込んだ車の持ち主は町の北部に住んでいる農夫だと突き止めた」

　レイフは唇をゆがめた。

　なぜ突進してきた車について保安官に訊かなかったのだろう？

　脳震盪のせいか、あるいはアニーを心配するあまり、頭がまともに働かないせいか。

　いずれにしても、仲間が応援に来てくれて助かった。

「その車は盗まれたのか？」とレイフは尋ねた。

　ティーガンはうなずいた。「そうだ」

「いつ？」

「おれが電話をかけるまで、車がなくなっていることを持ち主は知らなかった」とティーガンは言った。自分の車が盗まれたのに気づかないやつがいるとは信じられない、といわんばかりの顔をしていた。言うまでもなく、ティーガンは世の親たちがわが子をかわいがるように、愛車を慈しんでいる。いや、それ以上かもしれない。「持ち主が言うには、車はいつも家の裏側の車庫に停めていたということだ」

つまり、車が盗まれた時間帯はしぼり込めない。

「そっちの線もだめか」とレイフはつぶやいた。

「待った」ティーガンは手を上げた。朝の日差しを受けて、目を黄金色に光らせていた。「車の持ち主はこうも言っていた。ベッドにはいるまえに、私道の端におんぼろの黒いピックアップトラックが停まっているのに気づいたらしい」

「それで、その農夫は様子を見に行かなかったのか？」ホークは驚いたように尋ねた。

レイフたちはみなすでに心得ていたが、ニュートンの住民は気さくで、よそ者にも友好的だが、不法侵入にはかなりやかましい。

付近で覚醒剤の密造所が爆発事故を起こして以来、とくに神経質になっているという。

夜間、敷地内に何者かが迷い込んできたら、ほとんどの住民が躊躇なく発砲するはずだ。

ティーガンは肩をすくめた。「ショットガンを取りに行っているうちに、トラックは走り去ったらしい」

「せめてナンバープレートは確認したんじゃないか？」レイフはかすかな望みにすが

るように尋ねた。

「いや、それはない。だが、その不審車は二〇〇〇年式フォードF150スーパーキャブで、荷台に収納ボックスが搭載されていたことだけははっきり憶えていたと聞いた」

ホークは毒づいた。「郡内の半数はフォードのトラックに乗っている」

ティーガンはまえに進み出て、悦に入ったような笑みを浮かべながらテーブルに積み上げられた書類をぱらぱらとめくりはじめた。

「たしかにそうだけど、ガス会社の監視カメラから画像を印刷しておいた」と言って六つ切りの写真を何枚か抜きだし、不満げにつけ加えた。「カメラを設置したやつは射殺されるべきだな」

レイフは短く笑い声をあげた。「みんながみんなハイテク機器を魔術師のように操れるわけじゃないんだぞ」

「せめてまともに使うくらいはできるだろうに」ティーガンはぼそりとつぶやいて、レイフのかたわらに立ち、駐車場の白黒の画像を見せた。横並びで駐車している三台の小型トラックと小さな倉庫をじっと見て、レイフは首を振り、ティーガンの苛立ちを理解した。画像の大部分は中心に映しだされたレンガの壁だった。

なんでまた？

「くそっ」とレイフはつぶやいた。

「監視カメラは駐車場の半分も映していないし、通りにいたってはまったく映っていない。でも、部外者の所有と思われる数台の車の画像をどうにかしぼり込んだ」とティーガンは説明をつづけながら画像をより分け、目当ての一枚を取りだした。ガス会社のトラックの隣に駐車したフォードの黒いピックアップトラックの運転台を指差した。「こいつがおれたちの追っている男だ」

体を蝕む酸のような怒りが血管を駆けめぐり、レイフはキッチンに朝の日差しが差し込む窓のほうへ画像をかざした。画像は不鮮明で、身元を確認できる代物ではないが、そのピックアップトラックの運転手が巻き毛で細面という、マーティン・エマーソンによく似た風貌であることはまちがいなかった。

マックスも近づいてきて、レイフの肩越しに画像を見た。そしていまにも感情を爆発させそうだと察したかのように、レイフの二の腕をつかんだ。

「よくやった」とマックスはティーガンに言った。「ただ、残念ながら、この男の居どころをつかむ手がかりにはならない」

ティーガンは写真を回収してテーブルに戻し、カウンターの上で小さな音をたてているコンピュータのほうを顎で示した。

「町はずれのふたつの商店にＡＴＭがある。ありがたいことに、どちらも同じ警備会社を利用している。システムに侵入すれば、両方の店舗の監視カメラの映像を見て、犯人のトラックが通過したか確認できるはずだ」

レイフはうなずき、ティーガンが警備会社の社内システムに不正アクセスする能力があることに露ほども驚かなかった。その気になれば、国土安全保障省にさえハッキングできる。

「なにを探すんだい？」と彼は尋ねた。

「うまくいけば、トラックが高速道路に向かったかわかるかもしれない。町を出たあと、北へ行ったのか南へ行ったのか」ティーガンは一瞬ためらい、レイフをじっと見つめた。「それに、同乗者がいたのかどうか」

痛みに貫かれ、レイフは膝が崩れそうになった。

「ちくしょう」とうなるようにつぶやいた。

マックスはレイフの腕をつかみ、ホークは向こう隣に移動した。彼らは黙って支えになってくれる。

だからレイフは仲間を愛しているのだ。

「そういえば、どんな手口で犯行に及んだんだ?」とホークはしゃがれた声で言った。アニーがどうしてレイフの目のまえからさらわれたか話し合うためだけでなく、理性を失いそうになる不安からレイフの気をまぎらわすために話題を出したのは明らかだった。

答えたのはティーガンだった。「おれなら、その農夫の車を盗んで脇道に停めておいて、ガス会社のトラックに戻って、道を封鎖する」連れ去りを成功させる計画をあれこれ頭に浮かべているのか、いったん口をつぐんだ。「そのあとは、自分のトラックを近くに停めて、レイフが罠にかかるのを待つだけだ」

ティーガンの推測はすじが通っているが、運に頼りすぎている。

「それでも、おれがいつ帰ってくるのか、エマーソンには知りようがなかった」とレイフはつぶやいた。あのまま南へ車を向かわせていればよかったのだ。悔やんでも悔やみきれないが。

強引に牧場へ連れていって、家にとじこめたら、アニーは腹を立てたかもしれないが、無事におれの腕のなかにいただろう。

いまは自分に腹が立っていた。

「たしかに」とティーガンは認めた。「予測できるリスクはあった。自分の車がないことに農夫が気づくかもしれないとか、ガス漏れでもしているのか、誰かがガス会社に電話をかけて問い合わせるかもしれないとか。でも、計画が成功した場合の見返りはじゃまがはいる可能性を埋め合わせるどころじゃない」ティーガンは黄金色の目を細くした。「犯人は頭の回転が速いと認めざるを得ない。残念ながら」

レイフは思わずじれったそうな声をたてた。

慎重に慎重を重ねようと心がけていた。そばについているかぎり、アニーの身は守られていると思い込んでいた。

〝それがこのざまだ〟

絶妙な場所にガス会社のトラックが置かれ、盗難車が用意されていた。こちらは間の悪いときに事故にあい、あっさり使いものにならなくなる体たらくだ。

ホークは口汚い言葉をつぶやき、首を振った。「なぜいまなんだ?」

レイフたち三人は振り向き、年長の仲間の悩んだような表情をまじまじと見た。

「どういう意味だ?」とマックスが尋ねた。

「なぜアニーが町にやってきたときにすぐさらわなかったのか」ホークはわかりやすく言葉を足した。「あるいは、アニーがデンバーにいるあいだに。われわれが介入するまえのほうが簡単に連れ去れたはずだ」

レイフはずきずきする額の切り傷にぼんやりと指を押しあてた。

もっともな疑問だ。

マーティンにしてみれば、いまよりもアニーを自分のものにするのはずっと簡単だっただろう。

それならなぜ昨晩は危ない橋を渡ったのだろう？

答えは雷に打たれたようにひらめいた。

「おれたちが介入したせいだ」とレイフはうなり声をあげた。「もしくは、少なくともおれがかかわったせいだ」

ティーガンは頭を横に傾けた。「嫉妬か？」

「そのとおり」友人の不快そうな目を見て、レイフは小さく首を振った。「近親相姦的な意味じゃない。日記を読めば、彼のアニーへの執着は兄としてであるとはっきりわかる。性的なものではなく。しかし、彼にしてみれば、アニーは自分が守ってやるべき存在だ。その立場をおれに奪われるわけにいかない」

マックスはレイフの腕をぎゅっとにぎった。「つまり、彼はアニーに乱暴はしないということだ」と安心させるように言った。「アニーの身を守ることに執着しているのだから」

レイフはそこまで安心できなかった。連続殺人犯とかかわった経験はないが、彼らの思考回路がぶっ飛んでいることは知っている。

マーティン・エマーソンのゆがんだ頭のなかでなにが起きているのか、いったい誰にわかる？「彼は不安定なやつだ」不安に駆られ、レイフは声を荒げた。「アニーを守る唯一の方法はアニーを殺すことだという結論を出すかもしれない」

マックスはレイフの目をしっかりと見た。「彼女はおれたちが見つける」

「ぜったいにな」とティーガンがつぶやいた。

レイフは大きく息を吸った。

アニーは見つかる。

それ以外の結末は考えられない。

以上。

捜索に出たいという抑えがたい欲求が爆発し、レイフは壁に掲示された大きな地図のほうへ引き寄せられた。

アニーはどこかにいる。おれが救出に行くのを待っている。

二度と彼女の期待は裏切るまい。

レイフは仲間たちが集まるのを待ち、ニュートンのまわりを指先でたどり、小さな円を描いた。

「ルーカスから連絡が来たら、この地域に集中しろと伝えてくれ」

マックスは携帯電話を取りだし、GPSの座標を入力した。「本当にそこまで限定していいのか?」作業が終わると、そう尋ねた。

レイフにためらいはなかった。「ああ」

マックスは電話から顔を上げ、すこし眉をひそめてレイフを見た。「犯人がそこにいると考える理由があるのか?」

レイフはうなずいた。「アニーの幻覚だ」

「レイフ——」ティーガンはなにか言いかけたが、レイフが手を上げたので、口を閉じた。

「それだけではなく、行方不明の女性たちは三人とも、このコンビニエンスストアから連れ去られたのではないかと思う」とレイフはつづけ、高速道路沿いのガソリンスタンドを指し示した。「人目を惹かずして駐車場を監視できるほど近い場所にいるはずだ」

ティーガンはレイフの話をよく考えてから、おもむろにうなずいた。「なるほど」

レイフはうしろに下がり、ホークに目をやった。「鎮痛剤が抜けるまで運転をよろしく」

「どこに行く？」

「アニーはあのどこかにいる。そこに捜しに行く」

ホークは言葉につまり、田舎のでこぼこ道を車で行く体調ではない、とレイフを説得するかに見えた。しかし、レイフの決然とした表情を見てとり、あきらめたようにゆっくりとうなずいた。「わかったよ」と譲歩して言った。「だが、まずは道具を取りにモーテルに寄るぞ」

ホークの〝道具〟には高性能の狙撃銃も含まれると、彼らはみな知っていた。この元兵士は一キロメートル先の標的も仕留めることができる。まわりにひとりいたら助かる仲間だ。

レイフはティーガンに言った。「監視カメラのシステムに侵入したら、すぐに知らせてくれ」と命じた。指揮をとるのはお手のものだ。「トラックがどっちに行ったかわかれば、捜索の範囲をしぼり込める」

ティーガンはうなずいた。「了解」

レイフはマックスをちらりと見た。急に精力的になったレイフに不安そうな顔をしていた。「位置情報を追ってくれるか？」

マックスはしぶしぶうなずいた。「もちろん」

まえに進み出て、一同の思いを代弁したのはティーガンだった。「気をつけろよ、レイフ」真剣な口調で注意をうながした。「マーティン・エマーソンはなにがなんでもアニーを手もとに置こうとするだろう。じゃまをされたら、ためらうことなくあんたを殺す」

22

血がのぼった赤黒い顔を見なくても、兄の動揺が激しさを増しているのをアニーは察した。

不安をつのらせて兄を見つめながら、気持ちをやわらげる方法はないものかと頭をひねった。

「お水をもらえる？」考えた挙げ句、兄の気を散らそうとして、アニーはそう尋ねた。恥ずかしいくらい陳腐な作戦だが、案外うまくいった。

「もちろんだよ」

異様にぎらぎらしていた目が気づかわしげな表情に変わり、マーティンは足早にコンクリートの床を横切り、遠くの角に据えつけられた小型の冷蔵庫に向かった。

マーティンの注意がそれたので、ほんのいっときではあるが、アニーは周囲を観察する機会を得た。

まちがいなくここは地下室だ。床も壁もコンクリートで、二カ所のごく小さな窓からほんのすこしだけ日差しを取り込んでいる。

簡易ベッドに横たわるアニーの位置からは、奥の壁際に木の戸棚が見えた。野菜の手作りの瓶詰めや古びたタッパーウェア、壊れた電化製品がぎっしりと並び、蜘蛛の巣に覆われている。ベッドの近くには、何年も使用されていないような自転車がいくつも積み重ねられていた。

それ以外は、小型冷蔵庫と、七〇年代に購入したと思しい洗濯機と乾燥機があるだけだった。

武器として使える工具はない。レイフへの連絡手段になる電話もコンピュータもない。人目を惹くために火をつける道具もない。

母屋につづく狭い階段にすばやく視線を走らせ、ドアに目を留めたが、たぶん鍵がかかっている。それくらいまで観察したところでマーティンが水を持って戻ってきた。

手錠のかかっていないほうの手で水のボトルを受けとり、アニーは恐る恐る体を起こし、冷たい壁に背中をもたれた。

「ここはどこなの？」とアニーは尋ね、水をごくごくと飲んだ。

やたらとマーティンの気をそらそうとしているばかりではなかった。

喉が渇いているのは本当だった。

おそらく薬の副作用だろう。

マーティンはベッドの横に立っていた。瘦せた体にゆったりした上下の運動着をつけている。

「ぼくの仮住まいだ」とマーティンは答えて、うんざりしたような目で黴くさい地下室をさっと見まわした。「ほんの仮住まいさ」

アニーはまた水を飲んだ。「家の持ち主はどこにいるの？」

「アリゾナだ。老夫婦で、冬は向こうで過ごしている」とマーティンは説明した。「それで、ぼくはひと冬、この家を借りた」

アニーは水を喉につまらせた。

どちらによりショックを受けたのか、よくわからない。

家主が帰ってきて、警察に通報する見込みがないとわかって絶望したのか、マーティンが手間暇かけて寝泊まりする場所を確保した事実に驚いたのか。

「ここを借りたの？」アニーは喉がつまったような声でなんとか尋ねた。

「そうだよ」マーティンは嬉々としていた。「最近はインターネットでこういうこともできるんだからすごいよ」

「そうね」アニーはこわばった口もとにどうにか笑みを浮かべた。「じゃあ、兄さんは……ニュートンに来る計画をまえもって立てたの？」

「ああ、もちろん」マーティンは口ごもり、不愉快なことが頭に浮かんだようだった。

「仕方なく」

「どうして？」

マーティンは目をぱちぱちさせた。遠く離れたところから戻ってきたような表情だった。

「ぼくらはゲームを終わらせていなかったからだ」

ゲーム？　不吉な予感が背すじを凍らせた。

「なんのことかわからないわ」

マーティンは身をかがめ、空になったボトルをアニーの手からそっと取り上げた。

「いまにわかるさ」

横を向き、近くのごみ箱にボトルを投げ入れた。彼の細い体から奇妙な緊張が漂っていた。

母親のことを無理に考えたときの動揺とはちがう。

これは……興奮だ。

さらに不穏な緊張をはらんでいた。

「わたしがニュートンに来ると知っていたの？」とアニーは尋ねたが、答えを知りたいのかよくわからなかった。

「もちろんだ」

「どうやって知ったの？」

マーティンは手を伸ばし、アニーの頬にかかった髪をそっと払いのけた。マーティンに触れられ、アニーは体を震わせた。「ぼくとおまえは考えていることがたがいにわかるからだ」

アニーは息をのみ、目を見開いた。

人殺しの心のなかを見たくないのに見通せてしまうだけでもいやなのに、それではまだ足りないの？

こんな不幸を背負わされて平気な人など誰もいない。

けれど、人殺しにこちらの心が読めるということは、つまり……。

ちょっと、嘘でしょう！

アニーは壁に頭を押しつけ、マーティンの手から逃れようと虚しい努力をした。

「幻覚ね」

「そうだよ」マーティンはにっこりと微笑んだ。じつににっこりと。「おまえがまだ赤ん坊のころに始まった。おまえを安心させてやれる唯一の方法だった」

アニーは胃のなかで暴れまわるような吐き気を催した。

自分の考えていることが妹にもわかると知っているなら、かわいそうな女性たちに忍び寄った光景を幻覚として妹に見られたとマーティンは知っているはずだ。犯行を止めようという思いに妹が駆られることも。

「つまり、わたしをここにおびき寄せたのね」

後悔めいた表情で青い目を曇らせ、マーティンは急にそっぽを向き、地下室の隅に歩いていった。冷蔵庫のなかに手を突っ込み、ベッドの横に戻ってくると、リンゴをアニーの手ににぎらせた。「ほら」

アニーは頭に痛みが走り、額にしわを寄せた。

「お腹は空いていない」とつぶやき、リンゴをベッドに置いた。

マーティンは舌打ちし、たしなめるような表情を痩せこけた顔に浮かべた。「果物はたくさん食べなきゃだめだ。顔色が悪すぎる」ベッドの端に腰をおろし、アニーの頬に手をあてた。「これからはもっと体を大事にしないとな」

アニーは身を縮めるようにして壁に背中をつけ、顔をそむけてマーティンの手を振り払った。

頭に浮かぶのは、暗闇のなかをこの男に追いかけられて、恐怖の悲鳴をあげる女性たちの姿だけだった。

「やめて、お願い……」

マーティンは体をこわばらせ、怯えた妹の顔を見て不安な目をした。「アナベル、ぼくを怖がらないでくれ」

アニーは唇を舐めた。嘘をつくのは不可能だとわかっていた。音速とも思える速さで心臓が鼓動を打ち鳴らすだけではなく、体じゅうが震えた。

「やってみるけれど、薬物を使われて、いまは手錠でベッドにつながれている状態ではなかなかむずかしいわ」

マーティンは口を引き結んだ。自分の妹を拉致したことを思いださせられたくなかったようだ。「やむを得ずにだ」とつぶやいた。

「どうして?」マーティンの自分に対する執着心に触れてはいけないと警告する心の声をアニーは無視した。嘘でも兄と絆のようなものを結べば、兄をなだめすかして満足させられるのではないか、という考えに当面はしがみつくしかない。兄が手錠をはずしてくれれば、脱出のチャンスをつかめるかもしれない。「わたしに会いたいなら、訪ねてくればよかったのに。なんならインターネットで連絡する手もあったでしょうし」と指摘した。「連絡をもらったら迷わず会いに行ったわ」

マーティンはふてくされたように口をへの字に結んだ。「言っただろう、ぼくたちのゲームを終わらせていないんだ」

ゲーム。

またそれだ。

アニーはマーティンの繊細な目鼻立ちの顔をまじまじと見た。まるで無害な人物に見える。隣に住んでいる男の子といった好青年のように。

いかにもアメリカ的なさわやかな見た目の裏に非情な人殺しの本性が隠れているとは、とても信じられない。

「そのゲームは行方不明の女性たちと関係があるの？」とアニーは無意識のうちに口走っていた。

とたんにマーティンは顔を紅潮させた。興奮したように目をぎらぎらさせて、出し抜けに腰を上げげた。「あの女たちは罰せられなければならない」と叫んだ。

これはまずい。マーティンの狂気をかき立てるつもりはなかった。

殺人に走る衝動の引き金を引いてしまい、兄にまた別の女性をつけ狙わせてしまったらどうしよう？

だめだ。そうなったら一生、自分を許せない。

「マーティン――」

「マーティだ」マーティンは露骨にちくりと訂正した。

アニーはゆっくりと深呼吸をし、慎重な口調で言った。「マーティ、彼女たちは罰せられるようなことはなにもしていないわ」

「おまえはわかっていない」

「だったら、話して聞かせて」とアニーは水を向けた。

地下室で自分を相手に話しているかぎり、マーティンがほかの女性たちに害を及ぼすことはない。

とはいえ、その煽りでマーティンを自分に引きつけておくことになってしまうが。

「あの女は邪悪だ」マーティンは憎悪を剥き出しにして顔をしかめた。「本当に邪悪だ」

アニーは胸が締めつけられた。「誰のこと？」

「母親だ」マーティンは吐き捨てるように言った。「憶えているか？」

アニーはためらいがちに首を振った。「いいえ」

硬い笑みがマーティンの口もとに浮かんだ。「よかった」

それはアニーも同じだった。母は兄と同じくらいゆがんでいたのではないかとだんだん確信してきたからだ。

「兄さんに暴力を振るったの？」アニーは穏やかな口調で尋ねた。

マーティンはぼんやりとした様子でジャケットの袖をまくり、腕を返して、肌についた数十もの丸い火傷の痕を見せた。「ときどき」

アニーが身を乗りだすと、金属同士がこすれる音がして、手首の皮膚に手錠が食い込んだが、気にも留めなかった。虐待のしるしを見せつけられるのだろうと、まえもって覚悟はできていた。レイフの調査によって、兄の幼少期は理想とかけ離れていたとわかっていたからだ。

しかし、これほど……むごたらしいとは。

「なんてひどいの」とアニーは声をひそめて言った。「煙草の火傷ね」

マーティンはさっと袖をおろした。苦痛がよみがえったせいか、顔をこわばらせている。「事故だとあの女はみんなに言っていた。ぼくが腕を骨折したのも、目のまわりに黒い痣をつくったのも事故ということにしたように」顔をしかめ、手を胸にあてた。「だんだんあの女はずる賢くなって、服で痕が隠れるところを傷つけるようになった」

ああ……そんな。

アニーは哀れみで胸が締めつけられた。

この人がしたことの恐ろしさがそれで薄れるわけではない。あるいは、いつ神経がぷつんと切れて、妹の喉を掻き切ってもおかしくないという現実を覆い隠しもしない。けれど、無防備な小さな子どもが実の母親からのむごい仕打ちに耐えなければならなかったと思うと、アニーは泣きたくなった。

「残念な話だわ」心からの言葉だった。

マーティンはぼんやりとうなずいた。自分の未来を破壊した過去につきまとわれている目をしていた。「暴力が最悪なんじゃなかった」しわがれた声で言った。「なによりいやだったのは、クロゼットに閉じこめられた日々だった」その存在を確認するかのように、窓に目をやった。「暗がりのなかで息もできなかった」

涙がアニーの顔を伝った。ベッドに横たわり、不当な仕打ちだという思いを噛みしめた夜は幾晩あっただろうか。悪名高きニュートンの殺人鬼を父に持つ以上の不幸など考えられなかったのだ。

自分がいかに未熟だったか、アニーはいまになって気づいた。

愛情を注いでくれて、守ってくれる人たちに育てられていた。最初は父で、父が亡くなってからは養父母に。その贈りものをあたりまえだと思っていた。けれど、もうけっしてあたりまえだとは思うまい。

「ああ、マーティ」とアニーはつぶやいた。

「ぼくはいい子になろうとした」マーティンはぎこちない足取りで、ベッドの端の近くに積み上げられた自転車のところまで歩き、そこで向きを変え、洗濯機と乾燥機のほうへゆっくりと歩いた。あたかもアニーがそこにいることさえ忘れてしまったような様子だった。「なんでも言いなりになろうとした。でも、なにをやっても不十分だった」

アニーは涙をぬぐった。胸が痛かった。「彼女は病気だったのよ」

「ちがう」マーティンはアニーのほうをさっと振り向き、空気を振動させるような怒りが発散された。「だから言っただろう……あの女は邪悪だったんだ」

アニーは心臓が止まりそうになった。ああ、どうしよう。まるで地雷地帯を歩いているような気分だ、なにが兄の逆鱗に触れるのかわからないまま。「そうね、そうだったわ」と彼女はすかさず賛同した。

マーティンは両手をにぎりしめ、見るからに冷静さを取り戻そうとしていた。

兄にはよくあることなのだろうとアニーもうすうす察しはじめたとおり、急に機嫌が変わってマーティンは晴れやかな顔になり、またにっこりと微笑んだ。「哀れな一生であの女がなした唯一まともな行ないは、おまえを授けてくれたことだ」再びベッドの縁に腰をおろし、あからさまに献身的な愛情をこめてアニーを見つめた。「おまえはぼくを救ってくれた天の恵みだった」

その言葉をアニーは信じた。

精神分析医ではないが、マーティンがいかに自分にしがみついてきたか、理解はできる。

兄は親から虐待されている少年で、おそらく社会から孤立していた。愛することや愛されることに飢えていたのだろう。

アニーはおずおずとマーティンに微笑み返した。赤ん坊だった妹との幸せな思い出に兄の意識を向けさせつづければ……生きのびることができるかもしれない。

「わたしはすごく幸運だったのね」とマーティンに語りかけた。「たいていの男の子は妹が生まれても天の恵みだなんて思ってくれないわ」

「おまえのことはぼくが愛してやらないといけなかったんだ」とマーティンはきっぱ

りと言って、顎を突きだした。奇妙なほどなじみのあるしぐさだった。アニーもむきになったときについ出る癖だ。「母親は赤ん坊を生んだことを忘れているも同然で、父親はそばにいたためしがなかった。ミルクを飲ませたり、寝かしつけたりしたのはぼくだった。おまえの体をきれいにしたり、寒くないように温めてやったりして、ぼくが守ってやったんだよ」

アニーはマーティンから目をそらさなかった。「わたしの面倒をよく見てくれたのね」

マーティンは身をかがめ、アニーの髪をそっと撫でた。幼いころに兄が何度もこうしてくれたのだろう、とアニーはなんとなく思った。

「ぼくがやらなきゃいけなかったんだ」マーティンは穏やかな声で言った。「ぼくはおまえの守護天使なのさ。だからあの女を倒さないといけなかった」

「母のこと？」とアニーは尋ねた。兄が誰のことを言っているのか、訊くまでもなかったが。

「そうだ」

「わかるわ」アニーはあわてて同調し、マーティンがまた不穏な状態に戻りませんようにと願った。「本当にそう思うのよ、マーティ。兄さんが母から受けた仕打ちに、誰であろうと耐えなきゃならないなんてまちがっているわ」

アニーのがんばりは報われず、マーティンは顔をこわばらせ、いきなり体をまっすぐに起こし、手をぎゅっとにぎり合わせた。

まちがいなく不穏な状態だ。

「自分のことは心配じゃなかったんだ」とマーティンはアニーに説明し、また部屋のなかを歩きはじめた。「あの女にもはやぼくを傷つける力はなかった。でも、おまえが虐待されるのは耐えられなかった」

アニーは驚いた声をあげた。「わたしは母に虐待されていたの?」

マーティンは当惑したような視線を送ってきた。アニーの反応に虚を突かれたかのようだった。「もちろんそうさ」淡々とした口調だった。「最初は、おまえがじゃまをしたとき、あの女はおまえをひっぱたいたり、小突いたりした。やがて、おまえを何時間もクロゼットに閉じこめるようになった」突然冷気を感じたように、マーティンは腕をさすった。「おまえの泣き声を聞くのはつらかった」

アニーは下唇を噛んだ。長いあいだ埋もれていた記憶が不本意ながら浮上しようとしていた。

アニーは暗闇のなかにいた。ひとりぼっちで、怯えながら。

けれど、すすり泣いているアニーの耳に声が聞こえた。なだめるような小さな声に恐怖はやわらいだ。

「兄さんはわたしに話しかけてくれた」とアニーはつぶやいた。「ドアの向こうから」

「そうだよ」マーティンは明るい表情を見せた。妹が思いだしたから、うれしいの？

アニーはうれしくなかった。おぞましい記憶を忘れてしまいたかった。小さな子どもにそんな仕打ちをした母親もろとも。「おまえによく本を読み聞かせてやったんだよ」

マーティンはさらに話しつづけた。「『ビロードうさぎ』がおまえのお気に入りだった」

アニーは思わず顔をしかめそうになった。レイフの祖父の家の揺り椅子に置かれていた本の意味がこれでわかった。

「わたしに送ってきたわらべ歌は？」とアニーは尋ねた。不思議なことに本のことは憶えていたけれど、わらべ歌のことは憶えていなかった。「あれもお気に入りだったの？」

マーティンの表情は硬くなり、警戒するような目つきになった。「いや、あれはぼくの誓いだった、誰にもおまえを傷つけさせないという」

アニーは首を振った。「なんだかよくわからないわ」

「だろうね」

「マーティ――」

「最後の日、あの女は泣いているおまえをバスルームに連れていった」わらべ歌の重要性を説明する気はさらさらないようで、マーティンはアニーの言葉をさえぎった。おそらくあの詩の意義は兄のゆがんだ思考のなかにしか存在しないからだろう。「泣きやませるのはこれっきりだ、とぼくに言った」

その言葉の意味は時間をかけ、じわじわと頭にはいってきた。

ちょっと待って、母が三歳の子どもをクロゼットにとじ込めたという事実すらまだのみ込めずにいた。そこへ来て、いまマーティンに聞かされている話は……どういうこと？　血も涙もない母はわたしを殺そうとしていたの？

「まさか」

ぞっとしたアニーにマーティンはうなずいた。重苦しい表情から察するに、自分が言い聞かせている話を本当に信じているようだった。「あの女はおまえを溺死させようとしていた」断言する口調だった。「ぼくはそれを阻止しなければならなかった」発作的に心痛がよみがえり、全身が締めつけられているようだった。「なにがなんでも」

アニーは罪悪感に襲われた。

ばかげた発想かもしれないが、マーティンを殺しへと駆り立てた責任は自分にあるような気がしたのだ。

マーティンの告白によれば、虐待に慣れてしまったので、もはや兄を傷つける力は母になかった。

妹が生まれるまでは。

妹は兄をさらに厳しく罰する道具にされてしまったのだ。

アニーは無意識のうちに手を伸ばし、マーティンの手をにぎった。「兄さんがわたしの命を救ってくれたのね」理解したことをはっきりと兄に告げた。「だからわたしは生きている」

マーティンは視線をおろし、アニーを見た。その目は奇妙なほど生気がなかった。

「でも、おまえはまだ危ない」

アニーは眉をひそめた。なにかが起きている。危険な緊張感で空気をぴりぴりさせるようななにかが。

「そんなことないわ、マーティ」アニーはなだめるような口調でささやいた。「もうわたしは兄さんに救いだしてもらったのだから」

マーティンは首を振り、顔をまた紅潮させて、アニーの手をぎゅっとにぎり返した。

「おまえはあの女に狙われている」

アニーはたじろぎ、痛いほど強くにぎられた手をこっそり振り払おうとした。「あの女って誰のこと？」

「母親だ」

お母さんのことなの？　ちょっと、これは。アニーは血が凍るほどぞっとした。いよいよついていけなくなってきた。マーティンが狂気に陥りはじめたと、感じとれるようだった。

けれど、どうやってそれを止められる？

わかりやすい手段に訴えようか。

「兄さん、お母さんは死んだのよ」

「ちがう」マーティンは激しく首を振った。「あの女はここにいる」

アニーは地下室のなかをさっと見まわした。「この部屋に？」

マーティンは身をかがめ、鼻先を突き合わせるほど顔を近づけた。「あらゆるところに、だ」

古びたキッチンは、マックスが設計してヒューストンにつくったハイテクを駆使したオフィスから抜けだした世界に変貌していた。こちらは手狭で、電力は頼りなく、インターネットの接続速度は遅かったが。

しかし、ティーガンはキッチンカウンターに並べたコンピュータのまえに立ち、無線の接続がまるで中世の暗黒時代並みだとぼやき、マックスは電波のつながりが不安定ながらルーカスの電話の声をどうにか聞きとろうと奮闘していたものの、ふたりとももっとひどい状況を過去に経験していた。

頭上数センチに銃弾が飛んでくるなか、砂漠の塹壕を進むほどタフだった。

マックスはルーカスとの電話を切るや、レイフに電話をかけた。

「なにかあったか?」とレイフは尋ねた。

「ルーカスは空の上にいる」壁に貼りだした大きな地図を見ながらマックスは言った。「十五分以内に捜索対象地域に到着予定」

「了解」とレイフは言った。「こっちはコンビニエンスストアに到着したところだ」

部屋の向こうからティーガンがうなり声をあげた。「侵入した」

「切らずに待っててくれ、レイフ」とマックスが指示を出した。「ティーガンがATMのカメラから映像を引きだしている」

マックスはティーガンの横に移動した。ティーガンはマウスをクリックし、監視カメラの不鮮明な映像を早送りしていた。

緊迫した数分が過ぎ、ティーガンは画面を止め、ATMのまえを通過した様子がはっきりと映っている黒いトラックを指差した。

「いたぞ、あれだ」とティーガンは大声をあげた。「北へ行った」

マックスは電話に向かって言った。「聞こえたか？」

「ああ」とレイフは答えた。「コンビニエンスストアから北に三キロ、東に五キロの地域を集中的に捜索する。アニーが幻覚で見たロバーツ家の農場もその範囲に含まれる」

マックスは顔をしかめたが、あえて反論はしなかった。幻覚で真実が見えるのか否かはさておき、どこかを起点に捜索を始めなければならない。

さらに有用な情報がはいってくるまでは、さしあたりロバーツ家の農場付近を調べるのは悪くない。

「ルーカスに知らせる」とマックスはレイフに告げて電話を切り、地図のまえに戻った。

GPSの座標を確認すると、その情報をルーカスに送った。

「それでもまだ範囲は広いな」ティーガンはマックスの隣に来て、レイフが捜索する地域を指でたどった。

マックスはうなずき、携帯電話をにぎりしめていた。部屋の向こうに投げつけてしまいそうだ。

彼はめったなことでは感情を表に出さない。子どものころ、同い年のたいていの少年たちより大柄で、腕力もあった。つまり、かっとなれば、最後は誰かに怪我をさせた。

そこで、いざこざが起きれば、こぶしではなく頭を使って解決する癖をつけたのだった。

しかし今日はその自制心が容赦なく試されていた。

病院のベッドで寝ているべきレイフが不調を押して、連続殺人犯の捜索に出ているからという理由だけではない。頭の片隅に引っかかっている手がかりがあるからだった。

重要なのではないかという気がしてきた手がかりを、この目で見るか、耳に入れるか、手で触れるかしていた。

しかし、どれほど頭をひねっても、それがなんなのか突きとめることができない。

それがひどくもどかしかった。

気が散って仕方ないので、神経を集中させようと、マックスは地図を凝視した。いまはアニーを捜しだすことだけに集中する必要がある。

集めた証拠はあとで調べ直し、なにが気になっているのか確認すればいい。

「大部分は農地だ」マックスは指摘した。「つまり、捜索の範囲はしぼり込める」

ティーガンはうなずき、大きな体から緊張をみなぎらせていた。マックスとちがい、この年下の仲間はめったに感情を抑えようとしなかった。

「その地域の所有者の情報を引きだしてみる」ティーガンはそう言い残し、コンピュータのまえに戻った。忙しくしていなければという切迫感に駆られているようだった。その苛立ちはマックスも同じだった。「売りに出されているか、差し押さえられている家はないか」

「いいところに気がついたな」マックスはテーブルに寄りかかり、ティーガンがコンピュータのキーボードをたたき、魔法を起こす様子を見守った。

「当然だろ」ティーガンはコンピュータの画面から目を離しもしなかった。

マックスはふっと笑い声を洩らした。ティーガンが自信喪失に陥ることはけっしてない。

やがて、レイフのことを思い浮かべ、マックスの顔からゆっくりと笑みが消えた。レイフは愛する女性をどうしても捜しだそうとしている。

アニーの居どころを突きとめられなかったらレイフはどうなるのかと思うと、たまらない気持ちになる。

レイフは立ち直れないかもしれない。

「見つけられたらと願うばかりだ」マックスは思っていることを口に出していた。ふと気づくと、ティーガンは作業をつづけながら肩をこわばらせていた。

「あたりまえだろ。ニュートンの殺人鬼のリストにこれ以上被害者を増やしてたまるか」とティーガンはつぶやいた。

「レイフのことを思って、つい願望が口をついて出たのさ」マックスは足の位置を変え、硬い表情を浮かべたティーガンの横顔を見た。「アニーを助けられなかったと思ったら、レイフは生きていけないんじゃないかな」

「レイフだけじゃないさ」ティーガンは顔をこわばらせた。「おれたちはみんなアニーを見殺しにした責任を感じる」

「おまえが気にするとは意外だな」マックスはティーガンの反応に驚いた。

レイフが恋煩いをしていることは全員が知っていた。そう、レイフはアニーにひと目惚れをしたようなものだった。だが、ティーガンは、控えめに言っても、懐疑的だった。

ティーガンはふんと鼻を鳴らした。「レイフはアニーを手離さないさ。つまり、おれたちの仲間だ」

マックスはすこしの距離をつめ、ティーガンの真横に立った。「これは認めなきゃな、驚いたよ」

「どうしてだ？」

「彼女とかかわるのはレイフによくないとおまえは心配していた」

ティーガンは皮肉っぽい目つきでマックスをちらりと見た。「アニーは連続殺人犯に追われている身だ。そういう心配をするのはあたりまえだろう？」

マックスは顔をしかめた。

たしかに一理ある。

ニュートンの殺人鬼がつかまるまで、アニーのまわりにいる全員が危険にさらされる。

「たしかに」

「でも、レイフはどうするか自分で決めた」とティーガンは言った。「つまり、おれたちはレイフをささえる。それが友だちだ」

ティーガンの声には力みがあり、レイフに手を貸したいという強い気持ちは友情によるものだけではないのでは、とマックスは思った。「思うところがあるんじゃないかという気がする」

ティーガンは目をくるりとまわした。「詮索好きだな。それは自分でわかってるか、マックス？」

「そっちこそどうなんだ？」マックスが言い返した。

「べつに」

マックスは頭をのけぞらせて笑った。「ティーガン、おまえはコンピュータでおれの情報を検索して、両親が詐欺罪で三十年の刑期を務めていることや、銀行の口座番号や、クリスマスをスイスで過ごすために航空券を買ったことを調べ上げただろう？たぶんおれの下着のサイズだって知っている」

ティーガンは唇をゆがめた。「わかったよ、おれは詮索好きだ」

マックスは目を細くした。「だったら、どういうことか聞かせてくれ」

ティーガンはまずはコンピュータのキーを押してからその場を離れ、キッチンのなかを移動し、冷蔵庫のドアをあけた。なかに手を突っ込み、オレンジジュースの小さなボトルを取りだした。プラスチックのふたを引きはがし、ひと息でほとんど喉に流し入れた。「レイフは感情を大事にする。心に浮かんだことを素直に受けとめる」

「ああ、そうだ」マックスは即座に賛同した。レイフは衝動的で、あきれるほど直感をあてにしている。そして、太っ腹があだになり、ともすると人からつけこまれてしまう。「給料が出ると二日で金欠だった。野営地のたかり屋たちはレイフなら金を貸してくれると知っていたから」

「帰国後もおれたちと連絡を取り合いたいと決めたら決めたで、ラスヴェガスで同窓会も開かなかった」ティーガンが先をつづけた。「いきなり会社を興した」

「なにが言いたいんだ？」

「レイフはなにかに入れ込むと、とことん入れ込む」ティーガンは裏口の横にレイフが置いた箱に空いたボトルをほうり込んだ。レイフの祖父はごみのリサイクルに熱心ではなかった。そう、ご老人は不用品を捨てもしなかったようだ。つまり、レイフはまだがらくたの仕分けに取り組んでいる途中というわけだ。「愛する女を選ぶ段になると特にそうだ」

マックスは仲間の目をじっと見た。「恋愛はそういうものじゃないのか？」

その目に苦悩が浮かんだ。長いあいだティーガンがかかえてきたのではないかとマックスがうすうす思っている苦しみで、黄金色の瞳は陰りを帯びた。

「ああ。だからこそおれたちはなにがあっても、たとえ連続殺人犯が立ちはだかろうとも、ふたりの仲を引き裂かせてはいけない」

いやはや、これは驚いた。マックスはまじまじと相棒を見た。彼ら五人は兄弟のように親しいかもしれないが、出会ったのはアフガニスタンでだ。

つまり、ともに地獄を見て、凄腕の調査員だけが確認しうる徹底した素行調査を通っているとはいえ、それぞれの過去については大部分が謎のままだ。

ティーガンがこれまで女性の話題に触れたことがあるか、マックスは思いだせなかった。

「彼女の名前は?」

このときばかりはティーガンも無表情になり、なにを考えているのかまったく読みとれなかった。「なんの話かさっぱりわからないな」

そう言われると、当然ながらマックスはさらに話を訊きだしたくなった。

「おまえの心を引き裂いた女性のことさ」マックスははっきりと言った。「なんていう名前だったんだ?」

「よせよ」ティーガンはまたコンピュータのまえに戻った。

相棒はこういうことをよくするのだろう、とマックスはなんとなく思った。現実から目をそむけ、コンピュータの世界に埋没する。

「せめてこれだけでも教えてくれ、かわいい女だったかどうか」マックスはからかい半分に言った。

しばらく沈黙していたが、やがてティーガンはマックスをぎろりとにらんだ。「かわいくはなかった。すこぶるつきの美女だったよ」

マックスは目を丸くした。つまり、女はいたんだな。

「なにがあったんだ?」

ティーガンはコンピュータに視線を戻した。「その話はしない」

「わかった」マックスはすぐに引き下がった。

彼らはそれぞれ、逮捕令状が出ていたり、借金まみれになっていたりする人間とビジネスを始める破目にならないか、たしかめるべきことはたしかめたかもしれないが、仲間同士であってもよけいなことに首は突っ込まない。

まあ、必要だと考えれば話は別だ。

そうなったら……どうなるかわからない。

マックスはテーブルに戻り、手近にあった日記帳を開き、やけに几帳面な文字で書きつけられた記述を熟読した。マーティン・エマーソンのような頭のいい男がニュートンに戻る計画を日記で明かしているとは思えないが、本人の意図につながる手がかりがなにかしら見つからないともかぎらない。

なにもなかったとしても、施設を抜けだしたあとマーティンが誰かに助けてもらったとして、その友人なり知人なりの名前が見つかるかもしれない。

新聞の切り抜きに目を通していると、外で物音がして集中力が途切れた。マックスは眉をひそめて顔を上げた。「車の音か?」

ティーガンはすでにキッチンを出て居間にはいり、正面側の窓から外を見ていた。

「まずい」

「どうした?」とマックスが尋ねた。

ティーガンは肩越しに振り返り、険しい表情を浮かべた。「保安官だ」

たしかにまずい。

「引きとめておけ」マックスは手短に指示を出し、レイフがマーティン・エマーソンの病室から盗みだした数冊の日記帳と、焼け落ちるまえに裁判所からこっそり持ちだされた写真をすばやくかき集めた。

ブロック保安官はほら吹きかもしれないが、この小さな町の法の執行者だ。

警察当局に直接提出してしかるべき証拠がここにあると保安官に知られたら、マックスにも打つ手はほとんどなく、ただ引き渡すしかない。

アニーが無事にレイフの腕のなかに戻るまでは、そうするつもりはさらさらない。

23

苦痛を通り越し、怪我をしそうなくらい強く手をにぎられて、アニーは息をのんだ。「兄さん」兄の目に狂気じみた熱気がくすぶるのを見てとると、思わず口ごもり、咳払いをせずにはいられなかった。これはまずい。マーティンは逆上し、アニーの手をにぎりつぶすほど力を入れていることにまったく気づいていない。「ねえ、痛いわ」アニーは穏やかな口調で訴えた。

さらにしばらくたってから、マーティンは目をしばたたき、自分を苦しめていた場所からゆっくりと現実の世界に戻ってきた。

苦しげな声を洩らすと、マーティンはいきなりアニーの手を離し、ぎこちない動きでベッドからあとずさった。

「すまない」肌寒い部屋にいながら額に浮き出た汗を手でぬぐった。「許してくれ、アナベル」

アニーは手を膝におろし、ずきずきと痛むそぶりは見せなかった。マーティンは理由もなくかっとなる。自制心を失いかけているように見えないときにも。「大丈夫よ」マーティンは顔をしかめ、手を額から下げて、胸の真ん中に押しあてた。窓から差し込む日差しのなかに立っていると、実際の年齢よりもずっと若く見えた。そして、奇妙なほど無防備にも見えた。

けれど、兄への哀れみが増したからといって、兄が罪もない女性たちを殺した非情な殺人鬼である事実が見えなくなるほどアニーは愚かではない。

「怖いんだ」ややあって、マーティンは悲痛な声で言った。

「怖い？」アニーは簡易ベッドの上で姿勢を変え、腰の痛みをやわらげようとした。この地下室にどれくらいまえからいるのだろう？　それより問題なのは、ここからどうやって出るか、だ。「なにが怖いの？」

「おまえの安全を守ってやれないいんじゃないかってことが」

「でも、わたしは大丈夫よ」

「いや、大丈夫じゃない」マーティンは顔をしかめた。危険にさらされている自覚のないアニーに苛立っているようだった。「あの女を見たんだ」

アニーは唇を舐め、心のうちとはうらはらに冷静を装った。

「ねえ、マーティ。それはありえないわ」どうにか兄をなだめようとした。たぶん機嫌を取るほうがいいのだろう。口答えされたくないようだから。けれど、妄想にどっぷりとはまり込んでいくのは困る。母親が暗がりにひそんでいると信じているかぎり、こちらがいくら説得しても、手錠をはずして地下室から解放してくれないだろう。「母はもう死んだのよ」

マーティンはきっぱりと首を振り、階段に目をやった。「墓から出てくるんだ」盗み聞きされるのを恐れるかのように声をひそめた。「おまえに会いに来るまでぼくもわからなかったけど」

「えっ?」アニーは兄の言葉に困惑し、首を振った。「会いに来たの?」

「ああ」マーティンの表情はぱっと明るくなった。「おまえの十歳の誕生日だった」

訪ねてきたというのはどうせ想像の産物だろうと決めつけていたので、アニーは突然、恐怖に襲われて凍りついた。

十歳の誕生日。

連続殺人事件が始まったころだ。

いや、始まったころどころか、女性が行方不明との一報が流れたのは誕生日の翌日だった。

それははっきりと憶えている。

つまり……。

自分がいなければ、あの女性たちは命を落とさなかった。

「まさか、そんな」罪悪感が波のように胸に押し寄せた。「兄さんはわたしがいるからニュートンに来たのね」

アニーの恐怖を誤解したようで、マーティンは手を上げた。

「おまえに迷惑をかけるつもりはなかった」あわててそう断言した。「ただ会いたかっただけだ。家族の古い友人のふりをしてでも、おまえがロウソクを吹き消す姿を見たかった」憂いを帯びた表情を浮かべ、あたかも妹と一緒に過ごしたいと願うどこにでもいる青年のようだった。「無理な願いには思えなかった」

アニーはのみ込まれそうになった闇からどうにか抜けだした。

ニュートンの殺人鬼を生み出した自責の念はあとで整理すればいい。さしあたって、生きのびて、脱出することがすべてだ。

あるいは、レイフに捜しだしてもらうことが。

いずれにしても、そのどちらかだ。

「誕生日会に兄さんもいたのは憶えていないわ」アニーは喉を引きつらせながらどう

にか声を出した。

マーティンはベッドのところに戻り、端に腰をおろした。「おまえが無防備だと気づいたからだ」アニーの頬にそっと指をかすめさせた。「母親がおまえのまわりにいた。おまえを傷つけようと手ぐすね引いているのがわかったんだ」

アニーはぞっとして鳥肌が立ったが、マーティンの手から逃れないように自分を抑えた。「母がその場にいたら、わたしもわかったはずよ」

「いや、おまえにはわからない」マーティンはアニーの顎をつかんだ。かろうじて痛くない程度の力加減だった。「ほかの女たちのなかに隠れていたからだ」

アニーは体をじっとさせた。急な動きは兄を興奮させてしまいかねない。

「その人たちは兄さんが……」言葉につまった。

どういう言い方をすればいいのだろう?

〝兄さんが連れ去って、縛り上げて、殺した女性たち?〟

マーティンはけろりとしていた。もしかしたら病気のせいで、みずから手を染めた凶悪犯罪は容認できる程度の行為にねじ曲げられているのかもしれない。

「あの女たちは邪悪だった。ひと目見るなりわかった」マーティンは顔の脇に汗をしたたらせて言い張った。冷静さを保とうと力んでいるのだろう。「だからぼくは観察して、待った。女たちが汚れた本性を見せるあいだ、つねに闇に身を隠していた」

アニーは身震いをした。見られているとまったく気づかずに庭で遊んでいるあいだ、兄は核シェルターに隠れていたのだろうか。

そう思っただけで何年も悪夢を見そうだ。

「世の母親という母親が悪いわけではないわ」

マーティンは眉根を寄せた。「そんなことわかってるさ」

「だったら――」

「おまえは女たちの目を見ても気づかなかったけど、ぼくは気づいた」マーティンはアニーに反論を許さず、顎をつかんだ指に力を入れた。

アニーはたじろいだ。「なにに気づいたの?」

マーティンは身をかがめ、鼻と鼻が触れるくらい顔を近づけた。「あの女が戻ってきたんだ。だからおまえが見つけられてしまうまえに、あの女を止めないといけなかった」

「ああ、なんてことなの」アニーは目をつぶった。狂気にゆがんだ兄の顔は見るに堪えない。「その人はお母さんじゃなかったのよ、マーティ」

アニーがパニックを引き起こしそうだと察したのか、マーティンは顎から手を離し、さっと立ち上がった。

「いや、ちがう。あの女は戻ってきた」マーティンは言い張り、気を鎮めようと部屋のなかを歩きはじめた。「でも、ぼくのほうがあの女より頭がよかった。あの女を排除する方法がちゃんとわかったんだ」

アニーは無理やり目をあけた。

思いのほか大変だった。

目をつぶりつづけたい気持ちもあった。手錠をかけられ、頭のおかしい兄と地下室にいるわけではないことにしたい、と心の片隅では思っていた。

臆病者？

くやしいけれど、そうだ。

もっと言えば、危険でもある。

いくら気持ちがそそられても、マルガリータを手に暖かな浜辺で寝ころんでいるピクニック気分では脱出できない。

「女性たちをさらえばお母さんを排除できると思ったの？」

マーティンはうなずいた。アニーが話を聞いているようでほっとした様子だった。

「ほら、あれはぼくらの秘密のゲームだったんだ」

「ゲーム?」

マーティンの顎の筋肉がぴくっと動いた。「ぼくが国語のテストで赤点を取ったとき、母さんはひどく怒った。おまえは努力が足りない、と母さんに言われたけど、ぼくはまじめに勉強していたんだ」

アニーは眉を上げた。母についてわかってきたことを考え合わせると、マーティンの成績に母が興味を示すとは思えなかった。

マーティンが学校にちゃんとかよっていたことも驚きだった。

「兄さんは最善を尽くしてがんばっていたのね」

「いや、最善じゃない。ぼくはエマーソン家の人間だ」マーティンは突然、背中をぴんと伸ばし、肩を怒らせた。「つまり、優秀でなければ許されない。ぼくは詩の暗唱でしくじり、罰を受ける破目になった」

アニーはマーティンの説明の重要性にすんでのところで気がついた。

マーティンが置いていった手紙でひどく動揺したので、詩と言われてぴんときたからだった。

「〝一羽なら悲しみ〟」アニーはゆっくりと言った。「あれはその詩だったのね」

マーティンは目を曇らせた。「ああ」

「どんな罰だったの？」

「椅子に縛られ、詩の暗唱をさせられた。何度も何度も」マーティンは部屋のなかを歩きまわっていた足を止め、腕の内側をさするとはなしにさすった。「詩句を言いまちがえるたびに、失敗の代償を思い知らされた」

常軌を逸した母はどんな代償をマーティンに払わせていたのか。そんなことは知りたくないでしょう、とアニーは自分の胸に言い聞かせた。過去は変えられない、そうでしょう？

けれど、頭ではちゃんとわかっているのに、唇が動いていた。

「思い知らされた？　それはつまり……」アニーは、マーティンがさすりつづけている腕に視線を下げ、小さく息をのんだ。肘から下の内側に小さな火傷の痕が点々とついていた様子がはっきりと脳裏によみがえった。「母に焦げ痕をつけられたのね」とかすれた声で言った。「煙草で」

思惑以上にさらけだしてしまったというように、マーティンは即座に手を体の脇におろした。「ゲームの一部だったのさ」

アニーはてのひらに爪が食い込むほどぎゅっと手をにぎりしめた。ああ。たとえ心が病んでいたのだとしても、自分の息子を縛り上げ、煙草で火傷をさせる母親がいるだろうか？

想像を絶する内容だ。

「ゲームじゃないわ」

マーティンは肩をすぼめた。「母さんにとってはゲームだった」

残念な気持ちでアニーの胸は引き裂かれた。

ヴァージニア・コール・エマーソンが精神を病んだ鬼のような母親ではなかったら、兄がどんな人間になっていたか誰にもわからない。子ども時代が生き地獄でなければ、兄は自分の母親を殺さずにすんだかもしれない。

生まれて初めて、アニーは父に激しい怒りを覚えた。

たしかに父は献身的に娘を育てたかもしれないが、息子を見捨てたことは否定できない。

救いの手を差し伸べなかったことは。

ジェイムズ・エマーソン大佐はしっかりと教育を受けた、きわめて聡明な人物だった。自分の妻が精神不安定であるとわかっていたはずだ。息子が怪我をさせられているることも当然気づいていなければおかしい。

そして、アニーがバスタブで母親に溺死させられそうになるのを止めにはいるべき人物だった。

けれど、家族よりも自分の出世を優先し、家庭内の問題に見て見ぬふりをしていた。

「とても残念に思うわ」アニーは心から遺憾の意をこめて言った。「すべてのことを」

マーティンはアニーの同情に露骨に気分を害し、体をこわばらせた。「べつに残念じゃないさ」また顔の脇に汗をしたたらせた。「あの女よりも賢くならなければだめだと気づかせてくれたのだから。あの女の仕掛けるゲームで上手を行かなければ、あの女は倒せなかった」

どうしてマーティンは汗をかいているのだろう？　この地下室は凍えるほど寒いのに。

「そう、倒したわ」アニーはマーティンに思いださせた。「兄さんは母を倒したのよ」

「いや、倒そうとはしたけど、ゲームは中断された」マーティンはてのひらにこぶしをたたきつけ、また部屋のなかを行ったり来たりと歩きはじめた。「今度こそゲームを終わらせて、あの女を葬り去る」頭のなかで声が聞こえるかのようにうなずいた。

「そう、本当に葬り去ってやる」

全身を貫く激しい恐怖に襲われ、逃げようという考えは突然消えてしまった。

大変だわ。アニーは体が震えた。兄はまだ女性を殺しつづけるつもりだ。

なにか手を打って、兄を止めなければ。

「ねえ、お願いよ、マーティ」アニーは手を差し向けた。いましがたきつくにぎられたせいで、その手にはまだ痛みがあった。「あの人たちにはなんの罪もないのよ」

「そんなことはない」マーティンは息を荒げ、アニーをにらみつけた。「あの女たちのなかに母さんがいる。ぼくにはわかるんだ」

「あの女性たちは――」

「もういい」マーティンは怒鳴り声をあげてさえぎった。苛立ちが爆発した勢いで室温まで上がったようだった。「母さんがいなくなったら、ここを出て、一緒にやっていける。ぼくたちふたりで」マーティンは高ぶる興奮を見るからに必死で抑え、身を乗りだしてアニーの手を取った。「おまえもそうしたいだろう、アナベル?」

またしても手を強くにぎりしめられ、アニーは痛みでうめきそうになる声をのみ込み、精いっぱい無理をして口もとに笑みを浮かべた。

「ええ、ぜひそうしたいわ」アニーはマーティンの慎重な目を見つめ、きっぱりと言った。「どうせなら、すぐに行きましょうよ。いますぐに」

「それは……」マーティンは明らかに心を動かされたようだったが、顔をしかめた。

「それはできない」

「もちろんできるわ」アニーは励ますように言った。罪もない女性たちを犠牲にしなくても妹の身を守れると、どう説得すればいいのだろう？　「ニュートンを離れて、遠くへ行くの」

マーティンは首を振った。「母さんに見つかる」

「いいえ」アニーは手錠が手首に食い込むのもかまわず、身を乗りだした。「デンバーのわたしのマンションに行けばいいわ。そこまではお母さんだって追ってこられない」

マーティンは気持ちがゆらぎ、芽生えはじめた希望に悲壮な表情がやわらいだ。

「ふたりで暮らすのか？」

涙がこみ上げるような痛みにアニーの胸は締めつけられた。

「兄さんとわたしのふたりで」

マックスが日記帳をオープンに突っ込んだところで、玄関のドアがあく音がした。

「なんだ？」ティーガンはいつものぶっきらぼうな口調で声をあげた。

「ヴァルガスはどこだ？」ブロック保安官が尋ねた。

「アニーを捜している」わざと間を置き、ティーガンはジャブを放った。「それこそおたくがやるべきことじゃないのか？」

マックスは保安官を見なくても、顔を紅潮させ、両手をにぎり合わせている姿は想像がついた。

ティーガンにかかれば聖人さえ度を失う。

「だからここに来た」保安官は食いしばった歯のあいだから声を発した。「警察犬にアニーのにおいをかがせるものが必要になるのを見越して」

侮辱的な間合いをはかり、ティーガンはあきらめのため息をついた。「なるほど。なにか取ってくる」

マックスは顔をしかめ、コンピュータのスクリーンセーバーを起動させた。足音が近づいてきたので、保安官がやってきて、のぞき見しようとするのではないかと警戒したのだ。

聞くところによれば、この法執行者は目下びくびくしている。

無実の男を殺したことが発覚するのではないかと恐れているからかもしれない。

それどころか、本当の殺人鬼を逃がしてしまい、その結果真犯人が町に舞い戻り、犯行を再開する事態を招いたと発覚したが最後、職を失うのではないかと恐れるのはもっともだ。

いずれにしても、保安官に横槍を入れられ、アニーの捜索を台無しにさせるつもりはない。

糊の効いた制服姿の保安官がキッチンにはいってきた。制服に見合う帽子を四角い顔の上に載せている。血走った目とウィスキーのにおいがする息に気づかなければ、いかにもしかつめらしい様相だ。

一杯聞こし召すには少々時間が早い気もするが、マックスは保安官が疑いの目を部屋の隅々に走らせているほうがずっと気になった。

ただ詮索好きなだけか。それとも、なにか特定のものを探している？

黙ったままでいるマックスに、とうとう注意を向け、うなり声を洩らした。「作戦を実行中ってわけか」

マックスは顔から表情を消し、肩をすくめた。「協力しようとしているだけだ」

保安官は疑わしそうな態度のまま、シャツにつけた光り輝くバッジを強調するように腕を組んだ。「ヴァルガスが言うには、あの子に会いに行ったそうだな……アニーの兄に」困惑を装って、わざとらしく顔をしかめた。「なんて名前だったかね？」

「マーティン・エマーソン」保安官は病院を出た足で事務所に戻り、アニーの兄について すぐに調べたはずだ。それは双方ともにわかっていたが、マックスはとりあえず答えた。「彼は施設にいなかったと、レイフから聞いているはずだ」

「ああ。だが、ヴァルガスはなにか情報をつかんだんだろう？」

「マーティン・エマーソンがニュートンの殺人鬼だと疑うに足る情報を」マックスはまた肩をすくめた。「アニーをさらったのも彼だろうと」

保安官は顔を引きつらせた。田舎の気のいい威張り屋という顔の裏で、理性が崩壊しかけている気配が垣間見られた。

ピンチで手腕を発揮するタイプの法の番人ではないようだ。

「本人と話ができなかったのなら、どうして殺人犯だという結論に達したんだ？」

マックスは壁にもたれ、慎重に言葉を選ぼうとした。保安官はとんまなやつかもしれないが、バッジを持っている。法律に触れて面倒になりかねないあからさまな嘘は避けたほうがいい。「たぶん、日記や写真が病室に隠されていたんじゃないかな」

「日記？」保安官は顔に血をのぼらせて、テーブルのほうに視線を走らせた。「どこにある？」

「レイフの話では、ＦＢＩに送ることにしたようだ」これは完全に事実だ。目下のところオーブンのなかに隠されている、という部分は省略したが。

保安官は口汚く毒づいた。「こっちに渡すべきだろうが」こぶしで胸をたたいた。

「捜査責任者はこのおれだ」

マックスは眉を上げ、おもしろがっている本心を慎重に隠した。保安官はどこにでもいるがき大将だ。簡単には怖気づかない者たちの扱いは得意ではない。

「ウィスコンシン州は管轄外だ」マックスはさらりと指摘した。「思うに、情報を共有すると向こうの警察当局が決めたら、おたくに連絡を取る」

保安官はマックスをにらみつけた。「日記にはなにが書いてあったんだ?」

「ほとんどがたわ言だったと思う」

「ばかを言うな」保安官はうなり声をあげた。紫色と呼べるほど顔を赤黒くしていた。

「ヴァルガスはなにか見つけた」

「レイフに訊いてもらわないと」

保安官は目を細くした。「証拠をわざと渡さずにいるとわかったら、おまえを牢屋にぶちこんでやる」

脅しの余韻を残すうちにティーガンがキッチンにはいってきた。年下の仲間は即座に敵意を剝き、スウェットシャツを保安官の手に押しつけた。

「ほら、それだ」黄金色の目にあからさまな反感をくすぶらせ、うなるように言った。「てっきりすぐにでも捜査を始めるものかと思っていたけどな」

保安官はスウェットシャツをつかみ、マックスをまだにらんでいた。

「おれが蚊帳の外に置かれなければ、捜査はぐんとはかどる。なにか隠そうとしているんじゃないかね」

「なにを隠すんだ？」マックスはいっさい顔に出さなかった。

ルーカスのような口達者ではないものの、マックスとて昨日今日嘘をつきはじめたわけではない。

おむつが取れるか取れないかするうちから、母親にいかさまを仕込まれていた。

「おそらくアニーが兄貴と共謀している事実だろうよ」保安官は怒鳴り声をあげた。

はい、不正解。

ティーガンはしたり顔の保安官を殴り飛ばしたい衝動に体を震わせながら、目のまえで食ってかかった。「そんな思い込みをするほど浅はかとはな」

「口のきき方に気をつけろよ、タコス野郎」保安官は警告の言葉を発しながらもあわててうしろに飛びすさった。

保安官はひと言多いやつかもしれないが、大ばか者ではない。

ティーガンが本気になったら、八つ裂きにされてもおかしくないとわかっている。

「人種差別をするならするで正確にやれよな、とっつぁん」ティーガンは間延びした口調で言った。「おれはポリネシア系だ、ヒスパニック系じゃなくて」

こじれるときにはことは簡単にこじれると心得ていたので、マックスは友人の腕をつかみ、やんわりと保安官から遠ざけた。

「ティーガン」穏やかな口調で諫めるように言って、友人の怒りをなだめると、保安官に注意を戻した。「そもそもどうやってニュートンの殺人鬼を発見したんだ？」

ブロック保安官は首をめぐらしておずおずとマックスの目を見た。とまどいの表情を浮かべ、額にしわを寄せた。「なんだって？」

「十五年まえ、核シェルターに隠されていた女性たちの遺体を発見したのはあんただった」とマックスは言った。警察の調書に目を通したときから気になっていた疑問だったが、とにかく注意をそらす話題を提供することがいまは大事だ。ティーガンは世話が焼けることもあるが、こんなやつに撃たれるのは見たくない。「どういういきさつだったんだ？」

保安官はためらいを見せた。質問を無視するつもりか？

「どこかから通報があった。通信係は通報者の名前を聞き取れなかったが」保安官はようやく認めた。

「通報者を特定しなかったのか？」

「ああ」

垂れ込みの出どころを警察はあまり熱心に追わなかったのではないか、とマックスはなんとはなしに思った。

でも、なぜだろう？

「通報者は実際に核シェルターにはいったのか？」

「なんだってそんなことが気になるんだ？」

マックスもよくわからなかった。ただ、一連の殺人事件に引っかかることがある、ということとしかわからなかった。

「マーティンの犯行にパターンがあって、それに気づいた地元の住民がいるのなら、それがマーティンの居場所を突きとめる手がかりになるかもしれない」

保安官は口を引き結んだ。「911番に電話がかかってきて、ホワイト家の車庫から異臭がするとの通報があった。それで現場に出向いて調べたというわけだ。この説明で納得したか？」

いや、ぜんぜん。マックスは保安官をじっと見た。

遺体発見の状況について話したがらないのは誤認逮捕をして事件解決に失敗したからか、それとも殺害現場を特定する過程で違法行為を犯したからか？

それはなんとも言えない。

「現場をうろつく不審者は見かけなかったのか？」

「無駄話をしている暇はない」ブロック保安官はぴしゃりと言った。「こっちが知りたいのは、ヴァルガスがその日記を読んで、いったいなにを――」

保安官は怒気を含んだ声でまくし立てたが、マックスの手のなかで携帯電話が振動すると、途中で口をつぐんだ。

レイフから電話がかかってきたのだと、マックスは携帯電話をひと目見てわかった。

「電話に出ないと」携帯電話を耳に押しあてた。友人からの通話をスピーカーフォンにはできない。「もしもし？」

「ヴァルガスからか？」保安官は触れ合いそうなほどマックスに体を近づけてきた。

「保安官がここにいる」マックスはレイフに警告し、手を上げて、図々しい輩を押しやろうとした。勘弁してくれ。相手が恋人でも、これほど近くに立たれるのはいやだ。裸でないのなら。「近づきすぎだ、保安官」

保安官は体を引こうとしなかった。「どこにいるんだ？」

マックスは保安官をにらみつけながら、レイフの声に耳をすました。

「了解」しぶしぶながら保安官に情報を伝えた。さしあたり、このとんまも役に立つかもしれない。「行方不明の女性たちの車を発見したようだ」

保安官は身を固くした。「どこで?」

「ここだ」

マックスは壁のほうを振り向き、地図上の野原に見える場所を指し示した。保安官は身を乗りだし、該当地域の周囲をしげしげと眺めた。

緊張した沈黙が流れ、やがて保安官は語気を強めて言った。「くそっ」

マックスは急に血の気の引いた四角い顔を見た。「ここがどこか心あたりでも?」

保安官は躊躇したが、咳払いをして、野原の反対側の小さな点を指差した。「ギルバート家の敷地だ」

「そこにはマーティン・エマーソンが女性たちの隠し場所に使えそうな建物はあるか?」

保安官はうなずいた。「いまはもう使っていない酪農の牛舎と、空のサイロも何本かある。そっちに向かうとヴァルガスに言っておいてくれ」

マックスはその情報をレイフに伝え、一方ティーガンも情報をルーカスにメールした。そして、保安官に目を戻すと、すでにキッチンを出ていこうとしていた。

癪に障るやつがいなくなってせいせいすると思ったので、保安官がドアのところで足を止め、おかしくもなさそうな笑みを浮かべると、マックスは顔をしかめた。

「それからもうひとつ」保安官は威張り屋風情にすっかり戻っていた。「ヴァルガスによく言っておけよ、目は光らせていても、車からは降りるな、と。犯罪現場の近くにいるのを見つけたら、ケツを撃つからな」

無能な保安官が家から出ていくと、マックスは目をくるりとまわし、携帯電話をスピーカーフォンに切り替えた。

「聞こえたか、レイフ？」

ののしりの言葉が立てつづけに聞こえたかと思うと、いきなり電話は切れた。

マックスが顔をしかめ、ティーガンを見ると、皮肉っぽい笑みを浮かべていた。

「レイフはじっと待つつもりなんかないんだろう？」

「ああ」マックスは手を上げて、凝った首すじをさすった。「これはとんでもないことになる可能性が大ありだな」

24

手は強くにぎられて痛くなり、全身は部屋の冷気で震えていたが、アニーは兄の目を見つめていた。

脱出できないのなら、せめてどうにかして兄をニュートンから立ち去らせなければならない。

さもないと、兄さんはまた誰かを殺してしまう。

「ねえ、マーティ、わたしたちはもう出発するべきだわ」とアニーはうながした。

マーティンの表情は一瞬だけやわらいだ。アニーは息を凝らした。兄さんが折れてくれる可能性もあるの？

やがて、無防備な気配は隠れ、異常なほどの目の輝きが戻ってきた。

「まだだめだ」マーティンは手をおろして立ち上がり、階段のほうに視線を向けた。

「やり残したことがある」

アニーの胸に動揺が走った。

兄さんをここから出してはいけない。

また女性を拉致するのではないか不安だからという理由だけではない。マーティンが捕まったり、事故にあったりしたら、あるいは、やっぱり気が変わってニュートンから出ていくことにしたら、わたしはどうなるだろう？

この地下室に何日も、へたをしたら何週間も閉じ込められてしまうかもしれない。

そう考えただけで、恐怖で胃がよじれた。

「時間がない」切迫した声でアニーは言った。

マーティンは眉をひそめ、疑いをつのらせながらアニーを見た。「なぜそんなに焦っているんだ？」

アニーは背中に枕をあてて、時間を稼ぎ、なにかうまい手がひらめかないものかと願った。

なにもひらめかなかった。

仕方なく、唯一思いついた言い訳にしがみついた。

「捜索隊が来るわ」

マーティンは侵入者が隠れているのではないかというように、地下室のなかをさっと見まわした。「ここにいるのは誰にもわからない」

「レイフをよく知らないから、そんなことが言えるのよ。彼の仲間はみんな元軍人で、その気になれば、ビッグフットの居場所だって突きとめられるわ」

マーティンはむっとしたように顔をしかめた。「あの連中なんか怖くない」

「侮ったらだめよ」

マーティンは表情を険しくした。妹がレイフの腕前に信を置くのが気に入らないようだった。「あの男が好きなのか」むっつりとした口調で非難がましく言った。

「いいお友だちなの」アニーは言葉を濁した。

マーティンは口もとを平らに広げ、青い目の奥に不穏な輝きを湛え、怒りをくすぶらせた。「あいつとつきあいたいのか？」

真実を認めないほうがいいとアニーもわかっていた。

妹のただひとりの保護者になりたいという執着心をマーティンは持っている。

「ううん、さっきも言ったでしょう、兄さんとふたりで暮らしたいの」アニーはあわてて断言した。「でも、つかまってしまったら、そうはいかないわ」

マーティンの怒りは鎮まったが、自分の計画がレイフに水を差される危険を考えながら顔をしかめていた。

「あいつに手紙を書けばいい」マーティンはようやく決断し、何年も施設で隔離されていた人物なりの自信をもとに話しはじめた。〝あきらめる〟という言葉を知らない鍛え抜かれた兵士を相手にするのは慣れていないのだ。「家族と一緒にいると知らせればいい、もう自分にはかまわないでくれ、と」

アニーは、それはだめだというように首を振った。「そんなんじゃ、レイフを止められないわ」

マーティンは体をじっとさせたまま、怯えたように顔をゆがめた。「だったら、ぼくがあいつを止める」

アニーは背すじがぞっとした。

だめ、それは。

なんとかマーティンをニュートンから立ち去らせようと、それればかり考えていた。けれど、兄さんを説得しようとするのは地雷地帯を行くようなものだ。

うまくまるめ込んで、こちらの望みどおりに兄を動かす方法を見つけたと思うたびに、兄は狂気へと逸脱してしまう。

そして、今度はさらにまずいことになった。

レイフと彼の仲間たちを排除するべき敵と見なすよう、兄を焚きつけてしまった。

「だめよ」アニーはかすれた声で言った。「兄さんのほうが正しいわ。やっぱりわたしが手紙を書くことにする。なにも心配ないと納得すれば、彼もそのうちわたしを忘れるでしょう」

マーティンの表情はすっとやわらいだ。「心配はいらないよ、アナベル。あと二、三日ですむ」

アニーはうなずいた。こうなったら戦略を練り直さなければ。

無力な女性を救うためであっても、レイフを標的にさせはしない。

とにかくそれはだめだ。

しかし、大きな声では言えないが、犠牲にしてもかまわない人たちならいる。

まずはあのいけ好かない保安官だ。

「警察はどうするの？」とアニーは尋ねた。

苛立ちが兄の顔に広がった。「警察がどうかしたのか？」

「兄さんを捜している」

マーティンは不愉快そうな声で言った。「あいつらはばかだ」

アニーは顔をしかめた。

それに反論するのはむずかしい。

ほかの警察官もグラハム・ブロックと似たり寄ったりなら、駐車場の出口を見つけただけで儲けものだ。連続殺人犯を逮捕するなど言うに及ばず。

「たぶんそうね」アニーはマーティンの目を見つめながら譲歩した。「でも、警察はしぶといわ。兄さんを見つけだすまでけっしてあきらめない」

「連中に目にもの見せてやるさ」マーティンはさらりと言い返した。レイフにつかまる心配よりも警察につかまる心配のほうがはるかに少ないようだった。「こっちのほうが一枚上さ、あいつらに捜しだせはしない」

アニーは最後にもう一度、ゆさぶりをかけてみた。

「このまえはつかまりそうになったでしょう」

いやなことを思いださせられたというようにマーティンは額にしわを寄せた。

「あのときは不注意だった」とこぼした。「それにぼくの行動を阻止したのは警察じゃなかった」

アニーは体が凍りついた。早くここから出ていきたいという切迫感は、思いがけず湧き起こった好奇心で影をひそめてしまった。

この十五年間頭を悩ませてきた謎は、核シェルターのなかで縛られて、猿ぐつわをはめられることになったあの日にいったいなにがあったのか、という疑問だった。

真相を知らなければいけない、とアニーは突如思い立った。どれほど聞くに堪えない事実だとしても。

「では、誰だったの？」

「父さんだ」

アニーは顔をしかめた。マーティンがじつはニュートンの殺人鬼だったと判明して以来、父は自分の息子があの女性たちを殺害した犯人であると知らなかったのではないか、と思っていたのだ。

自分の父親が意味もなく殺されたと思うだけでもつらい。息子の度重なる犯行に父は責任を感じながら死んだとは思いたくなかった。

「お父さんはどうやって兄さんを見つけたの？」

「ぼくは母さんを捜していた」マーティンは冷蔵庫のところに行き、水のボトルを取りだしたので、ありがたいことにアニーの身震いは見られずにすんだ。犠牲者をつけ狙う平然とした態度には……ぎょっとさせられる。彼はさらにつづけた。「農場に戻ると、ドアをきちんと閉めていなかったことに気づいた」

マーティンが振り向くと、アニーはあわてて表情を戻した。わたしたちの母親はお墓から戻ってこないのよ、と兄に言い聞かせても無駄だ。

「核シェルターのドア？」

「ああ」マーティンは水をたっぷりと飲んでから、冷たいボトルで顔をこすった。地下室の気温が氷点下になろうかというほど冷え込んでいるのではなく、あたかも三十度を超えているのではないかというように。「車庫にはいったら、父さんが携帯電話で警察に通報している声が聞こえた」

「お父さんは女性たちを見たの？」

マーティンは首を振った。「まだだった。でも、変なにおいがするから調べてもらいたいと伝えていた」そこで額にしわを寄せた。「シェルターのなかがどうなっているのか、父さんはうすうすわかっていたんじゃないかな。おそらくぼくのしわざだということも」

アニーはゆっくりとうなずいた。少なくとも父は女性たちの他殺体を目撃せずにすんでいた。「兄さんはどうしたの？」

「最初は父さんに真実を訴えようとした」マーティンは過去に迷い込んだのか、焦点の合わない目つきになった。「おまえを守ろうとしている事情を父さんが納得してくれたら、協力していけると思ったんだ」

「お父さんは納得しなかった？」

「ぼくの言い分を信じるふりをした」マーティンはおかしくもなさそうに鼻で笑った。「おまえの力になると父さんは言いさえしたけれど、それは嘘だとぼくにはわかった」

兄はどうしてそんなに察しがいいのだろうか。

アニーは何年も父に嘘をつかれていたのに、父の言葉を疑ったためしがなかった。もちろん、あのときはまだほんの子どもだったけれど。

子どもは親の言うことは信じるものだ。

「お父さんは兄さんのためを思っただけでしょう」

「そういうことじゃなかった」マーティンは反論した。「父さんはおまえをぼくに渡さずに独り占めしたかっただけだ」

アニーは目を怒らせたマーティンを見た。「きっとお父さんは心配だったのね」

マーティンの怒りはやわらがなかった。「父さんはぼくを警察に突きだそうとした」

彼はいきなり、まだ半分中身の残った水のボトルを部屋の向こうに投げつけた。「自分の息子を。ぼくが最初におまえを母さんから守ろうとしたときと同じだった」

反射的にアニーはコンクリートの床に足を踏んばった。おまえを守りたいとは言うけれど、マーティンの感情は不安定でいつ爆発するのか予測がつかない。

自分がなにをしているのかわからないうちにアニーを殺しても不思議ではない。

「お父さんはあなたを刑務所に入れさせなかったわ」アニーは穏やかな口調でマーティンに思いださせた。

「あれは父さんが決めたんじゃない。決めたのは祖母《ばあ》さんだ」兄はそう言い返し、アニーの世界の根幹を揺るがしたことに気づきもしなかった。またしても。「祖母さんが警察に電話をして、州知事には連絡してあると話していた。孫を逮捕したら、あなたがたは仕事を失う、とも言っていた。孫は〈グリーンウッド・エステート〉に入院させるのだ、と。で、父さんはといえば、祖母さんを止めようとしなかった」

「ばあさん、ばあさんって」アニーはその言葉がなかなかのみ込めなかった。「まだ祖母がいるの?」

マーティンは驚いたような顔で眉を上げた。アニーの問いかけに困惑したようだった。「会ったことがないのか?」

「会ったことは……」アニーは口ごもり、頭のなかを整理しようとした。おまえの生まれるまえに祖父母はみな亡くなった、と父から聞いていた。その話をもちろんアニーは信じていた。疑う理由はない。そして、父はアニーの過去を嘘で塗り固めていたも同然だったと知ったあとでさえ、身内がどこかにいるという可能性をアニーは考えもしなかった。「なかったわ」

「祖父《じい》さんには？」マーティンが尋ねた。

祖父も生きているの？

嘘でしょう。

「ないわ」

マーティンは顔をしかめ、高齢の身内への軽蔑を隠そうともしなかった。「それはよかったな」

「お祖父さんとお祖母さん」アニーはなじみのない言葉を口にしてみた。最高の一瞬、アニーの頭を占めていたのは、自分には情緒不安定の兄のほかにも身内がいたということだけだった。遠縁や変わり者のおじではなく。

そう、それよりもうんといい。

祖父母といって思い浮かぶのは、お泊りで出てくるホットチョコレートや、日曜日のごちそうや、お小遣い入りの誕生日カードだ。

そんなことはなにひとつ実現しなかった、と思いだすまでしばらくかかった。

それどころか、アニーがいちばん困ったときに、祖父母は影もかたちも表わさなかった。

父を埋葬したとき、祖父母はどこにいたのだろう？　あるいは、アニーが精神病院に収容されたときには？

高齢のためか、あるいは健康状態が悪いためかで、心に傷を負った孫を引きとれないにしても、せめてニュートンに駆けつけて、味方になってくれてもよかっただろう。

アニーは無意識のうちに物思いにふけっていたので、マーティンに頬を触れられた瞬間、心臓が飛びだしそうなほど驚いた。

「アナベル？」マーティンは心配そうな声で言った。

「ごめんなさい」アニーはかすれた声で言った。いま明かされたことについて考えるのは、地下室で手錠をかけられて、頭のおかしい兄と一緒にいるときはやめたほうがいい。苦々しい気持ちでそんなことを思った。「こんなにひどい家族だなんて、とても信じられない」

マーティンは体をまっすぐに起こし、目に哀れみのような暗い表情を浮かべた。

「祖父さんも祖母さんもおまえを愛していないけど、ぼくは愛している」穏やかな口調で言った。

「それはわかっているわ、マーティ」アニーは話をもとに戻すことにした。祖父母を恋しがるのはあとまわしだ。いっそ存在すら忘れてしまってもいい。孫娘に興味がないのは明らかだ。そんな祖父母のことを考えて、どうして時間を無駄にするの？

「お父さんはどうなったの?」

マーティンは身構えるような表情で、あとずさりした。アニーが怒るのではないか恐れているかのようだった。

「父さんに危害は加えたくなかった。それは本当だ。たしかにひどい父親だったけど、死ななきゃいけないほどのことはしていない」

アニーはその言葉を信じた。「お父さんを気絶させたのは兄さんだったのね」

「そうさ」マーティンは目を伏せたままだった。「おまえが学校から帰ってきて、ふたりで隠れる場所を見つけるまで、父さんをよけておかないといけなかった」

アニーはぞくりとした。

あの日家に帰ってきたとき、兄さんはそこにいたの?

「わたしの帰りを待っていたの?」

「もちろんさ」マーティンはぱっと顔を上げ、きょとんとした顔でアニーを見つめた。

「おまえを置き去りにすると思うのか?」

「兄さんがわたしを縛り上げたの?」

「ちがうよ」マーティンはぎょっとしたような口調で否定した。アニーに手錠をかけている現状を思えば、いささかおかしなものだ。「家のなかで待っていたけど、車が私道にはいってきたから、仕方なく身を隠した」

ちょっと待って、あの日、いったい何人の人が家にいたの？

それにしても、どうしてわたしはなにも思いだせないのかしら？

アニーはわけがわからなくなり、首を振った。

「わたしはそこにいた？」

「いや、まだいなかった。バスがまだ到着していなかったんだ」

マーティンは部屋の真ん中に歩いていきながら脚の脇を指でたたいていた。

「それからどうなったの？」

「男が車を降りて、車庫にはいった」

「男って？」

マーティンは肩をすくめた。「制服を着ていた」

アニーは眉をひそめた。父には制服を着ているような友人はいなかった。ひょっとしたら、父の軍人時代の仲間が立ち寄ったのかもしれないけれど。

そこでふと、マーティンからさっき聞いた話を思いだした。

父は911番に電話をかけていた。

「警察の人だったのね？」

「図々しいやつだったよ。ぼくの隠れ家に勝手に降りていったんだ」

「それから？」

「それから、男は車に戻った」

なるほど。シェルターのなかに積み重ねられた遺体の写真はアニーも見ていた。自分がその警察官だったら、怖くて逃げだしていただろう。

「その人は帰っていったの？」

「いや、そうじゃない」マーティンはいったん口をつぐんだ。十五年たっていま初めて、その日の出来事をあえて思いだすことにしたのだろう。そんな気配を漂わせていた。「彼は車から女性をおろして、車庫に連れていった」

アニーは話についていけなくなり、顔をしかめた。「女性？　それって婦人警官のこと？」

マーティンは首を振った。「ちがう。男の奥さんだったんじゃないかな」手を腹部にあてた。「太っていたんだ、妊娠しているみたいに」

アニーは首を振った。その警察官と身重の妻は想像とも考えられるだろうか？

結局のところ、兄には妄想癖があるのだから。

緊張した横顔をアニーが見つめていると、マーティンはまた簡易ベッドのところにぎくしゃくした足取りで戻ってきた。

「なぜ奥さんを車庫に連れていこうと思うのかしら?」

「さあね」マーティンは鼻にしわを寄せた。「奥さんはあまり幸せそうじゃなかった。汚い言葉をわめきながら、旦那をぶとうとしていた」

「ふたりのあとを追ったの?」

「いや、ぼくは家を出て、道の反対側に身を隠した。その男に姿を見られるわけにいかなかったから」

アニーは右目の奥がずきずきと痛みはじめた。兄は誤解をしているにちがいない。お腹の大きな妻を連続殺人犯の隠れ家に引きずり込む男がどこにいるだろう。

「ふたりはシェルターにはいったの?」

「そうだ」

「それから?」

「やがて、女のわめき声がやんだ」マーティンはあっさりと言った。

アニーは信じられない思いで首を振りかけたが、そこで恐ろしい疑念が胸に浮かび、そのショックで筋肉が固まってしまった。

殺人鬼の最後の犠牲者は妊娠中の女性ではなかった?

「まさか」アニーは目をぎゅっとつぶり、やがて無理やり目をあけて、じっとこちらを見ている兄と目を合わせた。「兄さん、何人だったか憶えている……」そこで口ごもった。どう言えばいいのか判断に困ったのだ。「初めてニュートンに来て、わたしを守るために始末せざるを得なかった女性たちは？」

マーティンはためらわずに即答した。「六人だ」

アニーの心臓が止まった。被害女性は七人だった。

「七人ではなくて？」アニーは念を押した。「たしかに？」

マーティンの眉根が寄せられた。「六人だった」

アニーはすぐに方針を変えた。強く迫っても、答えは得られない。

それは兄についてわかったことのひとつだった。脅されていると感じたとたん心を閉ざす思春期の少年のような性格だ。

「そのあと、どうなったの？」

またしても、マーティンはためらい、十年以上心の奥にしまい込んでいた記憶を掘り起こそうとした。

「バスが来た」ややあって突然話しはじめ、体の脇におろした手をぎゅっとにぎりしめた。「でも、こっちがおまえのところにたどりつくまえに、男が車庫にこそこそとはいっていった。男は家の様子をじっと観察し、おまえが裏口から出てくると、姿を見られないうちにおまえをつかまえた」マーティンは深く悔やむような表情を浮かべて顔をゆがませた。「すまなかった。あの男を止められなくて」

アニーは拘束されていないほうの手を上げて、ずきずきと痛む頭に押しあてた。

家の裏から外に出たのだった？

そうだ。おぼろげながら裏の階段を降りた記憶がある。納屋に父がいるのではないかと思ったのだ。

そして、そのあと、目のまえが真っ暗になった……。

「わたしはその男に気絶させられたの？」

「だろうな」しぶしぶながらという口調だった。妹の役に立てなかったと認めるのはマーティンも癪なのだ。誰よりも忠実な保護者を自負しているから。「そのあと、男はおまえをシェルターのなかに運んでいった。おまえをどうやって助けだそうかと考えあぐねているうちに、別の車が来て、ぼくはその場を立ち去らざるを得なかった」

アニーは頭を壁にもたれた。身重の妻を殺し、その罪をアニーの父親になすりつけることのできる男が現場にいた。そんな疑惑が頭に浮かび、胃がむかむかしてきた。

「彼がその女性を殺した、そういうことね？」アニーはその恐ろしい思いつきを知らぬ間に声に出していた。

「誰が？」マーティンはとまどったように尋ねた。

「妻をシェルターに連れていった警官」

「ああ」上の階に通じる階段のところから男の間延びした声が聞こえた。「あいにくそうだろう」

25

これ以上悲惨な思いはしたことがない、とレイフは確信した。

アフガニスタンで捕虜になっていたときでさえ、これほどではなかった。肋骨は痛み、頭痛も起こし、一歩歩くごとに熱い火かき棒を背すじに突き立てられているかのようだった。しかし、体の不快感を地獄そのものに変貌させたのは、はらわたをよじり、肺を締めつける絶え間ない不安だった。

マックスと話したあと、レイフとホークはギルバート家の農場に直行し、廃墟の小屋のうしろに車を停め、母屋に向かった。

警察が来るまでおとなしく待機などするものか。

保安官は撃ちたければ撃てばいい。アニーが無事ならけっこうだ。

しかし、十五分ほどかけて徹底的に家屋の周辺を調べたあと、しぶしぶながらホークのSUV車に引き上げた。見たところ、エマーソンが仮のねぐらとしてここを使用していると示すものはなにもない。あるいは、ごみ捨て場として使われている痕跡さえなかった。

どこもかしこもペンキを塗り替えられたばかりで、蝶番には油が差してあり、さまざまな農機具は納屋にきちんと収納されている。

見知らぬ男が敷地内をこっそり出入りしている様子を家の所有者が見逃すとは思えない。

「それで？」ホークは危険の気配はないか周囲に目を走らせながら、車をまわりこんだ。

レイフはひそかに車のバンパーにもたれた。いまにも倒れてしまいそうな体調であることは隠しとおすつもりだった。「小屋にはなにもなかった」焦りがにじむ声でうなるように言った。

ホークは顔をしかめた。「サイロにも異常はなしだ」

「くそっ」レイフは力の出ない手で顔をこすった。「なにか見落としているのか？」

ホークはポケットから携帯電話を取りだし、怪訝な顔で画面に目を凝らした。

「ティーガンから建築仕様書が送られてきた」ファイルの画面をスクロールしながら言った。「地下室も核シェルターも、税務記録に記載されていない」

にも電線は引いていないようだ」

「ないだろうな」ホークは唇をゆがめて顔を上げた。「市外なら、許可をとらなくても、自分の土地に建物を建てたり、地下室をつくったりできる。でも、母屋からどこにも電線は引いていないようだ」

「ちくしょう」

苛立ちが胸に広がり、レイフは目を閉じて、深呼吸を自分に強いた。アニーを救出するためには、感情をしっかりと抑えているしかない。感情に流されるのはあとでだ。

「ここの家の人に話を聞いてみようか？」ややあって、ホークが沈黙を破った。

レイフは息を吐き、目をあけて、母屋をちらりと見た。緑色に塗装された鎧戸のついた平屋で、ポーチには花柄のワンピースを着た陶器のガチョウの置物が置いてあった。

なぜガチョウにワンピースを着せる？

「可能性は低いが」レイフはあえてわかりきったことを指摘した。「住民が事件に関与している可能性もある」

「ちょっと待ってくれ」低い振動音が聞こえ、ホークは携帯電話を耳に押しあてた。

「誰からだ？」レイフは尋ねた。

「ルーカスだ」ホークはＳＵＶ車のボンネットのまえをまわり、運転席側のドアをあけた。「黒いトラックが見つかった」

「どこで？」

「ここから三キロ東だ」

レイフは優雅からは程遠い動きで車に乗り込み、ホークがＵターンをして、紙吹雪さながらに砂利をまき散らして狭い道を飛ばしていくと、しっかりとつかまった。

ホークがようやく速度を落としたのは、大きな樫の木の上空で旋回しているヘリコプターが見えてからだった。木陰にトラックが停まっているのを見て、レイフは鼓動が激しくなった。

ホークは排水溝の脇に車を停め、レイフに目をやった。

ふたりは拳銃を手に、慎重に車を降りると、ゆっくりとトラックに近づいた。

ヘリコプターがおそらく着陸する場所を探して現場の上空を離れていく一方、ホークは車輛のまわりを北側からまわり、レイフは南側からまわった。口をきく必要はない。どちらも黙って効率よく状況に対処する訓練を受けていた。

危険はないという合図がホークから送られ、並木の陰にひそむ者はいないとわかると、レイフはトラックに接近し、車内に誰もいないとすばやく判断した。

「ちくしょう」うなり声をあげ、体の向きを変え、ギルバート家の母屋のほうをちらりと見た。広々とした野原の向こうに平屋の家が見えた。「どうもおかしいな」

ホークは一帯に目を配れる位置につくために道の端に立った。

「どういうことだ？」

レイフはトラックを指差した。「なぜ秘密のねぐらからこれほど遠い場所に駐車する？」

ホークはぎょっとしたようにレイフを見た。「ねぐらだって？」

レイフはじれったそうに肩をすくめた。「アジトって言えばいいか？」

ホークは思わず口もとをほころばせたが、すぐにまた真顔に戻った。「私道に放置するわけにはいかないだろう」

レイフはマーティン・エマーソンになったつもりで考えてみた。あの男は頭がおかしいかもしれないが、何週間も人に気づかれずに過ごしている。

つまり、レーダーに感知されずに飛行するような狡猾さがあるということだ。

「たぶんそうだが、拉致した女性たちを人目にさらしながら、三キロもの道のりを運ぶわけはない」

ホークは眉を上げた。「人目にさらしてとは言えないだろう。いいか、このあたりに存在するのは牛かトウモロコシだ」

レイフは惑わされなかった。たしかに田舎では大都会のような交通量はないが、まったく人が通らないわけではない。

農家の人たちや猟師、郵便配達人、自然保護官が道を行き来している。いつ車が通りかかるか、予測はぜったいに不可能だ。

「ここからギルバート家に行くには主要道路を通らなければならない。なぜ地所の反対側に停めなかったのか疑問だ。そこなら納屋の裏で身を隠していられるのに」

ホークは肩をすくめた。「アジトの近くにいったん駐車して、被害者をおろしてから、いざとなったらすぐに逃げだせる場所にトラックを移動させたのかもしれない」

それならすじは通る。しかし……。

「なにか変だ」レイフは腹立たしげに言った。

ちくしょう。時間が虚しく過ぎていくが、どうすれば捜索がはかどるのかわからない。

ホークはうなずいた。「ああ、そうだな。マーティン・エマーソンはばかではない。ここに車を停めたのなら、なんらかの理由がある」

レイフは木立ちの奥につづく小道に注意を向けた。

「木立ちの向こうはどうなっているか様子を見ないと」

レイフはまえに足を踏みだしたが、ホークに腕をつかまれてすぐに阻止された。

「どこへ行くんだ?」

「あの上だ」レイフは顎をしゃくり、近くの木の上のほうに伸びる枝に設置された鹿撃ち用の見張り台を指し示した。「あそこに上がれば、このあたり一帯を見晴らせるはずだ」

「冗談はやめてくれ」ホークは体の脇につけたホルスターに銃を戻した。「あんなところに登るのはおまえには無理だ」

いつもならレイフも反論していたところだ。

男性ホルモンをむんむんさせ、肋骨を二本か三本怪我したくらいでは脇に引っ込みはしない。だが、今日は男のプライドにかまっていられなかった。

アニーを見つけだすまでは、無理をして捜索活動に参加できなくなる危険を冒すわけにはいかない。

そこでレイフは周囲に抜かりなく目を配り、一方ホークはするすると木を登り、見張り台に足を踏み入れた。

「なにか見えるか？」とレイフは尋ねた。

「ああ、コンビニエンスストアが見える」

レイフはうなずいた。見張り台なのだから当然、見張りにもってこいだ。「ほかには？」

「五百メートルほど向こうに家が──」ホークが急に言葉を切った。「くそっ」

レイフは銃をにぎり直した「どうした？」

「保安官の車がいま見えた」

レイフは小声で毒づいた。あのいやな男に捜索から締めだされるまえにアニーを見つけだせたらと願っていたのに。

「こっちに向かっているんだな？」

「いや、ちがう」ホークは見張り台の端に移動し、脇から飛び降りて、難なく木の下に着地した。「隣人の家のまえに車を停めた。きっと保安官のところに垂れ込みがあったんだな」

〝なんだって？〟

レイフはポケットから携帯電話を取りだし、短縮ダイヤルを押した。

「いいか、ティーガン」電話がつながると、すぐに話しはじめた。「ギルバート家の農場の南隣の家の名前と情報を頼む」

ホークが隣に来て、ティーガンがコンピュータのキーボードをたたく音をふたりで聞いていた。

「ヘスター家だ」しばらくしてティーガンが言った。「年寄りの夫婦もの。夫婦はそこに住んでいるようだが、土地は甥に貸している」

つまり、老夫婦はあまり外には出てこない。

「エマーソンが使用していてもおかしくない建物はさっき見かけたか？」とレイフはホークに訊いた。

ホークは首を振った。「小屋が数棟と納屋がひとつ。母屋から目につかない場所はない。地下室があるかどうかは知りようがないが」

「そこまで調べる時間はない」レイフはうなるように言った。胸が悪くなる焦燥感がこみ上げていた。レイフは電話の向こうのティーガンに話しかけた。「ほかにはなにか？」

キーをたたく音は聞こえない。恐怖をつのらせていると、手にとるようにわかる。レイフは身を固くした。その口調はまちがいようがない。「とくには……ん？」

ティーガンはなにか見つけた。

「なんだ？」レイフは尋ねた。

「ここの住人はメールをアリゾナのコンドミニアムに転送している」

ティーガンが言い終えないうちに、レイフは足を引きずりながら車に戻り、ドアをあけていた。「行くぞ」

ホークはためらいもしなかった。エンジンをスタートさせ、SUV車を木立ちのあいだに進入させた。

「つかまってろ」とひと言警告した。

隠密行動を取りたいところだが、その願いは振り捨て、エンジンを吹かした。浅い溝に突っ込んだときは、ふたりの体が宙に浮きかけた。

「勘弁してくれ、ホーク」レイフは食いしばった歯のあいだから声をしぼりだし、フロントガラスを突き破って飛びださないよう、ダッシュボードにしっかりと手をついた。「こいつを借りたとき、保険にははいったんだろうな」

ホークは離れの車庫を目指し、裏手に車を急停止させた。その位置からは近くの納屋はもちろんのこと、母屋全体も視界にはいる。

レイフは首を振り、周囲ののどかな静けさにまたも驚いた。

ここはガーデニングをしたり、釣り竿をかついで魚釣りに出かけたりするような場所だ。

連続殺人犯が潜伏しているのではないか、と考えるのは場違いなところだった。

「ここにいてくれ」レイフはそう命じて、ドアをあけた。

ホークは信じられないとばかりに顔をしかめてレイフを見た。「ばか言うな」

レイフは車を降り、友人をじれったそうににらんだ。「いいか、保安官は冗談でおれたちを撃つと言ったんじゃないだろう、捜査のじゃまをしたら」

ホークもにらみ返してきた。「だったら、あいつが仕事をするのを、ここで一緒に待つとしようじゃないか」

レイフは首を振り、拳銃を持ち上げ、安全装置がはずれているか確認した。「わかってるだろ、おれにはそれはできない」議論の余地はない、と警告を声ににじませた。「それに、エマーソンがこの家にいるのかどうかわからない。おれが目を離しているあいだ、エマーソンに逃げられないよう、ここで見張る人間が必要だ」レイフはドアを閉めたが、あけたままの窓に頭を突き入れた。「マックスに電話をかけて、こっちの状況を知らせてやってくれ。それから、保釈金をよろしくと伝言しておいてくれ。どうも必要になりそうな気がする」

ティーガンはひびのはいったリノリウムの床の上を行ったり来たりと歩きながら、ホークとの電話を締めくくろうとしているマックスに視線を据えた。

くそっ、こうして待っているのは苦手だ。

コンピュータで情報を提供していないとなると、とくに手持ち無沙汰だ。

「それで？」マックスが携帯電話をポケットに戻すやいなや、ティーガンは尋ねた。

「ふたりはヘスター家に向かった」仲間が危険に身を置くあいだ、なすすべもなく留守番をさせられている状態にティーガン同様、マックスも不満そうな顔をしていた。

「ホークに頼まれたよ、レイフの保釈金を用意しておいてくれと」

ティーガンは唇をゆがめて、苦い笑みを浮かべた。「留置場から出してやるのはかまわないさ、レイフが尻に銃弾を食らわないのなら」

「たしかに」マックスはうなずいたが、気もそぞろであるのは明らかだった。

ティーガンは腰に手をあてて、仲間をじっと見た。「なにが気になっている？」

マックスは地図にじっと向き合った。答えを探しているのか？　それとも、ひらめきを求めている？

「エマーソンがアニーをギルバート家の農場に監禁していると思ったのなら、なぜ保安官は隣家に車を停めた？」

ティーガンはすこし離れたところから友人のそばまで歩きながら、無意識にいろいろな可能性を頭のなかでより分けていた。子どものころ、路上で生き抜くために、さまざまな角度から物事を予測する習性が身についたのだった。

いまでも生きのびているのはそのとき磨いた才能のおかげだ。

「垂れ込みがあったのかもしれない」とティーガンは言った。「あるいは、保安官がなにか怪しいものを見つけたか」

マックスは肩をすくめた。「なんとなくぴんときたことがある」

「なんとなくだって？」ティーガンは大声で笑った。感情を方程式に置き換えるのがマックスだ。それでいつも笑いが起きる。「あんたが？」

「思うに、ヘスター夫妻が家を空けていると、保安官は知っていた」マックスは考えをゆっくりと口にした。「何カ月も留守にする場合、家に目を光らせておいてくれないか、と地元の警察にひと言声をかけておくものだ」

ティーガンはうなずいた。そのとおりだ。「それで？」先をうながした。

「それで、保安官はわざとレイフとホークに無駄足を運ばせたんじゃないかな」

いやな予感に襲われ、ティーガンはぞっとした。「ふたりに捜査をじゃまさせないための方策にすぎないとも考えられる」結論に飛びつかないようにした。「保安官がニュートンの殺人鬼をつかまえることができたら、十五年まえの誤認逮捕の埋め合わせになるかもしれない」

「たしかにそうとも考えられる」マックスは首をめぐらした。

目と目ががっちりと合った。ふたりは同じことを考えている。

「あるいは、おれたちが見落としていることがあるのかもしれない」ティーガンはふたりが不安に思っていることを言葉にした。

「そのとおり」

マックスは地図のまえを離れ、保安官が突然訪ねてきたときに隠したオーブンから日記帳の束を取りだし、テーブルの上にどさりと置いた。その勢いで、ファイルの山がゆれ、ティーガンは反射的に手を伸ばし、崩れそうな山を押さえようとした。

どうにかファイルは床に落とさずにすんだが、十枚ほどの白黒写真がいちばん上の書類ばさみからすべり出て、テーブルに落ちた。

ティーガンは核シェルターの不気味な写真をつかみ上げ、顔をしかめた。「これは裁判所が焼け落ちるまえに持ちだされた写真だったっけ？」部屋の片隅に積み重ねられた女性たちの遺体の写真に目を凝らしながら、胃のむかつきを覚えた。

おぞましい。

きわめて根本的な意味で邪悪な光景だ。

マックスはティーガンが手にしている写真をちらっと見て、日記に目を戻した。

「ああ」

ティーガンはひととおり写真をめくり、ファイルに戻そうとしたところで、ひとりだけ隔離されている女性に目を留めた。

手を止めて、眉根を寄せ、見落としていた明らかな手がかりを見つめた。

いったいどうしたことだ？

「くそっ」

マックスはすぐさまティーガンに注意を戻した。急に生じた緊迫感を察したようだった。「どうした？」

「被害者が殺されるまえの写真はどこだ？」ティーガンは日記のほうを指し示した。

マックスはその指示に従い、いちばん下に重ねられた日記帳のページをめくり、猿ぐつわをかませられ、木の椅子に縛りつけられた女性たちの写真を取りだした。

その数枚の写真を手渡しながら怪訝な顔をした。「なにを探しているんだ？」

ティーガンは写真をテーブルに広げ、恐怖から痛ましさを誘うほどのあきらめまで、女性たちの顔に浮かぶさまざまな表情はあえて見ないことにした。「女性たちは全員、裸だ」

マックスは顔をしかめた。「それで？」

ティーガンは焼かれてしまうはずだった犯罪現場の写真に手を伸ばした。ほかの犠牲者たちから一メートルほど離れて横たえられた女性を指し示した。写真は古びていたが、女性が妊婦好みのゆったりしたデニムのワンピースを着用していることは楽に見てとれる。「この女性だけはちがう」

「最後の被害者だ」マックスは肩をすくめた。「犯人は急いでいたんだろう」

「ちがう」ティーガンはエマーソンが撮影した写真を指差した。女性たちのほか、椅子のそばに置かれたタオルや水を入れた浅い盥を押さえたままのエマーソンの指先も映り込んでいた。「エマーソンは服を脱がし、体を清めてから被害者を殺した。それは儀式であり、省くはずなどない。いかなる理由であれ」

「おいおい」マックスは顔面を蒼白にしてテーブルから離れた。「最後の犠牲者は保安官の妻だ」

ティーガンの考えも同じ方向に向かっていた。「保安官助手が現場に駆けつけたとき、保安官の女房の遺体はまだ温かかったんだよな？」

「レイフに電話しろ」マックスはすぐさま指示を出し、すでに自分の携帯電話を取りだして、短縮ダイヤルでホークに電話をかけていた。

ティーガンは悪い予感をみぞおちのあたりにかかえながら、また部屋を歩きまわりはじめた。「レイフは電話に出ない」留守番電話につながったとたん、うなるように言った。

「ホーク」マックスは電話の相手に話しかけていた。こちらは運よく電話がつながった。「保安官が現場に向かったのは、エマーソンを逮捕するためじゃない。始末するつもりだ」相手に口をはさませる隙をあたえなかった。「すぐにレイフを救出しろ」

26

アニーはわが目を疑い、茫然とブロック保安官を見つめた。

ショック状態に陥ったのだと頭の片隅で理解した。さもなければ、絶叫しているところだ。

結局、悲鳴をあげもせず、保安官が階段を慎重に降りてくる様子をアニーは黙って見ていた。保安官の視線は地下室のあちこちに飛び、まるで何者かがピクルスの壜の陰にひそんでいるのではないかと心配しているかのようだった。

保安官は制服姿で、両手でにぎった拳銃でマーティンに狙いをつけていた。

「あのときの男だ」とマーティンは言って、簡易ベッドのほうへ戻ろうとした。

「動くな」保安官は階段の途中で足を止め、怒鳴り声をあげた。

アニーはゆっくりと首を振った。

底知れぬ恐怖が胸を駆け抜けたと、気づくとはなしに気づいた。生きのびたいという本能的な衝動も湧き起こった。けれど、茫然とした頭に浮かぶのは、この男は血も涙もない殺人を犯したのだという嫌悪感だけだった。

「人を守るべき立場にいながら、あなたは罪もない女性を殺した」

四角い顔に冷笑が浮かび、そこには罪悪感のかけらもなかった。「あれはおれの女房だった」保安官は間延びした口調で言った。「罪もない女なんかじゃなかった」

アニーは身震いした。世界が引っくり返ったような気がした。「なんてことなの」

ブロック保安官はマーティンに銃を向けたまま体を横に傾け、階段の裏側の様子を窺うように、手すりの向こうをちらりと見た。

「意図的な犯行ではなかった」と保安官は言って、アニーに視線を戻し、小さく肩をすくめた。「もっと正確に言うなら、謀殺ではなかったんだ」

アニーは喉がふさがるような気がして、つばをのんだ。「だったらどうして?」

保安官はさらに階段を二段降りた。「女房は地元のアメリカンフットボールチームのコーチと寝ていた。生まれてくる赤ん坊はおれの子じゃないと、友だちに打ち明けたこともわかった。あのあばずれめ」マーティンがすり足で移動しているのを見て、保安官は目を細くした。「動くなと言っただろうが」

マーティンは肩をすぼめ、顔を怒りでゆがめた。「あんたは悪いやつだ」

「悪いんじゃなくて」アニーが言った。「いやな人なのよ」

保安官は肩をすくめた。「同じ立場なら誰しもやることをやったまでだ」

本気でそう思っているのだろうか。

行きすぎだと思えるが、ふくれ上がった自尊心をなによりも大事にする底の浅い男は世の中にいるものだ。

グラハム・ブロックもそういう気質のようだった。

「浮気をされたからって殺していいことにはならないでしょう」アニーは厳しい口調で言った。

「さっきも言ったが、計画していたわけじゃない」

アニーは保安官の肥えた顔を見た。良心の呵責は微塵も感じられない。「事故だったと言うの？」

「言ってみればそうだな」保安官はまた一段降り、バランスがうまく取れないのか、体がわずかにふらついた。酒がはいっている？「あの日の朝、荷物をまとめて車に乗れ、と女房に言ってやった。愛人の家のまえで女房をおろすつもりだった。しばらくすると、仕事の連絡がはいって、ホワイト家の農場に立ち寄って、車庫の異臭を調べるようにとの指令を受けた。もう車で出ていたし、自宅にいったん戻るのも面倒だったから、そのまま現場に立ち寄った」短い笑い声を地下室に気味悪く響かせ、マーティンに視線を向けた。「あのシェルターでなにを見つけることになるのか、見当もつかなかった。おまえは本物の異常者だな」

マーティンは顔をしかめた。「妹を守ろうとしただけだ」

保安官は唇をゆがめた。「おまえが真犯人だとあのときわかればな。ドン・ホワイトがベッドの上で伸びているのを見て、てっきりドンが殺人鬼だと思い込んだ。見逃す手はない絶好の機会がころがり込んだってわけだ」

「機会?」アニーはぞっとして、喉からしぼりだすような声でつぶやいた。

道徳心のかけらもない、よほどのろくでなしでなければ、六人の女性たちの遺体に遭遇して、それを千載一遇の機会とは思わない。

「おれもばかじゃないのさ」保安官はもう一段降り、山積みされた自転車のほうをちらりと見た。危険なほど落ちつきのない様子だ。ひとつでも急な動きがあれば、銃を撃ちはじめそうだった。アニーは生きのびるチャンスを危険にさらすつもりはなかった。自分が生きのびるチャンスも、兄が生きのびるチャンスも、だ。「女房は尻軽女というだけじゃなく、悪徳弁護士の娘だった」立て板に水を流すような語り口調で保安官は話をつづけた。妻は死んで当然だったと、何度も自分に言い聞かせてきたにちがいない。「あの女は薄汚い手でおれから金をむしりとれるだけむしりとろうとしたはずだ」

アニーは吐き気を催し、ゆっくりと首を振った。「まともじゃないわ」

「いや、きみの兄貴こそまともじゃない。おれは面倒を始末する目のつけどころがよかっただけだ」

マーティンはこぶしをにぎり、一歩まえに進み出た。「ぼくをそんなふうに言うな」

「兄さん、やめて」アニーは語気を強めてささやき、保安官を刺激させまいとした。たしかに兄は社会から隔離されるべきだが、撃たれてしまうかと思うとぞっとする。

「あなたの妻はひとりの人間だったのよ、面倒なものじゃなくて」声を張りあげ、保安官の注意を惹き戻した。

保安官は憎々しげに口もとをゆがめた。「あいつはくずだったよ」

アニーははっとして息を吸った。自分をシェルターに連れ込んで、縛り上げたのはこの人にちがいない、とふと気づいたのだ。「あなたはわたしを殺すつもりだったの？」

保安官はその質問に気分を害したかのように、眉間にしわを寄せた。「ちがうに決まっているだろうが。子どもを殺したりするものか」顔を真っ赤にしてうなり声をあげた。「犯罪現場を細工して、きみの父さんを殺すために、きみを脇にどけておこうとしただけだ」洗濯機と乾燥機のほうにさっと視線を向けてから、また一歩階段を降りた。「だが、作業にかかろうとした矢先、おれの助手がシェルターの階段を降りてきた。だからきみを解放しようとしているふりをする破目になった」

アニーは記憶を整理しようとしたが、思いだせるのは闇が降りてきた感覚だけだった。それから、恐怖もだ。

いま脈を打って全身に流れているのと同じ恐怖だ。

当時、正気を保つために、記憶を消す作用が脳で働いたにちがいない。

それでよかったのだ。

なにが起きたのか知ったいま、記憶が戻ることをアニーも望んではいない。

「そして、留置場に入れるまで待ち、父を殺した」アニーは嫌悪もあらわに非難した。

保安官は守りを固めるような表情を浮かべた。留置場に入れた無実の男を殺したことをすこし悔いるような気配さえ漂わせた。「ドンが殺人鬼だと思い込んでいた。だから、ドンに弁護士と話をさせるわけにいかなかった。もっと言えば、ＦＢＩの取り調べを受けさせるなどもってのほかだった。ドンが六件の殺しを告白したら、ＦＢＩの追及はおれの女房の死に――」

「お腹の赤ちゃんも、でしょう」アニーはどうしてもそれを指摘せずにはいられなかった。

子どもを殺しはしないと保安官はいましがた言いきったばかりだ。
ひとでなし。

保安官はアニーの言葉を受け流し、いちばん下まで階段を降りた。「危険は冒せなかったんでね」

保安官が光の差し込むところに足を踏み入れ、青白い顔と充血した目があらわになると、アニーは鼻にしわを寄せた。ウィスキーのいやなにおいがする。

お酒を飲んできたということは、惨事が引き起こされる可能性が高まっただけだ。

「それで、これからどうするつもりなの？」

保安官は唇をゆがめ、不気味な薄ら笑いを浮かべた。「誰が見ても、きみを助けに来たとしか見えない」拳銃をマーティンに向けたまま、腰に手を伸ばし、大型のナイフを取りだした。「すでに兄貴に喉を掻き切られていたのは残念だ」

マーティンは憤慨したように言った。「ぼくがアナベルを傷つけたりするものか」

殺人を犯したあと、その罪から保安官がいかに逃れるつもりか説明しているだけだと気づきもしないで。

保安官は口をはさまれても無視して話を締めくくった。「そして、襲いかかってきた異常な殺人犯を、むろん撃たなければならない」

自分は冷静だとアニーを錯覚させていた防衛本能が突然、崩壊した。

激しい恐怖に襲われ、アニーは腰を上げて膝立ちになり、手錠が鉄パイプにあたってがちゃがちゃと音をたてた。

この人はばかではない。ふたりも殺して逃げおおせられる可能性はないに等しいと気づいているはずだ。

しかし目下、パニックとアルコールのせいで頭の動きが鈍っている。アニーを死に追いやってもおかしくない、よくない組み合わせだ。

まちがいなく。

「あなたにそんなことできないわ」

「できるとも。おれはヒーローになる」不気味な笑みを顔に貼りつけたまま、保安官はナイフをにぎりしめ、簡易ベッドへ近づいた。「抵抗しなければ、あっという間にすむさ」

アニーに意識を集中させていたので、その表情に絶望感をつのらせたマーティンにじっと見られていることに保安官は気づいていないようだった。

「やめろ」アニーの兄は両手を振り上げ、保安官に飛びかかった。

「兄さん、だめよ」アニーは叫び、マーティンが通りすぎざま、彼のジャケットを必死でつかもうとした。

やるだけ無駄だった。

ジャージーの生地に指先がかすめたかと思うと、保安官が拳銃の引き金を引き、耳をつんざく銃声が轟いた。

銃弾が脇をかすめ、熱風が吹きつけたかと思うと、弾丸は兄の胸の真ん中に命中していた。

兄がよろめきながら一歩うしろに下がるのを見て、アニーはショックで体が固まり、思考は停止した。やがてマーティンはジャケットのまえに丸い血の染みが広がるのをとまどったように見おろした。

「マーティ」アニーは息をのみ、マーティンが床にくずおれるさまを、喪失感に胸を引き裂かれる思いで見つめた。「兄さんを撃ったのね」ベッドの縁の向こうに腕を伸ばした。目撃したばかりのことは受け入れがたかった。兄がこれまでなにをしてきたのであれ、死ぬのは見るに堪えない。「この……ひとでなし」

「仕方なかったんだ、きみの兄貴が選択肢を残してくれないから」保安官がぼそりと言った。

マーティンはごぼごぼと喉を鳴らし、目を閉じたかと思うと、首がぐらりと傾いだ。

ああ……。

兄は息を引きとった。

脈を調べなくてもアニーはわかった。

胸にぽっかりと穴があき、兄の死を感じとった。

「あなたはわたしの兄よりも悪質だわ」アニーは振り返り、動物を撃つように兄を射殺した男をにらみつけた。「マーティンは病気だった。自分のしていることが悪いことだとわからなかったのよ。でも、あなたは」アニーの声に憎しみがあふれた。「あなたは悪魔のようだわ」

保安官はアニーのほうを振り向き、血走った目を非難がましく細くした。「きみのせいだ」

アニーは驚きに口をあんぐりとあけ、息をあえがせた。

このろくでなしは本気でそんなことを？

「わたしのせい？」

「きみはニュートンに戻ってくるべきじゃなかった」

保安官はナイフをにぎりしめたまま、ベッドに近づいた。

アニーは反射的にベッドの端に逃げたが、固定された手錠に阻まれ、腕に痛みが走った。

困った。身動きが取れない。

この地下室に監禁されたのは、ひとえに兄が妹の身の安全を守ろうとしてだったのだから、じつに皮肉なものだ。

保安官がさらにもう一歩まえに進み出たところで、近づいてくるまぎれもない足音にふたりはともに動きをぴたりと止めた。

「アニー？」ありがたいことに、なじみのある声が階段に響いた。

深い安堵がアニーの胸に一気に広がった。

レイフだ。

見つけだしてくれた。

どうやって捜しあてたのかわからないが、いまはどうでもいい。

差し迫った問題は、保安官がわずか一メートル先に迫っていることだ。

「わたしはここよ」アニーは叫んだ。「保安官に殺されそうになっているの」

「くそっ」保安官はうなり声をあげ、驚くほどのすばやさで簡易ベッドの端に移動した。そして、ナイフを脇にほうり、アニーの口を手でふさいだ。「墓穴を掘ったな。これであいつの死は確定した」

アニーは手を上げて、死にもの狂いで保安官の手を口もとから引きはがそうとしながら、保安官が階段のほうを銃で狙いをつける様子に目を見開いた。

ばかだ。大ばかだった。

あんなふうに大声をあげたら、レイフを罠に誘導する破目になると、どうして気づかなかったの？

壁に体を押しあてられ、保安官の手を押しのけることはできないとアニーは気づいた。もっと言えば、保安官は体の向きを変えたので、拳銃に手を伸ばすなどとても無理だ。

レイフは無防備な標的になってしまう。

アニーは捨て身の戦法で足を上げ、保安官が引き金を引くまえに蹴りつけてやろうと身がまえた。しかし、土壇場になって、足を蹴りだす方向を変え、壁に立てかけた自転車の山に蹴りを入れた。

物音をたてれば、保安官を動揺させ、撃ち損じを招かないものかと期待したのだ。けれど、自転車がドミノのように倒れ、その勢いで近くの戸棚に衝突するとは予想もしていなかった。

ピクルスやビーツやインゲン豆の壜が粉々に割れ、半ダースのペンキの缶がいちばん上の棚からころがり落ち、コンクリートの床に跳ね返った。

騒音が響いた。

びっくりするほどの大音量だった。

しかし、アニーが見ているまえでレイフが階段の縁から飛び降りたと同時に、保安官は引き金を引き、レイフのほうに向かって、弾倉が空になるまで拳銃を撃ちつづけた。


まともに頭を働かせていれば、レイフはやみくもに地下室に突入しなかっただろう。

しかし、頭はまともに働いていなかった。

それどころか、銃声が家じゅうに轟いた瞬間、頭のなかが真っ白になった。やがて、必死で助けを求めるアニーの叫び声が聞こえ……。

そのとたん、アニーのもとへ駆けつけることしか考えられなくなった。

だから危うく頭を吹き飛ばされそうになったのだ。

壜が割れる音がしていなかったら、弾丸が自分のほうに飛んできたときに、手すりを跳び越えていなかったはずだ。

実際、最初の銃弾は肩をかすめた。ほんのかすり傷だったが、洗濯機の裏でしゃがみ、呼吸を落ちつかせながらも無性に腹が立っていた。

それと同時に、ポケットのなかで途切れなく振動を感じていた。つまり、誰かがどうしても連絡を取りたがっている。

なんなんだ……まったく。

レイフは携帯電話を取りだしたが、執拗にかけてくる電話には出なかった。ほかのことに気を取られている余裕はない。

画面上のボタンを押し、電話を床に置くと、洗濯機の端からまわりの様子を窺った。床に倒れている男を見て、レイフは顔をしかめた。おそらくあの男がマーティン・エマーソンだろう。

保安官がアニーの上に身を乗りだし、アニーは手錠をかけられ、鉄パイプに固定されているのを見て、レイフはさらに顔をしかめた。

法の執行者であるブロック保安官は、まずは銃を発砲してきたかと思えば、今度はこれだ。

いったいなにがどうなっている？

「こっちの見えるところに出てくるんだ、ヴァルガス」と保安官は命令した。

「レイフ、言うことを聞いてはだめ」アニーは出し抜けに叫んだ。「この人は自分の奥さんを殺して、その罪をニュートンの殺人鬼になすりつけたの」

保安官は苛立たしげな声をあげた。「黙れ、このアマ」

レイフは顔をしかめた。保安官が妻を殺した？

ちくしょう。

だから先刻ギルバート家の農場へ無駄足を運ばされたというわけか。マーティンがアニーを連れ込んだのはここではないかと保安官はうすうす勘づいたにちがいない。先まわりすれば、自分がかつて犯した罪が明るみに出る恐れのないうちに、こっそりマーティンとアニーを始末できるのではないかと踏んだのだろう。

「ばかなまねはよせ、保安官」とレイフは大声で呼びかけ、時間を稼いだ。

ティーガンはホークに連絡を取ったはずだ。

狙撃手はすでに銃撃の位置についていることだろう。

保安官はおかしくもないのに笑い声をあげ、ありがたいことに銃はレイフのほうに向けていたが、アニーにベッドの上で膝をつかせ、楯にしていた。

臆病者。

「もう手遅れだと、おたがいにわかっているんじゃないかね」と保安官は言った。

「けっして手遅れではない」レイフは反論した。逃してもらえるんじゃないかと思ったら、あの男は警戒をゆるめるかもしれない。「あんたが自分の女房にしたことはどうでもいい。十五年もまえのことだ」

「ああ、昔の話だ」保安官は床に倒れている死んだ男に目をやった。四角い顔は汗びっしょりだった。「でも、おれがそんなにばかだと思うか？　おまえが口を閉じているはずないだろうが」

「アニーと引き換えなら黙っていると約束する」とレイフは言った。「とにかく銃をおろしてくれ。そうすれば大の男同士、この状況を話し合いで解決できる」

「それはどうかな」

「いいか、あんたがマーティンを殺害したのは正当防衛だったと、おれたちで当局に話せば、過去が蒸し返される理由はない」レイフはなだめすかすような口調で言った。

「危害を加えないなら、反則はしない。さあ、取引きするか？」

「ふざけるな」保安官はうなるように言った。「これからどうするか教えてやる。銃をこっちにほうってよこせ。そうしたら、そこから出てきて、姿を見せろ」

　この男はパニックに陥りかけている。

いまにも自棄《やけ》を起こしそうだ。

レイフは狙撃手になったつもりで地下室に目を走らせた。

狙撃手だったら、どこから撃つだろう？

レイフは階段に目をやって、すばやく首を振った。存在を隠したまま位置につけはしない。すぐうしろの小さな窓に視線を移した。地下室を臨めるが、空調設備が窓の半分をふさいでいる。

となると、残るは簡易ベッドの上の窓だ。

母屋の側面を向いていて、陽光は差し込まないので、人が近づいても影で気づかれる恐れはない。地下室の見通しはきく。地面は平らだ。

申し分ない。

唯一の課題は、ホークが保安官を直接狙えるようにアニーを遠ざけることだ。

「もっといい考えがある」レイフは保安官を部屋の中央へおびき寄せる方法を考え、頭のなかでさまざまな可能性をめぐらせた。「ふたりとも銃をおろして――」

「おれが彼女を殺さないとでも思っているのか？」保安官はレイフの話を大声でさえぎり、いきなり銃をアニーに向けた。

レイフは心臓が飛び出そうになりながら、アニーの青ざめてはいるものの、毅然とした顔を見つめた。

彼女は怯えている。部屋の反対側からでさえ、全身を震わせているのは見てとれる。しかし、戦わずに屈するつもりはないようだ。

まずい。彼女に無謀なまねをさせてはならない。

「ばかを言うな、保安官」レイフはアニーにじっと目を据え、自分を信じてくれと念じた。「落ちつけよ。ちょっと耳を傾けてくれれば、誰も傷つかずにここから抜けだせる」

ひと呼吸置き、アニーはごくわずかにうなずき、レイフの言葉は自分に向けられたものだと理解を示した。

一方、保安官はますます動揺を深めていた。「三つ数える」時間を無駄にはしないという警告が声に表われていた。「一、二」

レイフはためらいもなく体を横に傾け、銃をコンクリートの床にすべらせた。「ほら」

「では、両手を頭の上に上げて、出てこい」と保安官は命じた。

アニーの心配そうな目を見つめたまま、レイフはゆっくりと立ち上がり、両手を頭上に上げ、洗濯機の陰から足を踏みだした。「よし」

保安官は反射的に再び銃口をレイフに向け、急な動きに備えようとした。それこそレイフの狙いだとは気づかなかった。

「ほかに武器を持っていないかわかるよう、ぐるりとまわれ」と保安官は命令した。

レイフは進んで命令に応じ、両手を頭上に上げたままゆっくりとひとまわりした。

小型の拳銃を、保安官からは見えない足首にくくりつけていたが、その出番がないことをレイフは願った。

「これでいいか？」一回転して保安官に向き合うと、保安官はひどい形相をしていた。

顔は赤らみ、汗をしたたらせ、目は充血している。しかし、銃をにぎった手は震えもせず、顎は頑固そうにこわばらせていた。

脅威となるものはなんでも殺そうとする、追いつめられたアナグマのようだった。

「いいわけないだろうが」保安官は怒鳴り声をあげた。「誰が外にいる？」

嘘をつこうなどとはレイフは考えもしなかった。ここにひとりで来たと言ったところで保安官が信じるはずもない。それに、こちらが行動を起こすまで、あのろくでなしの気をそらしておきたかった。

いったいどうなるのであれ。

「ホークだ。ルーカスは空から見張っている」レイフは肩をすくめた。「あんたがここから逃げおおせる見込みはない」

保安官の目尻の筋肉がぴくっと動いた。あたかも脱出は大きな賭けだとわかっているかのようだった。しかし、負けを認める覚悟はまだついていない。「おまえがそいつらに手を引かせれば、おれは逃げられる」

「どうしておれがそんなことをする？」

保安官は唐突に怒りだし、顔をゆがめた。「どうしてかって言うとな、おまえがやつらを下がらせなかったら、この女の頭に弾丸《たま》をぶち込んでやるからだ」そう警告すると、血迷ったかのように銃を振りまわした。

レイフは息をのんだ。まずい。この男は切羽詰まっているだけではなく、危険なほど精神不安定になっている。

アニーから引き離さなければ。

いますぐ。

「アニーを解放すれば、電話をかける」とレイフは約束した。

血走った目が細くなった。「おれの額には〝ばか〟という文字が彫り込まれているか？　女はおれと一緒に行く」

レイフは首を振った。「どこまで連れていくつもりだ？」

「そこそこ遠くまでだ」アニーをベッドから引っぱり起こそうとしたところで、保安官は遅まきながら彼女が鉄パイプに手錠でつながれていることを思いだしたようだった。「くそっ。手錠の鍵がいる」銃をレイフに向けて言った。「その死体を調べろ」

「この下種野郎」とアニーは吐き捨てるように言って、床に倒れている兄の亡骸《なきがら》に視線を向けた。

保安官はアニーを小突いた。「女を黙らせろ、ヴァルガス」口の端につばをためて言った。パニックを起こす寸前で、神経をぴりぴりさせている。「たぶんおまえの言うことなら聞く」

レイフはアニーと目を合わせたまま、マーティン・エマーソンが横たわっているほうに移動して、遺体の横で膝をつき、あとすこしだけがんばってくれ、と無言でアニーに訴えかけ、最後に声をかけた。「大丈夫だ、スイートハート」

「おまえの頼みどおり女を解放してやるよ。女は面倒だ」保安官は首をめぐらし、アニーをにらみつけた。

保安官の注意がそれた隙にレイフはすばやく窓の外に目をやった。近くの茂みからライフルの銃身がちらりとのぞいているのを一秒足らずで確認した。

ホークだ。

スコープを通して友人はこちらを見ているとわかったので、レイフは片手だけをエマーソンのジャケットの前ポケットに突っ込み、難なく鍵を見つけた。しかし、すぐには立ち上がらず、膝をついたままもう片方の手を四回開いては閉じた。

二十秒。

ホークなら合図の意味がわかるはずだ。

「あったぞ」レイフはなめらかな動きで体を起こした。

無言でカウントダウンを始めながら、鍵を掲げた。

〝十七、十六、十五……〟

「こっちに投げろ」

「アニーを離せ」とレイフは主張した。

〝十、九、八……〟

「だめだ」保安官はぴしゃりと言った。「その手には乗らない。鍵をよこすんだ」

〝五、四、三……〟

「いいだろう」

レイフは弧を描くように鍵を高く放り投げて待ち、保安官が鍵を取ろうと身を乗りだした瞬間、前方に突進した。

レイフが自分に向かってくるものと本能的に思ったのか、保安官は脇によけた。しかし、レイフは横に方向を変え、アニーに飛びつき、うしろに押し倒した。

アニーの上にのしかかると、体重をかけた勢いで簡易ベッドがつぶれ、と同時にガラスが割れる音が響き、どすんという不快な音がつづいた。

レイフは実際に見なくても、ホークの銃弾が窓ガラスを突き抜け、保安官の後頭部に命中したのだとわかった。

ホークは的をはずさない。

ぜったいに。

「しーっ」レイフはそっとささやき、アニーを抱きしめた。「もう終わったよ、スイートハート。すべて終わった」

エピローグ

つづく三週間はアニーにとって目まぐるしく過ぎていった。

地下室から運びだされたあと、レイフに警察署に連れていかれると、ＦＢＩの捜査官が調書を取るために待っていた。三人の女性たちの遺体は、アニーの兄が収容していた車庫の大型冷蔵庫からすでにＦＢＩによって発見されていた。そして、レイフが機転をきかせて携帯電話の録音機能を作動させていたので、保安官の脅迫も音声記録として残されていた。

供述は数時間に及んだあと、ようやくレイフはアニーを祖父の家に連れて帰った。そして、アニーはベッドに倒れ込み、彼の腕にしっかりと包まれて眠りについた。

その後の数日間は警察の事情聴取や兄の後始末に追われた。遺体を火葬し、ごく内々で葬儀も執り行なった。さらに、レイフの祖父の家の片づけを終わらせ、彼は不動産業者に家の鍵を引き渡した。

ありがたいことに、レイフはつねにアニーのそばについていてくれた。ばかげたことかもしれないが、危険が去ったとたん、レイフは自分への興味を失うのではないかという不安をアニーはずっと振り払えずにいたのだった。けれど、彼の献身的な態度はゆらがなかった。彼の欲望も相変わらず……控えめに言っても、飽くことを知らなかった。

さらに驚きだったのは、レイフの友人たちがアニーを仲間に入れてくれ、レイフに対する並々ならぬ忠誠心を彼女にも示してくれたのだ。

最初の朝、目覚めると、騒がしいレポーターとテレビカメラで庭がいっぱいになっていた。十五分もしないうちにマスコミを一掃してくれたのはティーガンとホークだった。そして、ニュートンの連続殺人事件について調べるさまざまな当局者のもとにアニーが出向かなければならないときには、レイフの仲間たちは彼女のまわりを固め、無言で壁になり、守ってくれた。

彼らの許可がなければ誰もアニーに接近することは許されず、それは祖父母も同じだった。ルーカス・セントクレアと一緒に映っている孫娘の写真を見たあと、祖父母は連絡をよこしたのだ。祖父母の心を動かすほど強力な人脈をレイフの友人は持っているらしい。

自分に背を向けていた老夫婦に会うかどうかはあとで決めればいい。

それよりもアニーは不愉快な義務をさっさと終わらせることに集中し、必要なときにはレイフに手伝ってもらいはしたが、自分のことは自分で決めていた。

アニーはしだいに自信を持つようになっていた。それは、悪夢が終わったという認識によるだけではなく、愛する男性に心を開いているからでもあった。

過去はもう過ぎたことだ。アニーは生まれて初めて未来に目を向けていた。

差し迫った義務を果たしたあと、レイフにつき添われてデンバーのマンションに戻り、荷物をまとめると、養父母の家に立ち寄った。

養父母に大騒ぎされることは予想のうちだった。閉口するほどキスをされ、おばさん呼ばわりされてもなんとか黙っていた。アニーが無事でほっとした気持ちを養父母なりに表現しているだけだ。

けれど、予想外だったのは、養父母がレイフを手放しに歓迎したことだ。まるで長いあいだ行方の知れなかった息子のように扱ってくれたのだ。そして、驚いたことに、アニーをすぐにテキサスに連れていくつもりだとレイフが伝えたあとも、養父母のレイフに対する好感は薄れもしなかった。

それどころか、なんとまあ、早くも結婚式の計画を練りはじめる始末だ。

アニーが首を振り、考えごとから現実に意識を戻したのは、レイフがちょうどトラックの速度を落とし、ヒューストンから西に一時間ほどのところにある彼の牧場につづく私道に乗り入れたころだった。

ポーチがぐるりと囲む横に長い木の家と、隣接するパドックに十頭ほどの馬が見える厩舎が目に飛び込んできたとたん、アニーははっとした。

家屋の裏には平原が広がり、なだらかな丘がつづいているのを見て、アニーの胸に喜びがあふれた。

「レイフ」アニーはすっかり魅了されていた。

「どう思う?」レイフは家のまえでトラックを停止させ、エンジンを切ると、慎重な目つきでアニーを見た。「まえにも言ったが、ここはまだちゃんと整備されていない」

アニーは微笑んだ。家のペンキが剝げかけていることも、強い風が吹きつけたらひとたまりもなく倒れそうな納屋も意に介さなかった。「完璧よ」

レイフはアニーの頰に手をあてがった。「本当に?」

「ええ、本当よ」アニーは穏やかな声で断言した。

レイフの目になじみ深い熱が宿り、陰りを増したが、顔を下げて視線をポーチに向けると、何人もの人々がひょっこり姿を現わした。

どうやらこの客たちはレイフとアニーを驚かそうとして、車は家の裏に停めていたにちがいない。

「やれやれだ」レイフは唇の端を上げ、苦笑いを浮かべた。「歓迎委員会に出し抜かれたようだな」

すばやくアニーにキスをすると、レイフはトラックを降りた。とたんに友人たちに囲まれた。アニーはすぐにはトラックを降りなかった。

歓迎されないのではないか不安になったからではなく、とても特別なことの一部になる感動を味わうためだった。

そばに来て、手を貸してトラックから降ろしてくれたのはティーガンで、冷たいビールを手渡してくれ、身をかがめてアニーの頬にそっとキスをした。「家族の輪へようこそ」小声でそう言うと、レイフのかたちだけのパンチをかわし、ゆっくりした足取りでほかの一団のほうへ戻っていった。

「家族」アニーは驚きながらそうつぶやいて、肩に腕をまわしてきたレイフにもたれた。

「ああ、家族だ」とレイフは言った。「いいかい、きみを一員にしても？」

夢に見たこともない幸せな気持ちでアニーの心は満たされた。

自分にこんな幸せが訪れるとは。

「いいどころじゃないわ」アニーはレイフの腰に腕を巻きつけ、マックスとルーカスが火を熾しているグリルでどちらが主導権をにぎるか言い争っている姿をにこにこと眺めた。「みんな、わが家の気分なのね」

「ああ、ここがわが家だ」

冗談を飛ばしたり、屈託なくからかい合ったりしている陰で、ホークが悪質なつきまといの被害にあっていることを彼らがみな心配していることをアニーは知っている。それに、彼らは新しい事業をスタートさせようと動いているところでもある。けれども、今夜はみんなが集まった。それだけでじゅうぶんだった。

腕を組み、レイフとアニーはポーチへ歩いていった。

訳者あとがき

アレクサンドラ・アイヴィーの初邦訳作品である、アメリカ中西部を舞台にしたロマンティック・サスペンス『危ない恋は一夜だけ』(*Kill Without Mercy*)をお届けします。

うら若き美貌の公認会計士アニー・ホワイトは恐ろしい幻覚に悩まされ、父親が関与した連続殺人事件以降、足を向けることのなかった故郷アイオワの田舎町ニュートンへ久しぶりに戻りました。

アニーの父はその昔、七人もの女性をつぎつぎと誘拐した上に惨殺し、自宅の古い核シェルターに死体を遺棄するという凶悪犯罪を引き起こしていたのです。当時まだ幼かったアニーは現行犯逮捕された父ドンともども犯罪現場で発見されたあと、「夢のなかで殺しを見ていた」と警察に訴え、精神病院に収容されるというつらい過去がありました。退院後、身寄りのないアニーはワイオミングの牧場に暮らす善良な夫婦に養女として引き取られ、大切に育てられます。養父母の勧めに従って手に職をつけ、デンバーで地道な生活を送りながらもアニー本人はどこか虚しさを覚えていました。

そんななか、少女時代に見たように、女性が襲われる幻覚が再び浮かびはじめ、よもや故郷で事件が起きているのではないかと不安に駆られて、居ても立ってもいられず、養母の反対を押しきって帰郷したというわけです。

そこで偶然知り合った相手は、テキサス出身の元兵士レイフ・ヴァルガスでした。疎遠だった祖父の遺品整理という雑事に追われてうんざりしていたレイフは、ただならぬ様子のアニーの力になろうと奮起しますが、過去のトラウマから人間不信に陥っているアニーはなかなか心を開こうとしないばかりか、よそ者であるレイフにあらぬ疑いをいだく始末です。

というのも、実父の犯した連続殺人事件から十五年目を迎えるいま、またも女性の失踪事件が町で起きているとわかり、かつての事件となんらかの関わりがあるのではないかとアニーの不安が高まっていたからでした。

〈ニュートンの殺人鬼〉と呼ばれた父ドン・ホワイトは逮捕後間もなく不審死を遂げていたのですが、今回の事件は模倣犯のしわざではないかと町では噂が広がりはじめました。そして、あろうことか地元の保安官までがアニーに疑いの目を向けてしまいます。さらに、アニーをつけねらうストーカーの陰も見え隠れし、アニーは混乱の渦に巻き込まれていきます。

そんな窮地のアニー・ホワイトに救いの手を差し伸べたレイフは秘密作戦のスペシャリストとしてアフガニスタンに従軍した軍歴を持ち、捕虜となり、過酷な拷問に苦しめられたあと、タリバンの牢獄からともに脱出した仲間たちとテキサス州ヒューストンで警備会社を興したばかりでした。

レイフらはまるで兄弟同士のように結束が固く、ひと目惚れをしたアニーの身の安全を危惧するレイフの頼みを四人の仲間は一も二もなく聞き入れ、アニーの身辺を洗い出していきます。すると、ホワイト一家にはアニーも知らなかった驚くべき過去が隠されていたことがわかり――。

本書は政治家や富裕層のトラブルにも秘密裏に対処可能である高度なサービスを提供する警備会社〈ＡＲＥＳ〉の面々を主人公にしたシリーズの第一作で、いずれもたくましく、魅力的な五人の男性がそれぞれの特技を活かして活躍する趣向で、現時点では二作目までが本国で刊行されています。

今回のヒーロー、レイフ・ヴァルガスは軍隊時代に戦闘救難の訓練を受けた経験から、状況に応じて戦略を練り直すことを得意としています。最年長のホーク・ローレンセンは一キロ先の標的をも仕留める凄腕の狙撃手。ティーガン・ムーアはその気になれば国土安全保障省にさえハッキングできるコンピュータの天才で、マックス・グレイソンは法科学捜査の専門家。ルーカス・セントクレアは交渉術に長け、名家出身の家柄を活かして各方面ににらみをきかせるといった具合に、向かうところ敵なしとも言える頼もしい五人組の冒険とロマンスを今後もお届けできることを願っております。

ちなみに第二作"*Kill Without Shame*"では、ルイジアナ出身のルーカスが幼なじみの殺人事件にかつての交際相手ミアとともに巻き込まれる物語です。

高校時代にアメリカンフットボール部のチームメイトで特待生だったトニーがヒューストンの路上で射殺され、着用していた衣服のポケットからルーカスの名前と住所を書きつけたメモが出てきたことからルーカスのもとに殺人課の刑事が訪ねてきます。さらにトニーはミアの写真も所持しており、その写真には「この女を殺したほうが身のためだ」という脅迫の文言が書きつけていました。ミアの身を案じたルーカスは故郷シュリーブポートに急遽戻り、ミアと十五年ぶりに再会するのですが――。

シリーズ一作目の『危ない恋は一夜だけ』では裏方にまわり、あまり登場しなかったルーカスがどんな動きを見せてくれるのか、期待がふくらむところです。

最後になりましたが、作者についてすこしご紹介しましょう。

アレクサンドラ・アイヴィーはアメリカの中西部出身。物心ついたころから読書に親しみ、物語を頭のなかでこしらえるのが好きだったそうですが、もともとは女優志望、大学で演劇を学んだあと、舞台女優として活動します。結婚後、表現の発露を小説の執筆に見出し、何年もの下積み時代をへて作家デビュー。デビー・ローリー及びデボラ・ローリー名義でリージェンシーなどヒストリカル・ロマンスの作品を多数発表。アレクサンドラ・アイヴィー名義でコンテンポラリーのパラノーマル・ロマンスやロマンティック・サスペンスを執筆するなど、幅広いジャンルの作品を手掛けています。

二〇一七年十一月

ザ・ミステリ・コレクション

危《あぶ》ない恋《こい》は一《いち》夜《や》だけ

著者　アレクサンドラ・アイヴィー
訳者　小林《こばやし》さゆり

発行所　株式会社 二見書房
東京都千代田区神田三崎町2-18-11
電話 03(3515)2311［営業］
03(3515)2313［編集］
振替 00170-4-2639

印刷　株式会社 堀内印刷所
製本　株式会社 村上製本所

落丁・乱丁本はお取り替えいたします。
定価は、カバーに表示してあります。

ISBN978-4-576-17189-0
http://www.futami.co.jp/

二見文庫 ロマンス・コレクション

恋の予感に身を焦がして
クリスティン・アシュリー
高里ひろ［訳］
〔ドリームマン シリーズ〕

グエンが出会った〝運命の男〟は謎に満ちていて…。読み出したら止まらないジェットコースターロマンス！ アメリカの超人気作家による〈ドリームマン〉シリーズ第1弾

愛の夜明けを二人で
クリスティン・アシュリー
高里ひろ［訳］
〔ドリームマン シリーズ〕

マーラは隣人のローソン刑事に片思いしているが、マーラの自己評価が2.5なのに対して、彼は10点満点で…。〝アルファメールの女王〟による〈ドリームマン〉シリーズ第2弾

夜の彼方でこの愛を
ヘレンケイ・ダイモン
相野みちる［訳］

行方不明のいとこを捜しつづけるエメリーは、レンという男が関係しているらしいと知る…。ホットでセクシーな男性とのとろけるような恋を描く新シリーズ第一弾！

この愛の炎は熱くて
ローラ・ケイ
米山裕子［訳］
〔ハード・インク シリーズ〕

ベッカは行方不明の弟の消息を知るニックを訪ねるが拒絶される。実はベッカの父はかつてニックを裏切った男だった。〈ハード・インク・シリーズ〉開幕！

ゆらめく思いは今夜だけ
ローラ・ケイ
久賀美緒［訳］
〔ハード・インク シリーズ〕

父の残した借金のためにストリップクラブのウエイトレスをしているクリスタル。病気の妹をかかえ、生活の面倒を見てくれる暴力的な恋人にも耐えてきたが……。

甘い口づけの代償を
ジェニファー・ライアン
桐谷知未［訳］

双子の姉が叔父に殺され、その証拠を追う途中、吹雪の中でゲイブに助けられたエラ。叔父が許可なくゲイブに一家の牧場を売ったと知り、驚愕した彼女は……

失われた愛の記憶を
クリスティーナ・ドット
出雲さち［訳］

四歳のエリザベスの目の前で父が母を殺し、彼女はショックで記憶をなくす。二十数年後、母への愛を語る父を見て疑念を持ち始め、FBI捜査官の元夫と調査を……

二見文庫 ロマンス・コレクション

激情
キャサリン・コールター&J・T・エリソン
水川 玲［訳］
平凡な古書店店主が殺害され、彼がある秘密結社のメンバーだと発覚する。その陰にうごめく世にも恐ろしい企みに英国貴族の捜査官が挑む新FBIシリーズ第二弾!

迷走
キャサリン・コールター&J・T・エリソン
水川 玲［訳］
テロ組織による爆破事件が起こり、大統領も命を狙われる。人を殺さないのがモットーの組織に何が?英国貴族のFBI捜査官が伝説の暗殺者に挑む!シリーズ第三弾

死角
キャサリン・コールター
林 啓恵［訳］
あどけない少年に執拗に忍び寄る魔手!事件の裏に隠された驚くべき真相とは?謎めく誘拐事件に夫婦FBI捜査官S&Sコンビも真相究明に乗りだすが……

追憶
キャサリン・コールター
林 啓恵［訳］
首都ワシントンを震撼させた最高裁判所判事の殺害事件。殺人者の魔手はサビッチたちの身辺にも!夫婦FBI捜査官サビッチ&シャーロックが難事件に挑む!

失踪
キャサリン・コールター
林 啓恵［訳］
FBI女性捜査官ルースは休暇中に洞窟で突然倒れ記憶を失ってしまう。一方、サビッチ行きつけの店の芸人が何者かに誘拐され、サビッチを名指しした脅迫電話が…!

幻影
キャサリン・コールター
林 啓恵［訳］
有名霊媒師の夫を殺されたジュリア。何者かに命を狙われFBI捜査官チェイニーに救われる。犯人捜しに協力する同僚のサビッチは驚愕の情報を入手していた…!

眩暈
キャサリン・コールター
林 啓恵［訳］
操縦していた航空機が爆発、山中で不時着したFBI捜査官ジャック。レイチェルという女性に介抱され命を取り留めるが、彼女はある秘密を抱え、何者かに命を狙われる身で…

二見文庫 ロマンス・コレクション

残響
キャサリン・コールター
林 啓恵［訳］
ジョアンナはカルト教団を運営する亡夫の親族と距離を置き、娘と静かに暮らしていた。が、娘の〃能力〃に気づいた教団は娘の誘拐を目論む。母娘は逃げ出すが……

幻惑
キャサリン・コールター
林 啓恵［訳］
大手製薬会社の陰謀をつかんだ女性探偵エリンはFBI捜査官のボウイと出会い、サビッチ夫妻とも協力して真相に迫る。次第にボウイと惹かれあうエリンだが……

閃光
キャサリン・コールター
林 啓恵［訳］
若い女性を狙った連続絞殺事件が発生し、ルーシーとクープの若手捜査官が事件解決に奔走する。DNA鑑定の結果犯人は連続殺人鬼テッド・バンディの子供だと判明し⁉

代償
キャサリン・コールター
林 啓恵［訳］
サビッチに謎のメッセージが届き、友人の連邦判事ラムジーが狙撃された。連邦保安官助手イブはFBI捜査官ハリーと組んで捜査にあたり、互いに好意を抱いていくが…

錯綜
キャサリン・コールター
林 啓恵［訳］
捜査官の妹が何者かに襲われ、バスルームには大量の血が⁉ 一方、リンカーン記念堂で全裸の凍死体が発見された。早速サビッチとシャーロックが捜査に乗り出すが…

謀略
キャサリン・コールター
林 啓恵［訳］
婚約者の死で一時帰国を余儀なくされた駐英大使のナタリーは何者かに命を狙われ、若きFBI捜査官デイビスに助けを求める。一方あのサイコパスが施設から脱走し…

黒き戦士の恋人
J・R・ウォード
安原和見［訳］
〔ブラック・ダガー シリーズ〕
NY郊外の地方新聞社に勤める女性記者ベスは、謎の男ラスに出生の秘密を告げられ、運命が一変する！ 読み出したら止まらない全米ナンバーワンのパラノーマル・ロマンス

二見文庫 ロマンス・コレクション

永遠なる時の恋人
J・R・ウォード
安原和見［訳］
〔ブラック・ダガー シリーズ〕

レイジは人間の女性メアリをひと目見て恋の虜に。戦士としての忠誠か愛しき者への献身か、心は引き裂かれる。困難を乗り越えてふたりは結ばれるのか？ 好評第二弾

運命を告げる恋人
J・R・ウォード
安原和見［訳］
〔ブラック・ダガー シリーズ〕

貴族の娘ベラが宿敵〝レッサー〟に誘拐されて六週間。だれもが彼女の生存を絶望視するなか、ザディストだけは彼女を捜しつづけていた…。怒濤の展開の第三弾！

闇を照らす恋人
J・R・ウォード
安原和見［訳］
〔ブラック・ダガー シリーズ〕

元刑事のブッチがヴァンパイア世界に足を踏み入れて九カ月。美しきマリッサに想いを寄せるも梨の礫。贅沢だが無為な日々に焦りを感じていたところ…待望の第四弾

情熱の炎に抱かれて
J・R・ウォード
安原和見［訳］
〔ブラック・ダガー シリーズ〕

深夜のパトロール中に心臓を撃たれ、重傷を負ったヴィシャス。命を救った外科医ジェインに一目惚れすると、彼女を強引に館に連れ帰ってしまうが…急展開の第五弾

漆黒に包まれる恋人
J・R・ウォード
安原和見［訳］
〔ブラック・ダガー シリーズ〕

自己嫌悪から薬物に溺れ、〈兄弟団〉からも外されてしまったフュアリー。〝巫女〟であるコーミアが手を差し伸べるが…。シリーズ第六弾にして最大の問題作登場!!

そのドアの向こうで
シャノン・マッケナ
中西和美［訳］
〔マクラウド兄弟 シリーズ〕

亡き父のために十七年前の謎の真相究明を誓う女と、最愛の弟を殺されすべてを捨て去った男。復讐という名の赤い糸が結ぶ、激しくも狂おしい愛。衝撃の話題作！

影のなかの恋人
シャノン・マッケナ
中西和美［訳］
〔マクラウド兄弟 シリーズ〕

サディスティックな殺人者が演じる、狂った恋のキューピッド。愛する者を守るため、元FBI捜査官コナーは人生最大の危険な賭けに出る！ 官能ラブサスペンス！

二見文庫 ロマンス・コレクション

運命に導かれて
シャノン・マッケナ
中西和美［訳］
〔マクラウド兄弟 シリーズ〕

殺人の濡れ衣をきせられ過去を捨てたマーゴットは、そんな彼女に惚れ、力になろうとする私立探偵のデイビーと激しい愛に溺れる。しかしそれをじっと見つめる狂気の眼が…

真夜中を過ぎても
シャノン・マッケナ
松井里弥［訳］
〔マクラウド兄弟 シリーズ〕

十五年ぶりに帰郷したリヴの書店が何者かに放火され、そのうえ車に時限爆弾が。執拗に命を狙う犯人の目的は？彼女を守るため、ショーンは謎の男との戦いを誓う…！

過ちの夜の果てに
シャノン・マッケナ
松井里弥［訳］
〔マクラウド兄弟 シリーズ〕

傷心のベッカが恋したのは孤独な元FBI捜査官ニック。狂おしいほど求めあうふたりに卑劣な罠が……この愛は本物か、偽物か——息をつく間もないラブ＆サスペンス

危険な涙がかわく朝
シャノン・マッケナ
松井里弥［訳］
〔マクラウド兄弟 シリーズ〕

あらゆる手段で闇の世界を生き抜いてきたタマラ。幼女を引き取ることになったのを機に生き方を変えた彼女の前に謎の男が現われる。追っ手だと悟るも互いに心奪われ…

このキスを忘れない
シャノン・マッケナ
幡 美紀子［訳］
〔マクラウド兄弟 シリーズ〕

エディは有名財団の令嬢ながら、特殊な能力のせいで家族にすら疎まれてきた。暗い過去の出来事で記憶をなくしたケヴと出会い…。大好評の官能サスペンス第7弾！

朝まではこのままで
シャノン・マッケナ
幡 美紀子［訳］
〔マクラウド兄弟 シリーズ〕

父の不審死の鍵を握るブルーノに近づいたリリー。情報を引き出すため、彼と熱い夜を過ごすが、翌朝何者かに襲われ…。愛と危険と官能の大人気サスペンス第8弾！

その愛に守られたい
シャノン・マッケナ
幡 美紀子［訳］
〔マクラウド兄弟 シリーズ〕

見知らぬ老婆に突然注射を打たれたニーナ。元FBIのアーロと事情を探り、陰謀に巻き込まれたことを知る。そして三日以内に解毒剤を打たないと命が尽きると知り…